Ellen Alpsten

Heute trägt der Himmel Seide

MIX
Papier aus verantwortungsvollen Quellen
FSC® C014496
FSC
www.fsc.org

5 4 3 2 1
ISBN: 978-3-649-61704-4

Text: Ellen Alpsten
Umschlaggestaltung: Anna Schwarz, unter Verwendung eines Motivs von Nele Schütz Design, München
Lektorat: Sara Mehring
Satz: Sabine Conrad, Rosbach
Printed in Germany
www.coppenrath.de
Das @book erscheint unter der ISBN: 978-3-649-62197-3

ELLEN ALPSTEN

HEUTE TRÄGT DER HIMMEL SEIDE

COPPENRATH

PROLOG: UNTEN AM SEE

Der See war glatt wie ein Spiegel und warf ihm sein Bild zurück: das dunkle Gesicht, umrahmt von wilden, karamellfarbenen Locken, die seine Mutter am Morgen mit einem feinzinkigen Kamm vergeblich zu bändigen versucht hatte. *Haare wie Wollmäuse. Schlimmer als die Vogelnester auf den Bäumen.* Es hatte mächtig geziept, doch die Tränen hatte er sich verbissen. *Boys don't cry.*

Edward fröstelte in der Morgenkühle. Der graue, mit tief hängenden Wolken gespickte Septemberhimmel über Norfolk vermischte sich mit dem stumpfen Glanz des Wassers. Ein Ruderboot lag halb im Schilf verborgen. Seine Paddel hingen vergessen in den nun rostigen Ringen. In der Mitte des Sees hob sich eine kleine Insel aus den Nebelschwaden und eine mächtige Trauerweide schlang ihre Zweige durch das Gusseisen des Pavillons darauf.

Es schien Edward, als sei er gar nicht aufgewacht. Er schlief noch. Der Druck auf seine Brust wurde plötzlich schlimmer und ihm brach der Schweiß aus. Dennoch zwang er sich, einen weiteren Schritt Richtung Wasser zu machen. Seine Füße wurden ihm schwer. Er hatte Angst. Riesige, betäubende, alles umschließende Angst.

Die feinen, scharfen Rispen des Grases bohrten sich durch den dünnen Stoff seiner Hose. Hier am seichten Ende des Sees konnte ihm doch nichts passieren? Er hielt den Blick auf seine Füße geheftet. Kleine Wellen schwappten von der Uferkante über seine klobigen, dunklen Schuhe, die zu seiner Schuluniform gehörten.

Edward zitterte. Er war nun wieder dort draußen auf dem Wasser, so wie in seinen Träumen: Ruder schlugen monoton auf die Wasseroberfläche. Alles schaukelte. Musik, Rufe und Lachen drangen aus der Ferne zu ihm hinüber, doch plötzlich hatte er dieses schreckliche Gefühl des Fallens. Das Wasser und die Dunkelheit waren plötzlich überall – sie strömten in ihn hinein und aus ihm heraus. Er war ein Schwamm und doch ein Sieb. Die schwere Nässe erstickte ihn. Wo war oben? Wo war unten? Edward strampelte einfach drauflos.

Seegras schlang sich um seine Füße und zog ihn unnachgiebig in die Tiefe. Der schlammige Geschmack des Sees füllte seinen Mund, der Druck auf Ohren und Augen wurde unerträglich.

Da, plötzlich, schemenhaft neben ihm: fünf Finger, eine blasse kleine Hand. Edward griff mit letzter Kraft danach. Die Finger schlossen sich verzweifelt um die seinen. Nur nicht loslassen! Er zerrte mit aller Kraft – nach oben, an die Luft, sie beide! Aber seine Bewegungen wurden immer schwächer. Schwarze Kälte drang bis in sein Herz und die Mutlosigkeit machte ihm die Glieder schwer. Er ließ sich sinken. Es war gar nicht so schwierig, nicht zu atmen.

Doch mit einem Mal wurde er aus seinem Schweben zurückgerissen. Nein! Nun wollte er nicht mehr. Er wehrte sich.

Schlug um sich und spürte doch, wie er gepackt und fortgezerrt wurde. Die kleine Hand entglitt ihm, für immer – an dieser Stelle seines Traums wachte er meist auf, schweißnass und nach Luft schnappend.

»Edward! Du fährst gleich. Dass du immer so trödeln musst. Nun komm schon.« Die Stimme seiner Mutter riss ihn aus seinen Gedanken. Mit einigen hastigen Schritten wich er vom Wasser zurück. »Was machst du da unten? Komm *sofort* hoch.«

Edward drehte sich um und sah zum Haus hinauf. Wuchtig erhob sich das Anwesen gegen den verhangenen Himmel. Vor der Eingangstür stand der Wagen seines Vaters, dessen Kofferraum mit seinen beiden großen Koffern gefüllt war, die ihn ins Internat begleiten würden. In jeden Kragen und jeden Bund seiner Kleider waren die Initialen *EHL* eingestickt worden und auch die Kricketschläger, Lacrosse-Stecken, Rugby-Bälle, Tennis-Rackets, Reitkappen und Stiefel waren mit seinem Namen markiert.

Seine Mutter war wieder ins Haus zurückgegangen, und er folgte ihr, als ein weißer Lieferwagen die Einfahrt hochgefahren kam. Edward wunderte sich nicht weiter. Vor drei Wochen war seine Großmutter gestorben und seitdem ging es bei ihnen zu wie in einem Taubenschlag. Zwei bullige Kerle stiegen aus dem Transporter aus.

Edward betrat die Eingangshalle, wo sich eine Unzahl von Kartons stapelte. Seine Mutter war gerade dabei, sie mit Klebeband zu verschließen.

»Die Kleider deiner Großmutter«, erklärte sie, ohne dass er danach gefragt hatte. »Die kommen jetzt raus. Sollen sich andere daran freuen.« Sie hielt kurz inne und starrte in den letzten geöffneten Karton.

Edward trat näher und sah ebenfalls hinein. Ganz oben auf

dem Stapel der in Seidenpapier eingeschlagenen Kleidungsstücke schimmerte etwas: unzählige, in komplizierten Mustern von Hand angenähte Pailletten, die den schwarzen Seidenstoff darunter wie Schlangenhaut glänzen ließen.

Seine Mutter griff nach dem Kleid und hielt es kurz hoch in das graue Herbstlicht. Vom Dekolleté bis runter an die Taille zog sich ein langer Riss und einer der Träger war ebenfalls zerfetzt. »Eine Schande, in welchem Zustand es noch immer ist!«

Zahllose Paillettenstränge hingen traurig von dem dünnen, teuren Stoff. Edward spürte einen leichten Schauer auf der Haut, so als würde ihm plötzlich eine kalte Hand in den Nacken greifen. Er wollte gerade die Finger nach dem Kleid ausstrecken, da zuckte seine Mutter mit den Schultern und legte es zurück. Klebeband ratschte und kurz darauf wanderte der Karton zusammen mit allen anderen in den Lieferwagen.

Edward sah weiterhin stumm dabei zu und seine Mutter legte ihm den Arm um die Schultern. Er sog ihren Duft ein und spürte plötzlich wieder die Schwere auf seiner Brust. Alles würde anders werden.

Sein Vater trat aus ihrer Wohnung innerhalb des großen Anwesens. Der Rest des Hauses war bereits für den Herbst und den Winter zugesperrt und die Heizung auf ein Minimum gedrosselt worden. Erst im Frühjahr, wenn die ersten zahlenden Besucher wiederkamen, wurden dort die Fensterläden geöffnet und die Schonbezüge von den Möbeln genommen. Hinter seinem Vater sah Edward noch den Frühstückstisch mit dem einen, stets ungenutzten Gedeck. Es wurde zu jeder Mahlzeit aufgelegt und dann wieder fortgetragen. Eine stumme Mahnung an die Familie, die sie nie wieder sein würden.

»War das alles?«, fragte sein Vater. »Dann lass uns fahren.«

Edward folgte seinem Vater die Treppe hinunter. Ehe sie das

Auto erreichten, fasste der noch kurz an die Hauswand. Es wirkte, als stütze er sich ab.

»Alles klar, Papa?«, wagte Edward zu fragen.

Sein Vater fuhr Edward eher wie aus Versehen durch die Locken: »Ich bitte das Haus um Kraft. Jetzt, wo du auch noch gehst«, sagte er dann leise.

In der Tür stand seine Mutter. Sie hob die Hand halb, wie um zu winken. Dann aber legte sie sich nur die dunklen Fingerspitzen auf die Lippen. Wenn er sie so sah, dann hatte er das Gefühl, *sie* schützen und behüten zu müssen.

»Halt die Ohren steif, Edward. Bis Weihnachten«, sagte sie beherrscht.

Er zwang die Tränen ein weiteres Mal an diesem Tag zurück.

Der Lieferwagen vor ihnen auf der Auffahrt gewann an Fahrt. Edwards Vater folgte ihm. Der Kies knirschte unter den Rädern des Wagens. In den Bäumen des Parks färbte sich das Laub und Edward sah die Kastanien im hohen Gras liegen. Einige Rehe ästen auf einer weiter entfernten Lichtung.

Am großen Tor bog der Lieferwagen nach links ab, Richtung Autobahn und London. Sein Vater dagegen fuhr in die entgegengesetzte Richtung, nach Uppingham, zu Edwards neuem Internat. Was für Quälereien warteten dort auf ihn, den Neuankömmling?

Er drehte sich rasch noch einmal um: Der Lieferwagen war samt seiner Ladung verschwunden. Dennoch wurde der Druck um seine Brust noch stärker. So fühlte es sich also an, wenn einem das Herz brach. Immer wieder.

DIE GROSSE, WEITE WELT

In der Nacht vor ihrer Abreise nach London konnte Alice nicht schlafen. Sie war zu aufgeregt, oder um ehrlich zu sein, hatte sie zu viel Angst.

Wie fühlte sich die Raupe im Kokon, gerade wenn er aufbrach? Die Flügel verklebt und noch nie geflogen – kurz, bevor sie zum Schmetterling wurde?

Alice wälzte sich im Bett herum und starrte in ihr dunkles Zimmer, das ihr plötzlich noch kleiner erschien. Der Gedanke an das, was morgen begann, schien ihr plötzlich überwältigend: ihr Leben!

Dies musste die größte Verwandlung von allen sein: *Die* Raupe wird *der* Schmetterling. *Der* Schmetterling. Alice drehte sich auf den Rücken, um sich das Gefühl besser vorstellen zu können. Dort draußen warteten auf den frisch geschlüpften Falter Lagen an Luft, bereit, ihn nach oben in höchste Höhen zu tragen. Denn das wollte doch jeder Schmetterling, oder? So wie sie selbst auch. Draußen auf der Landstraße, die das kleine fränkische Dorf, in dem sie wohnte, wie ein Schnitt trennte, brauste ein Auto vorbei. Der Lärm sprang zwischen den engen Hauswänden hin und her. Die Scheinwerfer des Wagens zeichneten kurz Muster an ihre Zimmerwand, dort, wo die immer schönen, immer jungen Gesichter von Grace Kelly und Ava Gardner neben Keira Knightly und Emma Watson hingen.

Das würde liegen bleiben. Der Kokon. Unabänderlich. Sicher, in ihrer Erinnerung und ihren Erzählungen könnte sie es sich schönreden. Aber es blieb dennoch, was es war – der verlassene Kokon: ihre Schultage. Die Bewerbung und das Warten auf die Zusage der Universität in London, der *School of Art & Fashion*. Das Kofferpacken in den letzten Tagen. Für immer vergangen.

Vielleicht grübelte sie einfach zu viel, aber so war sie nun mal. Von Zeit zu Zeit wünschte sie sich, leichtherziger zu sein. *Carpe diem*. Mach Heu, solange die Sonne scheint, und so weiter und so fort. All die Sprüche, von denen einem doch kein einziger verriet, wie es sich eigentlich anfühlte. Dieses kribbelige Heute zwischen dem langen Gestern und dem hoffentlich großen Morgen. Alice versuchte, ein Wort dafür zu finden. Es war: roh. Unvermittelt. Angsteinflößend. Eben einfach verdammt großartig.

Über diesem Gedanken schlossen sich ihre Augen dann schließlich doch.

»Hier. Ich habe dir doch noch eine Stulle gemacht. Wer weiß, wann du wieder etwas bekommst. Echte fränkische Wurst, mit ganz viel Butter. So was Gutes gibt es im Ausland gar nicht. Geld für das Taxi zum Hostel in der Oakley Street hast du ja. Lass dich von niemandem ansprechen, ja? Wenn du dann ein anderes Zimmer hast, sende uns bitte sofort die Adresse …« Die Stimme von Alices Mutter verwandelte sich in ein Rauschen und die Worte gingen in ein Ohr hinein und aus dem anderen wieder heraus.

Sie standen vor dem Check-in-Schalter des Nürnberger Flughafens. Alice hatte auf einmal das Gefühl, dass sich die Augen aller Passagiere auf sie richteten. Sie zog die Schultern hoch. Wohin jetzt mit diesem dicken Paket in Alufolie gewickelter Wurstbrote? In die Vintage-Designer-Handtasche, die sie in letzter Sekunde und von ihrem Ersparten auf eBay ersteigert hatte, passte das gewiss nicht! Die war schon mit ihrem Pass, Geldbeutel und der zerlesenen Ausgabe von Daphne du Mauriers »Rebecca« vollgestopft. Das Buch würde sie auf keinen Fall aufgeben – ohne Buch in ihrer Tasche war sie nur ein halber Mensch.

»Mama, ich will keine Stulle. Ich kann mir doch was kaufen …« Sie hielt ihrer Mutter die Brote hin. Umsonst. Die verschränkte die Arme vor der Brust.

»Kaufen! Weiß doch jeder, wie teuer die Sachen am Flughafen sind. Geld wächst nicht auf Bäumen! Es genügt schon, dass wir uns jetzt für dieses Schulgeld für London krummlegen! Dieses Jahr ist reine Verschwendung, sage ich. Dein Bruder dagegen …«

Alices Vater unterbrach seine Frau: »Ist schon gut, Maria. Wir wollen uns doch vor der Abreise nicht streiten, oder? Jetzt sehen wir uns für drei lange Monate nicht mehr, da wollen wir uns doch im Guten trennen. Weihnachten, wenn Alice wiederkommt, wissen wir doch schon viel mehr.«

Alices Mutter schwieg, aber ihr Mund war eine dünne Linie mit etwas zu pinkem, etwas bröckligem Lippenstift. Alices Bruder Mark trat von einem Bein aufs andere. Ihn von seiner Xbox zu lösen, hatte Alice alle Überredungskunst gekostet.

»Kann man nicht mal am Wochenende tun und lassen, was

man will?!«, hatte er gemault – und im Auto hatte er nur auf seinem Telefon gespielt. Sie hasste den zombiehaften Ausdruck, den sein Gesicht dabei annahm, und auch, wie mürrisch und abwesend er war, wenn er dann endlich mal abschaltete.

»Tschüss, Kleine«, nuschelte Mark jetzt und breitete die Arme aus. Er drückte sie an sich. »Meld dich mal. Ich find das toll, was du machst.«

»Ich find das toll, was du machst« gegen »Dieses Jahr ist reine Geldverschwendung«.

Ein Jahr lang konnten ihr ihre Eltern die Schule bezahlen – den *Foundation Course*. Für einen Bachelor oder Master musste sie ein Stipendium bekommen. Alice biss die Zähne so fest aufeinander, dass sich ihr Kiefer kurz verkrampfte. Sie musste es einfach schaffen! Sicher, in der Schule hatte sie gute Noten gehabt. Aber das hier war etwas anderes. Es galt nicht nur, überzeugend kreativ zu sein, sondern sich zwischen all den anderen Talenten dort zu behaupten.

»Klar melde ich mich. Wir skypen, ja?«, sagte sie dankbar, und er nickte, auch wenn beide wussten, dass sie wohl nie skypen würden.

»Du weißt ja, wann ich Schluss habe. Plus die eine Stunde Zeitverschiebung. Aber in Mathe warst du ja immer ganz okay. Ganz im Gegensatz zu mir.«

»Ach Quatsch«, sagte Alice. Mark war mit sechzehn von der Schule abgegangen und hatte dann bei ihrem Vater seine Lehre gemacht. Nun war er Klempner-Geselle, wollte irgendwann seinen Meister machen, um dann eines Tages das Familiengeschäft zu übernehmen.

Im Hintergrund redeten ihre Eltern weiter. Alice hörte noch immer die Stimme ihrer Mutter. »Modedesign. Damit wird man doch nur eines, nämlich arbeitslos. Das ist ein knallhartes Geschäft. Und wenn du da nicht homosexuell bist, hast du keine Chance …!«

»Mama!«, rief Alice empört. »Das ist doch Unsinn. Alle großen Häuser von *Azzedine Alaia* bis … bis …« Sie suchte und fand einen Namen, der mit Z begann. »… bis *Zandra Rhodes* rekrutieren ihren Nachwuchs bei der SAF! Neun von zehn Absolventen haben schon vor ihrer Prüfung einen Arbeitsvertrag in der Tasche!« Ihre Wangen glühten, als sie wiederholte, was sie im Internet und in Broschüren über die Schule aufgeschnappt hatte.

»Und was, wenn du die eine bist, die keinen Job findet?«

Und was, wenn man einfach mal den Mund hielte und sie machen ließe? Zum ersten Mal in ihrem Leben?, dachte Alice, aber murmelte nur: »Ich schaffe das schon.«

In ihrer Kehle kitzelte es. Sie schluckte hart – jetzt bloß nicht heulen!

Alice hatte sich auf die Aufnahme an der SAF so gut wie möglich vorbereitet: Internetchat-Foren, Blogs, die Webseite der Schule, Zeitschriftenartikel, alles. Aber je mehr sie las, umso verwirrter wurde sie. Eines war klar: Keiner wusste irgendwas, aber alle redeten darüber. Und zwar laut und hektisch. Irgendwann hatte sie entnervt aufgegeben und einfach gemacht. So, wie sie es wollte, und wichtiger noch: es fühlte.

Nach zwei Wochen voller Nachmittage allein auf ihrem Zimmer, in denen ihre Mutter ihr nur Butterbrote und heiße Schokolade durch einen Spalt in der Tür geschoben hatte, war ihre Mappe fertig gewesen. Alice hatte sich an eine Kollektion von sechs Modellen gewagt, zusammen mit Schuhen, allen Accessoires und den genauen Angaben von Stoffen und Materialien. Daraus bestand auch die Abschlussprüfung der

SAF – eine Veranstaltung, zu der angeblich alles kam, was in der Modewelt Rang und Namen hatte!

Als sie ihre Entwürfe für London in einen dicken Umschlag gesteckt hatte, hatte sie das Papier drei Mal geküsst, ehe sie ihn dem Postbeamten übergeben hatte. Das *musste* doch Glück bringen! Auf dem braunen Papier hatte der Lippenstift-Abdruck rot geleuchtet. Zwei Monate später erhielt sie die Antwort auf ihre Bewerbung. Mit zitternden Fingern hatte sie den Brief aufgerissen und ein dicker Packen gefalteter Papiere war ihr entgegengefallen. Geschafft! So entscheiden sich Leben, dachte Alice: Sie würde Modedesign studieren. *Women's Wear* – oder Damenoberbekleidung, wie es im Jargon der SAF hieß – mit *History of Dress* im Nebenfach. Die Wiederkehr von Trends, Kleider als Spiegel der Gesellschaft und ihrer Umwälzungen und Strömungen interessierten Alice.

Sie räusperte sich, um den Redefluss ihrer Mutter endgültig zu unterbrechen. »Ich muss jetzt einchecken. Bringt ihr mich noch zum Schalter?«

Mark packte ihren Koffer. »Urgh. Was hast du denn da drin? Ich denke, du willst dir dort neue Klamotten machen?«

»Da ist nur drin, was man halt so braucht«, wehrte sie ab.

»Dreißig Paar Schuhe, ein Paar Jeans und an die hundert Kleider und Röcke?«

»Unsinn. Nur ein paar gute Basics.«

Sie ging ihnen zum Schalter voran. Reisende auf dem Weg in die Sonne warteten mit bis oben hin vollgeladenen Trolleys auf ihren Check-in. Alice beobachtete die Wartenden unauffällig. Gab es eigentlich eine geheimnisvolle, Unheil bringende Formel, die besagte: Je mehr Koffer die Leute dabeihatten, umso gruseliger waren die Kleider, die sie daraus hervorholten? Die Frauen in der Schlange trugen die Haare praktisch kurz geschnitten, flache Schuhe und sehr beige Kleider. Waren sie irgendwann einmal auch jung und schön gewesen? Hatten sie gehofft und geträumt und hatten sie sich gern besonders hübsch angezogen?

»Reisende nach London? Kommen Sie doch bitte zum Einchecken zu mir«, rief eine Stewardess, die gerade einen neuen Schalter öffnete. Die bepackten Urlauber machten Alice mit mürrischen Gesichtern Platz, als sie mit roten Wangen nach vorn stiefelte.

Sie legte ihren Perso vor, und die Stewardess mit dem makellosen Make-up, dem Dutt und der knallroten Uniform lächelte, als sie Alice mit ihrem drei Jahre jüngeren Passbild verglich: Denn darauf hatte sie vorn eine blaue Haarsträhne und einen Ring im linken Nasenflügel. Das war ihre indische Phase gewesen.

»Machen Sie Urlaub in London?«, fragte die Stewardess.

»Nein. Ich ziehe dorthin«, sagte Alice stolz. *Ich ziehe nach London!* Sie ließ sich die Worte im Mund zergehen. Sie schmeckten nach Zucker, Wolken, Sahne und Regenbogen zugleich!

»Toll. Was machen Sie dort?«

»Ich werde dort studieren. Modedesign. An der *School of Art & Fashion*.«

»Von der Schule habe ich auch schon gehört. Viel Erfolg. Aus Nürnberg in die große weite Welt. Grüßen Sie sie von mir!« Die Stewardess zwinkerte ihr zu und reichte ihr dann die Bordkarte. »Guten Flug!«

Vor dem Sicherheitscheck drehte sich Alice noch einmal um. Sie winkte mit den in Silberpapier gewickelten Wurststullen. Ihr Vater hatte die Hände in die Taschen seines Anoraks gesteckt und trat von einem Fuß auf den anderen. Mark winkte und fummelte dann an seinem Telefon herum. Männer und Gefühle!

»Alice?« Ihre Mutter kam ihr noch nachgelaufen.

»Ja, Mama?« Alice sah etwas auf sie herunter. Mit dreizehn oder vierzehn war sie plötzlich in die Höhe geschossen und wurde überall dort lang und knochig, wo ihre Mutter klein und rund war. Auf dem Konfirmationsbild überragte sie alle anderen um Haupteslänge. *Hopfenstange*, so hatte sie seitdem in der Klasse geheißen – nach all den dunklen Latten, die auf den fränkischen Feldern in den Himmel ragten.

Ihre Mutter legte ihr sorgsam die in zwei losen Zöpfen geflochtenen, dunklen Haare hinter die Schultern, ehe sie erst den kleinen weißen Spitzenkragen, den sie sich zum schwarzen Rolli um den Hals gebunden hatte, und auch noch den Kragen der Jeansjacke zurechtrückte.

Dann sah sie an Alice herunter und runzelte die Stirn. »Sag mal, hast du den Rock noch einmal abgeschnitten?«

Sie zupfte kurz an dem ausfransenden Saum des kleinen Tweeds-Rocks. Aber dadurch wurde er kaum länger. Im Gegenteil, sie hielt ein paar der bunten Fäden in ihrer Hand. Es stimmte, er reichte gerade bis zur Trennnaht ihrer blickdichten Strumpfhose. Alice wurde ganz anders zumute: *Bitte*, jetzt nicht eine dieser tausend Auseinandersetzungen über Rocklängen und Haarschnitte, die die letzten Jahre mit ihrer Mutter beherrscht hatten.

Gott sei Dank war sie nun an der Reihe, ihre Habseligkeiten in einen der schwarzen Kästen auf dem Laufband zu legen. Schnell umarmte Alice ihre Mutter fest, ganz fest. So blieb ihr wenigstens keine Chance zu anderen Bemerkungen, die Alice jetzt nicht hören wollte. »Tschüss, Mama. Ich bin euch so dankbar! Ich knie mich da so rein wie noch nie in irgendwas! Versprochen.«

Ihre Mutter biss sich auf die Lippen. Plötzlich hatte sie Tränen in den Augen. »Ja, meine Kleine. Du schaffst das.«

Du schaffst das: das Hostel in der Oakley Street in Chelsea. Die Schule und ihre Mitschüler dort. Von denen war gewiss keiner auf den Kopf gefallen, und alle wollten, was auch Alice wollte – nämlich alles. Letztendlich: London. Die große Stadt mit ihren Lichtern, Menschen und ihren eigenen Gesetzen, die Alice erst würde lernen müssen. Mit einem Mal wusste sie, wie die Raupe sich in ihrem Kokon fühlte. Verwandlung war nicht immer nur wunderbar. Sie schmerzte und verängstigte einen.

Jetzt konnte sie noch umdrehen, begriff sie. Handtasche und Stullen packen und einfach mit ihrer Familie wieder nach Hause fahren. Dieselbe Alice bleiben und etwas anderes und Leichteres angehen als dies. *Jetzt* konnte sie noch gehen. *Jetzt, jetzt, jetzt* – und jetzt nicht mehr. Ihre Mutter kehrte zurück zu den anderen. Mark legte die Hände vor den Mund und skandierte: »Living next door to Alice …«

Alice legte ihre Sachen in das tiefe Tablett, das ein Zollbeamter in einem sehr kratzig aussehenden dunkelblauen Polyester-Pulli und einem dichten buschigen Schnurrbart ihr hinschob.

»Die Stullen auch«, sagte er dann mit einem Augenzwinkern. Alice merkte erst jetzt, wie fest sie das Paket mit den belegten Broten hielt. Nicht anders als ein Ertrinkender eine Planke auf hoher See.

»Stimmt. Bei fränkischer Wurst weiß man nie …«, sagte sie.

Der Mann lachte. Plötzlich war Alice leichter zumute. Kneifen galt nicht. Große weite Welt, da bin ich!

REIN UND RAUS

»Oakley Street, haben Sie gesagt?« Der kleine Taxifahrer, der Alice beim Verstauen der Koffer gerade mal bis zur Schulter gereicht hatte, suchte im Rückspiegel ihren Blick.

»Ja. In Chelsea.« Sie versuchte, ihre Stimme ganz ruhig klingen zu lassen, so, als führe sie jeden Tag nach Chelsea und wäre heute Morgen nicht in einem kleinen fränkischen Dorf, das mehr Kühe als Einwohner hatte, aufgewacht.

Auf der Rückbank des Taxis fanden leicht fünf Leute Platz und die Decke war sehr hoch. Weshalb das so war, wusste Alice aus ihrem Reiseführer: Ein Herr mit Zylinder auf dem Kopf sollte darin Platz finden. Das hatte ihr gefallen, auch wenn diese Information ganz klar in die Kategorie *Unnützes Wissen* fiel.

»Idiot!«, brüllte der Taxifahrer so plötzlich, dass Alice in ihrem Sitz vor Schreck einen Satz machte. Er drückte auf die Hupe, als vor ihnen ein Sportwagen ohne Vorwarnung die Fahrbahn kreuzte. Sofort hupte der Sportwagen zurück, andere mischten sich kampfeslustig ein und ein ohrenbetäubender Krach brach aus.

Sie standen im Stau an der Themse. Über dem breiten, stumpf wirkenden Fluss hing ein dicht bewölkter Himmel und Ausflugsschiffe wie auch viele kleinere Boote schoben sich unter den Brücken durch. Dennoch war es warm, und entlang des Wassers liefen Leute auf Rollerskates oder schleckten sogar ein Eis, obwohl es Anfang September war.

Der Taxifahrer wendete halsbrecherisch in drei Zügen. »Ach, was soll's. Cheyne Walk ist verstopft. Nehmen wir den Sloane Square.«

»Geht klar«, murmelte Alice, als der Wagen scharf links abbog und dann an einer Reihe von eleganten Wohnblocks, grünen, eingezäunten Gärten und so gut wie verborgenen Seitenstraßen mit bunt angestrichenen Häusern vorbei einen Platz erreichte.

»Ist das der Sloane Square?«

»Ja. Wir sind gleich in der Oakley Street. Nur die King's Road runter.«

Wie harmonisch der rechteckige Platz war! Alice sah die rote Leuchtschrift eines Theaters – des *Royal Court* –, die zur Mittagszeit vollen Restaurants und die Geschäfte: *Cartier, Tiffany's, Hugo Boss* … Feine Gegend, entschied sie.

Dann wollte sie vor Freude aufschreien, denn mit einem Mal schob sich ein riesiger roter, zweistöckiger Bus aus einer Seitenstraße. Es gab sie wirklich! Die berühmten Busse von London. Im nächsten Moment entdeckte sie am Straßenrand auch noch eine brandrote Telefonzelle neben einem ebenso roten Briefkasten. Alice riss sich gerade noch zusammen, sonst wäre sie in ein unsinniges Lachen ausgebrochen.

Auf dem Gehsteig herrschte Trubel. Alice fiel auf, wie gut die Mädchen hier aussahen. Gut auf eine Weise, wie sie es vorher noch nie gesehen hatte. Niemand wirkte makellos sportlich elegant und gerade wie von der Schaufensterpuppe runter gekauft, so wie das in Deutschland oft der Fall war. Eher schien es, als hätten die Mädels sich eben gerade die Kleider übergeworfen, die ihnen untergekommen waren – und damit doch einen perfekt coolen Look geschaffen. Dazu kam noch die Selbstverständlichkeit, mit der sich die Frauen hier bewegten, diskutierten, einen Kaffee im Pappbecher hielten oder in ihr Telefon redeten. Alice zwirbelte die Enden ihrer beiden lose geflochtenen Zöpfe zwischen den Fingern. Sie kam sich plötzlich so provinziell vor!

Das Taxi schob sich langsam durch den Verkehr, ehe es links abbog und an den Straßenrand zog. Der Fahrer sah sich zu ihr um.

»Wir sind da. Das ist die Oakley Street. Passen Sie auf, wenn Sie aussteigen. Sie ahnen ja nicht, wie viele Leute überfahren werden, weil sie auf die falsche Straßenseite blicken.«

»Klar«, sagte Alice und wollte auf die Straße steigen, als ein Range Rover nur einen Zentimeter und laut hupend an ihr vorbeischrammte. Sie fuhr zurück. Ihr Herz hämmerte in ihrer Brust. Das war knapp!

Schnell rutschte sie im Auto durch und stieg auf dem Bürgersteig aus. Entlang der breiten Straße reihte sich ein hohes weißes, stuckverziertes Haus an das andere und an ihrem Ende glitzerte wieder graublau die Themse.

Der Taxifahrer lachte, als er um den Wagen herumging und ihren Koffer nahm. »Deswegen steht an jeder Kreuzung auf dem Bürgersteig: *Bitte rechts gucken* oder *Bitte links gucken*! Keine Sorge. Das lernen Sie schon. Und wenn Sie nachher spazieren gehen, dann merken Sie sich die Feuerwache am Ende der Oakley Street, dann finden Sie den Weg immer wieder zurück.«

Er stellte den Koffer ab. Alice kramte in dem Umschlag der Sparkasse, in der ihr Vater am Vortag noch Geld getauscht hatte.

»Entschuldigung. Hier ist nur alles so – fremd.«

»Ich komme aus Afghanistan, *Love*. Wir sind hier alle Fremde. Daran gewöhnt man sich besser gleich.«

Das Taxi verschwand aus ihrem Blickfeld. Wie hatte er sie genannt? Love? Liebes. Sie musste lächeln. Irgendwie seltsam, aber auch nett!

Alice schleppte ihren schweren Koffer die drei Stufen hoch zum Eingang der Oakley Street 26. Es war ein weißes vierstöckiges Haus, dessen tiefrote Tür von zwei Säulen flankiert wurde. Das sah ja gar nicht so schlecht aus, entschied sie.

Innen war die Wand speigrün-gelb gestrichen worden und dies wohl schon vor Jahren. Über Alices Kopf flackerte das Neonlicht unregelmäßig, und hinter dem Tresen hing grell dekoriert etwas, das wie eine Sure aus dem Koran aussah. Der Mann an der Rezeption blickte nur unwillig von seinem iPad auf, auf dem ein verpixelter Film in einer für Alice fremden Sprache lief. Seine Brillengläser waren so dick wie der Boden einer Cola-Flasche, doch sein Blick war recht freundlich. »*Welcome*. Ich heiße Baschar. Hier sind die Hausregeln.« Er schob Alice ein auf einem billigen Kopiergerät vervielfältigtes Papier über den Tresen. Zwanzig Punkte, kaum lesbar, was vielleicht auch besser so war. Alice schwirrte schon nach wenigen Sätzen der Kopf davon, was sie vor oder nach zehn Uhr abends tun oder lassen sollte.

Baschar musterte derweil Alices Perso und tippte auf seinem alten Computer herum. »Sie haben Zimmer 19. Vierter Stock, erste Tür rechts. Hier ist der Zettel mit dem Wi-Fi-Kennwort. Ist im Preis inbegriffen, wie auch Wasser und Strom. Die Miete für die Woche begleichen Sie bitte im Voraus. Mir sind zu viele Mieter einfach schon abgehauen.« Der Mann sah von seinem Bildschirm auf. »300 Pfund. Selbst wenn Sie eher gehen sollten: Rückerstattet wird nichts.«

300 Pfund! Dafür hatte sie im letzten Winter gemeinsam mit zwei Freundinnen eine Woche all-inclusive in einem *Hilton* am Roten Meer gemacht! Ihr Sparkassen-Umschlag war nun so gut wie leer. Baschar ließ die Scheine in einem kleinen Tresor verschwinden.

Dann trat er mit einem Werkzeugkasten in der Hand hinter dem Tresen hervor. »Hm. Zimmer 19. Ich muss da noch was am Abflussrohr reparieren, wenn ich mich recht erinnere.« Er stieg vor Alice die Treppen hoch, während die mühsam ihren Koffer die Stufen hochwuchtete: War *Gentleman* nicht ein englisches Wort?!

»Gibt es hier keinen Aufzug?«, fragte sie, als sie nach den ersten Stufen Atem schöpfte.

»Nein. Sonst würde das Zimmer vierhundert die Woche kosten.«

Als sie endlich auf der obersten Etage ankam, kniete Baschar schon in der offenen Zimmertür und hämmerte mit mehr Kraft als Verstand gegen die Rohre. Das Metall ächzte und Rostkrümel flogen. Alice verbiss sich ein Lachen: Was Mark und ihr Vater wohl zu dieser Art von Klempnerei sagen würden? Sie sah an die Zimmerdecke, an der sich lose Kabel entlangzogen. In dem Zimmer standen nur ein Bett und ein Schrank nahe dem schmalen Fenster, das auf die Oakley Street hinausging. Jedes Mal wenn draußen ein Bus vorbeikam, klirrte die Scheibe leise in dem wohl morschen Rahmen. *Das* war ihr Zimmer, für 300 Pfund die Woche? Zu Hause war ihre Speisekammer größer! Aber dies war nun ihr Zuhause.

»Kann ich reinkommen?«, fragte sie mit etwas zittriger Stimme.

Baschar packte gerade sein Werkzeug wieder ein. »Ja, aber lassen Sie mich erst raus. Sonst *können* Sie gar nicht rein«, sagte er gleichmütig. »Wenn Sie mal drinnen sind, müssen Sie sich zum Öffnen der Tür auf das Bett setzen. Sonst ist dafür auch kein Platz. Okay?«

Alice konnte nur stumm nicken. Sie hatte sich bisher nicht für verwöhnt gehalten, aber vielleicht lernte man über sich selbst nicht aus.

Baschar wischte sich die verschmierten Hände an seiner Hose ab. »Wenn es mit dem Wasser immer noch Probleme gibt, dann rufen Sie einfach runter, ja? Und wenn Sie sonst wie Probleme haben, können Sie sich auch melden.«

»Ist denn ein Telefon im Zimmer?«

Er grinste. »Nein, denn sonst …«

»Sonst würde das Zimmer 450 kosten?«, vermutete Alice.

»Genau«, sagte Baschar. »Sie beugen sich übers Treppengeländer und rufen laut. Ich höre Sie schon. Machen Sie es sich gemütlich. Kühlschrank und Kochplatte funktionieren. Hoffentlich.«

Als seine Schritte verklungen waren, schob Alice ihren Koffer in das Zimmer. Damit war es auch schon voll. Sie stieg über ihr Gepäck auf das schmale Bett, das nur 20 cm von einem Schrank mit Schiebetüren entfernt stand. Sie zog den Koffer näher und konnte nun die Tür schließen. Das war also ihr Reich – zumindest, wenn sie auf dem Bett saß.

Der Wasserhahn tropfte noch immer, während der Kühlschrank gerade ratternd sein Aggregat anwarf. Die Kochplatte obendrauf war leidlich sauber, aber es war nicht mehr zu erkennen, welcher Knopf welche Platte anheizte. Alice zog die

Beine an. Sie hatte Hunger. Konnte sie irgendwo einkaufen gehen? Das Waschbecken im Zimmer war offensichtlich als Bad *und* als Teil der Küche gedacht.

Sie dachte an die freundliche helle Küche daheim, die wirklich das Herz des Hauses war, und sah auf ihre Uhr: hier, plus eine Stunde – vielleicht aßen gerade alle von dem Kuchen, den ihre Mutter am Sonntag immer buk? Ihre Nase kitzelte gefährlich. Da fiel ihr Blick auf die Ausbuchtung in der Brusttasche ihrer Jeansjacke. Die Stullen, die sie im Flugzeug nicht gegessen hatte! Alice hechtete geradezu danach.

Im Gang fing plötzlich ein Mann an zu schreien und eine Frau brüllte zurück. Etwas schlug gegen die Wand und zerbrach. Alice zuckte zusammen und saß ganz still. Nichts folgte mehr. Sie wickelte mit zitternden Fingern die Brote aus.

Gleich wollte sie ihre neue Heimat erkunden. Gleich, entschied sie, als polternde Schritte die Treppe hinunter flohen. Die Frau schimpfte im Flur grell in einer unbekannten Sprache hinterher. Dann weinte sie. Allein, draußen auf dem Treppenabsatz.

Alice biss in die Stulle, kaute, schluckte. Das Brot schmeckte seltsam salzig. Sie wischte sich schnell die Augen. Wie doof, schalt sie sich. Doch das half nichts. Sie fühlte sich wie ein Vogel, der noch nicht flügge aus dem Nest gefallen war.

Morgen war ihr erster Tag an der SAF. Sie musste sich einschreiben und den Stundenplan abholen, ehe sie sich eine neue Wohnung suchte. Etwas ganz für sich allein, entschied sie, während sie weiteraß.

Alice holte ihren Laptop aus dem Koffer und ging gleich online, auf *Gumtree* oder *Loot*, wo eben in London Zimmer und Wohnungen angeboten wurden. So schwer konnte das ja nicht sein, oder?

»Hallo? Ja, ich rufe wegen des Zimmers an – schon vergeben? Trotzdem danke …«

Alice saß im Schneidersitz auf dem Bett und knabberte mürrisch am Bleistift. Vor ihr lag die Liste mit den Nummern, die sie sich notiert hatte. Die vorletzte strich sie aus.

Eine Weile saß sie nur so da, mit hängenden Schultern, und drehte den Stift zwischen ihren Fingern. Mist. Eine Nummer blieb noch für ein Zimmer in Fulham. Dem Stadtplan zufolge war das nicht so weit weg von Chelsea und der Oakley Street. Wenn es sich überhaupt lohnte, darüber nachzudenken. Im September suchten natürlich alle ein Zimmer, das hätte sie sich auch denken können.

Um den Anruf noch ein wenig hinauszuzögern und sich selbst ein wenig Mut zu machen, rief sie die Webseite der SAF auf und klickte einen der Kurzfilme an. Viele berühmte Leute sagten, was es für sie bedeutet hatte, dort zu studieren. Es endete mit dem Bild eines Transparents, auf dem Alice las: *Verzeihen Sie die Störung, wir verändern gerade die Welt.*

Genau so war es. Nur nicht aufgeben! Sie nahm ihr Telefon wieder in die Hand. Niemand hatte gesagt, dass es einfach sein würde, die große weite Welt zu erobern, oder? Wenn die letzte Nummer jetzt die richtige für sie war, dann lohnte sich der Anruf!

Sie wählte und studierte noch mit gerunzelter Stirn, was sie danebengekritzelt hatte. 200 Pfund die Woche, inklusive Internet, Strom und Wasser, das klang schon nach ihren ersten Stunden in Baschars Haus nur vernünftig.

»Ja, hallo?«, knurrte eine raue Frauenstimme. Im Hintergrund dudelte leise eine asiatisch anmutende Musik.

Alice räusperte sich. »*Good evening*. Ich rufe wegen des Zimmers in Fulham an. Ist es noch zu haben?«

Die Frau schien Rauch aus dem Mund zu blasen und hustete dann. »Ja, ist es. Wollen Sie vorbeikommen?«

»Jetzt?« Alice sah aus dem Fenster, wo sich der Himmel über der Stadt rot färbte. Wie lange würde es noch hell sein? Eine Stunde vielleicht oder zwei?

Die Frau ließ ihr nicht viel Zeit zum Überlegen. »Warum nicht jetzt? Jetzt ist immer besser als später. Weil später vielleicht nie kommt.« Die Frau lachte scheppernd.

Was soll denn passieren, wollte Alice fragen, aber ließ es dann. Stattdessen notierte sie sich die Adresse, angelte nach ihrer Jacke, stieg über ihren Koffer und quetschte sich zur Tür hinaus.

Als sie auf der Oakley Street stand, merkte sie erst, wie hart ihr das Herz in der Brust schlug. Um sie herum liefen Menschen. Alles schien auf die King's Road zu strömen. Jeder wusste, wohin, jeder hatte eine Richtung und ein Ziel. Und sie? Am liebsten wäre sie wieder umgekehrt und hätte sich verkrochen.

Dann aber packte sie sich selbst am Schopf und zog sich aus dem Sumpf ihrer dunklen Gedanken. Kämpferisch rückte sie sich den Jackenkragen zurecht. Wenn sie schon aus der fränkischen Provinz kam, dann sollte man ihr das zumindest nicht ansehen! Innerlich bereitete sie sich auf das nächste Abenteuer vor: nämlich den richtigen Bus nach Parsons Green in Fulham zu finden. Ihre Laune stieg: Sie würde im roten Doppeldecker-Bus oben sitzen, komme, was wolle! Von nun an hieß es: *The only way was up*.

LIEBER JETZT ALS SPÄTER

Alice stieg an der Haltestelle *Parsons Green* aus dem Bus. Es war empfindlich kühl geworden, sie zog sich die Jeansjacke enger um den Leib. Die anderen Leute zerstreuten sich rasch – sie hatten es wohl eilig, am Sonntagnachmittag in ihre gemütlichen Heime zu kommen.

Alice stand eine Weile allein auf dem Bürgersteig, als der Bus wieder anfuhr. Neben dem kleinen Park mit den hohen Kastanienbäumen lag ein Pub. *White Horse*, las Alice auf dem Schild entlang der Fassade. Geranien quollen aus den Fensterkästen. Damit gewänne das Haus daheim jeden »Unser Dorf soll schöner werden«-Wettbewerb.

Trotz der abendlichen Kühle standen Leute mit ihrem Bier in der Hand vor dem Lokal. Reden und Lachen lagen wie eine freundliche Wolke über dem Pub und seinen Besuchern. Alice fühlte sich beinahe aufgeregt. Vielleicht war das ja bald *ihr* Pub und vielleicht stand sie auch bald so da? Wer würden ihre Freunde sein?

Auf die Plätze, fertig, los und LEBEN! Alice holte ihr Telefon aus ihrer Handtasche und wartete an der Ampel auf

Grün, während die Menschen um sie herum einfach über die Straße gingen. Sie genierte sich, aber blieb dennoch stehen. Man konnte eben das Mädchen aus dem fränkischen Dorf nehmen, aber das fränkische Dorf nicht so einfach aus dem Mädchen.

Um Parsons Green herum zog sich Straßenzug um Straßenzug von sehr ähnlich aussehenden Häusern. Entlang der Bürgersteige parkten Volvos, Audis und BMWs. Eine rundliche Philippinin schob zwei in Dunkelblau gewandete und zufrieden glucksende Säuglinge in einen Vorgarten, in dem der weiße Kies unter den Rädern des Kinderwagens knirschte. Durch ein anderes Fenster sah Alice ein Kaminfeuer flackern. Die Wohnzimmer der meisten Häuser lagen hinter großen Fenstern so offen wie Auslagen in einem Geschäft. Alice musste sich beherrschen, nicht einfach neugierig in die Häuser zu starren. Stattdessen rief sie auf ihrem Handy die Karte von Fulham auf und suchte nach der richtigen Adresse: Irene Road 6.

Sie war ja schon ganz nahe dran, gleich hinter dem Pub! Ob das Haus auch so schön und gepflegt war wie die anderen? Und ob das Haus *ihr* Haus werden würde?

Irene Road 6 war schwarz. Pechschwarz. Fassaden, Fenster, alles. Alice verlangsamte ihren Schritt: Das Haus sprang sie an wie eine dunkle Drohung, als sie in die Straße einbog. Über dem Gartentor, das schief in seinen Angeln hing, prangte ein Schild in Form einer buckelnden schwarzen Katze. *Kate's Mystery Books*, las Alice. Der schmutzige Spitzenvorhang in dem großen Wohnzimmerfenster bewegte sich leicht, als sie das Tor öffnete und an der Tür klingelte.

AAAHHHRGH! Alice fuhr entsetzt zusammen. Statt eines Klingeltons erklang ein lang gezogener, klagender Schrei, wie aus einer Folterkammer! Gleichzeitig wurde die Haustür aufgerissen.

»Ja?«, knurrte die Frau im Türrahmen. Sie war breiter als hoch, mit sehr vielen abwaschwasserfarbenen Haaren auf dem Kopf, die ihr fettig und wirr über das Gesicht fielen. Irgendwo zwischen den Strähnen und hinter einer dicken Brille sah Alice die Augen der Frau glitzern. Trotz der Abendkühle trug sie nur ein langes schwarzes T-Shirt und Pantoffeln aus schwarzem Plüsch mit Katzenohren, Augen und Schnurrhaaren: sonst nichts.

Alice ballte die Hände in den Jackentaschen zu Fäusten. »Hi. Ich bin Alice. Ich habe vorhin angerufen … wegen des Zimmers, meine ich.«

»Ach ja. Natürlich«, sagte die Frau und musterte sie abschätzig von oben bis unten. »Du bist heute schon mindestens die Zwanzigste. Ich bin Kate. Komm rein … Aber Füße abputzen«, knurrte sie noch, drehte sich um und verschwand im Inneren des Hauses.

Alice folgte ihr. Die Türmatte sah aus wie eine schwarze Katze, bemerkte sie ohne Überraschung, denn als sie das Haus betrat, war ihr schon klar: Kate hatte eine große Leidenschaft! Von der Kaminumrahmung bis zu einer Verzierung auf den Pfosten des Treppenhauses – einfach unglaublich: schwarze Katzen überall! Hunderte, ach was, Tausende von ihnen. Alice erhaschte einen Blick ins Wohnzimmer, wo auf einem runden Tisch eine Kugel, eine Spielkarte und ein umgedrehtes Wasserglas standen – und, ach ja, ein Sessel, in dem eine echte schwarze Katze lag. Ihre gelben Augen funkelten Alice herausfordernd an. Sie hatte gute Lust, dem Tier die Zunge herauszustrecken. Das Vieh hatte wenigstens ein Heim!

Kate ging ihr voraus die Treppe hoch. Unter dem T-Shirt

war sie nackt und ihr Körper hing Alice schamlos in massigen, schweren Falten entgegen. Man sah alles, aber auch wirklich *alles*. Schenkel, Hintern, Schamhaar. Alice zwang sich, den Blick abzuwenden. Sie konzentrierte sich stattdessen auf die verblassten Poster entlang der Treppe, allesamt Filmplakate. »Nightmare on Elm Street«, »The Shining«, »Scream« und ein signiertes Poster des Films »Carrie«: *For my dearest friend Kate, you are always an inspiration! Lots of love, Stephen King*.

Wow, Kate, immer eine Inspiration für Stephen King!

Ein nervöses Kichern sammelte sich in Alices Kehle, ganz hinten im Rachen, wo es sich schlecht kontrollieren ließ. Was machte diese Kate denn bitte schön mit ihren Untermieterinnen, um Stephen King zu inspirieren? Schlug sie Türen mit Äxten ein oder verkleidete sie sich als bösartiger Clown, gerade wenn ihr danach war?

Die Treppenstufen knarzten bei jedem Schritt. Kate war oben angekommen. Sie schnaufte außer Atem: »Hier ist das Zimmer. Wir teilen uns ein Bad. Den Rest des Hauses brauche ich für meine Bücher und Veranstaltungen.«

Was für Veranstaltungen das waren, wollte Alice nicht mehr wissen: Ein Blick in den Raum mit der schwarzen Badezimmer-Ausstattung genügte. Kate teilte den Haarvorhang vor ihrem Gesicht, wohl um besser atmen zu können. Hinter ihrer Brille glänzten die Augen schwarz wie Obsidiane.

»Nehmen Sie es? Das Zimmer, meine ich …«, fragte sie.

»Nein«, sagte Alice, ohne zu zögern. Sie fügte rasch hinzu: »Ich bin allergisch gegen Katzenhaare. Aber danke für Ihre Mühe und Ihre Zeit.«

Kate zuckte nur die Schultern. »Macht nix. Ich werde schon einen Dummen finden. Und dafür habe ich meine Sitzung unterbrochen! Sie finden ja den Weg nach draußen selbst, oder?«

Auf der Straße musste Alice die Irene Road erst einmal hinter sich lassen, ehe sie sich etwas fasste. Was für ein Besuch und was für eine Person! Plötzlich wurden ihr die Knie weich. Sie stützte sich gegen die Hauswand des *White Horse*, atmete tief durch und setzte sich dann in einen Hauseingang einige Meter neben dem Pub.

Die Steinstufe fühlte sich durch den Tweed ihres Minirocks kalt an. Ihre Finger zitterten plötzlich, und sie rieb die Hände aneinander, um etwas wärmer zu werden. Es wurde bald dunkel. In den Straßenlaternen gingen die gelblich schimmernden Lichter an und in den meisten Häusern wurden nun dick gefütterte Vorhänge vorgezogen oder die Läden geschlossen. Wie warm und einladend gerade *das* wirkte, was nun verborgen lag!

Alice schlang die Arme um die Knie, was ihr ein Gefühl der Wärme gab. Plötzlich musste sie an ein Märchen denken, in dem ein kleines, armes Mädchen sich ein Streichholz nach dem anderen anzündete: In dem kurzen, raschen Flackern des Feuers findet sie Visionen von Glück und Geborgenheit. Ihr erster Tag. Vielleicht sollte sie nicht so hart mit sich und den Dingen sein und einfach in die Oakley Street zurückkehren? So hatte sie doch wenigstens ein sicheres Dach über dem Kopf. London konnte nicht an einem Tag erobert werden.

Sie biss die Zähne zusammen und wiegte sich ein paarmal nach vorn und nach hinten. Die Bewegung tröstete sie, dennoch konnte sie noch nicht aufstehen. Hier, so viel war klar, hatte niemand auf sie gewartet. Schon gar nicht, wenn man gerade mal nur 200 Pfund für die wöchentliche Miete zahlen konnte! »Nur« – sie dachte auch schon wie eine Londonerin. Denn wie viel Geld für eine miese kleine Bude das eigentlich war!

Ha! Kate sollte sich, wie sie selbst gesagt hatte, einen Dummen suchen, aber sie suchte sich stattdessen ein schönes Heim! Irgendwo, so war sie sich sicher, wartete es schon auf sie – hell, groß, warm und freundlich. Ein *neues* Zuhause, für ihr *neues* Leben.

Alice wollte eben aufstehen, als ein Paar Füße neben ihr anhielt. Große Füße, in ziemlich abgetragenen Cowboystiefeln. Sie sahen aus, als hätten sie erst die Wüste Nevada und dann die Gobi durchquert.

»Alles klar?«, fragte eine tiefe, angenehme Stimme.

Sie sah auf. Vor ihr stand ein großer Typ, ungefähr in ihrem Alter, vielleicht ein paar Jahre älter. Hinter ihm schien warm das Licht der Laternen, sodass Alice blinzeln musste, um ihn klar zu erkennen. Er trug eine Gitarre auf dem Rücken: Der Gurt saß eng um seine breiten Schultern in einem abgetragenen Tweed-Jackett. Alice wusste, was ein guter Schnitt war und was nicht: Irgendwann mal war das ein sehr teures Jackett gewesen, aber das war ohne Zweifel schon ganz schön lange her. Seine wirren, dunkelblonden Locken schienen im Schein der Laterne zu leuchten und standen in einem erstaunlichen Gegensatz zu seiner Haut, die Alice an dunkles Karamell erinnerte. Wow! Sie hatte noch nie jemanden wie ihn gesehen, das stand fest.

Er musterte Alice aufmerksam und ihr fielen plötzlich all ihre Unzulänglichkeiten auf: Ihre dunklen Haare hatten sich aus den Zöpfen gelöst und fielen wirr auf ihre Schultern. Am Morgen hatte sie sich zwar für den Flug ein wenig geschminkt, aber seitdem hatte sie nicht einmal nachgepudert. Sie glänzte sicher wie eine Speckschwarte. Gegen den »Breitmaulfrosch«-Mund ließ sich nichts machen, daran hatte sie sich gewöhnt. Fränkische Klassenkameraden härteten einen wirklich fürs

Leben ab. Sie zog instinktiv den kurz abgeschnittenen Tweed-Rock über ihre Schenkel. Vielleicht hatte ihre Mutter ausnahmsweise mal recht gehabt: Der Rock war *wirklich* zu kurz!

Der Typ schien sich ein Lächeln zu verbeißen. Wenn ein anderer Mann sie so angesehen hätte, hätte sie sich vielleicht unwohl gefühlt. Bei *diesem* Exemplar der männlichen Gattung aber lagen die Dinge schon anders! Alice wurde trotz des Abendwindes warm im Nacken.

»Alles klar?«, fragte er noch einmal.

»Ja. Nein«, sagte sie. Eigentlich hatte sie das nicht so einfach zugeben wollen. Es war ihr irgendwie herausgerutscht. »Nichts ist klar.«

Er schulterte seine Gitarre enger. »Was ist denn passiert?«

So eine einfache Frage, die so verdammt guttat. Er lächelte immer noch, aber irgendwie erreichte sein Lächeln seine Augen nicht ganz.

»Ich suche ein Zimmer«, gab Alice zu. Mittlerweile genügte das als Erklärung für alles Elend. *Ich suche ein Zimmer*.

»Ah«, sagte er nur und nickte. »Da kann ich mir vorstellen, wie es dir geht. Der letzte Dreck wird einem für Hunderte von Pfund angeboten! Ein Klappbett im Gang und eine klapprige Kommode und schon bist du deine ganze Kohle los. Eine Freundin von mir hat im Badezimmer bei sich einen doppelten Spiegel gefunden, durch den der Vermieter immer spannte. Das kennt man alles. Studierst du hier?«

»Ja. Das heißt, noch nicht. Ab morgen.«

»Ach, echt? Was denn? Jura? Betriebswirtschaft?«

Sie schüttelte den Kopf. »Nein. Mode. An der *School of Art & Fashion*.« Sie hörte selbst, wie stolz sie den Namen der Schule aussprach. Wer dort ankam, war schon Weizen, von der Spreu geschieden. Das wusste doch jeder.

»Aha. An der SAF«, sagte er und es klang reserviert. Ein Schatten wanderte durch das dunkle Gold seiner Augen. Dann aber war der Eindruck verflogen, die Pause in ihrem Gespräch, die kurz wie ein Wimpernschlag war, verging. Er streckte Alice die Hand hin, an der ihr die helle Handfläche auffiel: »Komm. Ich spendier dir einen Drink! Hier draußen wird es bald ungemütlich.«

Alice blickte geschmeichelt und gleichzeitig verwirrt auf seine Hand. Himmel, hilf! Ein Fremder sprach sie auf der Straße an! Lud sie zu einem Drink ein! Waren da nicht alle Voraussetzungen für ein Verbrechen gegeben? War das nicht genau das, wovor ihre Mutter sie immer gewarnt hatte?

Sie stand auf, aber ohne seine Hand zu nehmen – während sie im selben Augenblick überlegte, wie sie sich wohl anfühlte. Er tat einfach so, als hätte sie seine Geste nicht ignoriert. »Also? Ein Drink?«

Sie schüttelte den Kopf. »Nein danke. Ich mache mich auf den Weg nach Hause. Triffst du dich mit Freunden?«

»Ja. Ich habe heute Abend ein Konzert im *Club 66*, gleich hier um die Ecke. Wir trinken vorher noch schnell ein Glas im *White Horse*. Um die Stimme zu trainieren.« Er zwinkerte ihr zu.

Alice knöpfte die Jacke über ihrem schwarzen Rolli zu und zog die Schultern ein wenig hoch. Sie wusste immer noch nicht so recht, was sie von ihm halten sollte. Er war charmant und sah richtig gut aus – aber da war auch irgendetwas unbestimmt Trauriges an ihm. »Was spielt ihr?«, fragte sie mehr aus Höflichkeit.

»Ich spiele Gitarre und spreche. Gedichte oder eben einfach Eindrücke. Poesie ist das beste Wort dafür, denke ich.«

»Also Poetry-Slam.«

»Ja, aber eher Gedichte und Gedanken, mit Musik unterlegt … Manchmal singe ich auch.« Sie sah ihn von der Seite an. So lange Wimpern wie seine waren an einem Mann wirklich pure Verschwendung!

»Was für Musik denn?«

»Hm, Indie trifft's wohl am ehesten.«

»Poetry Slam mit Indie Rock. Das gibt's?«

Er sah sie ernst an. »Wenn nicht, dann erfinde ich es. Ich habe darin Übung, etwas zu sein, das es nicht gibt.«

Was für ein seltsamer Gedanke. Alice wäre auf solche Worte nie gekommen und war sich auch nicht ganz sicher, was er damit sagen wollte. Eine kurze Pause entstand. Schließlich sagte er: »Ich meine, ich kann in den Texten und Reimen alles ausdrücken, was mich bewegt. Am liebsten sofort, ohne nachzudenken. So entscheide ich, was es geben kann und was nicht.«

»Das klingt wunderbar«, sagte Alice und meinte es ehrlich. In gewisser Weise tat sie doch genau das, wenn sie Modelle entwarf. Welche Idee wurde lebendig und welche schaffte es nie über ein paar vage Striche auf dem Papier hinaus? Und wusste sie nicht auch genau, wie es sich anfühlte, wenn die eigene Kunst bezweifelt, die innersten Wünsche kritisiert wurden?

Er blickte sie an und um seinen Mund spielte wieder dieses melancholische Lächeln. »Findest du? Woher kommst du eigentlich?«

Sie sah auf. »Hm? Ich? Aus Deutschland.«

Er legte den dunkelblonden Wuschelkopf schief. Seine Haut sah im Kontrast zu den Haaren wirklich zum Abschlecken aus, entschied Alice und versuchte, die Röte zu vertreiben, die bei dem Gedanken über ihre Wangen kroch.

»Du bist wohl noch nicht lange hier, oder?«

»Nein. Ich bin heute erst angekommen.«

»Und da willst du wirklich keinen Drink? Das muss doch eigentlich gefeiert werden. Vielleicht auch mit einer heißen Schokolade – quasi auf den Kulturschock?« Er lächelte nun endlich richtig. *Richtig*: Seine Augen glänzten und Alices Herzschlag stolperte, aber sie schüttelte dennoch den Kopf.

»Nein, wirklich nicht«, sagte sie. Dabei lag es ihr auf der Zunge, Ja zu sagen. Sie war nicht hier in London, um ihre Mutter um Rat zu fragen! Sinn der Sache war es doch, auf eigenen Beinen zu stehen – Alice hätte sich plötzlich ohrfeigen können. Gleich war er weg, verstand sie. Der Mann mit der dunklen, schönen Haut und dem goldenen Haar. Vielleicht der gelungene unwirkliche Abschluss eines unwirklichen Tages. Doch ehe sie noch etwas sagen konnte, zog er eine Karte aus seinem abgegriffenen Portemonnaie.

»Hier ist die Adresse des Clubs. Wir sind ziemlich oft dort. Komm doch mal vorbei, wenn du dich ein wenig eingelebt hast«, sagte er.

Alice nickte und steckte die Karte ein.

Er zögerte kurz. »Willst du mir deine Nummer geben? Ich meine, falls ich etwas über ein freies Zimmer höre?«

»Hm. Lieber nicht.« Spießer! Verdammt! Er war als erster Mensch seit ihrer Ankunft nett zu ihr – na gut, den kleinen Taxifahrer mal ausgenommen! – und sie war so patzig.

Doch ihm schien ihre Ruppigkeit eher Spaß zu machen: »Recht so, man kann niemandem trauen! Wie heißt du überhaupt?«

»Alice.«

»Okay, Alice. Ich bin Ned. Überlassen wir es dem Schicksal. Viel Glück in London und an der SAF. Bye, Alice.«

Er lächelte noch einmal dieses blitzende, überraschende Lächeln und ging dann voran zum Pub, wo er von einer kleinen Gruppe begrüßt wurde. Dann verschwanden sie gemeinsam in der Kneipe. Neben ihr, wo er gerade noch gestanden hatte, fühlte sie nur die kalte, leere Londoner Septemberluft. Es war, als habe diese plötzlich ein Loch in seiner Form.

»Bye, Ned«, murmelte sie.

Überlassen wir's dem Schicksal. Wie altmodisch das klang. Dann dachte sie an Kates Worte: *Warum später? Warum nicht jetzt? Wer weiß, ob später noch kommt?* Diese Kate hatte zwar nicht alle Tassen im Schrank, aber an dieser Weisheit war ohne Zweifel etwas dran.

Wie doof war sie eigentlich?

Ned blieb im Pub verschwunden. Der Augenblick war vergangen und die Gelegenheit vergeben. Alice ging langsam wieder zur Fulham Road. Sie suchte nach der Bushaltestelle in die entgegengesetzte Richtung und trat auf die Straße. Ein Ford konnte gerade noch bremsen und Alice rettete sich mit einem Satz auf den Bürgersteig. Der Fahrer schüttelte seine Faust und hupte, ehe er weiter in sein Handy redete. Himmel, weshalb fuhren die Autos hier auch alle auf der falschen Straßenseite? Wenn sie so weitermachte, dann war das Jetzt für sie auch gleich vorbei, dachte sie mit hart klopfendem Herzen. Sie lehnte sich an den Pfosten der Bushaltestelle und drehte die Karte des Clubs zwischen ihren Fingern, ehe sie sie in die Jackentasche steckte. Auch wenn sie sich heute nicht getraut hatte, hier, verstand sie plötzlich, konnte alles noch einmal ganz von vorn beginnen. Hier konnte sie die Alice sein, die sie sein *wollte*. Sie war frei von allem zuvor gelebten Leben. Nun galt es nur noch herauszufinden, wer denn diese neue Alice war.

ANFÄNGERGLÜCK

Am nächsten Morgen nahm Alice die U-Bahn vom *Sloane Square* nach *Victoria*. Das heißt, eigentlich nahm die U-Bahn Alice, denn gegen diese Übermacht hatte sie keine Chance. Hieß das hier vielleicht *Tube*, weil man gnadenlos wie eine Zahnpastatube gequetscht wurde?, dachte sie erschöpft nach nur einer Haltestelle, als die Türen sich dort öffneten und ein Schwall verbrauchten Sauerstoffs ins Innere der Bahn drang. Sie schnappte nach Luft, verzweifelt, wie ein Fisch auf dem Trockenen. So konnte sie wenigstens wieder denken.

Zuvor hatte der Zug ohne jede Angabe von Gründen fünf Minuten im dunklen Tunnel gestanden. Eine Schwangere wischte sich stumm den Schweiß von der Stirn. Der Banker, dessen Achselhöhle Alice genau vor der Nase hatte, schüttelte nervös und einhändig an seiner Zeitung herum, die noch mehr Platz wegnahm als er selbst. Die schöne Inderin neben ihr perfektionierte ihr Make-up, während sie gelassen in ihrer Sprache in das Mikrofon ihres Handys sprach. Ab und an lachte sie leise und trug dabei den Lidstrich mit so sicherer Hand auf, als sei sie allein vor dem Spiegel ihres Badezimmers.

Bevor der Zug weitergefahren war, hatte fast niemand etwas gesagt, sondern nur geduldig darauf gewartet, dass es weiterging, irgendwann. Das schien der Verhaltenskodex in der Stadt zu sein: Was auch immer kam, nur die Nerven bewahren. Erst als die U-Bahn wieder angefahren war, hatte Alice gemerkt, wie sehr das unwissende Warten sie alle angespannt hatte.

Nach nur zwei Haltestellen taumelte sie schließlich mehr aus dem Zug, als dass sie ging. Sie fühlte sich wie durch die Mangel gedreht, was aber vielleicht auch an der durchgelegenen Matratze in Zimmer 19 lag. Gab es doch einen Bus zur Schule? Oder vielleicht konnte sie radeln? Mutlos wechselte sie von der *District Line* in die *Victoria Line Northbound*, zum Bahnhof *King's Cross*.

Dabei wurde sie von der Masse von Männern in Anzügen und sorgfältig zurechtgemachten Office-Girls mitgetragen. Es war wie Bodysurfen! In den Gängen der U-Bahn spielte ein junger Gitarrist mit kahl geschorenem Kopf, halb geschlossenen Augen und vor Kälte blauen Fingerkuppen »Streets of London«. Meine Güte, wie lange stand er hier schon?!

Alice summte in ihrem Kopf mit, bis die Töne verklangen. Die Türen der *Victoria Line* schlossen sich mit einem Quäken und der nächste Tunnel schluckte Alice und Hunderte von anderen Menschen, schwarz und mit aller Gleichgültigkeit der Gewohnheit.

Als Alice in *King's Cross* ankam, ballten sich über der grandiosen backsteinroten Fassade des Bahnhofs die grauen Herbstwolken, durch die hier und da Sonnenstrahlen stachen. Dieses gleißende Licht, das das Dunkel teilte. Wunderbar, wenn man das auf dem Rock einer Abendrobe einfangen könnte!

Vielleicht durch Neon-Einsätze in schwerem Seiden-Satin? Einfach mit einem grauen Pulli getragen? War das London? Ideen, Inspiration und die Freiheit dazu – einfach überall.

Der Gedanke gefiel ihr über die Maßen gut. Alice stand still in einem Strom von Menschen und sah sich um. Die Luft war schwer von Abgasen, Menschen strömten an ihr vorbei und ihre Ohren rauschten von fremden Sprachen und Wortfetzen – all dies war immer wechselnd, stetig neu. Daneben wieder das schon Altbekannte: die schwarzen Taxis, die roten Busse, die Namen, die es heute überall gab und die jede Stadt verwechselbar machen konnten – *McDonald's* und *Starbucks*.

Alice wurde plötzlich noch einmal klar, dass Ideen und ihr Ausdruck – das, was sie Design nannte – überall um sie herum waren. Man musste sich ihm nur öffnen! *Sie* musste sich ihnen nur öffnen, egal, wie erschöpfend das sein mochte.

Vielleicht würde sie auch eines Tages so eine visuelle Spur in der Welt hinterlassen – genial schlicht wie das Zeichen der Londoner U-Bahn, der sie eben entkommen war: der blaue Kreis mit dem roten Strich durch. Einfach so. Könnte einem Kind einfallen. War es aber nicht.

Oder etwas so Mutiges wie der Minirock! Was hatte Mary Quandt dazu gebracht, den Röcken einfach den Saum abzuschneiden? Was immer es war – es lag nun vor ihr, oder noch besser: Sie stand inmitten seines Herzens!

Das ist typisch Alice Weber, sollten die Leute einmal sagen.

Aber dazu sollte sie vielleicht erst einmal mit dem Studium anfangen …! Wie war die Adresse der Schule noch mal? Sie sah zum zehnten Mal auf ihrem Handy nach, das ihren Standort mit einem grünen Punkt anzeigte, und plötzlich merkte Alice, wie aufgeregt sie wirklich war. Ihre Lippen waren ganz trocken, ihre Hände feucht.

Da piepte ihr Telefon und Alice empfand das vertraute Geräusch wie eine freundliche Geste. Sie las: *Viel Glück heute! Mama.* Vier Worte, die wie ein Splitter Licht und Wärme im grauen Morgen wirkten. Alice freute sich mehr, als sie es erwartet hätte. Ihre Mutter und sie waren vielleicht sehr verschieden, aber sie gehörten zusammen. Für immer.

Sie steckte das Handy weg. Nun gab es kein Aufschieben mehr. Sie ging langsam den York Way nach unten, über die grauen Wasser des Regent's Canal. Auf der Brücke blieb sie kurz stehen. Wie unerwartet schön das hier war! An den hohen Bäumen färbten sich die Blätter gelb und jedes der vielen Hausboote sah anders aus. Kinder liefen entlang des Kanals zu ihren Schulen und zwei Schwäne glitten das graue Wasser hinunter. Vom Fluss selbst hörte man nichts – dafür aber das Rattern von Presslufthämmern und das Brummen von Bagger-Motoren. Mehrere Kräne ragten über die Dächer. Diese Stadt, dachte Alice, war eine einzige, riesige Baustelle!

Sie riss sich los.

Please be on time. We expect the first day to be extremely busy, and nobody likes hanging around. Last but not least those who are busier than you might ever be, hatte es erstaunlich offen in der Einladung zur Einschreibung gestanden.

Sie ging weiter. Noch eine Straße, noch eine Ecke. Nun stand sie auf dem riesigen Platz vor der *School of Art & Fashion*. Studenten eilten wie Ameisen über die Steinprärie, kreuz und quer, in alle Richtungen – doch jeder schien zu wissen, wo es hingehen sollte. Alice betrachtete ihre neue Schule: Das Hauptgebäude war ein riesiger alter Kornspeicher oder eher eine Getreidebörse. Sie legte den Kopf in den Nacken, um daran hochzusehen. Sechs Stockwerke aus gewaltigem grauem Stein, unterbrochen von großen industriellen Fenstern, durch die Licht in das Innere der Studios und Klassenzimmer strömen konnte.

Was lag hinter der Fassade? Bildende Kunst, Tanz, Schauspiel, Design und: Mode! Dies war eine Kathedrale der modernen Künste, in all ihren Formen!

Mit einem Mal fühlte sich Alice so still stehend und starrend vollkommen fehl am Platz. Waren denn hier alle außer ihr in Bewegung? Und wie bunt alle aussahen! Sie selbst trug ein enges schwarzes, knöchellanges Strick-Kleid mit einer pinkfarbenen Flauschjacke und dazu bunte Ohrringe aus Italien. Klappern gehörte zum Handwerk: Würde der Look der Londoner Mädchen, die sich einfach etwas überwarfen und damit fantastisch aussahen, eines Tages auf sie abfärben? Hoffentlich, dachte Alice und wollte weitergehen, als jemand sie anrempelte und sie beinah auf die Pflastersteine fiel.

»Autsch! Was stehst du hier auch rum? Wir sind alle in Eile …« Das Mädchen, das sie gestoßen hatte, machte keine Anstalten, sich zu entschuldigen, sondern stemmte die Hände in die Hüften. Alice selbst rieb sich den Arm. Nach dem Schrecken kam der Ärger: Hatte die denn keine Augen im Kopf?!

»*Sorry*«, sagte sie dennoch kurz.

»Schon gut. Bist wohl Anfängerin?« Der Akzent der anderen war deutlich zu hören, aber Alice konnte ihn dennoch nicht einordnen. Das Mädchen rückte ihr pinkfarbenes Glitzerstrass-Diadem in den Haaren zurecht und schulterte dann ihre zum Bersten volle und aus alten CDs gebastelte Tasche.

Alice nickte nur.

»Das erklärt alles. Viel Glück dann. Wir sehen uns sicher wieder. Ich bin Blanka. Die Weiße.«

Damit ging sie davon. Alice sah ihr nach. Noch nie hatte

sie jemanden mit einem so passenden Namen getroffen: *Blanka, die Weiße*. Denn das Mädchen schien trotz ihres bunten Outfits keine Farbe zu haben. Ihre Haut war weiß, ihre Haare waren weiß und die Augen, die Alice schnell und erstaunlich unfreundlich gemustert hatten, waren von hellem, stechendem Blau gewesen.

Egal, entschied Alice. So einfach ließ sie sich die Laune nicht vermiesen! Sie ging auf den Haupteingang zu. Eine Glastür schwang auf: Tada! Sesam, öffne dich, dachte Alice und war plötzlich unglaublich lächerlich glücklich. Eine Welle von Glück, die sie regenbogenfarben strudelnd im Grau des Tages packte und mit sich in einen hellen, inneren Sonnenschein trug.

Sie war in der SAF!!! Am liebsten hätte sie in diesem Augenblick niedergekniet, um den spiegelnden, glatt polierten Betonboden der hohen Eingangshalle zu küssen. So wie der Papst das tat, wenn er irgendwo aus dem Flugzeug stieg, um ein Land zu besuchen. Alice Weber, angekommen im Mekka der Ideen und der Kreativität! *Verzeihen Sie die Störung, wir verändern hier gerade die Welt*!

Alice schulterte ihre Tasche. Von der hohen, luftigen Lobby führte eine mit einer Glaskuppel überdachte Straße weg, die zwischen den zwei alten Vorratsgebäuden verlief. Drei Stockwerke an Studios, Theatern und Ateliers türmten sich rechts und links von ihr auf, verbunden durch eine Vielzahl von Brücken und Galerien. Der Weg war bestimmt an die hundert Meter lang und über zehn Meter breit. Es war ein Boulevard inmitten einer Schule!

Um sie herum spülte der Strom an Studenten vorbei, die alle ihre Karten zückten, um am Anfang des Boulevards durch die Barrieren in das Allerheiligste der Schule vorzudringen.

Was sollte sie jetzt tun? Sie hatte noch keine Karte.

Sie fasste einen Studenten am Ellenbogen. Er trug eine Jacke aus rotem Schottenkaro über sehr engen schwarzen Hosen und einem grünen T-Shirt.

»Entschuldigung«, sagte Alice.

»Ja, *Honey?*«, sagte er. Um seinen Hals hing ein Anhänger in Form einer Pistole.

»Nenn sie nicht so, siehst doch, sie ist neu«, mahnte sein Freund, neben ihm.

»Deshalb kann ich sie doch *Honey* nennen. Stört es dich, Honey, wenn ich dich Honey nenne?«

»Nein«, lachte Alice. Das Wort erinnerte sie an das *love* des Taxi-Fahrers. Eine schlichte kleine Freundlichkeit, die nichts kostete, aber die den Tag erhellte. »Ich suche das *Office*, um mich einzuschreiben und meine Unterlagen abzuholen.«

»Ah. Geh zum Hausmeister da drüben. Er lässt dich rein. *Admission* ist im ersten Stock.«

Dann waren beide schon verschwunden, nicht anders als eine Fata Morgana, die sich zwischen all die anderen eilenden, bunten Gestalten mischte. Das hier war eine Begegnung der mindestens siebenundzwanzigsten Dimension.

Alice fühlte sich trotzdem plötzlich sicherer. Das, was sie gerade durchmachte, hatte jeder Anfänger an der SAF schon erlebt. Kein Meister fiel vom Himmel.

Das *Admissions Office* war zum Bersten voll mit Studienanfängern. Alice kam sich in ihrem bunten Aufzug inzwischen eher harmlos vor. Das Mädchen vor ihr trug ein Kleid aus alten Frottee-Handtüchern, das an Seite und Schultern lose von Schließnadeln zusammengehalten wurde. Darunter, so viel war bei der kleinsten Bewegung klar, trug sie nichts. Der

Typ hinter ihr, der sich mit geschlossenen Augen im Takt der Musik aus seinen Ohrstöpseln wiegte, versuchte dagegen, den Weltrekord an Mustern an einem einzigen Männerkörper zu brechen: Pringle-Karo am Pullunder über einem lilafarbenen Leopardenhemd zur gestreiften Clubjacke und zerfetzten und mit Domestos behandelten Jeans. Alles war erlaubt. Die einzige Regel, die es zu beachten galt, war, nur bitte nicht langweilig zu sein, so viel war klar!

An den Wänden hingen Einladungen zu Modeschauen und Ausstellungen des Research-Centers der Schule. »Fashion & Film« lief gerade. Das wollte sie sehen. Eine wichtige Inspiration waren für sie zum Beispiel immer wieder die Heldinnen aus Hitchcocks Filmen gewesen.

Dann blieb Alices Blick an einem anderen Plakat hängen. *Hatton Grant* stand da in Blutrot auf edlem Büttenpapier. Alice sah noch einmal hin. *Hatton* war das einzige echte englische Couture-Haus. Seine Gründerin Henrietta Hatton hatte mit Mut und Freigeisterei die Mode revolutioniert und auf immer geprägt: Korsetts raus, weicher Jersey rein; Schwarz mit Gold, Seemannsstreifen, Beige und Grau schlicht miteinander kombiniert, tonnenschwerer Modeschmuck – vieles von dem, was Alice heute selbstverständlich vorkam, war *Hatton*! Auf dem Poster war ein Bild der Designerin abgedruckt: Henrietta Hatton, zurückgelehnt auf einer Chaiselongue, die dunklen Haare unter einem seidenen Turban verborgen, Zigarette in der Hand, den schmalen Körper in einem schwarzen Kleid und den Blick in eine nur für sie erkennbare Ferne gerichtet. Wer war sie? Woran dachte sie? Alice musste ihren Blick von dem Bild losreißen, so sehr fesselte sie das kantige Gesicht der großen Modeschöpferin. Was für eine fabelhafte Frau – und ihr Haus bot nun ein Stipendium an?

»Sorry«, murmelte Alice und drängte sich vor. Sie überflog den Text. Bewerben konnten sich bereits Studenten im *Foundation Course*. Finanziert wurde ihnen dann der Rest des BA-Studiums wie auch ein MA-Kurs. Dazu konnte der Gewinner im Sommer bei *Hatton* arbeiten und Erfahrungen sammeln.

Alice leckte sich die plötzlich trockenen Lippen. Das war es, was sie brauchte! Das war es, was sie haben *musste*! Es war ein Wink des Schicksals! Sie war noch nicht einmal eingeschrieben und wusste schon, dass sie nie, NIEMALS, nach nur einem Jahr wieder gehen könnte. Ihr Herz raste. Am liebsten hätte sie ganz asozial den Zettel abgerissen, damit ihn nur ja niemand anders sah! Sicher gab es andere Stipendien an der SAF, das wusste sie von der Webseite der Schule, aber keines war so großzügig dotiert.

Da riss eine laute Stimme sie aus ihren Gedanken: »Ach ja, und haben Sie noch eine dieser Listen mit Zimmern, die es zu mieten gibt?«

Alice reckte den Hals – nicht nur wegen des Themas Zimmer, sondern weil das dort Blanka war. Blanka, die sie eben umgerannt und dann noch als Anfängerin kleingemacht hatte. Nun war sie hier, um sich einzuschreiben! Die Frau hatte offensichtlich ein Problem, das Alice auf keinen Fall zu ihrem machen wollte.

Als sie endlich zum Tresen vorrückte, hing Blanka noch immer an der Theke und studierte die Liste. Alice reckte den Hals, aber Blanka schob ihren Ellenbogen vor das Papier.

Auf der anderen Seite von Alice stand ein schlankes blondes Mädchen, das seine Hornbrille auf der Nasenspitze balancierte und zu seiner engen dunklen Jeans an sehr schlanken Beinen ein langärmliges 60er-Jahre-Top in einem dunklen Pink trug – sehr Jackie O. Auch sie studierte gerade ein Papier und füllte es aus, während sie zwischendurch am Kuli kaute. Wohltuend normal, entschied Alice nach einem kurzen Seitenblick und sagte dann ganz freundlich zu Blanka: »Darf ich das mal sehen, Blanka? Ich suche nämlich auch ein Zimmer. Lustig übrigens, dass du auch Anfängerin bist.«

Blanka blickte auf und funkelte Alice an. »Was soll daran denn lustig sein? Und ich bin keine Anfängerin, sondern fange hier an. Das ist ein feiner Unterschied. Ich habe bereits in Helsinki Schneiderin gelernt. Was die Liste angeht: Erst schaue *ich*. Viel ist nämlich nicht mehr da.« Sie legte schützend die ganze Hand über die Liste, als wollte Alice bei ihr abgucken. Der wurde es zu dumm.

»Oh Mann. Die Liste ist für alle da, okay? London wird schon für jeden ein Zimmer haben«, sagte sie genervt.

»Da bin ich mir nicht so sicher«, erwiderte Blanka schnippisch. »Zumindest keine *guten* Zimmer. Sorry, wer zuerst kommt, mahlt zuerst. Jeder für sich, das lernt man hier schnell.«

Damit entfernte sie sich etwas, die Liste in der Hand, um eine der Nummern anzuwählen.

»Aber …«, begann Alice. Sie merkte, wie sie wütend wurde. Gleichzeitig bildete sich in ihrem Hals ein Kloß. Das Hochgefühl von eben war verschwunden. Was war hier nur los?! Sie kämpfte gegen Windmühlen, deren Schwung sie umpustete, sobald sie ihnen nur zu nahe kam.

Da tippte die schlanke Blonde in dem Jackie-O.-Oberteil ihr auf die Schulter. Alice drehte sich um.

»Suchst du ein Zimmer? Wir haben in unserem Haus noch eines frei.«

Ihre hellen grünen Augen musterten Alice aufmerksam und sie schob sich die Hornbrille erst kurz vor die Augen, zwinkerte zweimal und hob das Gestell dann doch in die dicken, blonden Haare. Sie lächelte Alice an. Ihre kleinen weißen Eckzähne waren verwirrend spitz.

Alice würgte den Kloß im Hals nach unten. Das Lächeln der anderen war so selbstbewusst und selbstsicher. »Ich heiße Cressida. Cressida Campbell-Jones. Nur, das Haus ist nicht gerade in der Nähe der SAF, sondern in World's End.«

»Wo?« Am Ende der Welt?

Cressida lachte hell und irgendwie übermütig.

»World's End ist eine Gegend zwischen Chelsea und Fulham. Es ist weder so schnieke wie das eine noch so bürgerlich wie das andere. Also genau die richtige Mischung. Außerdem hat Vivienne Westwood dort mit ihrer Arbeit angefangen. Das bringt bestimmt Glück! Unser Haus hat drei Schlafzimmer und eines habe ich schon untervermietet. Bei dem anderen ist mir der Mieter gerade abgesprungen. Magst du es dir ansehen? Groß ist es allerdings nicht – gerade mal zwölf Quadratmeter. Aber dafür kostet es auch nur hundertachtzig die Woche, Internet und Nebenkosten inklusive.«

»Du hast ein Zimmer frei?« Blanka tauchte wie aus dem Nichts neben ihnen auf und streckte Cressida ihre Hand hin. »Hi. Ich bin Blanka.«

Doch ehe sie weitersprechen konnte, hatte Alice ihre Hand weggeschoben und sagte: »Nein, das hat sie nicht. Das Zimmer ist gerade vergeben worden.«

Sie war über sich selbst erstaunt: Solche Tatkraft und so ein Selbstbewusstsein kannte sie von sich gar nicht. Machten das schon am ersten Tag London und die SAF aus?

»An wen denn?«, fragte Blanka spitz.

»An mich.«

Blanka bekam rote Flecken im Gesicht, was auf ihrer sehr weißen Haut aussah wie Mispel-Beeren im Schnee. Alice grinste und zuckte mit den Schultern. Sie mochte eigentlich keinen Streit, aber nun war definitiv *payback time*. »Mach dir nichts draus, Blanka. Nenn es einfach Anfängerglück! Wer zuerst kommt, mahlt zuerst.«

Blanka drehte sich auf dem Absatz um, die SAF-Liste noch in der Hand, und stürmte aus dem Büro.

Cressida hielt lachend den Daumen hoch. »Willkommen an der SAF. Hier musst du wohl manchmal die Ellbogen ausfahren, das lernen wir alle schnell. Und willkommen in *World's End*. Wie heißt du überhaupt?«

»Alice.«

»Cool. *Living next door to Alice*!«

Sie lächelte wieder und bis auf diese spitzen kleinen Eckzähne erschien Alice alles an ihr makellos. Die Haut war feinporig und die Haare seidig. An dem schmalen Handgelenk funkelte eine dezente, offenbar sehr teure Uhr. Cressida war nicht besonders schrill oder modisch, sondern hatte Stil, dachte Alice mit einem Anflug von Neid. Irgendwie konnte sie sich ihr Gegenüber gut auf den Partyseiten einer Zeitschrift vorstellen – glänzend und begehrenswert. *Cressida Campbell-Jones im Gespräch mit …* Früher hatte sie diese Bilder genauestens studiert. Sie hatte sich eingeprägt, wie die Leute darauf aussahen, standen, lachten, was sie trugen, ihren Schmuck und ihre Haare…

»Ja?«, rief Cressida sie in die Wirklichkeit zurück.

»Ja, genau«, sagte Alice schnell. *»Living next door to Alice.«* Sie musste an ihren Bruder denken, der das Lied erst gestern am Flughafen gesungen hatte. *Gestern*! Gab es das? Nein. Es war ein Jahrtausend her und gewiss einem anderen Mädchen geschehen als dem, das sich gerade so selbstbewusst ein Zimmer im coolen Ende von Chelsea gesichert hatte.

Cressida schulterte ihre abgewetzte große Chanel-Tasche. Nicht gerade Alices Fall, aber eben doch ganz cool, weil sie offensichtlich in zweiter oder dritter Generation getragen wurde.

»Wer wohnt noch mit uns in dem Haus?«, fragte Alice. *Mit uns*. Wie schön das klang!

»Kim. Du wirst sie bald kennenlernen. Sie kommt wie ich aus Norfolk …« Cressida zögerte kurz. »Eine sehr, sehr alte Freundin. Ich bin froh, dass sie da ist. Manchmal, wie gerade jetzt, wohnt auch mein Bruder Jem bei uns. Aber keine Sorge, der schläft dann auf der Couch im Wohnzimmer. Wann willst du einziehen?«

Alice dachte kurz an ihre irren Nachbarn, deren Gestreite und Geweine sie in der Nacht hatte mit anhören müssen, und an den Wasserhahn, der dazu rhythmisch getropft hatte, bis sie fast wahnsinnig geworden war. »Am besten sofort. Passt dir das?«

»Sofort ist gut. Hast du viel Gepäck?«

»Es geht. Einen großen Koffer. Außerdem wohne ich momentan ganz in der Nähe. Oakley Street, kennst du die?«

»Ja, klar! Warte mal, Jem kann dich heute Abend abholen, bevor er zur Arbeit fährt.«

»Du meinst, wenn er von der Arbeit kommt?«

»Nein. Er fährt abends *zur* Arbeit«, sagte Cressida. »Bis später dann. Gib mir deine Nummer und ich schicke dir die genaue Adresse. Wir essen heute zusammen, dann lernen wir einander kennen. Jem fängt gegen elf Uhr abends an – sagen wir also gegen acht? Steh dann am besten mit deinem Koffer vor dem Haus bereit. Parken ist in Chelsea die Hölle.«

»Ja«, sagte Alice. Pure, herrliche Erleichterung überschwemmte sie. »Ich stehe bereit, keine Sorge.«

World's End – wie herrlich das klang! Das war nun ihr Zuhause, ihr Hafen, ihr Anker und ihr Ausgangspunkt zum Erforschen und Erobern dieser vielschichtigen Stadt!

Cressida speicherte sich Alices Nummer ein, lächelte ihr noch einmal zu und kämpfte sich dann mit vielen gemurmelten *Sorry, Sorry* durch die Warteschlange des *Office* zur Tür. Alice blickte ihr nach, bis ihr pinkfarbenes Top außer Sichtweite war. Wo unter dem kleinen Oberteil hatte diese Cressida wohl ihre Engelsflügel versteckt?

»*Next*«, sagte die Sekretärin und Alice wurde nach vorn geschoben. Nur ein paar Minuten später hatte sie ihren Studentenausweis und ihren Stundenplan. An den meisten Tagen fing sie um acht Uhr morgens an und hörte abends gegen sechs wieder auf: Materialkunde, Schnitte, Geschichte, Buchhaltung, Marketing, Portfolio-Building und, und, und. Ganz schön voll! Viel Zeit für anderes blieb da nicht!

»So viele Stunden?«, fragte sie die Sekretärin, die kurz lächelte.

»Lassen Sie das nicht unsere Direktorin hören. Leslie Withers reißt Ihnen für so einen Kommentar den Kopf ab. Sie haben den schwierigsten Kurs gewählt, oder soll ich sagen, Sie haben sich dafür qualifiziert. Das ist schon mal nicht schlecht. Modedesign Damenoberbekleidung. Wissen Sie, was das bedeutet?«

Alice schüttelte den Kopf.

»Hier geht es um Innovation auf dem höchsten professionellen Niveau. Wenn Sie mit der Schule hier fertig sind, dürfen Sie nichts anderes als das Beste produzieren, klar? Wir garantieren mit unserem Namen für Sie und Sie dann mit Ihrem für uns.«

»Klar«, murmelte Alice. Sie hatte noch nie eine so furchterregende Sekretärin gesehen! Wie war dann erst die Direktorin, wenn sie sich einen solchen Zerberus hinter den Schreibtisch setzte?

»Aber ich will Ihnen nicht den Kopf waschen. Das macht Leslie Withers morgen schon selbst. Seien Sie tapfer, wenn sie Sie aufs Korn nimmt. Das passiert jedem mal«, sagte die Sekretärin noch und sah dann schon zu dem Studenten hinter Alice. »*Next*!«

Plötzlich erschien Alice der Stundenplan fast wie ein Geschenk und nicht mehr wie eine Bürde. Eins war zwar klar: Viel mehr als die SAF würde es in den kommenden Monaten für sie nicht geben. Aber etwas anderes würde sie auch nicht brauchen, beschloss sie. Ehe sie das Sekretariat verließ, fiel ihr Blick noch einmal auf das Plakat mit der roten Schrift. *Hatton Grant*.

Alice war fest entschlossen. Sie würde nicht nach einem Jahr wieder abreisen, weil ihr das Geld ausging! Nein: Sie würde bleiben und das *Hatton*-Stipendium bekommen! Alexander McQueen. Stella McCartney. Christopher Kane. Alice Weber. Ja, das klang doch sehr gut.

ENGEL & ENGEL

Alice ließ sich beim Telefonieren auf ihren Koffer sinken. Innerlich seufzte sie. Vielleicht wäre es besser gewesen, ihre Mutter vor vollendete Tatsachen zu stellen.

»Doch, ich weiß, was ich tue, Mama. Hier ist es absolut grausig.«

»Man muss auch mal was durchhalten, Alice. Sitzfleisch beweisen. Schau dir doch wenigstens noch ein paar Zimmer an«, sagte ihre Mutter.

»Ha. Diese Zimmer muss es erst einmal geben! Ist doch toll, dass ich gleich eine WG gefunden habe. So läuft das hier eben.«

»Wenn du meinst. Ich hoffe, du bist kein Lückenbüßer für diese Cressida. Ich bin nur erstaunt. Wenn sie Engländerin ist, dann müsste sie doch Hunderte von Leuten kennen, die das Zimmer wollen, oder? Weshalb bietet sie es gerade dir an?«

»Bin ich denn so unsympathisch?« Alice hörte selbst, dass sie verletzt klang. Ihre Mutter hatte eine Art, die Sachen auseinanderzunehmen, dass kein gutes Haar mehr an ihnen blieb.

»Unsinn. Ich will nur nicht, dass du verletzt wirst. Wenn man so neu irgendwo ist …«

»Jaaaaa. Sicher. Aber wir sind *alle* neu hier, okay? Diese Cressida ist eben sehr offen und aufgeschlossen. Wovor hast du eigentlich so viel Angst?!«

»Ich habe vor nichts mehr Angst, dafür bin ich zu alt …« Alice überhörte die Bitterkeit in der Stimme ihrer Mutter.

»Also dann?«

»Ich habe *um* dich Angst. Das ist was ganz anderes, Alice.«

Alice seufzte und sagte etwas freundlicher: »Mama. Mach dir bitte keine Sorgen. Ich kann ja immer noch wieder ausziehen …«

»Das stimmt auch wieder. Dann versuch es ruhig. Und melde dich, wenn du eingezogen bist – und deine Kleider hängen.« Hier mussten sie beide in Erinnerung an all ihre Streite um Alices ständige Shoppingtouren lachen. Selbst diese Kabbeleien konnten einem fehlen, wenn man plötzlich ganz allein und auf sich gestellt war, merkte Alice.

»Ja, das mach ich. Alles Liebe.«

Alice legte auf und sah sich in dem winzigen Zimmer in der Oakley Street um. Hier etwas zu vergessen, war so gut wie unmöglich. Bei dem Gedanken an ihre Mutter schüttelte sie noch einmal den Kopf. Das Sich-Sorgen-Machen schien sich proportional mit der Zahl der Lebensjahre zu steigern. *Ich habe eben schon mehr gelebt* und *Wenn du mal weißt, was ich weiß* … – diese Kommentare fanden sich quasi in jedem zweiten Satz ihrer Mutter. Alice steckte das Handy weg, stieg vom Bett über ihren Koffer in den Türrahmen und zerrte das Gepäck raus. Die Handtasche und der Laptop lehnten schon am Geländer. Aus dem Nebenzimmer dudelte Musik und sie hörte die Frau darin singen. Es klang so einsam und traurig, dass es ihr eine Gänsehaut verursachte. Alice schleppte ihren Koffer nach unten, so schnell es nur ging.

»Achtung. Zerdrück meine Flügel nicht. Sonst muss ich mit gesträubten Federn antreten. Kein guter Look.«

»Deine *Flügel*?«, fragte Alice überrascht.

»Ja.« Cressidas Bruder Jem öffnete den Kofferraum seines Golfs und darin lag tatsächlich ein Paar Engelsflügel. Groß, weiß, fedrig, wunderschön. Er nahm Alice den Koffer ab. »Lass mich das besser machen. Die brauche ich nachher. Ich arbeite in einem Nachtclub und sitze in einem riesigen Käfig auf der Stange. Wie Tweety, aber ganz sicher vor Silvester.«

Seine Augen funkelten frech, als Alice schwach nickte. Mark hatte immer schon in der Klempnerei ihres Vaters gejobbt. Und sie? Das Abenteuerlichste, was sie je getan hatte, war, im letzten Sommer als Geldkurier für die Sparkasse in Nürnberg zu arbeiten. Dabei war ihr einmal ein Scheck über mehrere Zehntausend Euro abhandengekommen, den sie schließlich unter der Fußmatte wiederfand. Trotzdem klang das alles langweilig im Vergleich dazu, als Tweety in einem Nachtclub auf der Stange zu sitzen!

Jem, der bunte Vogel, schien ihre Verwirrung nicht zu bemerken oder zu ignorieren. Er knallte den Kofferraum zweimal zu, bis er wirklich schloss.

»Steig ein. Cressida hat zur Feier deines Einzugs ein Bio-Huhn im Ofen – mit Kartoffeln, Soße und zwei Gemüsesorten, wie sich das eigentlich am Sonntag bei Mama und Papa gehört. Sie kann sich wahnsinnig aufregen, wenn nicht alles so läuft, wie sie sich das vorstellt.« Er verdrehte die Augen.

»Bist du älter als sie?« Alice wollte die Tür öffnen und sich ins Auto setzen.

Jem aber sah sie überrascht an. »Fährst du?«, fragte er und stemmte die Hand in die Hüften.

»Nein, wieso?«, fragte Alice überrascht.

»Weil auf dieser Seite das Lenkrad ist!«

Wie oft denn noch! Sie fasste sich an die Stirn und musste über sich selbst lachen. »Oh Mann. Ich weiß nicht, ob ich mich je daran gewöhnen werde, dass hier alles falsch herum ist!«

»Wieso *hier*? Bei *euch* ist alles falsch herum und nicht bei uns. Das ist ja wohl klar ...« Jem schlüpfte hinters Steuer und machte ihr von innen auf. »Nein, Cressy ist älter als ich. Um eine Minute. Aber sie tut so, als seien das mindestens fünf Jahre. Wenn nicht fünfhundert. Dabei war es ein Kaiserschnitt. Hätte alles auch ganz anders kommen können, aber Cressy muss sich eben immer vordrängen ...«, lachte er. Trotz seiner harten Worte klang seine Stimme liebevoll.

»Ihr seid Zwillinge?« Alice wusste selbst nicht, weshalb sie so erstaunt war. Cressida war so proper gewesen, so auf selbstverständliche Art makellos. Wenn sie dagegen Jem hier sah, mit seinen Flügeln im Kofferraum ...!

»Bingo. Wir sind Zwillinge. Denkt man nicht, oder?« Er fuhr sich durch die kurzen Haare, die so dunkel waren wie Cressidas blond, und gab mit quietschenden Reifen Gas.

»Auf nach *World's End!* Wo alles seinen Anfang nimmt«, sagte er und stellte das Radio an. Musik pumpte so laut durch den Wagen, dass jedes weitere Gespräch überflüssig wurde.

Alice sah an dem Haus in der Burnaby Street hoch: Es war hellgrün und weiß angestrichen und drei Treppen führten zum Eingang hoch. Über der Klingel stand gekrakelt: *»Nicht klingeln, nicht klopfen! Komm rein, wenn du dich traust!«* Und dann, etwas kleiner, auf dem Klingelknopf: Campbell-Jones.

»Willkommen am *World's End*«, sagte Jem, als er die Tür aufschloss und Alices Koffer durchwuchtete. Im Gang lag ein dunkler, verschrammter Holzfußboden. Auch die Holzpaneele entlang der Wand unterhalb der verblichenen Blumentapete hatten jede Menge Zinken. Jem warf seinen Mantel über das Geländer und ging Alice voran. Er schnupperte genüsslich und auch Alice roch bereits das knusprige Hühnchen. Ihr Magen zog sich zusammen. Irgendwie war es gar nicht so leicht, sich fern von der Mutter gut zu ernähren! Jem öffnete eine Tür. Treppen führten in das Untergeschoss des Hauses.

»Komm. Ich denke, es sind alle in der Küche unten.«

Alices Herz schlug schneller. Entlang der Stufen hingen verblichene Poster von Rockbands und Konzerten aus den Achtzigern: David Bowie und Queen ... Cool, entschied Alice. Bei ihr daheim hingen Puzzle an der Wand, die ihre Mutter machte und dann aufklebte, und im Wohnzimmer hatten sie eine Bildtapete von den Alpen.

Das Haus hier war ein anderes Kaliber. Nichts wirkte wie ausgesucht, nichts passte zusammen. Gerade das machte es harmonisch – und *glamourös.* Alice bekam feuchte Hände. Die Küche da unten einfach so zu betreten, war, als ginge ein Vorhang im Theater ihres Lebens auf. Sie betrat eine neue Bühne, zum allerersten Mal.

London. Zweiter Akt, Erste Szene: Alice auf, Cressida und Kim in der Küche. Jem, schweigend.

Sie verschränkte die Finger. Lampenfieber war doch schließlich normal, oder?

Licht schien durch einen Spalt in der nur angelehnten Küchentür und sie hörte leise Gitarrenmusik: Passenger – Let her go. Die Stimme, die die Worte sang, war leise, aber doch drängend. Alice bekam Gänsehaut auf ihren Armen:

»Only know you love her when you let her go.
And you let her go…«, raunte der Sänger.

Jem lächelte sie ermutigend an. Wusste er, wie sie sich fühlte? Vielleicht musste man auch nicht gerade Sigmund Freud sein, um das zu erraten.

»Komm. Auf in den Kampf, Torero!«, sagte er.

Alice folgte Jem in den hellen, freundlich gelb gestrichenen Raum: Glastüren gingen hinaus in einen lang gestreckten, überwachsenen Garten, an dessen Ende eine Bank stand. In der Mitte der Küche befand sich ein großer Tisch mit an die zehn Stühlen und rund um die Wände zog sich ein Regal voll mit leeren Champagnerflaschen. Wie viele waren das? Hunderte? Hier wurde wohl ordentlich gefeiert – auch wenn viele der Flaschen schon ziemlich verstaubt waren!

An dem großen Tisch saß eine junge Frau mit makelloser olivfarbener Haut. In ihrem Nasenflügel glitzerte ein goldener Ring und ihre dunklen Augen wirkten riesig in dem schmalen Gesicht. Sie musterte Alice ernst und abwägend. Die steckte instinktiv beide Hände in die Taschen ihrer Jeansjacke, die sie über einem blau-weiß gestreiften Minikleid trug.

»Trari, trara, die Post ist da! Ich habe alles wie bestellt abgeholt. Hier ist das Paket. Ganz schön groß«, grinste Jem.

Cressida, die gerade noch an einem riesigen Ofen herumgewerkelt hatte, drehte sich um und strahlte übers ganze Gesicht. Ihre Haare waren im Nacken zu einem losen Pferdeschwanz zusammengebunden, und sie trug eine rote Schürze, auf der *Keep calm and carry on cooking* stand. Neben ihr auf der Anrichte wartete schon das Huhn, heiß und knusprig, auf sein weiteres Schicksal. Cressida wischte sich die Hände an der Schürze ab: »Oh, hi, Alice. Du kommst gerade recht. Das Essen ist fertig.«

Cressida tat, als sei all dies ganz normal. Die Lichter, die Menschen, das fette, duftende Huhn. Alice sog den warmen Duft ein. »Wow, es riecht köstlich. Da hast du dich aber richtig ins Zeug gelegt!«

»Klar. Zum Einstand ein Fest!« Cressida hob ein Glas Weißwein, das neben ihr stand. »Prost und willkommen in der Burnaby Street. Das ist Kim, übrigens.«

Alice wandte sich wieder dem Tisch zu. Kim hatte anscheinend weder sie noch Cressida aus den Augen gelassen und stand nun auf: Wie schmal sie war! Alice hatte noch nie jemanden mit einem so feinen Schädel gesehen. Dieser Eindruck schien sich durch Kims streichholzkurze, wie lackiert glänzende schwarze Haare noch zu verstärken. Auch ihr Körper in den engen Jeans und dem indisch wirkenden Seidenkaftan war unglaublich feingliedrig, wie der einer Porzellanpuppe – dennoch ließ ihre Art, sich zu bewegen, Alice eher an eine Schlange denken. Gleitend, leicht, abwägend: Ihre Goldslipper verursachten kein Geräusch auf dem Steinfußboden der Küche, als sie sich Alice näherte und sie auf beide Wangen küsste. Kims Stimme klang rau, als sie sagte: »Cressy hat mir schon von dir erzählt. Willkommen. Woher kommst du?«

»Aus Deutschland. Und du? Aus Indien?«

Kims ernste Züge wurden durch die Andeutung eines Lächelns aufgelockert. »Ich bin Engländerin. Aber meine Familie stammt aus Sri Lanka. Und jetzt sag nicht, das sei ganz ähnlich. Ist Deutschland etwa die Schweiz oder Österreich?«

Das fing ja gut an mit dieser Kim! Alice schüttelte verlegen den Kopf.

»Na also.« Kim setzte sich wieder. Der Ausdruck ihrer schwarzen Augen war unergründlich, als sie sagte: »Toll, dass du das Zimmer so kurzfristig übernehmen konntest. Cressida war ganz begeistert.«

»Kurzfristig?«, fragte Alice überrascht. »Wieso denn das?«

»Na, Cressy hat doch jemand abgesagt.«

Klar, das wusste Alice auch, aber warum betonte Kim das jetzt so? Das Wort Lückenbüßer, das ihre Mutter vorhin am Telefon benutzt hatte, schoss Alice plötzlich in den Kopf. Aber sie entschied, das Ganze auf die leichte Schulter zu nehmen. So gelassen wie möglich fragte sie deshalb: »Da habe ich ja Glück gehabt. Wer hat es denn eigentlich abgesagt?«

KENNEN WIR UNS NICHT?

»Ich, Alice«, sagte eine vertraute, warme Stimme. »Ich habe abgesagt.«

Die Gitarrenmusik hinter Alice verstummte, doch die letzten Töne klangen noch nach und brachten die Luft zum Schwingen.

Alice fuhr herum: Da saß Ned! Der Gitarrist von gestern Abend, mit dem sie vor dem Pub gesprochen hatte! Ihr verschlug es die Sprache und gleichzeitig wurde ihr warm vor Freude. Alle Furcht vor diesem Moment des Hereinkommens und Kennenlernens war nun wie weggeblasen.

Er lächelte und schon war alles wieder da. Alles war wie gestern. Seine dunkelblonden Wuschellocken zu der so dunklen Haut. Die Augen wie Karamell. Der schöne Mund, der lächelte, ohne dass das Lächeln ganz die Augen erreichte.

Er zuckte die Schultern. »Aber ich hatte natürlich keine Ahnung, an wen das Zimmer gehen würde. Mann, wenn das in einem Film passiert wäre, würde man wohl von üblem Kitsch sprechen. Aber ich hab dir ja gesagt: Überlassen wir es dem Schicksal.«

Ned legte seine Gitarre weg und stand von dem Sessel auf, auf dem er gerade noch gelümmelt hatte. Wie selbstverständlich küsste er Alice auf beide Wangen, mehr eine Ahnung seiner Lippen als wirklich eine Berührung. Sie spürte dennoch die Wärme, die von ihm ausging. Instinktiv legte sie ihm die Hände auf die Oberarme und fühlte die Muskeln darunter. Sie war ja selbst schon groß, doch neben Ned vergaß sie das ganz. Als er sie so begrüßte, musste sie den Kopf in den Nacken legen und den Hals recken.

Sie trat einen Schritt zurück und verschränkte die Arme – wie um sich in Sicherheit zu bringen. »Hallo, Ned. Wie war dein Auftritt gestern?« Sie versuchte, so gelassen wie möglich zu klingen. Als sei es ganz normal und selbstverständlich, sich mitten in dieser Millionenstadt London einfach so wiederzusehen: in Cressidas Haus, wo sie nun das Zimmer übernahm, das er eigentlich beziehen sollte. Das war doch irre! Vielleicht gab es *wirklich* so etwas wie Schicksal.

»Ihr kennt euch?«, fragte Cressida mit gerunzelter Stirn.

»Ja«, sagte Ned, während Alice lachte: »Nein.«

»Nein?«, fragten Ned und Cressida gleichzeitig.

Alice war verlegen: »Kennen ist einfach zu viel gesagt. Wir sind uns gestern Abend zufällig in Fulham begegnet.«

»Kennen, nicht kennen. Alles eine Frage der Interpretation«, entschied Ned und zwinkerte Alice zu. »Lass uns einfach feiern. Möchtest du Weißen oder Roten zum Huhn?«

Alice wusste nicht, was sie sagen sollte. Mit Wein kannte sie sich gar nicht gut aus. Wie war das noch einmal: weißer zum Fisch, weil hell; roter zum Steak, weil dunkel? Aber Huhn war doch helles Fleisch …!

Neds Augen glänzten, als er sie leicht amüsiert ansah.

Alices Gesicht brannte nun. »Roten, bitte«, murmelte sie.

Kim kicherte. »So kannst du dich wenigstens Ton in Ton hinter dem Weinglas verstecken!«

Alice wollte etwas entgegnen, doch Jem hielt Ned schon sein Glas hin. »Sehr gute Wahl! Mach ruhig voll. Je mehr ich davon trinke, umso besser bin ich nachher drauf, wenn ich auf der Stange in meinem Käfig hocke.«

Ned grinste und füllte Jems Glas fast bis zum Rand. »Du mit deinen Jobs, Jem. Die Arbeit, die du so machst, muss einem erst einmal einfallen.«

Jem zuckte die Schultern. »Irgendwie führt immer eines zum anderen.« Er sah Alice an und sagte: »Meine Eltern haben mir das Geld gesperrt. Dabei können sie sagen, was sie wollen – sie sind selber quasi pleite. Mein Alter hat alles verschleudert. «

»Jem, bitte. Das geht doch niemanden etwas an«, sagte Cressida leise, aber er ließ sich nicht unterbrechen.

»Warum denn nicht? Ich lasse mich nicht kleinkriegen. Komme auch gut ohne sie klar.«

»Bravo, Jem«, sagte Kim ernst. Alice fiel auf, dass sie sie noch kein einziges Mal hatte lächeln sehen.

»Du übertreibst, Bruderherz. Wie immer!« Cressida nippte an ihrem Weißwein. »Mir ist das grenzwertig peinlich. Mein Bruder sitzt als Vogel in einem Nachtclub auf der Stange und wackelt mit den Schwanzfedern.«

»Du hast gut reden, Cressy. Du konntest bei Mum und Dad doch immer machen, was du wolltest. Jetzt studierst du sogar Mode! Damenoberbekleidung!«

Kim lachte kurz auf. »Stimmt. Dabei gibt es kaum etwas Überflüssigeres als das.«

»Was studierst du denn?«, fragte Alice sie kühl, aber höflich.

»Medizin«, erwiderte Kim knapp. »Ich habe bereits eine

Ausbildung zur Krankenschwester gemacht. Aber jetzt wollte ich mehr.«

Alice schwieg. Medizin. Kim würde eines Tages *Leben* retten. Dagegen schien das Entwerfen neuer Kleider wirklich eher armselig. Trotzdem musste Kim nicht so arrogant daherkommen!

»Was ist an Mode eigentlich immer so überflüssig? Ich bin sicher, schon die Höhlenmenschen wollten ein feiner gegerbtes und schicker geschlungenes Fell als der Stamm in der Nachbarhöhle haben! Irgendetwas muss man ja anziehen. Wir können schließlich nicht nackt herumlaufen. Da kann man doch ebenso gut gut aussehen, oder?«, fragte Alice deshalb.

»Findest du denn, dass alles, was auf dem Laufsteg zu sehen ist, gut aussieht?«, fragte Ned.

Alice zuckte die Schultern. »Der Laufsteg ist doch nur die Richtung. Der Weg, den wir gehen, ist das, was dann irgendwann in den Boutiquen hängt. Du denkst ja wohl auch darüber nach, was du anziehst, oder? Sonst hättest du nicht die Chucks ausgewählt. Nicht das Tweed-Jackett, nicht dein Hemd, nicht die abgewetzten Jeans. Dahinter steckt Kalkül.«

»Kalkül?«, lachte Ned. »Dahinter stecken genau zwei Minuten Zeit nach einer durchgemachten Nacht. Ich glaube nicht an Mode. Ich glaube an Stil!«

»Hört, hört«, murmelte Cressida. Sie hängte sich bei Ned ein. »Dann hoffe ich, wir bleiben trotzdem Freude, wenn Alice und ich uns bald in dieses sinnlose Studienfach stürzen.«

Alice bemerkte, wie eine neue Röte über ihren Hals in ihre Wangen kroch. Sie wandte schnell und verwirrt die Augen ab, als sich Neds Blick ebenso kurz wie intensiv auf sie legte. Hatte sie sich den Ausdruck in seinen Augen nur eingebildet?

Doch da wandte sich Ned auch schon Cressida zu. »Klar

bleiben wir Freunde, Cressy. Wie schon immer, Jem und du, ihr seid wie eine Familie für mich.«

»Weshalb bist du dann nicht eingezogen?«, fragte Alice, die schnell ihre Fassung wiedergefunden hatte. Sie konnte sich die Frage nicht verkneifen. Denn sonst könnte sie schließlich nicht glücklich in der Burnaby Street Wurzeln schlagen.

»Ich wollte dann doch dort bleiben, wo ich bin. In London hat jeder seine *Hood*, das macht das Umziehen so schwer.«

»Und wo ist *deine Hood*?«, grinste Alice.

»In Notting Hill. Ich teile mir dort ein kleines Haus mit zwei anderen Leuten«. sagte er. »Dort gehe ich zumindest niemandem auf die Nerven und kann auch mal allein sein.«

»Ganz allein … mit all deinen Geheimnissen …«, neckte Cressida ihn.

»Ach, Geheimnisse. Die hat doch jeder …«, murmelte Ned.

Eine kurze Pause entstand. Dann machte sich Cressida von Ned los. »So? Die hat jeder? Na ja. Mehr oder weniger. Alice, schnapp dir die Soße. Ned, kannst du den Vogel zerlegen? Dann kann's losgehen. Ach ja, und *Cheers* alle miteinander! Auf einen schönen Abend!«

Alice nippte an ihrem Rotwein und betrachtete Neds breiten Rücken, als er sich am Herd zu schaffen machte. *Geheimnisse, die hat doch jeder.* Der Satz hallte noch eine Weile in ihren Gedanken nach.

»Ich gehe mich jetzt umziehen«, sagte Jem nach dem Essen. »Hoffentlich passe ich noch in mein Kostüm!«

Als Jem kurze Zeit später in seinem Arbeits-Outfit die Küche betrat, musste sich Alice ein verblüfftes Lachen verkneifen. Die Hotpants aus blauem Latex saßen wirklich recht knapp. Das leuchtende Blau bildete einen schönen Gegensatz zu seinen Finger- und Fußnägeln, die mit Chanels *Rouge Noir* lackiert waren. Im Kerzenlicht glänzten seine frisch gewachste Brust rosig und sein Lipgloss golden.

Nachdem er gegangen war, verzog auch Alice sich auf ihr Zimmer. Es war beinahe Mitternacht, als sie alle ihre Kleider ausgepackt hatte und den endlich leeren Koffer mit einigen Fußtritten unter ihr schmales Bett zwang. Dann setzte sie sich auf die alte Patchwork-Decke, die auf dem Bett lag. Ihre Glieder hingen nun schwer und die Müdigkeit schwemmte alle Gedanken aus ihrem Kopf. Sie legte sich kurz die Hände flach an ihr Gesicht. Der Schein der gelben Straßenlaterne auf der Burnaby Street fiel durch den weißen Voile-Vorhang auf die Dielen des Bretterbodens.

Da hörte sie unten die Haustür ins Schloss fallen. Das musste Ned sein, von dem sie sich vorhin in der Küche verabschiedet hatte. Seine Schritte entfernten sich vom Haus. Alice sprang zum Fenster und sah hinaus: Ned ging über den Bürgersteig davon. Er hatte die Gitarre geschultert und sein Schatten war lang im schwachen Licht der Straßenlampe. Er entriegelte sein Fahrrad und setzte sich ein großes Paar Kopfhörer auf, dann trat er in die Pedale. Alice sah ihm nach. Inmitten der dunklen Häuser und unter dem tiefen Londoner Himmel wirkte er plötzlich sehr allein.

Alice wandte sich vom Fenster ab, schlurfte ins Bad, putzte sich die Zähne und kuschelte sich schließlich im Pyjama unter die Decke. Sie musste jetzt schlafen, Kraft schöpfen für den morgigen Tag und die Begegnung mit Leslie Withers, der Direktorin der SAF. *Machen Sie sich auf was gefasst,* hatte die Sekretärin gesagt. Unsinn, entschied Alice, denn wie schlimm konnte die Direktorin einer Institution wie der SAF sein?

Über dem Gedanken schlief Alice ein.

WISST IHR, WAS IHR SEID?

In der großen offenen Bücherei der SAF, die sich über mehrere Stockwerke erstreckte, herrschte ein Höllenlärm. Wo früher Getreideschächte an den Wänden gewesen waren, streckten sich nun meterlange Milchglasscheiben der hohen Decke entgegen. Auf dem Boden aus glattem, glänzendem Beton waren die langen Tische, die sonst zur Recherche da waren, beiseitegeschoben worden, und Reihen von roten Plastikstühlen warteten auf die Studenten.

Cressida gab einem Stuhl einen Schubs. »Bestenfalls Ikea. Obwohl man denen eigentlich kein mangelndes Design vorwerfen kann! Komm …«

Alice war froh, hier nicht allein zu sein: Hunderte von Studienanfängern der fünf verschiedenen Ausrichtungen der Schule standen herum, redeten, lernten sich kennen, wägten einander ab. Alice drückte sich zusammen mit Cressida durch die Menge. Gesichter wie auch Kleider verschwammen vor ihren Augen. Cressida aber setzte sich nun in die erste Reihe. Vielleicht war das im Leben immer so für sie gewesen: *erste Reihe*, selbstverständlich für sie frei gehalten.

»Komm, Alice!« Cressida klopfte auf den Stuhl neben sich. Alice setzte sich hin, gerade als die Doppeltüren wie von Geisterhand aufflogen. Draußen im Korridor näherten sich schnelle, harte Schritte. Der Ton glich Maschinengewehrfeuer. Ein Ruck und ein Raunen gingen durch die Versammlung. Alles reckte den Hals.

Meine Güte, dachte Alice und drehte sich um. Was kam nun? Ein Drache? Ein nervöses Kichern sammelte sich in ihrer Kehle, doch sie unterdrückte es gerade noch.

»Guten Morgen, Ladies and Gentlemen!«, rief eine Frau, die plötzlich in der Mitte der Doppeltür auf der offenen Schwelle stand. »Ich bin Leslie Withers, die Direktorin der SAF.«

Nein, kein Drache. Sie wirkte erst einmal ganz harmlos: nicht sehr groß, mit hellbraunen, zum Pagenkopf geschnittenen Locken und einer Brille im eher runden Gesicht. Zu ihrer blassen Haut wirkte der rote Lippenstift beinahe wie verschmierte Marmelade. Alice entspannte sich. Na also. Es wurde doch nichts so heiß gegessen, wie es gekocht wurde! Nur Leslies Augen fielen Alice auf: sehr hell und schlau funkelnd wie die eines Schweins auf der Suche nach einem Trüffel.

Leslie Withers war vollkommen schwarz gekleidet. Ihr enger Pullover mit den ellenbogenlangen Ärmeln und die Marlene-Hose mit der schmalen Taille und den weiten Beinen waren gut geschnitten und aus sehr teurem Material, aber keinem Designer zuzuordnen.

»Sie trägt angeblich immer schwarz, obwohl alle Designer der Welt sie mit Geschenken ihrer Kleider überhäufen«, flüsterte Cressida Alice zu. Die wagte es kaum zu nicken.

Leslie Withers stand einen Augenblick lang nur da und nahm den Anblick des Saals und aller Augenpaare, die sich seitwärts zu ihr gedreht hatten, in sich auf.

Machte ihr die Spannung, die in der Luft lag, Freude? Wenn ja, dann verbarg sie das gekonnt hinter einem vollkommenen Pokerface. Dann ging sie mit im Rücken gefalteten Händen nach vorn, wo ein Pult und ein Stuhl standen. Sie setzte sich jedoch nicht, sondern lehnte sich nur mit einer Hand an das Pult. Die andere stemmte sie in die Hüfte.

»Ladies and Gentlemen«, sagte sie nun mit kühler, ruhiger Stimme. Sie war es offensichtlich gewohnt, dass man ihr zuhörte. »Ehe ich anfange, nur eines: Mobiltelefone aus. Alle, jetzt, sofort. Wer meine Rede aufzeichnet, hier oder jemals, fliegt raus. Aus dem Saal und aus der Schule. Ohne Wenn und Aber. Wollt ihr das riskieren?«

Alles suchte und raschelte in den Taschen, es piepte hundertfach, dann waren alle Telefone ausgeschaltet und wieder verstaut. Leslie Withers beobachtete ihre neuen Studenten mit unergründlicher Miene. Sie wägte sie ab, verstand Alice.

»Ihr habt es also hierher geschafft. Na bravo. Seid ihr stolz?« Sie schien keine Antwort auf die Frage zu erwarten, denn sie fuhr gleich fort: »Wisst ihr, was ihr seid?«

Alice setzte sich etwas auf. Na also. Leslie Withers war gar nicht so schlimm. Jetzt würde sie ihnen ihre Rede halten, und zwar so, wie sich das gehörte: ihnen, der künftigen Elite der Modewelt, die sich nach ihrem Abschluss an der SAF ihre Anstellungen bei den großen Modehäusern der Welt aussuchen konnten.

»Wisst ihr, was ihr seid?«, fragte Leslie Withers noch einmal, aber dieses Mal etwas lauter. Die Elite? Die Besten? Unschlagbar? Alice wurde warm in ihrem Inneren. In den Reihen wurde Geflüster laut.

Dennoch hob niemand den Arm, um die rhetorische Frage zu beantworten. Leslie nickte, als sie sagte: »Ihr seid faule Ficker. Genau das seid ihr. Und öffnet mal die Fenster! Es stinkt hier nämlich. Ja, nach Angstschweiß, ihr Hasenfüße. Und nach was noch? Viel schlimmer: nach Eigenlob. Ihr fühlt euch gaaanz toll, oder? Malt ein paar hübsche Kleidchen, hängt gerne in Boutiquen ab, und jetzt waren wir an der SAF noch dumm genug, um eurer Arroganz Vorschub zu leisten. Hat euch noch nie jemand die Wahrheit gesagt? Nein? Dann wird es höchste Zeit. Was habt ihr denn bisher vollbracht? Eurem Bruder eine Hose genäht? Auf dem Flohmarkt Klamotten verkloppt? Oder euren Puppen die Kleider mit Nadeln am Leib fixiert?« Alice wurde rot. Genau das hatte sie früher getan. Endlos.

»Ihr seid hier, weil irgendwas an dem Mist, den ihr verzapft, nicht so mistig war wie alles andere, was mir hier so vorgelegt wird. Was viel ist, glaubt mir! Ihr habt eine schwache Flamme Hoffnung in meinem Herzen wach werden lassen. Aber: Enttäuscht mich nicht, ich warne euch. Meine Rache wird bitter sein.«

Alice wagte es nicht einmal zu schlucken: Wenn das ihr Willkommen für die auserwählten Erstsemester war, was waren dann die Worte des Abschieds für die, die sie enttäuschten?

Leslie Withers sprach weiter: »Der Weg vor euch ist lang, hart und steinig. Momentan seid ihr nichts, okay? Kein schillernder Schmetterling. Ihr seid noch nicht mal eine schleimige Raupe, sondern nur ein mikroskopisch kleines Ei auf einem Blatt. Ihr könnt nur hoffen, dass kein Hund auf euch kackt. Obwohl, wenn ich darüber genauer nachdenke, dann wäre das noch nicht mal so schlecht. Denn lasst euch eines gesagt sein: Nur wer lernt, durch Scheiße zu schwimmen, monate-, jahrelang, der wird in der Modebranche was, ist das klar?«

Die Studenten saßen vor Schreck ganz still.

»Ich habe gefragt, ob das klar ist?«, donnerte Leslie Withers.

»Jaaaa …« Ein leises, von Angst wie mit Raureif überzogenes Raunen kam aus dem Saal. Die Direktorin lehnte sich etwas zurück und kreuzte die Arme vor der Brust.

»Seid ihr schockiert? Gut. Schock ist die erste Stufe der Veränderung.« Ihr roter Mund war ein schmaler Strich und ihre Augen hinter den Brillengläsern glänzten. Dieser Augenblick machte ihr Freude, begriff Alice.

»Denn eins sage ich euch: Bisher seid ihr verhätschelt und verzogen worden. In Schulen und normalen Universitäten lernt ihr, was von euch erwartet wird, und gebt wieder, was von euch erwartet wird. Ich will aber was anderes von euch. Ihr müsst frei sein.« Sie riss die Arme nach oben. Alices Blick folgte automatisch Leslie Withers' Fingerspitzen, hoch, hoch hinaus. »Wenn ihr hier tut, was von euch erwartet wird, drehe ich euch den Hals um, damit das klar ist.«

Plötzlich lächelte Leslie.

Ihre Unberechenbarkeit gibt ihr Macht, dachte Alice. Doch es ging schon weiter. Diese Frau ließ einem keine Atempause, so viel war klar. Leslie zeigte auf Cressida. »Du da, Blondchen, steh auf. Was hast du da an?«

Cressida trug etwas Gefaltetes, Schwarzes, was ebenso gut geschnitten wie teuer aussah. Es war wohl ein Oberteil, aber sie trug es als Kleid über sehr engen goldfarbenen Leggings. Sie drehte sich einmal um sich selber.

»*Balenciaga*. Im Ausverkauf ergattert. Die Leggings sind von *H&M*. Ich mische meinen Look gern.«

»Aha. Sehr originell.« Leslie Withers unterdrückte ein Gähnen. »Setz dich. Sonst schlafe ich vor Langeweile bei deinem Anblick ein.«

Cressida gehorchte mit hochrotem Kopf. Alice drückte ihr unwillkürlich den Arm.

»Hexe«, flüsterte Cressida mit heißem Atem. Niemand rührte sich.

»Und du. Komm mal nach vorn.« Leslie Withers zeigte auf einen jungen Studenten aus der dritten Reihe. Er trug spitze schwarze Schuhe, ein gestreiftes Jackett und eine bunte Krawatte zum weißen Hemd. Alice fand, dass er sehr avantgardistisch aussah. Als er nach vorn ging, glänzte seine Stirn feucht. Leslie Withers drehte ihn zu den anderen.

»Ich schätze es ja, dass du dir zum Einstand einen Binder um den Hals gewickelt hast. Danke. Was ist das für ein Look? Was hat dich dazu inspiriert?«

»Ich … ich weiß nicht …«, stammelte er verunsichert.

»Du WEISST es nicht? Lass mich dir helfen: Welche Epoche? Die Mods? Die Sechziger? Die Fünfziger? Weißt du das überhaupt? Ein Film? Ein Song? Eine Zufallsbegegnung? Oder hast du das in Camden von der Stange gekauft?«

So sehr Alice der Junge leidtat, so sehr erregten sie Leslie Withers' Worte auch. Sie spiegelten wider, was sie am Vortag beim Aussteigen aus der U-Bahn empfunden hatte: den Schock der Inspiration. Zu wissen, was von wo kam, es zusammenzuführen und etwas Neues daraus zu machen!

Leslie gab dem jungen Mann einen sanften Stoß. Er war entlassen. Cressida lächelte ihm ermutigend zu. Geteiltes Leid war wirklich halbes Leid!

In dem Saal war es noch immer totenstill. Alice fühlte sich plötzlich müde. So müde! War die Lage für Studenten nicht schon hart und hoffnungslos genug? Mussten sie noch so zusammengestaucht werden? Leslie Withers schloss die Augen und faltete die Hände vor dem Gesicht. Dann sah sie auf und sagte leise: »Meine Rede ist beinahe zu Ende. Ich möchte euch nur noch eines dringend ans Herz legen: Arbeitet hart. Das Studium hier ist teuer. Stellt sicher, dass sich jeder Cent eurer Eltern lohnt. Wer hart arbeitet und wem dennoch das Geld ausgeht, dem kann geholfen werden. Ich freue mich, verkünden zu können, dass ein neues Stipendium ausgeschrieben worden ist, und zwar ein außerordentlich großzügiges: der *Hatton Grant. Hatton*, der Name benötigt ja keine Erklärungen mehr. Wer dennoch eine Erklärung benötigt, kann gleich gehen.« Sie legte eine Kunstpause ein, alle blieben sitzen. »Die Ausschreibung gilt für Erstsemester. Ihr bekommt nicht nur ein Praktikum bei *Hatton*, sondern euch wird nach dem Bachelor auch noch der Masterstudiengang spendiert. Bewerbungen sind bei mir abzugeben. Wenn mir etwas gefällt, dann spreche ich eine Empfehlung aus. Versucht nicht, mich zu verarschen: Ich weiß, was ich mag. Und jetzt – an die Arbeit. Ihr habt eure Stundenpläne. Schwänzt nicht, ihr braucht jede Minute. Und jetzt stellt die Stühle zusammen, damit andere, die nicht so faul und pflichtvergessen sind wie ihr, ihre Arbeit hier in der Bücherei machen können.«

Die Studenten räumten in bedrücktem Schweigen die roten Stühle zusammen und stapelten sie auf. Drei Hausmeister kamen herein und begannen, die Pyramiden auf flache Wagen zu laden. Leslie stand noch am Pult und studierte mit einem Stirnrunzeln ihr Handy. Dann sah sie auf.

»Ach ja, bevor ihr geht …« Alle hielten in dem inne, was sie gerade taten. »Fünf von euch Unglücksraben will ich in einer halben Stunde bei mir im Büro sehen. Weber, Alice. Campbell-Jones, Cressida. Hussein, Selim. Chang, Lin. Maakkinnen, Blanka.«

Damit ging sie.

Cressida und Alice sahen einander an. Blanka zuckte mit den Schultern und ging dann aus dem Raum. Cressida sah ihr nach: »Dreck schwimmt oben.«

Alice und sie kicherten kurz. Eine gemeinsame Feindin zu haben verbündete sie noch mehr.

»Was kann Leslie nur von uns wollen?«, flüsterte Alice dennoch.

»Was auch immer. Auf in den Kampf, Torero«, sagte Cressida. »Mehr fertigmachen als gerade eben kann sie mich ja nicht mehr.«

Aus irgendeinem Grund war Alice sich da gar nicht so sicher.

CHANCEN

»Verdammter Idiot!«, schrie es aus Leslie Withers' Büro im fünften Stock der SAF. Die Tür flog auf und ein heulender Student rannte hinaus. Ihm folgten zwei Models, halb nackt, halb mit einem Tuch bedeckt. Sie wirkten wie aufgescheuchte Hühner. Im Gang riss der Student den Mädchen den Stoff vom Körper, sodass sie nur im fleischfarbenen BH und Slip dastanden. »Hexe. Also gut. Alles noch einmal. Nur besser, dieses Mal.« Sie schlichen mit hängenden Köpfen unter dem grellen Licht, das ihre Demütigung voll und gnadenlos ausleuchtete, den Gang hinunter.

Cressida und Alice sahen einander entsetzt an. Blanka, die zwei Stühle weiter saß, starrte zur Tür. Wenn sie nervös war, dann ließ sie es sich nicht anmerken. Pokerface beherrschte sie, das musste man ihr lassen.

Lin und Selim, die Alice erst vor ein paar Minuten kennengelernt hatte, lehnten an der Wand und sprachen leise miteinander.

Nun tauchte Leslie Withers im Türrahmen auf. Ihr roter Lippenstift war etwas zerlaufen und erinnerte Alice mehr denn je an verschmierte Marmelade. Oder hatte sie Blut gesoffen?

»Kommt rein. Na los, los, los. Worauf wartet ihr? Ich habe nicht den ganzen Tag Zeit.«

Die Gruppe trat im Gänsemarsch vor ihren riesigen, weiß lackierten Schreibtisch, der das Büro beherrschte. Leslie Withers' Fenster gaben den Blick auf eine ausladende Terrasse frei, die über den Dächern der Stadt lag. In der Ferne sah Alice wieder die roten Zacken von King's Cross und St. Pancras in den grauen, aufgewühlten Herbsthimmel ragen.

Sie überflog den Raum mit ihrem Blick. Auf dem Schreibtisch stapelten sich *Self Service*-Magazine, Ausgabe um Ausgabe. Alle gelesen, alle mit Eselsohren und die Seiten mit Zetteln in allen Farben des Regenbogens gespickt und markiert. Hinter dem Stuhl aus königsblauem Leder sah sie eine ganze Wand an gelebten Erinnerungen aus der Modewelt. Leslie Withers war wie eine Königin in ihrem Bienenkorb: »John Galliano, Student, SAF«, stand auf einer zerknitterten, vergilbten Visitenkarte, die noch die alte Adresse der Schule in Soho zeigte. *»Danke, Leslie, ohne dich hätte ich es nie geschafft – wie immer! Xx Stella McCartney«*, las sie auf einem Notizblatt, das oben mit einem Wappen und dem Namen *The Ritz Hotel* bedruckt war. Eine Einladung zur nächsten *Louis Vuitton*-Show, zu *Chanel* und zu *Gucci*. Einen Moment lang geriet Alice ins Träumen. Würde sie auch eines Tages all diese Einladungen bekommen? Oder, besser noch, würde sie selbst welche aussenden – Alice Weber auf der *London Fashion Week*? Ihr Herz schlug schneller. Der Gedanke war großartig.

Leslie Withers hatte ihnen kurz den Rücken zugedreht und sah aus ihren riesigen Fenstern nach draußen, wo Möwen sich mutig in den Wind stürzten.

»Setzt euch«, knurrte sie, als sie sich umdrehte. Sie musterte die kleine Gruppe, die vollkommen verschüchtert vor ihr saß, kurz und intensiv. Selim und Lin war das sichtlich unangenehm. Sie senkten den Blick, während Blanka Leslies Blick standhielt. Nerven hatte sie, das musste man ihr lassen!

Alice wäre am liebsten unter dem Radar dieser Frau geflogen, doch das war nun schon in den ersten Tagen ihres Studiums unmöglich geworden!

»So. Sie sind Selim und Sie Lin?« Beide jungen Männer nickten und Leslie grinste. »Das war leicht zu erraten. Aber wer ist Alice, wer ist Cressida und wer ist Blanka?« Die hob die Hand und Leslie richtete ihren Blick auf sie. »Ich habe noch nie so viele doppelte Buchstaben in einem Namen gesehen. Du musst Finnin sein.« Blanka, die heute von Kopf bis Fuß in einem lilafarbenen Schlauch steckte und dazu einen antiken, von Motten angefressenen Zylinder trug, nickte. Leslie sprach weiter.

»Blanka. Der Name gefällt mir. Wie die Enkelin von Eleonore von Aquitanien. Als die 90 Jahre alt war, überquerte sie noch die Pyrenäen hoch zu Pferd, um diese, ihre Blanka nach Kastilien zu verheiraten. Aber ihr wisst wahrscheinlich gar nicht, wer diese Eleonore von Aquitanien ist oder was für eine Art Kleider sie trug. Unbildung ist nur der Anfang allen Übels eurer Generation. Und für Menschen vom anderen Ende der Welt ist das noch schwerer«, sagte sie und warf Lin einen Blick zu. »Woher kommst du? China?«

Er nickte.

»Na, in China hat man natürlich von Eleonore von Aquitanien erst recht keine Ahnung! Euch anderen sei das nicht verziehen …«

»Mrs. Withers. Ich weiß sehr wohl, wer Eleonore von Aquitanien ist. Die Mutter von Richard Löwenherz und Johann Ohneland«, entfuhr es Alice mit zitternder Stimme. »Ihre Zeit war die des Hochmittelalters und des Minnesangs. Wir müssen bei ihrem Aussehen an lange, schmale Kleider mit reich bestickten Gürteln, Spitzhüten mit langen Tüchern, bunte Schamkapseln und verlängerte Schuhe denken, mit allem Drum und Dran.«

»Bravo«, sagte die Direktorin leise, rückte sich die Brille zurecht und nahm nun Alice genaustens ins Visier, sodass diese sich fühlte wie ein Insekt unter dem Mikroskop.

Danach klangen ihre Worte noch immer nicht freundlich, sondern routiniert. »Also, ihr fünf. Ich will mich kurzfassen. Ihr seid hier, weil ihr alle *History of Dress* im Nebenfach gewählt habt. Welche Epoche interessiert euch besonders? Fang du an, Selim.«

»Mich fasziniert das Haus *Chanel*, seitdem Karl Lagerfeld es in den Achtzigerjahren übernommen hat. Er hat das Label vollkommen neu erfunden, es wieder zum Leben erweckt, ohne es in seinem Herzen zu verändern. Das gelingt ihm bei jeder Kollektion wieder. Also eigentlich keine Epoche – eher die letzten dreißig Jahre des Hauses *Chanel*.«

Leslie nickte. »Blanka?«

»Die Siebziger. Alles so bunt, wild und sehr sexy«, sagte Blanka. »Damals zeigte die Mode allem Konformismus und allem Konsum den Stinkefinger. Das gefällt mir.«

»Mich inspirieren die Heldinnen in Hitchcocks Filmen«, gab Alice zu. »Besonders Joan Fontaine in *Rebecca*.«

»Und du? Wir haben uns doch eben schon gesehen?« Leslie sah Cressida an.

Cressida nickte und wurde rot. Die Demütigung von gerade steckte ihr offensichtlich noch in den Knochen. »Die Sechziger«, sagte sie. »Eine Zeit des Umbruchs. Ich mag Jackie Kennedys zeitlose, schlichte Eleganz.«

»Lin?«, fragte sie dann.

Der junge Chinese überlegte. »Ich interessiere mich sehr für die asiatische Mode der Achtzigerjahre. Issey Miyake, Rei Kawakubo und natürlich Yohji Yamamoto.«

Leslie nickte. »Ihr habt euch sicher gefragt, was ich von euch will. Ihr seid hier, weil das *V&A* umzieht und endlich Platz für seine einmalige Modekollektion bekommt.«

Auch wenn Alice noch nicht dort gewesen war, wusste sie natürlich, was das *V&A* war: Ein Besuch in dem Museum für Kunsthandwerk in South Kensington stand ganz oben auf ihrer *To-do*-Liste.

»Und? Was haben wir damit zu tun?«, fragte Blanka.

Leslie zwirbelte einen Stift zwischen ihren Fingern. Sie musterte Blanka einen Augenblick lang nachdenklich. »Euch erwartet ein Privileg. Fragt mich bitte nicht, womit ihr das verdient habt! Der Direktor des Museums hat ein Problem: Sie haben nicht genug Personal, um den Umzug und gleichzeitig einige der Restaurierungen zu erledigen. Er könnte natürlich Hilfsarbeiter anstellen. Ungelernt ist da nicht das Problem; uninteressiert dagegen schon! Das schadet mehr, als dass es nützt bei den Schätzen, die das *V&A* zu bewegen hat. Deshalb hat der Direktor mich angerufen, um zu fragen, wer ihm dabei helfen will oder kann oder soll.«

Alice und Cressida warfen einander einen aufgeregten Blick zu. Das klang ja fabelhaft! Leslie aber brachte sie auf den Boden der Tatsachen zurück: »Ich sage es euch gleich: Die Arbeit ist nicht bezahlt und ihr müsst sie NACH den Stunden hier am College erledigen, was hart ist. Aber es ist auch eine einmalige Gelegenheit, Einblick in eine der besten Mode-Sammlungen der Welt zu erhalten. Ihr werdet Kleider sehen, von denen eure Kommilitonen nur träumen können. Es ist eine Ehre, aber eben – wie alle Privilegien – auch harte Arbeit.«

»Was genau sollen wir tun?«, fragte Cressida.

»Jede Menge. Alle Kleider müssen auf jede Naht geprüft, katalogisiert und dann im neuen *Clothworker Center* in Kensington Olympia eingeräumt werden. Also. Kann ich dem V&A Bescheid sagen?«

Alice war aufgeregt: Was für eine einmalige Gelegenheit! Sie hatte einmal auf dem Nürnberger Flohmarkt einen alten zerfetzten Kimono gekauft – wunderschön, in Gold und Khaki-Tönen, und hatte ihn in wochenlanger Kleinarbeit gereinigt und wieder zusammengenäht. Natürlich würde sie im *V&A* bei den Restaurierungen bestimmt nicht selbst Hand anlegen dürfen. Aber trotzdem war es eine Wahnsinnsaufgabe! Gleichzeitig machten ihr Leslies Worte jedoch auch Angst. War sie der Aufgabe neben ihrem Studium gewachsen? Sie musste gut sein. Wie sonst sollte sie eines der Stipendien gewinnen, um nach ihrem ersten Jahr weitermachen zu können?

»Ich werde mein Bestes geben«, sagte Cressida als Erste von ihnen. In ihrer Stimme schwang ein kühler Stolz mit und Alice bewunderte ihre Unverfrorenheit. Ihre neue Freundin hatte Leslie die Demütigung von eben noch nicht verziehen, das war klar. Dabei war sie für Leslie sicher nur eine von vielen gewesen. Diese Frau teilte Beleidigungen ebenso gedankenlos aus, wie sie mit den Augen zwinkerte. Man musste sich eine dicke Haut zulegen, dachte Alice, die plötzlich vor lauter Wahl, Anspannung und Möglichkeiten den Tränen nahe war. Sie musste heute Abend früh ins Bett.

»Ich mache es. Ich bin gelernte Schneiderin. Das kommt mir bei der Arbeit sicher zugute«, sagte Blanka.

Leslie nickte. »Okay. Die Einstellung gefällt mir. Und du, Alice? Was sagst du?«

Leslie hatte sich ihren Namen gemerkt! War das gut oder schlecht?!

»Ich weiß nicht, ob ich das schaffe. Meine Eltern können nur ein Jahr Studium hier finanzieren. Dann muss ich ein Stipendium bekommen. So eines wie den *Hatton Grant*. Da will ich mich eigentlich voll auf mein Studium konzentrieren ...« Die Worte schlüpften einfach so aus ihrem Mund. Es stimmte: Sie war überwältigt. Von London und von all dem hier. Wie sollte sie es da noch schaffen, eine andere Aufgabe gut zu erfüllen? Sie fühlte sich plötzlich so müde. Leslie aber kniff die blutroten Lippen zusammen.

»Oh. Ich verstehe. Nur kein Risiko eingehen, nicht wahr?« Sie stand auf oder schnellte eher von ihrem Stuhl hoch – Alice zuckte ein wenig zurück. »*Ob ich es schaffe* ...« Leslie schüttelte wie fassungslos den Kopf. »Wenn du es *schaffst*, Alice. Ich gebe dir einen Rat: Immer nach unten sehen! Dann geht alles sehr viel einfacher im Leben. Den Ehrgeiz und die Träume aber darf dir das nicht beschneiden. Das ist keine einfache Gratwanderung. Ob du *es schaffst*, weiß ich nicht. Das musst du dann selber entscheiden.«

In Alices Nacken sammelte sich der Schweiß. Was war nur mit dieser Frau los? Gab sie einem nicht mal fünf Minuten, um nachzudenken? Cressida und Blanka starrten sie an. Selim hustete, und Lin wirkte, als sei er nicht anwesend.

Leslie lehnte sich mit auf dem Schreibtisch flach ausgebreiteten Fingern nach vorn. Ihr dunkler Blick bohrte sich in Alice, die auf ihrem Stuhl in sich zusammensank. So fühlte sich ein Ballon an, dem die Luft entwich.

»Alice. Diese jungen Menschen – und dazu zählst auch

du –, sie liegen mir am Herzen. Nenn es, wie du willst – am besten beschreibt es der Ausdruck *Tough Love*. Wenn ihr mich überlebt, überlebt ihr dort draußen in der Modewelt alles, okay?«

Alice stand ganz still. Sie wagte es nicht einmal zu atmen.

»Jetzt mach, dass du rauskommst«, zischte sie. »Ihr alle. Blanka, Cressida, Lin, Selim, ihr könnt euch direkt am *V&A* melden. Die Kuratorin, Sue Richard, weiß Bescheid und erwartet euren Anruf.«

Alices Gesicht glühte. Es fühlte sich an, als stünde es in Flammen. Schweiß rann ihren Nacken hinunter. So einfach ließ sie sich nicht abkanzeln!

»Ich mache es«, knurrte sie.

»Wie bitte?«

Alice räusperte sich. »Ich mach es. So gut, wie niemand zuvor. Das verspreche ich.«

Leslie musterte sie einen Augenblick lang schweigend, ehe sie nickte. »Gut. Dann melde dich auch bei Sue. Sie wird mir ab und an Bericht erstatten. Eure Arbeit dort wird Teil eurer Note in *History of Dress* sein. Reißt euch zusammen. Strengt euch an, gebt euer Bestes. Immer. Euer Tun steht für das meine. Wir sind hier an der *SAF* eine Familie. Wer sich danebenbenimmt, dem wird der Kopf abgerissen, hab ich mich klar ausgedrückt?«

Sie stand auf und drehte sich wieder um, hin zu den riesigen Fensterscheiben und dem diesigen Himmel über der Großstadt.

Sie waren entlassen.

Cressida zog die Tür hinter ihnen zu: Alice waren die Knie weich, sie zitterte wie unter Schock, und draußen im Gang lehnte sie sich kurz gegen die Wand, um Kraft zu schöpfen.

Lin und Selim nickten ihnen zu und gingen davon. Blanka dagegen grinste sie an, hob den Daumen als positives Signal, ehe sie ihn schnell nach unten kippen ließ. Das Urteil war klar: Tod in der Arena!

»Sieht so aus, als hättest du dir eben eine astreine Feindin geschaffen. Und als ob dein Zimmer bald wieder frei wird …«, sagte sie, das Gesicht unter der dicken, weißen Schminke ausdruckslos. »Und das *Hatton*-Stipendium wollen wir alle. Genial, wenn du dich selbst aus dem Rennen kegelst. Das muss einem erst einmal gelingen!«

»Halt die Klappe, Clown«, zischte Cressida und rieb Alice tröstend den Rücken. Der war zum Heulen zumute. Sie lehnte sich gegen Cressida, die ihr den Arm um die Schultern legte. Ihr war plötzlich schlecht und sie hatte einen bitteren Geschmack im Mund. Warum hatte sie da drinnen nicht ihre wie immer zu große Klappe gehalten? Warum hatte sie nicht einfach gesagt: *Klar mache ich das, koste es, was es wolle*? Es schien aussichtslos: Sie brauchte Zeit, um für das Stipendium gut genug zu sein. Aber gleichzeitig musste sie sich bei der Vergabe voll und ganz auf Leslies Wohlwollen und ihre Empfehlung verlassen.

Es gab einfach kein Richtig und kein Falsch. Aber es gab doch eine bittere Wahrheit. Der *Hatton Grant* und damit alle Chancen, je an der *SAF* und in London zu Ende zu studieren, waren durch ihr Zögern eben in sehr weite Ferne gerückt!

LAUSCHER AN DER WAND

Als Alice an ihrem ersten Samstag in der Burnaby Street erwachte, waren ihre Glieder bleischwer. Es war, als hingen die Wochentage mit ihrem ganzen Gewicht an jeder einzelnen Fingerspitze: die täglichen Fahrten in die SAF, die vielen neuen Eindrücke und die langen Stunden im Atelier. Sie rollte sich zur Seite, hob das Rollo leicht an und linste nach draußen. Es war ein klarer, sonniger Tag, der eigentlich kein stundenlanges Herumliegen im Bett erlaubte. Da draußen lebte, rauschte, brummte, pulsierte schließlich London! Gleichzeitig machte ihr der Gedanke auch Angst. Denn was tun, mit einem solch sonnigen London-Tag? Alice fegte den Gedanken weg; Angst und Ungewissheit hatte sie in den letzten Tagen genug gehabt. Nun war es an der Zeit, an den Herausforderungen zu wachsen!

Zufrieden mit diesem großartigen Gedanken, den es ja nur noch in die Tat umzusetzen galt – auch wenn sie noch nicht wusste, wie –, drehte sie sich auf den Rücken und verschränkte die Arme hinter dem Kopf, um dieser Frage nachzugehen.

Erst einmal frühstücken, entschied sie nach einer Minute.

Wie seltsam es noch immer war, einfach in diese Küche zu gehen, die nun auch die ihre war. Kessel auf die Herdplatte, Müsli aus dem Schrank, Milch darüberschütten, irgendeines der vielen herumliegenden Modemagazine gegriffen und dann ebenso muffelig oder mitteilsam zu sein, wie es ihr eben gefiel! Herrlich. Daheim hatte ihre Mutter immer auf einem Tischgespräch bestanden, schon morgens um sieben!

Irgendwann hatte sie dann die Kunst des geringsten Zeitaufwandes zwischen Aufstehen, Fertigmachen, Frühstück und Aus-der–Tür-Gehen entwickelt. Hier hatte sie dagegen Zeit – für sich und ihr Leben.

Es war ein gutes Gefühl, ganze zwei Tage vor sich zu haben, um die Eindrücke der vergangenen Woche zu sortieren und sich gleichzeitig auf die kommende Woche vorbereiten zu können: Dann ging ihre Arbeit am *V&A* los.

Alice trat die Bettdecke zurück: Das war es! Weshalb heute nicht schon einmal hinfahren und sich das Museum ansehen? Der Eintritt war frei, was bei ihrem knappen Budget ein weiteres Argument war. Leslie würde sie es schon zeigen! *Immer nach unten sehen*. Von wegen. Sie wollte nach den Sternen greifen! Alice sprang aus dem Bett. Der Tag gehörte ihr! Ach was, der Tag – die Woche, der Monat, das Jahr! Das ganze, großartige Leben. Sie musste nur irgendwo anfangen. Am besten mit einer Dusche.

Als Alice in Ballerinas, mit schwarzen Jeans und schwarzem Rolli – sie hatte sich für einen studentisch-existentialistischen Look à la Simone de Beauvoir entschieden – die erste Treppe hinuntersprang, schien das Haus leer zu sein.

»Hallo?«, rief sie die Stufen hinab. Keine Antwort. Dann frühstückte sie eben allein. Alice öffnete die Tür, die zur Küche hinunterführte. Der Teppich auf den Stufen schluckte ihre Schritte und die Küchentür war nur angelehnt. Alice wollte schon hineingehen, als sie zwei Stimmen hörte, die sich unterhielten.

»Warum hast du sie denn dann eingeladen, hier einzuziehen?« Das war Kim! Alice verharrte. Es ging offensichtlich um sie!

»Weshalb nicht? Sie hat mir leidgetan. Und jetzt mag ich sie, wirklich.«

»Cressida. Es ist einfach keine gute Idee. Du kennst sie kaum.«

»Aber ich habe sie bereits kennengelernt. Sie ist nett. Witzig und offen. Alice ist anders. Was hast du nur gegen sie?«

Kim zögerte mit ihrer Antwort und Alice ballte hinter der Tür die Fäuste. »Nichts. Das weißt du ganz genau. Es ist in dieser Situation einfach nur nicht richtig. Mit Ned wäre das etwas anderes gewesen …«

»Ich WEISS! Aber Ned wollte nun einmal hier nicht einziehen.«

Klang Cressidas Stimme beleidigt? Nein. Neutral. Dennoch, die Leichtigkeit und die Freude, die Alice eben empfunden hatte, hatten sich in Luft aufgelöst.

»Das hat mir auch leidgetan«, sagte Kim nun leiser. Diese falsche Schlange! Alices Herz schlug hart bis zum Hals. Was hatte sie ihr bitte schön getan, dass sie so gegen sie sprach? Gerade wo sie begann, sich hier wohlzufühlen.

»Mir auch«, sagte Cressida knapp.

»Wann könnte Alice wieder ausziehen? In dieser Situation, in der alles neu ist, ist Ruhe am besten …«

Alice hielt den Atem an.

»Wieder ausziehen? Überhaupt nicht. Sie bleibt hier. Sie

ist meine Freundin. Da werde ich sie wohl kaum vor die Tür setzen.«

»Cressida ...«

Eine kleine Pause entstand. Alice lehnte die Stirn gegen den Türrahmen und schloss die Augen.

»Weißt du was, Kim? Ich habe die Nase voll von deinen Einwänden. Es ist *mein* Leben, und ich lebe es, wie ich es will. Und dies hier ist übrigens auch *mein* Haus. Meine Großmutter hat es *mir* vererbt. Nicht Jem. Und ganz gewiss auch nicht dir. Also treffe ich auch hier diese Entscheidungen.«

»Wie du willst«, sagte Kim, und Alice hörte, wie ein Stuhl zurückgeschoben wurde. Sie ging hastig wieder einige der Stufen nach oben, um nicht von Kim beim Lauschen ertappt zu werden. Als die Tür sich öffnete, sah Kim Alice nicht sofort, sondern schloss die Tür und lehnte sich einen Moment dagegen, wie um Kraft zu schöpfen. Sie trug wieder ihre engen Jeans, die bestickten Slipper und den knielangen, engen Kaftan, der ihre schmale Gestalt unterstrich, doch das seidene Grün ließ sie blass aussehen. Wie ausgespuckt, dachte Alice mit einer gewissen Genugtuung. Sie sprang nun die Treppen hinunter, als sei sie gerade erst gekommen. Vielleicht war sie genauso eine Schauspielerin wie Kim selber!

»Hi, Kim«, sagte sie so natürlich wie möglich. Schlange! Sollte *sie* sich doch ein neues Zimmer suchen!

Kim sah auf. »Guten Morgen, Alice«, sagte sie mit einem so freundlichen Lächeln, dass Alice beinahe auf der Treppe eine Stufe verfehlte. Wie konnte man nur so verlogen sein?

Kim blieb bei ihrem Zahnpastalächeln. »Und? Machst du heute eine kleine London-Entdeckungstour?«

»Ich weiß es noch nicht. Vielleicht schaue ich mir das *V&A* an.«

Kim nickte. »Ah ja, Cressida hat mir von dem Angebot eurer Direktorin erzählt. Toll, aber auch eine ganz schöne Belastung neben dem Studium.«

Ja, Omi, dachte Alice trotzig. Sonst noch Sorgen? Sie zuckte kurz mit den Schultern.

»Mal sehen. Wir schaffen das schon.«

»Eben. Nichts wird so heiß gegessen, wie es gekocht wird. Bis nachher dann. Ich muss in die Bibliothek.«

Damit verschwand Kim nach oben. Alice hörte ihre Schritte gleich darauf auf der Treppe in den ersten Stock verklingen. So lange dauerte es auch, bis sie sich genug gefasst hatte, um die Küche zu betreten.

Sonnenlicht fiel durch die großen Fenster aus dem Garten in den Raum. Cressida trug Kopfhörer, hatte die Augen geschlossen und tanzte vor dem Ofen herum, auf dem ein Kessel Wasser sich zum Kochen und Pfeifen bereit machte. Sie sah in ihrem kleinen dunkelblauen Hängekleid und den langen, braunen Beinen aus wie aus einem Magazin geschnitten.

Cressida öffnete nun ihre strahlend blauen Augen, die durch ihre dunkle Wimperntusche und den Kajal noch mehr leuchteten. »Hi, Alice«, sagte sie und lächelte, dass in der ganzen Welt das Licht anging. Alice hätte sie umarmen mögen. Eine Ritterin in glänzender Rüstung, das war Cressida.

ANDERS UND DOCH IMMER GLEICH

Als Alice aus der U-Bahn in South Kensington auf die Thurloe Street trat, war die Luft klar und warm. Sie sog sie genüsslich ein. Wie schnell und doch vorhersehbar das Wetter hier wechselte. War es am Morgen klar und sonnig, kamen gegen Mittag die Wolken vom Ärmelkanal her über die Stadt gerollt. Begann der Tag hingegen diesig, so klarte alles gegen 12 Uhr auf. Man konnte seine Uhr danach stellen! Alice bummelte an den köstlichen Auslagen der vielen Cafés vorbei – sie erkannte die Namen einiger großer Ketten, die mittlerweile überall auf der Welt zu finden waren, aber es gab auch andere, kleine und gemütliche Plätze, in denen jeder Tisch voll besetzt war.

Im *V&A* angekommen, sah sie sich die Karte des Museums an, ehe sie durch die langen Gänge entlang der Islamischen Kunst auf der einen Seite und den Möbeln des *Arts & Crafts Movement* auf der anderen Seite zur Mode ging. *Fashion* … dem Wort wohnte für sie ein Zauber inne. Ein Zauber, an dem sie hoffentlich bald Anteil haben würde! Sie war aufgeregt. Es fühlte sich ein wenig an wie eine Schatzsuche: *Was* war es, *wo* war es, würde sie es erkennen, *wenn* sie es fand?

Die Räume lagen im Halbdunkel und in großen Glasvitrinen trugen kopflose Mannequins die schönsten Schöpfungen der Modegeschichte, die von Scheinwerfern perfekt ausgeleuchtet wurden. Außerdem waren auch Schuhe, Hüte und Taschen oder Schmuck mit ausgestellt. Wunderbar! Sie *liebte* Accessoires und musste ja für ihre End-Kollektion im Sommer sechs Modelle samt Hüten, Schuhen, Taschen, Schmuck auf den Laufsteg schicken.

Alice verlangsamte ihren Schritt, um die Atmosphäre ganz in sich aufzunehmen. Wo anfangen? Sie war beinahe allein in den Räumen und so schlenderte sie auf gut Glück auf den ersten Schaukasten zu. Die Puppe darin trug ein dunkelgrünes Kostüm mit eng anliegender Jacke, Schößchen und einem luxuriös weit aufspringenden Rock. Nein, nicht dunkelgrün. Das war zu unspezifisch. Alice kniff die Augen zusammen. Eher so wie die Kopffedern eines Erpels. Grünblau-glamourös-lockend-schillernd. Das war eine exakte Beschreibung. Späte Vierzigerjahre, schätzte Alice. Sie las:

Christian Dior, 1947. Kostüm für die Gräfin von Paris. Wolle/Seide/Kaschmir. New Look.

Bingo! Alice konnte ihren Blick nicht von der Puppe lösen. Was konnte man schon heute neu entwerfen, das so dramatisch war wie der *New Look* damals nach dem Zweiten Weltkrieg? Bei dem Gedanken sank ihr fast das Herz in die Hose. Alles war so schnelllebig heute, so hier und jetzt, einmal gesehen, schon vergessen. Wie machte man sich einen Namen, wenn ständig eine neue Sau durchs Dorf getrieben wurde? Wie sicherte man sich Unvergänglichkeit?

Sie sah wieder auf das Modell im *New Look*, mit den damals geradezu skandalös verschwenderischen Metern an Stoff – zwei Jahre nach dem Zweiten Weltkrieg, als viele Länder Stoff nur auf Rabattmarken ausgaben! Alice bekam Gänsehaut auf den Armen. Das war es: Mode war gelebte, neu interpretierte Geschichte! Die Form des *New Look* beinhaltete in all seiner Neuheit damals auch die Form der opulenten Kleider des Rokokos oder die des Biedermeiers. Es gab keine Vergangenheit. Alles war Heute, immer wieder!

Sie sah sich um, ging zur nächsten Vitrine weiter und hielt dann kurz den Atem an: ein *Hatton*-Modell! Wenn das kein gutes Omen war.

Es war eines der typischen *Hatton*-Kostüme, mit der kragenlosen, auf Figur geschnittenen Jacke, den bunt gemusterten Borten entlang des Saums und der Kanten, der Goldkette, die in den Jackensaum eingenäht den Stoff tadellos hängen ließ, wie auch den Knöpfen, auf denen zwei ineinander verschlungene »H« prangten. Doch die Knöpfe sahen aus wie große Gänseblümchen und die Borte war psychedelisch bunt gemustert. Statt des in den 60er-Jahren typischen braven Rockes trug die Puppe eine Hose mit Schlag, die aus weicher Seide im Hahnentritt-Muster gearbeitet war. *Hatton* nahm hier *Hatton* auf die Schippe, und zwar auf so elegant gelungene Weise, dass es sich sicher auch noch wie warme Semmeln verkauft hatte. Wer hatte es getragen? Sie las das kleine Schild am Boden der Vitrine:

Henrietta Hatton, 1973. Kostüm für Marianne Faithfull, Rolling Stones Pacific Tour. 100 % Seide

Cooler, entschied Alice, ging es nicht mehr. Geschneidert für eine Geliebte der *Stones*! Mit einem Mal kribbelte es in ihren Adern vor Aufregung, als sie sich noch einmal in den Hallen und zwischen all den Vitrinen umsah: Wie fantastisch ihre Aufgabe hier sein würde! Egal, wie hart es auch immer neben dem Studium werden mochte. Wie viele Kleider sie wohl zu betreuen hatte? Und ob auch ein solches *Hatton*-Meisterwerk darunter zu finden war? Der Gedanke, ein solches Kleid zu sehen, zu berühren, es zu katalogisieren … einfach unglaublich! Ihr Herz schlug schneller. Was für eine Gelegenheit!

Ehe sie weiterging, drehte sie sich noch einmal nach dem *Hatton*-Anzug in seiner Vitrine um und musste plötzlich an Neds Worte denken: »Ich mag keine Mode. Ich mag Stil.«

Das war es! Er hatte recht, das musste sie ihm das nächste Mal, wenn sie ihn sah, sagen.

Beim Hinausgehen aus dem Museum ließ Alice, obwohl sie so knapp bei Kasse war, ein paar Münzen in den großen Glaskasten, auf dem in der Eingangshalle um Spenden gebeten wurde, fallen.

Auf der Brompton Road vor dem Museum gab es so gut wie kein Vorankommen, so viele Leute waren dort nun unterwegs. Alice stand unentschlossen vor dem Eingang des *V&A* herum. Wollte sie wirklich noch zu *Harrods*, wie alle anderen hier anscheinend auch?! Eine Gruppe Chinesen schob sie grob beiseite. Alice stolperte und sah ihnen nach, wie sie eilig ihrer Führerin nachtrappelten. Nein. Heute kein *Harrods*! Dazu war die Luft zu klar und zu frisch, ganz gleich, wie weltbekannt der Laden auch sein mochte, entschied sie. Das Kaufhaus stand auch noch, wenn es schneite oder hagelte.

In diesem Augenblick klingelte ihr Handy. *Unbekannte Nummer*, sagte die Anzeige.

»Hallo?«, fragte Alice neugierig.

»Alice?« Eine tiefe Stimme, die Alices Herz zum Hüpfen brachte.

»Ja?«

»Ich bin es, Ned.« Im Hintergrund hörte sie leise Gitarrenmusik, die sich angenehm mit seiner Stimme mischte. Ein Schwingen und Klingen, das einem durch Mark und Bein ging. Ihr fiel beinahe das Telefon aus der Hand. Ned! NED! *NED!* Sie umklammerte das Handy fester, denn ihre Handflächen wurden plötzlich feucht. Aufregung, Ungewissheit und irrwitzige Wünsche durchströmten sie.

Cool bleiben, ermahnte sie sich und zählte leise bis fünf, bis sie endlich antwortete: »Hallo! Wo hast du denn meine Handynummer her?«

»Cressy hat sie mir gegeben«, sagte er leichthin, als sei es das Selbstverständlichste der Welt. Es gefiel ihr. Alles gefiel ihr: seine Stimme, seine Art zu sprechen.

»Cressida? Wirklich?«

»Wirklich.« Sie glaubte, ihn lächeln zu hören. »Wir sind wie Geschwister. Nur mit noch weniger Geheimnissen voreinander. Vieles, was ich über Cressy weiß, weiß nicht einmal Jem.«

War das gut oder schlecht? Alice konnte sich nicht entscheiden, doch irgendwie fühlte sie sich erleichtert. Vielleicht hatte Cressida am Morgen *wirklich* neutral geklungen, als sie mit Kim über Ned gesprochen hatte. Natürlich. Sie interpretierte in alles zu viel hinein. Geschwister – kein Paar!

»Hast du denn keine echten Geschwister?«, fragte sie schnell.

Kurze Pause. »Nein. Leider nicht. Ich bin ein verwöhntes Einzelkind.« Dann fragte er: »Wo bist du gerade?«

»In der Nähe des *V&A*. Wir helfen mit, die Mode-Sammlung des Museums für den Umzug in die neuen Räume in Kensington Olympia zu ordnen und zu katalogisieren. Da wollte ich mich etwas kundig machen.«

»Wow! Weißt du schon, woran du arbeiten wirst?«

»Nein, aber ich hoffe, dass ich etwas bei den Kollektionen

aus den Nachkriegsjahren machen kann. Der *New Look* und so etwas. Das ist die Zeit, die mich am meisten interessiert. Ich denke dann immer an Hitchcocks Heldinnen. Die Sammlung im *V&A* ist einfach einmalig. Gerade habe ich ein fantastisches Kostüm von Henrietta Hatton bewundert.« Ned schwieg und Alice hätte sich auf die Zunge beißen können. Er hatte ihr doch gerade noch erzählt, dass er sich nicht für Mode interessierte, und jetzt klatschte sie ihm Begriffe wie *New Look* um die Ohren. Na super, gleich legte er wahrscheinlich völlig gelangweilt auf!

Dann aber lachte Ned und sagte: »Das stimmt. Diese Meter an Stoff lassen die Frauen aussehen wie umgekehrte Blüten: Stängel oben, unten der Kelch. Verstehe, warum dir das gefällt.«

»Das stimmt«, sagte Alice überrascht. Auf den Vergleich wäre sie selbst nicht gekommen. Plötzlich wollte sie nicht nur mit ihm reden, sie wollte ihn sehen! »Wo bist du denn gerade?«, fragte sie ihn nun im Gegenzug.

»Bei mir daheim, in Notting Hill. Also gar nicht weit weg vom *V&A*.«

»Aha. Ich kenne mich hier noch nicht so aus. Aber eines habe ich schon verstanden: In London ist *gar nicht so weit weg* sehr relativ.«

Ned lachte. »Allerdings. Aber diese Distanz könnten wir überwinden, wenn du willst. Hast du Lust auf einen Kaffee? Ich komme gern runter nach South Ken. Oder willst du dich im Park treffen?«

Alice spürte die Septembersonne auf der Haut prickeln. »Treffen wir uns im Park und entscheiden dann, was wir machen, okay?«, schlug sie vor.

»Gut. In einer halben Stunde am goldenen Albert?«

»Am goldenen Albert? Finde ich den denn so einfach?«

Ned lachte wieder sein tiefes, klares Lachen. Sie sah ihn plötzlich vor sich: die matte, dunkle Haut mit den irren goldblonden Locken dazu und seine Augen.

»Ja. Er sitzt als Statue direkt gegenüber der Victoria und Albert Halle. Der ist nicht zu verfehlen.«

Sie kicherte. »Okay. Hier heißt scheinbar alles nach Victoria und Albert. Waren sie euer Lieblingskönigspaar?«

Er zögerte kurz, ehe er sagte: »Kann sein. Aber ich glaube vielmehr, nichts begeistert die Leute so sehr wie eine große Liebesgeschichte. Bis gleich, Alice.«

Klick. Er hatte aufgelegt.

Als Alice ihr Telefon wegsteckte, konnte sie nicht anders, als vor sich hin zu lächeln. Das Leben war gut und groß. Es stimmte: Nichts einte, nichts teilte, begeisterte, erschütterte Menschen so sehr wie eine große Liebesgeschichte. Sie überquerte die Exhibition Road, rief auf dem Handy den Stadtplan auf und ging dann nach Norden Richtung Hyde Park. Und das alles, ohne beinahe überfahren zu werden. Sie war angekommen, entschied Alice.

MEINE WELT, DEINE WELT

Alice sah Ned schon von Weitem über die lange, gerade Allee auf sich zukommen. Er lief neben dem schmalen Weg her und warf mit seinen Füßen Blätter auf – Haufen von geschecktem Rot und Gold. Alice stieg die Treppen vor der riesigen, vergoldeten Statue von Prinz Albert hinunter und ging auf Ned zu. Sein Bild wurde mit jedem Schritt schärfer. Seine Art, sich zu bewegen, wie er seinen ganzen großen Körper ausbalancierte – alles, alles an ihm gefiel ihr! Es war verrückt.

»Hi, Alice«, rief er. Sein Lächeln machte sein Gesicht weicher. Zur Begrüßung küsste er sie auf beide Wangen. Er roch nach frischer Luft und einem angenehm herben Duft, den sie nicht ganz einordnen konnte. Er verdrehte ihr den Kopf, einfach so.

»Warum gehst du neben dem Weg durch die Blätter?«, fragte sie ihn.

Er drehte sich um und wirkte überrascht, als sei ihm das überhaupt nicht aufgefallen.

»Keine Ahnung«, sagte er dann. »Ich mag das Rascheln der Blätter. Ist ein bisschen wie Landleben, mitten in der Stadt.«

»Kommst du denn nicht aus London?«

»Nein, aus Norfolk. Nahe der Nordsee.«

»Aha. Das ist das erste Mal, dass ich dich ohne Musikinstrument sehe«, sagte sie und merkte, dass ihre Stimme etwas belegt war.

»Nicht ganz.« Er griff in die Hosentasche seiner ausgewaschenen Jeans, über der er ein leicht verknittertes kariertes Holzfällerhemd trug. »Tada! Eine Mundharmonika. Überrascht?«

Alice lachte: »Allerdings. Was hast du denn vor? Anheuern?«

Ned verzog das Gesicht. »Wohl kaum. Wasser und ich, wir können nicht miteinander. Ich springe eher durch einen Feuerreifen, als ein Boot oder Schiff zu betreten.«

Sie schlenderten los und Alice beobachtete ihn von der Seite. »Bist du eigentlich Musiker? Ich meine, lebst du davon?«

»Eines Tages vielleicht. Das hoffe ich zumindest. Es ist verdammt hart, sich als Künstler einen Namen zu machen. So verdiene ich eben mit kleinen Gigs, mal hier und mal da. Viel ist es nicht, aber ich glaube an mich. Ohne Musik mag ich nicht leben.«

»In der Mode ist das nicht anders.«

Er sah sie nachdenklich an, ehe er nickte. »Da hast du recht. In jeder Kunst ist das schwer, sei es Malen, Musik – oder eben Mode.« Es schmeichelte ihr, dass er Mode – trotz seiner spitzen Kommentare – als Kunstform akzeptierte. Ned zuckte die Schultern. »Bis ich von der Musik leben kann, ist die Musik mein Leben. Meine Eltern sind davon nicht gerade begeistert, aber es ist ja meine Sache.«

Das war wieder diese Freiheit und dieses Selbstbewusstsein, das ihr an ihm gefiel. Er erfand im Zweifel seine eigene Kunstform. »Vielleicht bist du ja schon viel mehr, als du glaubst«, rutschte es Alice heraus.

Er blieb stehen. »Wie meinst du das?«

»Als wir uns in Fulham getroffen haben, hast du gesagt: Ich bin etwas, was es gar nicht gibt. Das stimmt nicht.«

Ned schwieg. Dann sagte er leichthin: »Vielleicht kommst du ja jetzt doch eines Tages mal in den *Club 66*? Oder traust du mir immer noch nicht?«

»Doch. Aber an dem Abend war das was anderes. Da konnte ich doch nicht einfach so mitgehen.«

»Warum denn nicht? Mädchen machen sich immer zu viele Gedanken.«

»Und Jungen zu wenig.«

»Kann sein. Ich hatte an dem Abend aber wirklich nichts Böses mit dir vor. Ich wollte nur meine Musik mit diesem fremden, großen, dünnen, traurigen Mädchen aus Deutschland teilen. Vielleicht hätte es dich ja zum Lächeln gebracht.«

»Und was bringt dich zum Lächeln, Ned?«, fragte Alice plötzlich. Ihr Blick tauchte in seine tiefen, stillen Augen. Was brachte ihn *wirklich* zum Lächeln, von Herzen, sodass es den Ernst in seinem Blick wegspülte? Was berührte ihn und ließ ihn echte Gefühle zeigen – mehr als nur die wohlerzogene Leichtigkeit, mit der er die Dinge anzugehen schien. Ihr wurde schwindelig, und als er nicht sofort antwortete, redete sie schnell weiter: »Hast du denn viele Instrumente bei dir daheim?«

»Hm, ja. Ein Klavier und so einiges andere. Das zeige ich dir aber ein anderes Mal. Ich teile mir das Haus mit zwei Leuten und kann nicht einfach so Besucher mitbringen. Das möchten meine Vermieter nicht.«

»Keine Sorge, ich wollte mich nicht selber einladen«, sagte

sie rasch und wurde rot. Er aber legte kurz und warm den Arm um ihre Schultern. Die Bewegung war so natürlich und leicht, als sollte es so sein. Etwas Ähnliches hatte sie noch nie erlebt. Ned grinste.

»Ich fände es schön, wenn du dich selber einlädst, okay? Aber was wollen wir jetzt machen? Magst du in ein Café und etwas trinken?«

»Gern. London macht mich, ehrlich gesagt, etwas fertig.«

»Kennst du schon was, wo du hinmöchtest?«

Sie schüttelte den Kopf. »Nein. Du kennst dich hier aus.«

Er überlegte. »Hm. Es gibt am Kensington Palace ein Café, aber das ist sehr gutbürgerlich. Am Prinzessin Diana Spielplatz ist auch eines, aber da kommen wir wahrscheinlich unter die Räder eines Kinderwagens.« Er überlegte kurz und Alice ließ ihn schweigen. Es war schön, ihm dabei zuzusehen. Weshalb war sie vor dem Treffen mit ihm so aufgeregt gewesen? Es war so *einfach,* mit Ned Zeit zu verbringen!

»Magst du Flohmärkte?«, fragte er dann.

Alice nickte. »Sehr! Das ist besser als die Schatzsuchen früher beim Kindergeburtstag!«

»Also gut, dann lass uns zum Portobello Markt gehen. Der beste Morgen ist zwar eigentlich der Freitag, heute sind nur Touristen und Taschendiebe dort. Aber wir wühlen uns schon durch! Bis zu den besten Buden unter dem *Westway* laufen die meisten Besucher gar nicht. Komm, wir gehen!«

Aber Alice war schneller als er. Sie nahm seine Hand und zog ihn vom Weg in das kniehohe Laub. Er sah sie kurz erstaunt an, aber schlang dann seine Finger fest um ihre.

»Was jetzt?«, fragte er leise.

»Wir rascheln neben dem Weg her«, erwiderte Alice und lief los. Die Blätter flogen hoch bis zu ihren Knien, und Ned lief mit ihr, Hand in Hand, durch den Wall an Laub, der unter ihren Füßen trocken raschelte und sich in allen Tönen von Rot und Gold öffnete. Alice war das Herz plötzlich ganz leicht – so leicht, dass es wie Zuckerwatte hoch oben mit den Wolken über dem Kensington Park dem Himmel entgegentrieb. Der Himmel, das war London: hier, in den Kensington Gardens, zusammen mit Ned.

In Notting Hill wurde gebaut – die Presslufthämmer dröhnten so laut, dass jedes Gespräch unmöglich war –, und Ned führte Alice an der U-Bahn-Station vorbei, die so überlaufen war, dass die Schaffner nur noch Leute hinausließen. Sie gingen an einer Reihe von Secondhandgeschäften vorbei, ehe eine Reihe pastellfarbener kleiner Häuser in Sicht kam.

»Was sind das für Puppenhäuser?«, fragte Alice.

»Hier beginnt die Portobello Road. Das ist das ruhige Ende. Warte ein paar Hundert Meter, dann steppt der Bär.«

Es stimmte: Nur hundert Meter weiter stand Bude an Bude und in jedem Erdgeschoss waren teure Boutiquen untergebracht.

»Das sieht hier aber nicht gerade nach Flohmarkt aus …«

Ned zuckte mit den Schultern. »Vor zehn Jahren war der *Ralph Lauren*-Shop noch eine Apotheke und *Joseph* da drüben eine Tankstelle. Und das teure Café war ein kleines afghanisches Geschäft, das 24 Stunden am Tag offen hatte. Das ist heute alles vorbei. Normale Läden gibt es hier gar nicht mehr.«

»Aber warum weißt du das denn alles, wenn du doch gar nicht aus London kommst?«, fragte Alice, während sie sich umsah. Es gab hier nicht nur keine normalen Läden mehr, sondern auch keine normalen Leute, entschied sie. Jede Frau hier trug Kleider, Schuhe und vor allen Dingen Taschen, die gut und gerne zehntausend Pfund wert waren. Persönlicher Stil war nicht so wichtig, große Namen schon. Fast machte ihr das Angst: Unterstützte sie das, wenn sie Mode entwarf? Der Gedanke gefiel ihr nicht.

»Ich war im Internat und habe das Wochenende oft bei Freunden in der Stadt verbracht. London war für uns immer das große Abenteuer: rau und frei. Aber es ist trotzdem nicht wie zu Hause. Dort fliegen mir Gedanken und Worte nur so zu. Jetzt im Herbst ist es besonders schön: Aus jeder Hecke steigen die Fasane, die Strände sind ganz leer bis auf ein paar Irre, die gerade jetzt nackt baden wollen, und über den *Broads* ballen sich die Wolken.«

Alice wusste nicht, was sie sagen sollte – könnte sie ihre Heimat so beschreiben? Für Ned waren Worte auch ein Instrument, so viel war klar. Dabei hatte Franken doch auch all dies – Schönheit und Weite. Aber sie hatte noch nie darüber so nachgedacht, wie Ned es anscheinend tat. Es berührte sie. Um sie herum herrschte nun ein solcher Trubel, dass sie wieder und wieder voneinander getrennt wurden. Er nahm ihre Hand.

»Aber jetzt brauchen wir erst mal einen Kaffee. Dort drüben, bei *Tom's,* gibt es den besten. Außerdem ist sein Laden mal ausnahmsweise keine Kette. Das muss unterstützt werden. Mir geht das auf die Nerven, an jeder Ecke der Stadt dieselben Läden zu finden. Weshalb muss die ganze Welt so glatt gehobelt und uniform sein? Versprich mir, dass du ganz wilde, andere Kleider als alle anderen entwerfen wirst!« Seine Augen glänzten wie poliertes Mahagoni. Wie schnell Hoffnung und Freude in sie kommen konnten, ehe sie ebenso schnell wieder daraus verschwanden!

HIER BEGINNT DAS HIMMELREICH

Alice hielt sich dicht neben Ned und wurde vom Strom der Menschen auf der Portobello Road einfach mitgetragen. An den Ständen rechts und links der Straße und auf dem Bürgersteig wurde von alten Felljacken über Poster und Modeschmuck bis hin zu Bongotrommeln einfach alles angeboten. Nach einer Weile wurde die Straße enger und die Zahl der Menschen geringer. Die Leute hier wirkten irgendwie *echter*, fand Alice, ohne ein besseres Wort dafür finden zu können: Die Cafés waren schmuddeliger, und an den Buden lag eher das aus, was gerade vom Lastwagen heruntergefallen, über Nacht »gefunden« worden oder eben aus Omas Nachlass übrig war.

»Haben die hier auch Modeschmuck?«, fragte Alice und sah sich neugierig um. »Ich finde Accessoires so inspirierend. Bei meiner Endkollektion muss ich mich ja um alles kümmern …«

Ned zog sie mit sich an einen kleinen Tisch im Schatten der Hauswand. »Schau mal. Hier gibt es Wahnsinns-Broschen. Was brauchst du? Hier sind zum Beispiel welche mit Strass oder mit Halbedelsteinen. Hm, vielleicht etwas protzig.«

Ned wühlte in dem Broschen-Haufen und Alice musste plötzlich lachen. »Ned, DU solltest Mode studieren und nicht ich! So klingst du zumindest. Dass du überhaupt bei Accessoires als Erstes auf Broschen kommst!«

Ned wurde so rot wie einer der Streifen auf seinem Holzfällerhemd. Er fuhr sich schnell durch die Haare, in einer so fahrigen und verwirrten Geste, dass Alice gleich noch einmal nachwuscheln wollte. Sie riss sich gerade noch zusammen.

»Findest du? Unsinn? Ich dachte nur … Jeder braucht doch Inspiration, oder? Cressy spricht immer über ihre Suche nach Ideen und dass sie einem an den unerwartetsten Momenten und Orten kommen. Ich denke, das stimmt.«

»Wie lange kennst du Cressida eigentlich schon?«, fragte Alice wie beiläufig.

»Seit ich denken kann. Ihre Eltern und meine sind Nachbarn. Angeblich hätte mein Vater beinahe ihre Mutter geheiratet. Oder hätte sie heiraten sollen, nach dem Willen ihrer beiden Eltern.«

»Und? Was kam dazwischen?« Wie altmodisch – seit wann hatten Eltern denn noch bei einer Heirat mitzureden?

Ned zuckte die Schultern. »Was dazwischenkam? Liebe, schätze ich. Mein Vater traf meine Mutter während eines Abendessens bei Freunden. Sie arbeitete damals als Model und war die erste Schwarze auf dem Cover der *Vogue*. Sie wurde ihm beim Aperitif vorgestellt, und als die Nachspeise aufgetragen wurde, hat er ihr einen Heiratsantrag gemacht. Es war alles ein Skandal damals, aber mittlerweile versteht er sich mit Cressys Mutter wieder sehr gut. Sie haben viel gemeinsam: Cressida und Jem sind Zwillinge und …« Ned brach seinen Satz plötzlich ab. Er wirkte wie von seinen eigenen Worten verwirrt.

»Und …?«, half Alice ihm sanft weiter.

»Ach, nichts. Ich wollte einen flapsigen, vollkommen unpassenden Scherz machen und habe mich gerade noch zurückgehalten.«

Alice wechselte schnell das Thema. »Woher stammt deine Mutter?«

»Aus Nigeria. Mein Vater dagegen ist ein blasser, blonder Engländer. Daher auch mein Aussehen. Bin ich ein blonder Schwarzer oder ein schwarzer Blonder?« Er zog an seinen dunkelgoldenen Locken. »Ich habe dir ja schon gesagt, dass ich jede Menge Übung darin habe, etwas zu sein, das es nicht gibt …«

»Unsinn!«, sagte Alice knapp. »Weshalb wolltest du denn dann eigentlich nicht bei Cressida einziehen, wenn ihr schon so lange befreundet seid?«

Er musterte sie nachdenklich.

»Was immer du sagst, es bleibt unter uns«, versicherte Alice.

»Das ist gut. Ich denke, es war mir einfach zu nah. Und es waren mehr ihre Eltern, die das unbedingt wollten, als wir beide!«

»Sicher?« Vielleicht, fiel Alice ein, war Ned sich gar nicht bewusst, wie attraktiv er war. Groß? Check. Gut aussehend? Check. Still, geheimnisvoll und etwas melancholisch? Dreimal Check. Vielleicht aber war es auch besser, ihn erst einmal nicht darauf hinzuweisen, entschied Alice und versuchte daher erneut, das Thema zu wechseln. »Die ist ja schön«, sagte Alice und zeigte auf eine Brosche, die auf dem Tisch etwas abseitslag.

Ned hielt das Schmuckstück hoch. Es war eine Kamelie aus Obsidian und Bergkristall. Das Licht brach sich auf ihr und Hell und Dunkel mischte sich wunderschön darin.

»Ich schenke sie dir.«

Alice lachte: »Wirklich? Danke. Sie erinnert mich an das Kostüm, das ich eben im *V&A* gesehen habe. *Very Hatton*.«

Ned sah das Schmuckstück an, das auf seiner Handfläche glitzerte. Er wirkte überrascht. »Ja, das ist sie wohl.« Dann blickte er wieder zum Tablett mit dem Schmuck. »Für mich nehme ich dann den Johnny-Cash-Pin. So richtig 90-er, diese Dinger! Und Johnny Cash soll mir Glück bringen.«

»Steckst du sie mir ans Revers?«

»Klar, oder wie wäre es an der Tasche, das passt noch besser, finde ich …« Ned fummelte am Tweed ihrer Jacke mit Schößchen, die sie sich noch kurz vor ihrer Abreise genäht hatte – Hitchcock-Heldin traf Vivienne Westwood. Sein Gesicht war dem ihren plötzlich ganz nahe: Sie nahm wieder seinen herben Duft wahr und beobachtete die kleine Falte, die sich vor Konzentration zwischen seine Augenbrauen schlich. Der Blick seiner dunklen Augen war voll und ganz auf seine Aufgabe fixiert. Er tat einen Schritt zurück, um die Brosche über der rechten, schräg angesetzten Taschennaht zu mustern. Die kleine Falte vertiefte sich und er schüttelte den Kopf. »Nein. Das ist zu viel, zusammen mit dem Gurt deiner Tasche. Die Seite der Jacke ist dann überladen. Ich mach sie lieber links hin. Halt still …«

Alice gehorchte und fühlte sich wie ein Model, an dem ein Modeschöpfer sein Meisterwerk schuf. Und Ned wollte nichts von Mode halten? Sie konnte sich die Frage gerade noch verbeißen.

Ned kniff kurz die Augen zusammen. »Wunderhübsch. Da könnte fast noch eine Zweite hin …«

Er trat wieder näher. Ihre Blicken trafen sich.

Der Trubel des Marktes wurde zu einem Hintergrundrauschen, unbestimmt und unwichtig. Die Luft verdichtete sich und Alice wagte es nicht zu atmen. Alles lief in Zeitlupe ab – ihre Gedanken, ihr Atem, Ned und sie. Die Welt und das Leben setzten einen Wimpernschlag lang einfach aus.

»Komm«, sagte Ned schließlich leise, nahm ihre Hand und zog sie weiter. »Da vorn beginnt dein Secondhand-Paradies.« Er zeigte auf unzählige Reihen von Kleiderständern, die sich vor Röcken, Jacken, Hosen und Mänteln nur so bogen.

»Dort findest du alles für den perfekten London Look.«

»Und wie definierst du den?«

»Hm, einmal in den Kleidersack gefallen und dann mutig ans Tageslicht gewühlt, oder vielleicht auch: Es sieht aus, als hätte ich fünf Minuten über meine Kleider nachgedacht, aber in Wahrheit war es mehr als eine Stunde.«

Sie beide lachten nun. Ihre Hand in seiner fühlte sich wunderbar an. Was, wenn er sie immer so hielte? Doch dann blieb Ned auf einmal stehen.

»Ich muss gehen«, sagte er und sah auf seine Uhr. Sie waren wieder an der U-Bahn-Station angekommen. »Von hier kannst du den Bus 328 nehmen, der geht direkt bis *World's End*.«

»Was, schon? Es ist doch gerade erst vier Uhr nachmittags.«

»Ich weiß. Aber ich habe heute Abend einen Gig und will noch ein wenig Klavier spielen. Das entspannt mich für meinen Auftritt. Möchtest du dieses Mal zugucken kommen?«

»Heute kann ich leider nicht, aber nächstes Wochenende gern. Vielleicht wollen die anderen auch kommen?«

»Das ist doch ein Plan. Was machst du denn heute Abend?« Er sah sie neugierig an.

Sie zuckte mit den Schultern. »Leider nichts Besonderes. Ich will ein paar Sachen für die SAF nachlesen. Ziemlich langweilig für einen Samstagabend, aber ich muss das Jahr so gut wie möglich bestehen. Ich bewerbe mich um ein Stipendium, damit ich nach dem *Foundation Course* noch meinen Bachelor und schließlich meinen Master machen kann.«

»Wow, du hast ja echt schon einen Masterplan«, sagte Ned. »Gefällt mir! Du wirst das schaffen. Ich habe Vertrauen in dich.«

Seine Worte taten ihr unendlich gut. »Und ich in dich. Eines Tages werden Zehntausende in die Hallen strömen, in denen du spielst.«

Ned schüttelte den Kopf. »Das müssen sie gar nicht. Wenn es mir nur gelingt, mich selbst zu hören, dann genügt das …«

Was meinte er damit, fragte sich Alice verwirrt. Da waren sie wieder: dieser Ernst, diese Verschlossenheit, diese Melancholie, die ihn von ihr forttrugen.

Sie riss sich zusammen. »Es ist auch schwer, sich selbst in all dem Lärm, den alle machen, zu hören. Irgendwie will ja jeder dasselbe. Schon wenn ich an die anderen Studenten in der SAF denke! Da gibt es zum Beispiel diese Blanka – die ist richtig ätzend. Dabei muss doch für alle Platz sein. Aber nein, sie erfindet die spitzen Ellenbogen neu …«

»Hm, vielleicht hat sie einfach selbst Angst unterzugehen. London ist eine Stadt voller Schwäne, die auf einem königlichen See dahinschweben. Auf der Oberfläche schweben wir für alle sichtbar ruhig und majestätisch dahin. Aber unter Wasser paddeln alle panisch wie die Gänse auf dem Dorfweiher!«

Alice musste lachen. Das Bild gefiel ihr. Sie schulterte ihre Tasche. »Danke für den schönen Nachmittag, Ned. Du hast mir *deine Hood* wirklich wunderbar gezeigt. Und wenn es mir mal mies geht, gehe ich Schwäne beobachten …«

»Nein. Ruf mich lieber an, wenn es dir mies geht.«

»Okay«, sagte sie leise.

Er küsste sie wieder auf beide Wangen und ging dann mit einem letzten Winken davon. Alice schlenderte zur Bushaltestelle und beobachtete, wie Ned um die Ecke verschwand.

Wo er hier wohl wohnte? Sie blickte auf ihre Uhr. Ein wenig Zeit hatte sie noch. Der 328er Bus erschien in der Kurve, doch Alice hatte ihren Entschluss bereits gefasst. Sie lief über die Straße, bis zu der Ecke, um die Ned verschwunden war. Lag hier in der Nähe die Bude, die er sich mit seinen beiden Freunden teilte? Waren das auch Musiker? Männer? Frauen? Er hatte dazu nichts gesagt. Ned entschied selber, was man von seinem Leben zu sehen bekam und was nicht.

Sie beschleunigte ihre Schritte. Nun sah sie ihn am Ende der Straße gehen, wie er sich gerade seine Kopfhörer aufsetzte. Es war ein stilles, in Alices Augen ihm schon eigenes Ritual. Ned bewegte sich wieder auf seine ganz spezielle Art, die eine Hülle um ihn formte: eine Blase des Allein-Seins, des Ned-Seins.

Ganz allein … mit all deinen Geheimnissen, hatte Cressida ihn geneckt.

Vor ihnen lag nun ein weiter, offener Platz mit einem Garten in seiner Mitte. Alice hörte das Aufschlagen von Tennisbällen. *Ladbroke Square* las sie auf einem Schild. Ned blieb nun vor dem ersten großen Eckhaus stehen. Es sah makellos und beinahe unbewohnt aus. Die Fensterläden der ersten drei Stockwerke waren geschlossen, nur im vierten Stock war ein Fenster geöffnet. Neben den Eingangssäulen wuchsen kleine Buchsbäume. Der Boden vor der dunkelgrünen, doppelten Eingangstür war schwarz-weiß gefliest und tadellos sauber gefegt.

Alice blieb unwillkürlich stehen und glitt in einen anderen Hauseingang, aus dem sie alles unbemerkt beobachten konnte. Das Haus wirkte in seiner Größe und Eleganz einschüchternd: Ned aber sprang die Stufen hoch und wühlte in den Taschen seiner Jeans, ehe er wie über sich selbst den Kopf schüttelte.

Alice hielt den Atem an. Wohnte er etwa dort?

Ned klingelte, einmal. Zweimal. Dann öffnete sich die Tür. Ein Butler stand auf der Schwelle. *Ungelogen*: ein Butler. In schwarzem Anzug, gestreifter Weste und mit ungerührter Miene. Es war wie im Film. Alice traute ihren Augen nicht. Fast erwartete sie, dass der Butler Ned mit seinen ranzigen Jeans und dem verknitterten Hemd sofort wieder die Tür vor der Nase zuschlug.

Doch stattdessen neigte der Mann knapp den Kopf, als Ned wie entschuldigend die Schultern hob und dann in der kühlen Stille des Hauses verschwand.

Die Tür schloss sich hinter ihm mit einem dumpfen, endgültigen Laut.

GESICHTER EINER STADT

Als Alice in die Burnaby Street einbog, wurde es bereits dunkel. Sie hatte eine Weile in Notting Hill auf den Bus gewartet, aber dann plötzlich Lust auf Bewegung gehabt. Vielleicht konnte sie so die vielen Eindrücke des Tages verarbeiten.

Als sie zu Hause ankam, taten ihr die Füße weh, doch wenigstens ihr Kopf war etwas klarer. Was immer Ned bewegte, sie konnte nichts erzwingen. Wenn er sich ihr öffnen wollte, würde er das schon irgendwann tun. Wenn nicht, dann nicht – auch wenn sie dieser Gedanke gerade viel trauriger machte, als sie zugeben wollte.

Alice hielt kurz inne: Im Haus war alles hell erleuchtet und die Tür war nur angelehnt. Auf dem Bürgersteig lag Kims Fahrrad einfach so da, hastig hingeworfen. Das wirkte nicht normal – was war passiert? Sie eilte die Treppen hoch und stieß die Tür ganz auf. Im Wohnzimmer weinte jemand. Obwohl weinen vielleicht der falsche Ausdruck war, es klang eher wie ein heulendes Tier.

Alice ließ im Gang ihre Handtasche fallen und stolperte beinahe über einen umgeworfenen Stuhl, der quer im Gang lag. Dann stürzte sie ins Wohnzimmer. Der helle, freundliche Salon mit seinen beiden gemütlichen durchgesessenen Sofas, dem Couchtisch und den kleinen Leselampen war total verwüstet. Kissen waren zerstochen, Tische umgeworfen, Schubladen herausgerissen und ausgeleert. Sogar einer der Vorhänge hing zerfetzt von der Stange. Die Glastür hin zum Patio stand offen und ein kalter Wind blies in das Zimmer. Alice bekam Gänsehaut.

Mitten in dem Chaos kauerte Cressida. Ihr Telefon lag neben ihr auf dem Boden. Sie schluchzte und klammerte sich an Kim, die sie eng umschlungen hielt und ihr das wirre Haar küsste. Kim flüsterte leise Worte, die keinen Sinn ergaben, aber die Cressida wohl trösten sollten. Alice schluckte hart und ging dann langsam neben ihnen in die Knie.

»Mein Gott, was ist denn hier passiert?«, flüsterte sie, hob zögerlich die Hand und drückte Cressidas Schulter. War ihre Berührung willkommen? Kim hob sofort den Kopf, wie eine Kobra vor dem Biss. Weshalb musste Alice bei ihr immer an eine Schlange denken? Cressida aber schüttelte nur den Kopf, weinte noch mehr und verbarg ihr Gesicht an Kims flacher Brust.

»Was ist los, Kim?«, fragte Alice rau.

»Ein Einbrecher. Cressy sagt, sie hat ihn überrascht, als sie aus der Küche nach oben kam.«

»Hast du ihn gesehen?«

»Nein. Ich habe Cressy nur schreien gehört, als ich mein Fahrrad anketten wollte. Gesehen habe ich ihn nicht.« Sie schüttelte wie ungläubig den Kopf.

»Mein Gott, hat er ihr denn etwas getan?«, fragte Alice aufgebracht.

Kim schüttelte knapp den Kopf. Sie wirkte noch reservierter als sonst. »Ich glaube nicht. Er ist davongelaufen, als sie ihn gesehen und geschrien hat.«

»Gott sei Dank!« Alice umarmte Cressida nun ebenfalls, dann sah sie sich um. Vor dem Weglaufen hatte der Kerl noch ganze Arbeit geleistet! Es herrschte komplettes Chaos. »Hat er was mitgenommen?«

»Viel zu holen gibt es ja nicht. Aber er hat eine wahnsinnige Unordnung hinterlassen und viel kaputt gemacht.« Auch Kim wischte sich nun mit dem Ärmel die Tränen ab, die ihr plötzlich in die Augen schossen. »Der Gedanke, dass hier jemand Fremdes war, in unserem Haus, ist so ekelhaft. Man fühlt sich so in seiner tiefsten Intimsphäre verletzt …«, flüsterte sie.

Alice schwante Übles. »War er denn auch oben in unseren Zimmern?«

Cressida hob den Kopf. Ihre Augen waren verschwollen und rot. Alice streichelte ihr die Stirn. Die Ärmste stand bestimmt unter Schock.

»Das weiß ich nicht«, schniefte Cressida. »Ich war unten in der Küche und habe Schritte gehört …«

Alice schüttelte den Kopf. »Am helllichten Tag! Lass mich oben nachsehen!«

»Und ich mache dir einen Tee, Cressy. Dann können wir aufräumen. Und die Polizei anrufen«, sagte Kim.

Aber Cressida wehrte ab. »Das macht doch keinen Sinn. Er ist längst über alle Berge. Und mitgenommen scheint er nichts zu haben.«

»Aber …«

»Nein. Ich will das nicht. Bitte. Das wäre meiner Familie sicher nicht recht.«

»Cressida, wir müssen doch …«

»NEIN, Kim. Okay? Bitte nicht!«, flüsterte sie dann und

begann wieder zu weinen. Alice litt mit ihr mit und selbst Kim musste nachgeben.

»Also gut«, sagte sie und half Cressida auf. »Aber jetzt komm wenigstens in die warme Küche.«

»Ich komme auch gleich«, sagte Alice, »Ich sehe mich nur oben um.«

Kim nickte knapp, schloss das hohe Fenster und führte Cressida, die wieder leise zu weinen begann, nach unten.

Alices Vermutung wurde bestätigt. Das obere Stockwerk war ebenfalls durchwühlt und verwüstet worden: Aus den Einbauschränken waren Kleider gerissen worden und in Alices Zimmer lagen die Seiten ihres Skizzenbuches zerfetzt auf dem Boden. Das Schminkzeug war vom Regal gefegt, Stifte lagen überall – manche von ihnen zerbrochen – und der Boden war mit CDs und DVDs übersät. Kims Zimmer, dessen Tür nur angelehnt war, sah kaum besser aus. Alice seufzte, ging in die Knie und begann aufzuräumen. Es stimmte: Wenigstens schien nichts verschwunden zu sein. Der Einbrecher hatte vergeblich nach etwas Wertvollem gesucht. Aber Kim hatte auch recht: Der Gedanke, dass ein Fremder so in ihrem Eigentum gewühlt hatte, war entsetzlich. Sie fühlte sich so angegriffen, als hätte er sie selbst gepackt und geohrfeigt. Sie setzte sich auf ihr Bett, um sich zu fassen. Ihre Finger zitterten, als sie sie verschränkte.

Ein Einbrecher, einfach so, mitten am Tag. Auch das war vielleicht London.

In diesem Augenblick vibrierte ihr Handy.

Bist du gut angekommen? Ich habe den Nachmittag sehr genossen. Schön, dass du Zeit hattest! Ned.

Alice wurde warm in ihrem Inneren, mitten im Chaos ihrer

zerstörten Privatsphäre. Ned hatte so eine Art, die schönsten Dinge ganz offen und klar auszudrücken. Sie musste keine Spielchen spielen.

Ja. Aber totaler Schock: Hier ist eingebrochen worden! Mitten am Tag. Alle meinen Sachen sind durchwühlt und viel kaputt gemacht. Es fühlt sich so eklig an … A

Scheiße! Soll ich kommen? Braucht ihr mich? Ich schwinge mich auf mein Rad und bin durch den Park gleich bei dir… N

Danke, aber ich muss mich erst einmal um Cressida kümmern. Sie hat den Kerl gesehen & ist vollkommen aufgelöst!

Ich komme doch. Arme Cressy. Hat er ihr was getan?

Nein. Zum Glück nicht. Kim und ich kümmern uns um sie.

Okay. Ich rufe sie später an. Echt übel.

Alice klaubte gerade die Seiten ihres Skizzenbuches auf, als ihr iPhone wieder vibrierte.

Cressy hat Glück, eine Freundin wie dich zu haben. Schlaf später gut, ich melde mich kommende Woche. Alles Liebe, Ned.

Alles Liebe, Ned. Alice klammerte sich an diese Worte. Sie taten so gut nach dem schockierenden Ende des Tages, der sonst so perfekt gewesen war. Nach kurzem Überlegen schrieb sie zurück: *Danke. Der Tag heute war wirklich wunderschön! – xx Alice.*

Dann ging sie nach unten in die Küche, die in ihrer Helle und Ordnung wie eine Insel in stürmischer See wirkte. Cressida schlürfte noch immer weinend heißen, süßen Tee und Alice schenkte sich ebenfalls aus der Kanne ein. Seine Wärme rann tröstlich durch ihre Adern.

KOMMT ZEIT, KOMMT RAT

Im großen Atelier im ersten Stock der *School of Art & Fashion* hätte man eine der vielen Stecknadeln fallen hören können. Die rund zwanzig Studenten saßen an langen Tischen verteilt, die ihnen genug Platz boten, um zuerst ihr Modell zu zeichnen, dann den Schnitt aus Papier zu konzipieren und diesen letztendlich aus Nessel zuzuschneiden und an das Modell anzupassen.

Leslie Withers kreiste um sie wie ein Adler um seine Beute. Krallen hat sie wirklich, dachte Alice und duckte sich unwillkürlich, als die Direktorin an ihr vorbeilief. Sie klatschte direkt hinter Alice scharf in die Hände, sodass diese zusammenzuckte.

»Eure Schonfrist ist vorbei. Ihr habt gerade mal die Wochen bis Weihnachten, um euer erstes Modell fertigzustellen. Das kommt euch jetzt lange vor, schließlich sind es beinahe zehn Wochen! Aber da täuscht ihr euch. Ihr werdet *jeden* Tag hier sein müssen, den *ganzen* Tag. Ich und eure anderen Dozenten stehen für alle Fragen zur Verfügung. Auch für die dummen. Und Fragen anderer Art werdet ihr wohl kaum stellen. Los geht's. Was ich sehen will, ist Inspiration. Was ich riechen möchte, ist Perspiration. Ein Modell, Damenoberbekleidung. Es soll ein Tages-Ensemble sein, mit allen Accessoires. Schmuck, Tasche, Hut. Ja, Hut. Ich hasse nackte Köpfe. Gott hat den Kopf nur erschaffen, damit ein Hut darauf kommt. Daran glaube ich fest. Denkt beim Malen und Entwerfen daran, dass die Ergebnisse eines – nicht allzu fernen – Tages wirklich von euch genäht werden sollen! Was nicht bedeutet, dass es tragbar sein muss …«

Sie grinste plötzlich, und Alice war erstaunt, wie sich ihr Gesicht verwandelte. Als hätte jemand das Licht angeknipst. Wahnsinn, hatte Leslie Withers am Ende so etwas wie – Humor?! Die Direktorin fügte im selben Augenblick drohend hinzu: »Und noch etwas: Der Erfolg dieses Modells zählt schon zu eurer möglichen Bewerbung um das *Hatton*-Stipendium.«

Alice starrte auf das unbeschriebene Blatt Papier, das auf einem Haufen von vielen anderen weißen Blättern vor ihr lag. Wenigstens vermutete die Schule bereits, dass man viele Anläufe zum gekonnten Entwurf brauchte, sonst würden sie einen kaum so mit Papier zumüllen!

»Was inspiriert dich?«, hatte Leslie Withers sie in ihrem Büro gefragt. Alice zog sich die Ärmel ihres Pullovers über die Hände und knabberte an der Wolle.

»Hitchcock«, hatte sie geantwortet. Aber da musste doch noch mehr sein. Ein paar Schwarz-Weiß-Filme, konnte das als Anfangspunkt genügen? Wie sollte sie diese Frage beantworten? *Was inspiriert dich?* Sie griff zum Stift und zog ein paar Linien. Gerade, definierte Schultern, an denen die Ärmel leicht eingenommen saßen. Vielleicht konnte man das stärker strukturieren, damit es moderner wirkte? Aber überhaupt: Rock oder Hose? Kleid mit Jacke? Und was war mit dem Hut? Ihr drehte sich der Kopf. Sie hatte keinerlei Ideen, alles war wie leer gefegt.

»Alles klar?«, flüsterte Cressida, die neben ihr saß. Sie hielt im Zeichnen inne und Alice warf einen Blick auf ihren Block: Da waren Skizzen über Skizzen. Strukturierte, sehr kurze Kleider in A-Linie, voller Applikationen und Cut-outs. Es sah wunderschön aus – und frech. Dazu hatte sie den Modellen Hüte auf den Kopf gemalt, die aussahen wie eine Pillenschachtel auf Anabolika: riesig, rund und eher an Lampenschirme erinnernd als an Jackie Kennedy in Dallas. Aber die Inspiration war da, klar und deutlich zu sehen. Cressy gab ihr nur ihren eigenen Ausdruck. Wow.

»Du schüttelst das alles so aus dem Ärmel, Cressida«, sagte Alice voller Bewunderung. »Wie kann man nur so kreativ sein?«

»Ach, Blödsinn. Um etwas aus dem Ärmel zu schütteln, musst du erst einmal etwas in besagten Ärmel hineintun. Leg los, Alice. Du hast doch jede Menge auf Lager, oder?« Sie lächelte, aber ihre Augen blieben bei diesen Worten überraschend ernst.

»Sicher«, sagte die, ohne sich auch nur im Geringsten sicher zu sein. »Ich will es so sehr, Cressida. So sehr … diesen *Foundation Course*. Und dann das *Hatton*-Stipendium. Ich muss einfach bleiben. Dafür würde ich alles tun. Noch nie im Leben war mir etwas so wichtig!«

Alices Augen füllten sich mit Tränen. Jetzt bloß nicht aufs Papier tropfen. Cressida sah sie prüfend an, ehe sie ihr rasch den Arm drückte. »Dann wird dir das auch gelingen. Ich bin auf deiner Seite, okay? Zusammen schaffen wir das. Auch wenn wir alle dasselbe wollen …«

Alice war stumm vor Überraschung, als Cressida ihr noch zuzwinkerte.

»Bewirbst du dich denn auch?«, flüsterte sie dann doch, als sie sich etwas gefasst hatte.

Cressida sah sie nur rasch an, nickte und senkte dann den Kopf wieder über ihre Zeichnung. Alice saß da, wie vom Blitz getroffen. Natürlich. Das Haus in der Burnaby Street gehörte Cressida vielleicht, aber sie hatte es von ihrer Großmutter geerbt. Dann dachte sie an Jem, der gesagt hatte, dass ihre Eltern quasi pleite seien. Was natürlich immer relativ war, aber dennoch: Sie hatte also in Cressida eine Konkurrentin. Der Gedanke erschreckte sie ein wenig. Cressy hingegen schien damit viel cooler umzugehen. Wahrscheinlich sah sie es einfach so, dass Alice und sie vor allen Dingen Freundinnen waren und nichts anderes. Auf diesen Standpunkt wollte sie sich auch stellen!

»Ruhe auf den billigen Plätzen«, sagte Leslie Withers, die gerade wieder in den Raum kam. In ihrer Hand dampfte Kaffee in einem offenen Pappbecher. »Tratschen könnt ihr, wenn ihr arbeitslos seid. Bis dahin tut hier bitte alles, um das zu vermeiden.«

Alle hielten den Kopf gesenkt und zeichneten, als ginge es um ihr Leben – nur Alices Stift ruhte noch immer auf dem Papier. Beinahe wie eine Barriere für ihre Gedanken. Sie legte ihn beiseite, auf das Pult – was nichts half. Sie war wie blockiert! Cressidas Stift dagegen flog weiter über die Seiten, Zeichnung um Zeichnung. Einiges ließ sie liegen, anderes knüllte sie zusammen und warf es einfach unter den Tisch. Zack, weg damit!

In Alices Kehle kitzelte es schon wieder! Jetzt nur nicht heulen. Aber sie hatte so etwas noch nie erlebt und wusste nicht, wie sie damit umgehen sollte. Fragen über Fragen türmten sich in ihrem Kopf. Dies war kein Versuch mehr, keine Übung. Dies war der Ernstfall.

Sie sah hinüber zu den riesigen Fenstern, die das Licht des grauen Herbsttages milchig filterten. Doch dort war auch keine Antwort zu finden. Alice schloss die Augen, um alles auszusperren, und konzentrierte sich still. Sie dachte an die Dinge, die sie hierhergeführt hatten.

Mit einem Mal, sie wusste nicht, weshalb, dachte sie an ein Gedicht, das sie in der Schule hatte interpretieren müssen. Alice liebte Gedichte – den stillen Zauber der Worte, ihre Macht, die sie in nur wenigen Zeilen entfalteten, und die in ihnen verborgene Wahrheit, die oft so schlicht und unvermutet war. Auch bei diesem Gedicht hatte sie das gespürt. Sie erinnerte sich an den Titel: »Die Erwachsene« von Rilke.

Alice ließ die Augen geschlossen, um sich mitten in dem konzentrierten Schweigen, zwischen dem Schaben der Stifte und Leslie Withers' Schritten am anderen Ende des Raumes die Worte wieder ins Gedächtnis zu rufen.

Das alles stand auf ihr und war die Welt //

und stand auf ihr mit allem, Angst und Gnade …

Wie ging es zwischendrin weiter? Sie suchte nach dem Rhythmus der Worte, doch die Lösung ihres Rätsels fand sie am Ende des Gedichts.

… und irgendwie auf alle Fragen ihr nur eine Antwort vage wiedergebend//

In dir, du Kindgewesene, in dir.

In ihr.

Die Antwort war in ihr, so schlicht und doch so großartig. Es rieselte warm durch Alices Adern.

Sie musste nur die richtige Frage stellen, entschied sie mit einem Blick auf Blankas Hinterkopf, der ebenfalls tief und konzentriert über das Papier gebeugt war. Ja, sie alle wollten dasselbe. Den *Foundation Course* bestehen und das *Hatton*-Stipendium bekommen. Sie sah wieder auf das Papier vor sich. Hatte es ihr eben noch Angst gemacht? Es war doch nur ein Blatt Papier, das auf sie und ihre Ideen wartete. Und auch, wenn sie nicht sofort Gottes genialste Schöpfung nachahmte, wozu gab es denn schließlich Radiergummis? In diesem Augenblick blieb Leslie Withers neben ihr stehen.

»Wie geht es, Alice?« Ihre Augen saugten sich an dem leeren Papier fest. *Habe ich's mir doch gedacht,* schien ihr Blick auszudrücken, aber sie ließ Alice dennoch Zeit für ihre Antwort.

»Gut. Ich fange gerade an.«

»Lassen Sie sich durch mich nicht aufhalten. Ich warte gespannt …«, sagte Leslie ernst, ging dann aber doch nach wenigen Sekunden mit ruhigen, präzisen Schritten weiter.

Alice atmete aus. Der weiche Stift glitt über das raue Papier. Zögerlich erst, in mehreren Strichen, um eine Linie zu ziehen, dann immer rascher und sicherer. Eine Jacke, mit einem angeschnittenen kleinen Cape, das im Rücken bis zur Hüfte reichte. Schmal, in der Taille eng gegürtet. Diven haben eine Mitte, dachte sie trotzig und sah wieder auf Cressidas Hängekleidchen. Dazu ein Rock, bis zu den Knien eng geschnitten und dann mit Godets aufspringend. Ein Rock? Ja, ganz sicher, ein Rock. Was für Schuhe passten dazu? Hoch, mit Blockabsätzen. Eine Frau dieser Art, auf dem Weg zu Abenteuern, Mysterien und Liebe, brauchte Halt. Sie starb lieber, als öffentlich in flachen Ballerinas gesehen zu werden: elegant, in ihrer Rolle, vom Morgen bis zum Abend. Das waren sie: Tipi Hedren, Katherine Hepburn, Grace Kelly und Joan Fontaine. Aber doch waren sie so, wie Alice sie sein lassen wollte.

Plötzlich wurde ihr warm. Die Erkenntnis und ein gewisser Stolz durchflossen sie. *So ging das also.* Alice zeichnete und zeichnete, verwarf, begann wieder, lehnte sich kurz zurück und fuhr dann wieder mit gesenktem Kopf fort, fieberhaft.

Leslie Withers trat erneut an ihren Tisch und beugte sich kurz über Alices Zeichnung, schwieg jedoch, ehe sie geräuschvoll an ihrem Kaffee schlürfte und dann weiterging.

No news is good news, entschied Alice – so viel hatte sie bereits verstanden. Sie zeichnete weiter, als sich Blanka am Tisch vor ihr durchstreckte und umsah. Dabei fiel ihr Blick auf Alices Zeichnung. Die unterdrückte den Impuls, schützend die Hand darüberzulegen. Sie waren doch hier nicht im Kindergarten. Blankas Blick war undeutbar, als sie sagte: »Puh. Was für ein altmodischer Rock.«

»Ach ja?«

»Ja. Damit bleibst du ja überall hängen.«

»Wo denn?«

»In der U-Bahn zum Beispiel.«

Alice lächelte kühl. »Meine Kundin fährt nicht U-Bahn.« Sie zitierte damit Christian Dior, aber so jemandem wie Blanka war das natürlich nicht klar.

Die lächelte mit dunkellila bemalten Lippen, die denselben Ton wie ihr Lidschatten hatten. Es sah aus, als habe sie die ganze Nacht geheult oder sich schon zum Frühstück mit einem Preisboxer angelegt!

»Das mag für Christian Dior stimmen. Dann bleibt deine Kundin eben in der Tür ihres Ferraris hängen und jeder sieht ihre Unterhose. Sehr elegant!«

Damit drehte sie sich wieder weg.

Blöde Kuh! Alice zitterte innerlich. Sie sah auf ihre Zeichnung. Die Jacke, das Cape, der Gürtel. Einfach elegant. Der

Rock hob das Design in andere Sphären, ja. Aber sehr cool war es nicht, sah sie plötzlich. Dennoch, sie schoss einen letzten, zornigen Blick in Blankas plumpen weißen Nacken, ehe sie das Papier abriss, zusammenknüllte und auf den Boden warf.

Sie überlegte kurz. Eine Zigarettenhose? Nein. Zu eng, zu offensichtlich. Das war nicht glamourös genug. Sie wollte ja Hollywood machen und nicht *Zara* oder *H&M*. Der Stift schwebte über dem Papier. Eher etwas Weites. Plötzlich dachte sie an Haremsdamen: Ja, der Saum sollte so weit sein wie eine Glocke, die beim Gehen schwang und im Geiste des Betrachters klingelte. *Palazzo Pants*. Das gab einen schönen Gegensatz zu der gegürteten Jacke. Ganz egal, ob man damit in der Tür des Ferraris hängen blieb: Das!War!Es! Sie war so konzentriert, dass sie Leslie erst neben sich bemerkte, als diese die Hand auf die Tischplatte legte. Sie musterte den Entwurf eine Weile und nickte dann knapp:

»Nicht komplett katastrophal.«

Am Abend kuschelte Alice sich mit ihrem Skizzenbuch ins Bett. Sie trug dicke Socken, eine weiche Lounge-Hose und ein riesiges Jeanshemd, das Mark ihr vererbt hatte. So war doch mitten in der Fremde ein Teil ihrer Familie bei ihr. Der Schein ihrer kleinen Nachttischlampe lag wie eine schützende Glocke um sie, die die Dunkelheit im Raum ausschloss und ihr Ruhe und Frieden gab. Ihr Stift glitt über das Papier, immer in Variationen des Entwurfs, der ihr am Morgen in der SAF in den Sinn gekommen war. Blankas Spott hatte ihr gerade geholfen, auch wenn diese das gewiss nicht beabsichtigt hatte. Was hatte Ned gesagt, als sie ihm von Blanka erzählt hatte? Dass sie genauso strampelte wie alle anderen?

Sie ließ den Stift sinken. Hatte sie spießige, kleinbürgerliche Vorurteile gegenüber Blanka, nur weil die sich das Gesicht weiß schminkte und Kleider wie ein Clown trug? Nein, entschied sie dann. Sie hielt Abstand von ihr, weil Blanka bei jeder Gelegenheit absolut eklig und widerspenstig war. Vollkommen grundlos. Sie standen hier schließlich alle unter Druck. Alice klappte ihr Skizzenbuch zu, stand auf und streckte sich einmal. Sie war müde, ausgelaugt von dem langen Tag an der SAF, der sie ausgequetscht hatte wie eine Zitrone.

In diesem Augenblick hörte sie im Zimmer nebenan jemanden weinen. Sie spitzte die Ohren. War das etwa Cressy? Ging es ihr noch immer so schlecht? Kein Zweifel, sie schluchzte leise. Sie hatte wohl unterschätzt, wie sehr Cressy der Zwischenfall mit dem Einbrecher mitgenommen hatte.

Alice vergaß ihre Müdigkeit und trat auf den Gang. Sie musste ihre Freundin trösten. Die Tür zu Cressidas Zimmer war nur angelehnt und alle Lichter darin brannten hell. Alice konnte durch den Türspalt erkennen, dass Cressy die Unordnung, die der Einbrecher hinterlassen hatte, noch nicht beseitigt hatte. Es sah sogar eher schlimmer aus als zuvor. Sie legte gerade die Hand an die Türklinke, als Cressida drinnen aufschluchzte und mit der flachen Hand auf ihre Bettdecke schlug.

»Ich weiß, Mama. Du hast es mir ja schon hundertmal gesagt. Ja, ich weiß, die Zeit wartet auf niemanden von uns …« Dann weinte sie wieder. »Natürlich muss ich es schaffen … Aber leider bin ich nicht die Einzige, die sich das vorgenommen hat … ja, Mama. JA!«

Alice wich in die Schatten des Ganges zurück. Sprach sie über das *Hatton*-Stipendium? Cressy schniefte nur, während die Stimme ihrer Mutter durch das Telefon gellte. Wie konnte sie ihre Tochter nach so einem Schock so herunterputzen? Alice war entsetzt.

»Was? Kim? Nein, die ist mir nicht gerade eine Hilfe. Bei allem redet sie mir rein. Jetzt sag bitte nicht, dass das ihre Aufgabe ist …«

Alice verbiss sich nun trotz der Lage ein Lächeln: Das geschah Kim recht. Aber irgendwo verstand sie Cressidas Mutter auch: Als alte Freundin war es sicher Kims Aufgabe, sich um Cressy zu sorgen und zu kümmern. Cressy senkte die Stimme nun, das Gespräch wurde zu einem Murmeln. Alice stand noch wenige Sekunden im dunklen Gang und ging dann zurück in ihr eigenes Zimmer. Gerade als sie den Raum betrat, leuchtete ihr eigenes Telefon auf. *Ein verpasster Anruf: Ned.*

Mist. Gerade jetzt hätte sie noch gern mit ihm gesprochen. Sie prüfte ihre Anzeige: Er hatte keine Nachricht hinterlassen. Würde es zu aufdringlich wirken, wenn sie jetzt gleich zurückrief? Alice konnte sich nicht so recht entscheiden und schob schließlich das Handy beiseite. Statt Ned zu schreiben, schlüpfte sie aus den Socken und kuschelte sich mit »Gasthaus Jamaica« von Daphne du Maurier in ihr Bett. Sie hatte das Buch gefunden, als sie im Wohnzimmer die vom Einbrecher herausgerissenen Bücher wieder aufgeräumt hatte. Doch irgendwie konnte sie sich nicht auf die düstere Geschichte konzentrieren: Sie wies nicht dieselben Überraschungsmomente wie »Rebecca« auf.

Schließlich legte sie das Buch weg und ließ sich ganz von den Gedanken an Ned davontragen. Die Art, wie er Blätter aufwerfend auf sie zugekommen war. Wie er sich zu ihr heruntergebeugt hatte, als er die Brosche an ihrer Jacke befestigte. Alice musste lächeln, einfach so. Der Tag mit ihm war so federleicht gewesen. Sein lustiges und doch sehr realistisches Bild von London, der Stadt der stolzen Schwäne, gefiel ihr. Durch ihn fühlte sie sich plötzlich viel mehr zu Hause. Sollte sie ihn doch zurückrufen? Jetzt? Gleich? Der Gedanke ließ ihr Herz schneller schlagen. Sie versuchte erneut, den Mut zu finden, Neds Nummer in ihrem Telefonbuch zu wählen. Aber umsonst: Ned, Ned, Ned … dachte sie so noch einmal, ehe sie einschlief.

FOR YOUR EYES ONLY

Alice sah die anderen schon von Weitem vor dem *Clothworker Center* in Kensington warten. Es war ein riesiges, backsteinrotes Gebäude, das unzählige, identisch wirkende viktorianische Häuschen überragte. Sie zog ihr Rad über den Bürgersteig und kettete es an den schmiedeeisernen Zaun.

»Alles klar?«, fragte sie, als sie Lin und Selim zur Begrüßung auf die Wangen küsste. Lin nickte und nippte dann an seiner heißen Schokolade – Koffein machte ihn zu kribbelig zum Arbeiten, sagte er. Cressy hatte drei große Tüten bei sich – sie war am Morgen schon auf der Kensington High Street einkaufen gewesen. Es war zwar Samstagmorgen, aber sie waren alle pünktlich hier. Fehlte nur noch die Kuratorin des *V&A*, Sue Richards.

Nach wenigen Minuten hielt schließlich ein Taxi vor dem Gebäude und eine Frau stieg aus. Sie rückte sich im Gehen die Brille mit dem dicken schwarzen Rand zurecht und lächelte dann freundlich, als sie bei der Gruppe ankam. »Hi, ich bin Sue. Ihr müsst von der SAF kommen! Danke, dass ihr die Aufgabe angenommen habt. Wir brauchen zwar jedes Paar

Hände, aber eben doch nicht einfach jedes Paar Hände«, sagte sie dann.

Alice schielte auf das Schild, das Sue an einer Kette um ihren Hals trug: *Keeper* stand als Job-Bezeichnung darauf, was mehr der Hüterin eines Schatzes als einer Kuratorin entsprach! Sue sah in jedem Fall so aus, wie sich Alice eine Kuratorin in Sachen Mode vorstellte. Mittelgroß, die sehr blonden Haare kurz und gescheitelt, rote Lippen und rote Fingernägel und die Kleider von fantastisch kunstvollem Schnitt. Ihr Outfit musste von einem japanischen Designer stammen, denn es erinnerte Alice an ein besonders kompliziertes Origami. Die Art, wie die Ärmel angereiht und um die Schultern aufgebauscht waren, ließ sie an Reiherfedern denken, und das Revers lag tadellos flach auf Schultern und Brust. Das musste einem erst einmal gelingen!

Alice hatte immer gerne genäht. Angefangen bei Puppenkleidern bis hin zu Outfits für sich selbst. Doch dazu hatte sie sich stets schon fertige Schnittmuster gekauft oder eben auch aus Zeitschriften kopiert. Nun hatte sie an der SAF ihre ersten Stunden im Fach »Schnittmuster und Konstruktion« hinter sich. Der Lehrer, Mr. Thompson, hatte wenigstens nicht ganz so Furcht einflößend wie Leslie Withers geklungen, dachte Alice. Oder gewöhnte sie sich einfach an den Umgangston an der SAF?

Sue drehte sich zu dem gewaltigen Gebäude. »Willkommen am *Clothworker Center*! Das ist von nun an der größte Tempel, der der Mode je errichtet wurde. Unsere heiligsten Hallen.«

»Was war hier früher drin?«, fragte Alice.

»Früher hat die Royal Mail hier die Post sortieren lassen. Aber das Gebäude ist in den letzten fünf Jahren komplett umgebaut worden. Allein in den Korridoren spazieren zu gehen ist ein Erlebnis, ganz zu schweigen von der Art und Weise, auf die wir endlich unsere Mode-Sammlung lagern und katalogisieren können.« Sie machte eine ausschweifende Bewegung. »Dank eurer Hilfe! Seit drei Jahren sind wir nun mit diesem Umzug beschäftigt. Ihr kommt gerade recht! Jedes Stück wurde so sorgsam verpackt, als müsse es rund um die Welt zu einer Ausstellung fliegen und nicht nur mal eben einen Kilometer Luftlinie in London zurücklegen. Aber nun ist alles da. Kommt!«

Sie traten durch das hohe Gittertor. Über dem einen Eingang stand »Ladies«, über dem anderen »Gentlemen«.

»Was soll das denn bitte?«, fragte Blanka. Sie wirkte mehr als erstaunt.

»Früher hatten Männer und Frauen ihren Arbeitsraum durch getrennte Eingänge zu betreten. Zumindest, bis die Damen vierzig waren ...«, erklärte Sue und schüttelte ebenfalls den Kopf.

»Was geschah denn, wenn sie vierzig waren? Annihilation?«, fragte Blanka spitz.

Cressida stieß Alice an und verdrehte die Augen, doch die fand die Frage gar nicht so unpassend. Dennoch lächelte sie Cressida rasch zu.

Sue zuckte die Schultern. »Grässlich, aber gar nicht so verkehrt. Einmal über vierzig, wurden die Frauen nicht mehr als Bedrohung für die männliche Arbeitsmoral betrachtet. Dann durften sie den Eingang nehmen, der ihnen gerade gefiel.«

»Wirklich grässlich. Gott sei Dank können wir heute viel länger jung bleiben«, sagte Blanka. »Meine Mutter ist gerade mal vierzig. Wir tauschen regelmäßig unsere Kleider aus.«

Cressida stieß einen Ton aus – es klang, als würde sie fast ersticken. »*Das* ist grässlich, wenn du mich fragst!«, murmelte sie dann und sah Blanka vielsagend an. Die schoss einen giftigen Blick zurück. Alice verkniff sich ein Lachen. Der Gedanke, mit ihrer Mutter Kleider zu tauschen, war ihr ebenso fremd wie die lateinische Grammatik!

Sue dagegen nickte. »Die skandinavischen Länder sind uns in dieser Hinsicht sowieso überlegen. Aber wir holen auf, hoffentlich! Unterdessen nehmen Sie bitte heute die Tür, die Ihnen am besten gefällt! Wenn Ihnen das Gebäude übrigens bekannt vorkommt, dann ist das kein Wunder: Es wird sehr oft in Filmen als Kulisse verwendet. Gestern hat hier noch Nicole Kidman gedreht. Folgen Sie mir.«

»Ziehen denn alle Kleider hierher um?« Alice bemühte sich, mit Sue Schritt zu halten, und dachte gleichzeitig an den Morgen im *V&A*, den sie in stiller Zwiesprache mit den Modellen in den ausgeleuchteten Vitrinen verbracht hatte.

»Schön wäre es. Aber viele Stücke mussten erst einmal im *V&A* bleiben. Sie waren einfach zu kaputt. Es gab so viele Schubladen, die wir geöffnet und dann schnell wieder geschlossen haben. Unser größter Feind ist die Motte.« Sue verzog schmerzlich ihr Gesicht. »Motten sind Monster und gehören ausradiert!«

»Wie schützen Sie sich davor?«, fragte Cressida.

»Jedes Modell, das uns gestiftet wird oder das wir ersteigern, wird sofort eingefroren. Das tötet erst einmal, was schon da ist. Dann werden Mottenstreifen aufgehängt, was das Zeug hält. Im *Clothworker Center* hängen die Kreationen, die wir schon katalogisiert haben, dann in Kleiderhüllen und warten auf ihren Einsatz.«

Einmal drinnen, wählte Sue den zweiten Lift von links und es ging durch eine Glasröhre nach oben. Alice fühlte sich wie in einem Science-Fiction-Film, bei all der modernen, gewagten Architektur um sie herum. Sue stieß eine der doppelten Glastüren auf, denen sie beim Aussteigen gegenüberstanden.

»Willkommen!«, sagte sie noch einmal, während die kleine Gruppe ihr eingeschüchtert folgte. Was es hier alles zu sehen gab! Kisten aller Größen, viele noch versiegelt, andere schon halb offen und bereit, ausgepackt zu werden. Aus einer hing ein Paar ellenbogenlanger Handschuhe und ein Berg Tüll quoll hervor. Neben einer anderen faltete ein Assistent mit Mühe eine viktorianische Krinoline, die in eine der langen, glänzenden Schubladen passen sollte: Bögen an Draht, fein mit Gaze zusammengehalten und mit einem roten Band um die winzig schmale Taille gebunden. Wie schmal musste die Mitte dafür sein? 45 cm vielleicht, schätzte Alice.

In den offenen Schränken hingen schon in Zellophan und Staubhüllen verpackte lange Reihen von Kleidungsstücken – Jacken, Mäntel, Roben, Brautkleider – und darunter stapelten sich Hutkartons und Schuhboxen, auf denen Polaroids klebten. Viele von ihnen waren in Unordnung geraten. Hier war alles gerade im Begriff, schlechter zu werden, ehe es viel besser wurde. Eine Zeit des ganz normalen Wahnsinns. Das *Clothworker Center* und ihr Anfang in London waren gar nicht so verschieden voneinander, entschied Alice und fühlte sich mit einem Mal sehr wohl. Was für ein Privileg, hier sein zu dürfen! Sie konnte nicht anders, als die Hand auszustrecken und eine dieser Hüllen zu berühren, auch wenn sie nur das kalte Plastik und nicht den Traum selber zu fassen bekam.

»Hi, Sue«, sagte da eine kleine, runde Frau, die gerade eine Schublade zuschob. »Sind das unsere Helfer von der SAF?«

Sue nickte. »Ja. Cressida, Alice, Blanka, Selim und Lin. Sie haben es auf sich genommen, uns zu helfen – ganz schön mutig.« Sie fasste die andere Frau an der Hand und half ihr auf die Füße. »Das hier ist Gemma. Sie überwacht die Restaurierung der Kleider und kontrolliert. Ihr habt mit ihr nur wenig zu tun, da dies eine Aufgabe für Spezialisten ist. Hat Leslie euch genau gesagt, was hier von euch erwartet wird?«

»Nein«, sagte Alice und auch die anderen schüttelten den Kopf.

»Typisch«, sagte Sue und grinste. »Aber jede Menge Angst hat sie euch schon gemacht, oder?« Lin und Selim nickten, während Cressida, Alice und Blanka eher betreten zu Boden blickten. Sich über Leslie zu beklagen, das hatten sie bereits in ihrer kurzen Zeit an der SAF begriffen, war ein No-Go. Auch Gemma nickte nun so, als kenne sie Leslie ebenfalls. Dann sagte Sue: »Wir haben zusammen studiert. Deshalb weiß ich, wie Leslie ist. Einem alten Hund bringt man keine neuen Tricks mehr bei. Sie ist, wie sie ist. Ein notwendiges Übel. Und sie ist der Boss. Sonst noch Fragen?«

»Nein«, sagte Blanka kleinlaut.

»Okay. Also. Jeder packt seine Kisten aus, bevor die Modelle und Accessoires kontrolliert, aufgedampft oder gebügelt werden. Dann werden die Kleider katalogisiert und fotografiert. Wir haben dazu unser eigenes Studio hier.« Sie sah sich kurz um. »Wenn ihr denkt, das hier sei unordentlich, dann täuscht ihr euch. Je mehr Platz man hat, desto chaotischer wird es, was ein ganz eigenes, geheimnisvolles physikalisches Gesetz zu sein scheint. Diese Hallen sind so groß wie ein Fußballplatz zur Weltmeisterschaft! Aber wir kriegen das schon in den Griff. Wir haben ja jetzt euch.« Sue lächelte herzlich. Es war eine Art von Lächeln, frei und ermutigend, das auch Leslie Withers nicht schlecht zu Gesicht stünde, fand Alice. Aber eher schneite es schwarz, als dass Leslie für irgendjemanden ein nettes Wort oder ein ermutigendes Lächeln übrighatte!

»Hören Sie mir zu?«, fragte Sue da und Alice zuckte zusammen. Sie fühlte sich wie früher in der Schule, wenn ihre Gedanken mit den Wolken am Himmel dahinzogen, fernen Träumen entgegen. Aber nun war sie hier und lebte ihren Traum!

»Ja. Ich höre Ihnen zu!«, versicherte sie Sue rasch.

»Gut. Also, in der Ihnen zugeteilten Abteilung muss alles auf Herz und Nieren untersucht werden – jeder Stich, jede Faser – ehe Sie es fotografieren und alle Details auf eine Karteikarte eintragen. Es ist keine hohe Physik, aber man muss dennoch aufgeweckt sein, konzentriert arbeiten und am Ball bleiben. Wer uns nicht helfen will, sagt das besser jetzt. Ich bin niemandem böse und erkläre das Leslie schon. Die Aufgabe ist immens – wir haben schließlich Hunderttausende von Stücken! Keine Angst, ich erwarte keine Wunder von Ihnen. Aber ich muss mich auf Sie verlassen können.«

Sie sah die fünf Studenten an. War ihr eigenes Gesicht so blass wie das der anderen, fragte sich Alice. Das musste an dem unbarmherzigen Licht hier im *Clothworker Center* liegen, das über ihren Köpfen brannte. Trotzdem nickten alle. Was für eine Aufgabe! Bei aller Arbeit, so begriff Alice, war ihre Zeit hier im *Clothworker Center* auch Inspiration pur!

»Los geht's. Jeder in seine Ecke. Alice, kommen Sie zunächst einmal mit mir mit? Sie kümmern sich um die Kollektionen aus den Nachkriegsjahren.«

Alice lächelte erfreut und wollte der Kuratorin schon folgen. Doch nach ein paar Schritten blieb sie stehen. Etwas brannte ihr noch unter den Nägeln.

»Sue?«

Die drehte sich um. »Ja?«

»Sie haben gesagt, das Restaurieren der Kleider ist etwas für Fachleute. Darf ich dennoch sehen, wo es hier im Haus gemacht wird? Ich nähe selbst gern und die Arbeit interessiert mich …«

Sue zögerte nur kurz, ehe sie sagte: »Sicher. Ihr sollt ja auch etwas lernen. Wollt ihr auch mitkommen?« Die kleine Gruppe nickte. »Also, dann gehen wir. Ins Allerheiligste, das Reich von Gemma, die Sie vorhin kennengelernt haben.«

Sie fuhren mit dem Fahrstuhl noch ein Stockwerk höher. Sue redete nonstop, und Alice merkte deutlich, wie stolz sie auf das Haus und alles darin war. Zusammen betraten sie ein helles Studio, an dessen langen Tischen mehrere Frauen saßen und arbeiteten. Im Hintergrund lief leise klassische Musik.

»Unsere Ausrüstung hier ist Weltklasse – Sie merken es vielleicht schon, ich platze vor Stolz! Hier, sehen Sie die Lupen, dank derer uns keine Fluse und kein Loch entgeht, und die Rohre, mit denen wir feinste Staub-Partikel absaugen können.«

Eine der Restaurateurinnen hob den Kopf und musterte Sue und Alice interessiert.

»Woran arbeiten Sie gerade?« Alice trat an den langen Tisch, über dem die Frau kauerte. Sie schaute ganz genau hin: Die reine, harte Handarbeit an der Kreation eines Kleides hatte sie immer interessiert. Ein Kragen, der von Hand genäht und gewendet wurde, lag ganz anders auf der Schulter als einer, der von der Maschine gefertigt worden war. Einen feinen Stich nach dem anderen zu setzen war wie Meditation für sie.

Die Restaurateurin ließ ihre lange, dünne Nadel, auf die sie winzige Perlen auffädelte, verharren. »Wir bereiten uns auf eine große *Frederik-Worth*-Ausstellung in zwei Jahren vor. Wir hatten selber einige Roben im Haus, die ich gerade inspiziere. Allerdings sind sie schwer beschädigt. Die meisten kommen aus Brooklyn, wohin das MET seine Mode ausgelagert hat.«

»Was für ein Traum«, sagte Alice und ließ ihre Hand über dem dünnen, cremefarbenen Seidensatin schweben.

»Nicht anfassen«, flüsterte die Frau entsetzt. Dann schüttelte sie den Kopf. »Ein Traum? Im Gegenteil! Diese Kleider sind ein Albtraum. Allein an diesem werde ich wohl über tausend Stunden sitzen.«

»Weshalb?«

»Diese Kleider stammen aus der Zeit des Ersten Weltkriegs und sind aus extrem dünnem Stoff genäht, der aber schwere Stickereien halten soll. Außerdem: Sehen Sie sich mal diesen Salat an!« Sie hob die zerfetzten, stumpf glitzernden Applikationen hoch. »Woher sollen wir heute noch wissen, welche Perle wo saß? Selbst wenn es Bilder von den Damen gibt, für die die Kleider genäht worden sind, Zweifel bleiben immer. Bei diesem Kleid muss ich den ganzen Kragen unterlegen, damit er die Zierde aus Strass überhaupt halten kann! Und nur ab und an kann ich noch sehen, wo ein kleines Loch im Stoff eine Perle gehalten hat.«

Die Restaurateurin hatte wieder ihren lockigen Kopf über ihrer Arbeit gesenkt und fädelte eine Perle nach der anderen auf ihre lange, spitze Nadel. Die Arbeit war so fein, so geduldig, dass Alice allein beim Zusehen unwillkürlich den Atem anhielt. Das war Mode – ganz und gar!

»Darf ich Ihnen dabei auch mal helfen?«, fragte sie, ohne nachzudenken. Sue rückte sich erstaunt die Brille zurecht und musterte Alice genauer.

Die Schneiderin hob überrascht den Kopf. »Ja, können Sie denn nähen?«

»Was für eine Frage!«, lachte Alice. »Ich studiere an der SAF!«

»Was für eine Antwort! Denn das will gar nichts heißen.

Ihre Generation hat oft verlernt, fein mit den Händen zu arbeiten. Ich habe an der SAF schon Studenten getroffen, die ihre Kleider für die Endkollektion von Schneidern herstellen lassen mussten, anstatt sie selber zu nähen. Denen würde ich nicht einmal das Zuschneiden einer teuren Seide zutrauen!«

»Ich *kann* nähen«, sagte Alice bestimmt. »Also, darf ich?«

Die Frau zögerte. Sie warf Sue einen Blick zu und schüttelte dann den Kopf. »Nicht an diesem Kleid!«, sagte sie und lehnte sich schützend über die Robe.

»Natürlich nicht«, sagte Alice. »Aber an etwas anderem.« Nun sah auch sie zu Sue. »Bitte«, fügte sie etwas leiser hinzu. Sie war über sich selber erstaunt. Eine solche Beharrlichkeit kannte sie an sich selbst gar nicht. Machte das die SAF? Fest stand auf jeden Fall: Wer nicht fragte, bekam auch nichts.

»Also von meiner Seite spricht nichts dagegen. Wir können es ja mal versuchen. Wenn sie all die andere Arbeit auch noch schaffen…«, sagte Sue. Alice wäre ihr am liebsten um den Hals gefallen: War es kompletter Wahnsinn, was sie hier tat? Vor einigen Wochen noch hatte sie gefürchtet, nicht einmal ihr Studium bewältigen zu können, von der normalen Hilfe am *Clothworker Center* ganz zu schweigen. Und nun? Ach, Unsinn. Das würde schon klappen.

»Bei welchem Kleid darf ich denn helfen?«

»Wenn Sie beim Katalogisieren Ihres Abschnitts etwas finden, das Ihnen gefällt und das Sie sich zutrauen, dann zeigen Sie es mir. Ihr Elan gefällt mir. Harte Arbeit wird hier belohnt.«

Die Frau am Tisch lächelte noch einmal und zog dann die riesige Lupe an ihrem meterlangen, ausziehbaren Gelenk-Arm zwischen ihre Augen und das *Worth*-Modell. Dann stichelte sie still weiter. Alice verstand: Sie war entlassen.

»Noch was, Alice«, sagte Sue da gerade und händigte ihr einen Stapel Plastikkarten aus. »Geben Sie die auch an die anderen weiter. Sie verschaffen Ihnen zu jeder Tages- und Nachtzeit Einlass in das *Clothworker Center*. In einer Sache muss ich ganz deutlich sein: Das Gebäude ist noch nicht für die Öffentlichkeit zugänglich. Bitte enttäuschen Sie unser Vertrauen nicht, und verstehen Sie, dass Sie keine Freunde oder Familie mitbringen dürfen, um ihnen die Räume zu zeigen. Das hier ist momentan noch *for your eyes only*. Wer sich nicht daran hält, muss gehen. Und zwar sofort! Da verstehe ich keinen Spaß.«

Am Abend erhielt Alice eine Textnachricht von Ned:

Wie war es am Clothworker Center? Beuten sie euch gnadenlos aus? Billige Arbeitskräfte und so weiter?

Ned! Da zu sein ist eine Ehre. So ist das eben in der Branche, man muss klein anfangen.

Ich weiß. Lass dich nicht ärgern. Darf ich einmal mitkommen und mir euer Modeparadies anschauen? Will doch wissen, wo du dich den ganzen Tag vergräbst.

Leider nicht. Der Zugang zum Clothworker Center ist off limits für die Öffentlichkeit. Noch. Du kannst kommen, wenn es eröffnet worden ist.

Natürlich. Kommst du heute Abend zum Club 66?

Ich möchte es so gerne, aber habe einfach zu viel um die Ohren. Muss am Montag meine erste Skizze bei Leslie abgeben.

Uhhh … all work and no play …

☺

Bis bald dann, okay?

Versprochen!

WELTREISE

Versprochen.

Die folgende Woche war für Alice so voll mit Arbeit an der SAF und dem *Clothworker Center,* dass sie gar nicht merkte, wie schnell die Zeit verging. Ned rief an und schrieb viele SMS. Manchmal lag sie abends im Bett und ging Nachricht um Nachricht noch einmal durch. Hatte sie darin auch wirklich alles gelesen, was er ihr geschrieben hatte? Vielleicht steckte in diesen Botschaften mehr, als sie verstand. Es war zum Verzweifeln. Sie hatte einen Bruder und wusste deshalb, dass Männer meistens genau das meinen, was sie sagen. Nur Mädchen und Frauen komplizierten sich das Leben mit zehntausend Interpretationen eines Wortes!

Wenn Alice dann einschlief, schlummerte sie meistens tief und traumlos. Alles war noch so viel: Sie lernte, wo sie welchen Bus nehmen musste. Dass in dem *Greengrocer* gleich ums Eck hinten ein kleiner Postschalter untergebracht war. Sie brachte in Erfahrung, welcher Schuster am schnellsten und am billigsten ihre hohen Absätze reparierte. Das Fitnessstudio am Chelsea Harbour bot besonders günstige Tarife in den frühen

Morgenstunden und spät am Abend an. Sogar eine Reinigung für die Vintage-Kleider, die sie auf weiteren Ausflügen nach Portobello zusammen mit Cressida gekauft hatte, fand sie.

An einem dieser Shopping-Nachmittage setzten sie sich noch in ein kleines Café, und Alice beschloss, den Stier bei den Hörnern zu packen.

»Cressy, wegen Ned …«

Cressida pulte in ihrer Quiche, ohne davon zu essen. Sie lächelte verschmitzt: »Was denn? Willst du mir gestehen, dass ihr miteinander geschlafen habt?«

Alice sah sie beinahe erschrocken an. Wie krude das klang! Cressy zuckte mit den schmalen Schultern.

»Sei nicht so schockiert. Wenn junge Londoner abends ausgehen, haben sie nur ein erklärtes Ziel: *to get laid*, oder eben Sex zu haben.«

»Ähm … nein«, sagte Alice und spürte, wie ihr das Blut in die Wangen schoss. »Das wollte ich eigentlich nicht sagen.«

»Nicht?« Cressy schien verwundert. »Was denn dann?«

Alice wurde heiß unter dem Kragen des Kimonos, den sie über einer engen Jeans und einem poppigen T-Shirt trug. Sie wollte reden und sie wollte nicht reden – irgendwie hatte Cressida ein Anrecht auf dieses Gespräch, denn sie war Neds alte Freundin und Alice hätte ihn ohne sie nie wiedergesehen. Gleichzeitig wollte sie aber auch das, was sie und Ned hatten, was sie verband, nur für sich bewahren.

»Wir *sehen* einander. Oft. Ziemlich oft sogar. Das ist alles. Aber ich wollte dennoch wissen, ob das für dich okay ist.«

»Natürlich ist es das, Dummerchen«, sagte Cressida lachend und legte ihre Hand warm auf Alices Finger. »Ist doch toll, wenn zwei meiner Freunde zusammenfinden. Ich bin dann eben dieser kleine dicke Engel mit seinen Liebespfeilen, wie immer er heißt!« Sie plusterte ihre Backen auf und klimperte mit den Wimpern. Alice fiel ein Stein vom Herzen.

Dann, an einem Morgen Ende Oktober, als Alice auf ihrem Fenster hin zur Burnaby Street die ersten Eiskristalle fand, klingelte plötzlich ihr Telefon. *Ned*, sagte die Anzeige und Alices Herz machte einen Sprung. Eins, zwei, drei, zählte sie innerlich. Dann aber konnte sie nicht schnell genug abheben.

»Ned!«, sagte sie und merkte, dass ihre Stimme etwas zitterte. Mist, hoffentlich schob er das auf die Leitung.

»Alice … Wie geht es dir?«

»Gut. Ich bin sehr beschäftigt.«

»Zu beschäftigt?«

»Nein. Nicht zuuuu beschäftigt«, lachte Alice. »Kommt darauf an, wofür!«

»Hm. *Kommt drauf an, wofür*. Mich zu sehen?« Ned seufzte. »Wenn du nicht zu mir kommst, komme ich zu dir. Kann ich dich morgen an der Uni abholen? Ich meine abends?«

»Sicher. Ich weiß allerdings noch nicht, wie lange ich dort in der Bibliothek arbeiten werde. Und du hast dazu leider keinen Zugang.«

»Ist dein ganzes Leben für mich jetzt *off limits*?«, fragte Ned. »Die Bibliothek und das *Clothworker Center*? Wie soll ich dich dann noch sehen?«

Neckte er sie? Oder war er wirklich verletzt?

»So meine ich das nicht«, sagte sie schnell. »Ich muss nur gut sein, Ned. So gut wie noch nie in meinem Leben. Du weißt schon, das *Hatton*-Stipendium …«

Er schwieg kurz, doch sie stellte sich vor, wie er stumm nickte. Dann aber hörte sie, dass er eher überrascht klang.

»Das *Hatton*-Stipendium, sagst du? Ich wusste gar nicht, dass es so heißt …«

»Doch. Ja. Habe ich das noch nie erwähnt?«

»Vielleicht habe ich noch nie gefragt. Wie dumm von mir.«

»Nein, nein. Ist schon okay. Für dich ist es ja nicht so wichtig.«

»Nein. Aber für dich. Und somit auch für mich.«

Die Worte flogen in Alices Herz. Was für sie wichtig war, war auch für ihn wichtig. Wie wunderschön war das denn bitte?!

»Es ist von diesem großen Modehaus ausgeschrieben …«, begann Alice, doch er unterbrach sie.

»Ich kenne *Hatton*.«

Alice schwieg erstaunt. Weshalb klang das so abrupt, nachdem er eben noch interessiert gewesen war? Ned aber wechselte bereits das Thema.

»Also, ich warte auf dich. Egal, wie lange du brauchst. Dann können wir noch essen gehen.«

Sie lachte. »Wird es dafür nicht zu spät sein?«

»In London ist es nie zu spät. Irgendwo hat immer etwas offen. Und wenn es der 24-Stunden-Bagel-Shop auf der Brick Lane ist. Dort ist es gerade morgens um zwei am gemütlichsten.«

»Was ist auf den Bagels drauf? *Cream Cheese* und Lachs?«

»Gibt's auch, aber den echten Brick-Lane-Bagel isst du am besten mit gepökeltem Rind und saurer Gurke. Sami, der Eigentümer, lädt so viel Fleisch drauf, dass alles überquillt.«

»Hm«, sagte Alice. Sie war sich nicht sicher, ob der Gedanke an den Bagel sie lockte oder nicht. Sie aß gerne Fleisch, aber nicht in rauen Mengen.

»Wir finden schon was. Eigentlich rufe ich nur an, um Gute Nacht zu sagen.«

»Ach so? Gute Nacht dann«, sagte Alice.

»Nein. *Ich* will Gute Nacht sagen.«

»Dann sag es, Macho.« Sie lachte. Es war wieder, als hätten sie sich gerade an der Bushaltestelle in Notting Hill getrennt. Leicht und unbeschwert.

»Gute Nacht, Alice.« Wie zärtlich seine Stimme klang! Die Schwingungen darin bereiteten ihr eine Gänsehaut.

»Gute Nacht, Ned. Darf ich das jetzt sagen?«, scherzte sie.

»Ich verbiete dir nichts. Nie in meinem Leben. Wenn doch, weise mich sofort zurecht.«

»Kein Problem. Die Abmachung gilt.«

Alice legte auf. Kaum hatte das *Klick* seine Stimme von ihr getrennt, fehlte er ihr schon. Jetzt war es nicht mehr die Londoner Luft, die ein Loch mit Neds Umriss hatte. Jetzt war es ihr Herz, das sich anfühlte wie ein einziger Schweizer Käse.

Als sie am folgenden Abend aus der Bibliothek kam, hörte sie leise Gitarrenmusik. Alice traute ihren Augen nicht: Dort in der Eingangshalle, neben den großen Glastüren, saß Ned mit gekreuzten Beinen auf einem Kissen, klimperte auf seiner Gitarre und hatte einen Hut vor sich hingestellt, in dem wirklich ein paar Münzen lagen. Alice spürte, wie sich Freude in ihr ausbreitete, bis in den hintersten Winkel ihrer Seele.

»Ned!« Sie stellte ihre schwere Tasche auf den Boden und lief zu ihm. Er hörte auf zu spielen und sah auf.

»Du hast mich erkannt«, lachte er. »Obwohl ich mich verkleidet habe.«

»Als was denn?« Ned sah aus wie immer. Das Tweed-Jackett über dem Rolli, die abgewetzten Jeans und heute wieder seine Cowboystiefel, die er schon bei ihrem ersten Treffen in Fulham getragen hatte.

»Wie kannst du das fragen? Ich hätte nicht erwartet, dass du mich in meinem Outfit als Straßenmusiker einfach so erkennst.«

Alice verdrehte die Augen.

»*British humour*, oder was? Du hast Glück, dass der Hausmeister dich nicht an die Luft gesetzt hat! Es ist kalt …«

»Der Hausmeister *wollte* mich auch an die Luft setzen, aber ich habe ihm gesagt, ich sei ein Gesamtkunstwerk, das demnächst versteigert wird. Wenn ich Schaden nehme, gibt es Ärger mit Leslie Withers und *Sotheby's* oder *Christie's*. Wenn nicht mit allen zusammen. Da hat er sich verkrümelt.«

Alice lachte. Ned war echt nichts peinlich.

»Hast du deinen Pass dabei?«

Alice war schon wieder verwirrt. »Meinen Pass? Weshalb?«

»Habe ich vergessen, dir das zu sagen? Ich nehme dich mit auf eine Weltreise. Jetzt. Aber ausnahmsweise will ich meine Sicherheitsvorkehrungen mal lockern. Gesichtskontrolle genügt.«

Seine Finger schlossen sich wieder ganz selbstverständlich um ihre, so wie auf dem Flohmarkt. »Also, willst du mit mir nach Afrika fahren? Jetzt, sofort?« Er lächelte sie an, seine Augen glänzend wie geschmolzenes Gold. Wie konnte sie widerstehen?

»Gerne. Ich habe Lust auf Sonnenschein.« Sie sah durch die großen Fensterscheiben der SAF nach draußen in die Dunkelheit. Es war schon beinahe November und Regentropfen schlugen schwer gegen das Glas. Alice meinte, in all dem Grau weiße Flecken zu erkennen. Der erste Schneeregen dieses Jahres, schwer und nass.

»Dann komm mit mir.« Er packte seine Gitarre ein und winkte dem mürrisch dreinschauenden Hausmeister in seinem Glaskabuff noch zu. »Danke! Ich schicke Ihnen einen Auktionskatalog!«, rief er zum Abschied.

Der Mann nickte mürrisch.

»Wohin fahren wir genau?« Alice fasste seine Hand fester. Dabei klopfte ihr Herz wie wild. Diese schmalen, langen Finger, die ihr gleich bei ihrer ersten Begegnung aufgefallen waren. Es wurde Zeit, dass sie ihn Klavier spielen hörte.

»Nach Äthiopien. Das liegt heute mal unterhalb der Ladbroke Grove Station. Vorher müssen wir aber noch eine Flasche Wein kaufen. Das *Gojo* hat keine Lizenz, um Alkohol auszuschenken.«

Sie traten vor die SAF und der Schneeregen klatschte in ihr Gesicht. Ned winkte nach einem Taxi. Alice schloss kurz und dankbar die Augen, als sie in die dunkle Wärme des Wagens tauchten.

SCHNEE AM LADBROKE GROVE

Alice folgte Ned die Treppen hinunter ins *Gojo*, das ein Stockwerk unter dem Tunnel der Ladbroke-Grove-U-Bahn-Station lag. Ein knallbuntes Schild wies auf das Lokal hin, und die dunkle Tür, die in den Gastraum führte, hing etwas schief in den Angeln. Es zog wie Hechtsuppe. Dennoch, im Eingang des Lokals roch es warm nach Gewürzen und Kohlenfeuer und die Wände des engen, niedrigen Raumes waren mit Bambus verkleidet. Nicht mehr als zehn Tische standen sehr nahe nebeneinander und auf jedem sah Alice kleine bunte Trommeln. Es wirkte kitschig, aber auch passend. Sie fühlte sich sofort wohl. Hier endeten das Neue und das Überraschende nie! Daheim gab es an exotischen Lokalen gerade mal die Pizzeria in der nächsten Stadt, wo sie Abitur gemacht hatte, und natürlich die Döner-Buden, wo man morgens um drei nach dem Ausgehen haltmachte.

Ned half ihr aus dem Mantel und sie setzten sich. Sie besah sich die Speisekarte, verstand aber kein Wort, obwohl sie auf Englisch war.

Egal, zusammen mit Ned schmeckte auch ein Knäckebrot

wie ein Drei-Sterne-Gericht! Um Himmels willen, was war nur mit ihr los? Sie war hier, um zu studieren, und nicht, um sich Hals über Kopf zu verlieben!

Auch Ned betrachtete die Karte. »Magst du Lamm und Reis? Diese Platte mit den Spießen hört sich doch gut an. Sollen wir die zusammen bestellen?«

»Ja, gern.« Sie sah sich um. Alle Tische füllten sich.

»Kommst du oft her?«

»Nein. Ich war noch nie hier. Mit dir zusammen wollte ich was Neues entdecken und kein Programm abspulen …«

Das gefiel ihr. Dennoch machte sich plötzlich wieder das kleine Teufelchen in ihrem Ohr bemerkbar, und bevor sie weiter darüber nachdenken konnte, fragte sie: »Ein Programm? Wer wäre denn das Publikum dafür? Cressy?« Mit Cressida hatte sie zwar darüber gesprochen, doch was empfand er?

»Nein«, sagte Ned und entkorkte den Wein. »Das müsstest du doch mittlerweile wissen. Alice, sie und ich, wir sind wirklich nur gute Freunde. Über eine Beziehung zu ihr habe ich nie wirklich nachgedacht, weil ich sie einfach schon so lange kenne. Sie war immer in meinem Leben und sie weiß so viel über mich wie ich über sie. Vielleicht hat gerade das alles andere immer unmöglich gemacht …«

Alice nippte stumm an ihrem Wein. Aber innerlich triumphierte sie. Wie glücklich sie diese Worte machten! Plötzlich schien alles viel einfacher.

»Wenn ich mit Cressy hier sitzen wollte, dann täte ich es, okay? Ich habe die ganze Woche über an dich gedacht, und mir ging es echt mies, weil ich dich nicht sehen konnte. Im Grunde hätte ich viel eher vor der SAF campieren können …« Er zuckte mit den Schultern. »Also. Mein Programm heißt jetzt Alice. Eigentlich schon, seitdem ich dich in Fulham gesehen habe. Das hat mir damals den ganzen Abend versaut, dass du nicht einfach mitgekommen bist … aber gleichzeitig hat es mir auch gefallen. Ein Mädchen mit Charakter. Denn es ist ganz schön tough, wenn man so neu irgendwo ankommt, kann ich mir vorstellen.«

»Bist du denn nie neu irgendwo angekommen?«

»Außer in einer neuen Schule, wie eben alle? Nein, nie. Ich habe immer schon irgendwo dazugehört. Norfolk und London sind mein Leben und die meisten meiner Freunde kenne ich schon sehr lange. Es dauert immer, bis ich mich jemandem wirklich öffne.«

»Weshalb?«

Er zuckte mit den Schultern. »Hm, ich weiß nicht, Angst, denke ich. Nicht zu genügen. Nicht akzeptiert zu werden.«

»Verletzt zu werden?«

»Ja«, sagte er schlicht. »Kennst du das auch?«

Alice überlegte. Ehe sie nach London gekommen war, hatte sie in Franken so gelebt wie Ned hier: Alles war bekannt, alle kannten sie als die Tochter des Klempners, die sich so für Klamotten interessierte. Das Universum hatte seine Ordnung! Bis sie ihren Koffer gepackt hatte. Und nun saß sie hier, mit Ned. Und es fühlte sich gleichzeitig so an, als würden sie sich schon länger kennen. Vielleicht, dachte sie plötzlich, vielleicht waren sie schon immer zusammen gewesen. Aber diesen Gedanken behielt sie für sich und sagte stattdessen: »Ich habe das Gefühl erst hier kennengelernt. Und es war in den ersten Wochen ganz schön hart. Kleiner Kulturschock. Aber langsam komme ich klar.« Alice wechselte das Thema. »Die Leute, mit denen du zusammenwohnst, sind das auch alte Freunde?«

»Ja. Ich kenne sie schon mein Leben lang.«

»Dann kennt Cressy sie auch?«

»Ja«, sagte Ned nur knapp. Alice dachte wieder an das große Haus am Ladbroke Square. Wohnte Ned wirklich dort? Vielleicht hatte er nur jemanden besucht?

»Probst du dort auch mit den anderen Musikern und Poetry Slammern?«

»Nein. Ich behalte mein Reich lieber für mich. Außerdem wollen das meine Mitbewohner und meine Vermieter nicht.«

Bevor sie noch weiter nachbohren konnte, kam jedoch schon der Kellner. Er servierte eine Platte mit dampfendem Reis, gebratenen Lammspießen und gegrillten Tomaten, die auf großen Salatblättern angerichtet waren.

»Greif zu«, sagte Ned und sie ließ sich das nicht noch ein zweites Mal sagen. Plötzlich war Alice so hungrig wie noch nie in ihrem Leben – auf alles, dachte sie, als sie Ned ihr so gegenübersitzen sah.

Als sie nach draußen kamen, war es kurz nach Mitternacht. Die meisten Läden entlang des Ladbroke Grove lagen nun still und dunkel da und über die Brücke ratterte gerade die letzte *Tube* Richtung Hammersmith. Der Schneeregen, der zuvor nur vereinzelt gefallen war, hatte sich verändert: Schnee fiel nun dicht und weiß aufs Pflaster. Es sah wunderschön aus! Ned legte seinen Arm um Alice und zog sie an sich. Wie schön es war, ihn so nahe bei sich zu spüren.

»So werde ich wenigstens nasser als du«, grinste er, während er den Arm hob und versuchte, ein Taxi heranzuwinken. Vergeblich. Niemand hielt an, und sie mussten vom Bürgersteig wegspringen, um nicht vollkommen nass gespritzt zu werden.

»Mist. Bei dem Wetter ist natürlich alles voll besetzt! London bricht zusammen, sobald es schneit.«

Alice war trotz Neds Arm und des Schutzes, den seine

Schultern boten, innerhalb von Minuten durchweicht, und ihm ging es nicht besser. Dennoch sah sie zu ihm auf und sagte leise: »Ich stehe hier eigentlich ganz gut.«

Er sah auf sie herunter. Seine Augen verdunkelten sich, als sein Blick sich ganz auf sie konzentrierte. Er schien Taxis, Schnee, Regen und die ganze nasse Dunkelheit um sie herum zu vergessen – so wie Alice selbst. Gab es auf der Welt noch etwas anderes, jemand anderen als sie und ihn?

»Komm«, sagte er heiser und zog sie in den spärlichen Schutz der Markise eines kleinen Ladens, der mit allem handelte, was der Mensch so gegen Mitternacht noch brauchen konnte. Die Tür war verschlossen und hinter der Kasse sah ein Inder kurz auf und dann wieder in seine Zeitschrift. Die Lichter der vorbeifahrenden Autos wurden vom Schnee in Prismen gebrochen. Sie streiften regenbogenfarben Neds Gesicht, während sich über ihren Köpfen Schnee und Schmelzwasser in Kuhlen im Stoff sammelten.

Alices Herz schlug so fest, dass er es hören musste, befürchtete sie.

Oder es spüren musste, in seiner Brust an der ihren.

Er lächelte zärtlich, ehe er mit den Schultern zuckte. »Willkommen daheim. Ich fürchte, Afrika hat uns kurzerhand an die frische Luft gesetzt.« Er schlang die Arme um ihren Rücken und verhakte die Finger dort. Sie tat nichts, als den Gedanken und das Gefühl von Nähe und Vertrauen zu genießen. »Schnee steht dir, Alice. Ich sollte dich öfter so treffen, « sagte er leise.

»Du solltest mich überhaupt öfter treffen«, murmelte Alice und griff seinen Jackenkragen. Ned lächelte noch mehr, bis es seine Augen erreichte. Alices Herz machte einen kleinen Sprung. Wie wunderschön das aussah!

Er zog sie, wenn möglich, noch fester an sich. Alice rang nach Atem. »Wenn das so ist, dann hole ich dich gerne jeden Abend an der SAF ab.«

Mit einer Hand hielt er sie noch immer, mit der anderen aber strich er ihr sanft die feuchten Haarsträhnen aus dem Gesicht. Seine Finger waren damit aber nicht zufrieden, sondern zogen nun behutsam die Konturen ihres Gesichtes nach. Augenbrauen, Nase und ihre Lippen. Seine Kuppen verharrten dort einen Wimpernschlag lang. Alice zitterte innerlich – sie dachte wieder an den *Breitmaulfrosch*, doch dann vertrieb Neds Zärtlichkeit all diese dummen, nichtigen Gedanken. Wichtig war nur, was *er* dachte, und *hier* bei ihm zu sein.

Seine Finger wanderten weiter und Alice bekam Gänsehaut. Beinahe zitterte sie, und sie wagte es nicht zu atmen, um auch keinen Augenblick zu verpassen. Dann aber schloss sie die Augen, um ihre Sinne ganz auf seine Berührung zu konzentrieren. Da machten seine Finger halt.

Neds Gesicht war dem ihren nun ganz nahe, und als sie die Augen wieder öffnete, jagten die Lichter des im Regen und Schnee ertrinkenden Ladbroke Grove darüber hinweg. Alice fühlte sich wie in einem alten Film, nur noch viel, viel besser – denn dies war echt. Er fasste ihr Gesicht nun sanft mit beiden Händen.

»Das hätte ich schon damals in Fulham machen sollen«, sagte er leise und sein Atem strich warm über ihre Haut. »Einfach so. Gleich, als ich dich da so verloren habe sitzen sehen. Oder wäre das zu schnell gewesen?«

»Nein. Das wäre es nicht…«, flüsterte Alice, als sich seine Lippen schon auf die ihren legten. Ihre Worte verloren sich in seinem Atem.

Die Berührung ihrer Lippen war weich, kosend, tastend und

wunderbar – das Trommeln des Regens, das Fallen des Schnees mischte sich mit dem Rasen des Blutes in ihren Adern. Trotz des eisigen Windes wurde ihr heiß. Alice schmiegte sich an Ned, um ihn ganz zu spüren, hier bei ihr, als müsse sie erst begreifen, dass dies kein Traum war, sondern eine Wirklichkeit, die besser war als jede Illusion.

Im selben Augenblick öffnete sich die Tür des kleinen Ladens, in dessen Schutz sie noch immer standen. Der Eigentümer verharrte auf der Türschwelle, duckte sich unter dem Schneeregen, der in seinen Laden wehte, und räusperte sich. »Es tut mir leid, aber ich muss schließen …«

Sowohl Ned als auch Alice sahen ihn verständnislos an. Er lächelte. »Dazu muss ich auch die Jalousie einrollen. Wenn Sie stehen bleiben, dann werden Sie eingeschneit!«

»Verstehe. Danke für den Unterschlupf.« Ned zog Alice mit sich auf den Bürgersteig, als auch schon das Rollo des kleinen Ladens quietschend eingezogen wurde. Schnee und Schmelzwasser sprühten in die Dunkelheit.

»Du musst nach Hause, Alice«, sagte Ned. »Lass uns ein Taxi suchen …«

Einen Augenblick lang standen sie nur so da, Stirn an Stirn, und atmeten einfach zusammen, ineinander. Sie schmiegte sich wieder an ihn, als sie sich weiter nach draußen wagten. Wie konnte einen das so lächerlich glücklich machen, fragte sie sich: einfach nur mit jemandem zusammen zu sein. Die Tropfen waren hart wie Munition und alles Suchen war umsonst. Die letzten Taxis hatten die Lichter ausgeschaltet: Wer darin saß, dachte wohl bei diesem Wetter nicht so schnell ans Aussteigen!

»Oh Mann«, knurrte Ned, nachdem er ein gutes Dutzend Mal versucht hatte, einen Wagen zu erwischen. Alice drückte sich wieder an ihn – ihr war jede Verzögerung, jeder Vorwand nur recht, alles, was sie so zusammen sein ließ, war ihr willkommen.

Da sah Ned sie an und sagte leise: »Das ist jetzt der perfekte Augenblick, um zu sagen: Komm doch mit zu mir. Ich wohne nicht weit …«

Trotz allem blickte Alice zweifelnd zu ihm auf und Ned musste lachen. »Meinst du, ich kenne dich überhaupt nicht? Ich dränge dich zu nichts. Ich sage das wirklich wegen des Wetters und der Uhrzeit. Also, bei mir ist genug Platz, dass ich auf dem Sofa schlafen kann.«

Sie sah ihn ernst an. Gerade hatte er noch gesagt, dass er so gut wie nie Leute zu sich einlud. »Was sagen deine Mitbewohner dazu?«

»Ach, die haben damit kein Problem«, sagte Ned unbestimmt.

»Und deine Vermieter? Ich dachte, sie wollen keine Besucher?«

Ned sah in die Nacht, ehe er murmelte: »Meine Vermieter? Die müssen sich daran gewöhnen, dass mein Leben sich ändert!« Seine Stimme klang trotzig und er schlang seinen Arm um ihre Schultern. »Komm. In zehn Minuten sind wir am Ladbroke Square. Ich koche dir eine heiße Schokolade vor dem Einschlafen.«

Sie gingen den Ladbroke Grove hoch, leise im Regen redend und immer wieder lachend, sich immer wieder küssend. Eng umschlungen, Arm in Arm, einander so nahe, sodass es Alice schien, eine Trennung wäre auf immer unmöglich. So starke Gefühle, da war sie sich sicher, gerade als das Haus am Ladbroke Square in Sicht kam, konnten nur durch Tod und Teufel enden.

GANZ PIANO

Das große Haus lag dunkel und still da, als Ned vorsichtig die Tür hinter ihnen schloss. Er griff nach ihrer Hand. Alice spürte den Teppich unter ihren Füßen und nahm schemenhaft Bilder an den Wänden sowie Möbel und Skulpturen um sie herum wahr.

»Das ist ja riesig! Was hast du für ein Glück!«, flüsterte sie. »Normalerweise findet man doch in so einem Haus keine Untermiete.«

»Glück? Da bin ich mir nicht so sicher. Aber es stimmt, ich kenne die Vermieter recht gut, sonst hätte es wohl nicht geklappt.« Er wollte auf Zehenspitzen weiterschleichen, doch in diesem Augenblick flammte das Licht auf. Ned und Alice blinzelten in die Helle des Kronleuchters aus buntem Murano-Glas. Auf der Treppe, die nach unten ins Erdgeschoss führte, waren Schritte zu hören.

Ned murmelte noch: »Mist, verdammter…«, als schon jemand leise »Sir?« fragte.

Sir??? Gab es hier vielleicht einen Hund, der so hieß?

Alice erkannte den Butler wieder, als er auf dem Absatz der

Treppe auftauchte. Auch wenn er nun keine Uniform mehr trug, sondern nur dunkle Hosen und einen dunklen Rolli. Alice spürte, wie ihre Stimmung kippte. Irgendetwas geschah hier, von dem sie nichts hatte ahnen können. Ned hatte etwas vor ihr geheim gehalten oder hatte zumindest nicht mit so offenen Karten gespielt, wie sie selbst es getan hatte. Schämte er sich? Oder dachte er, sie passe nicht hierher? Der Gedanke machte sie so zornig wie selten etwas zuvor in ihrem Leben: Sicher kam sie aus einer anderen Welt als er, aber diese Welt war kein bisschen schlechter als seine!

Ned seufzte. »Ja, Pablo. Ich bin es.« Es klang, als gäbe er sich geschlagen. Gleichzeitig schlangen sich seine Finger fester um ihre. Alice aber zog ihre Hand zurück. Er sah sie kurz und erstaunt an, aber sagte dann: »Das hier ist Alice Weber. Wir sind vor dem Schnee geflüchtet.«

Pablo musterte Alice nicht unfreundlich, aber dennoch distanziert. »Guten Abend, Miss Weber. Oder guten Morgen. Soll ich Ihnen noch einen Tee bereiten? Sie wirken beide verfroren.«

»Nein, nein. Es ist ja schon spät. Wir gehen nur noch ins Musikzimmer.«

Pablo zuckte mit den Schultern. »Dann bringe ich den Tee eben dorthin«, sagte er gelassen. Alice hatte den Eindruck, dass er seinen Tee überall servieren würde, sei es in der Sahara oder auf dem Mount Everest, und zwar ohne mit der Wimper zu zucken.

»Pablo…«, begann Ned, aber Alice fiel ihm ins Wort. »Ich hätte lieber eine heiße Schokolade. Die hat Ned mir nämlich versprochen. Und ich habe es gern, wenn jemand seine Versprechen hält.«

Ned sah sie prüfend an und sie erwiderte seinen Blick ruhig. Er konnte im dicksten Kasten der Welt wohnen, doch sie erlaubte ihm nicht, sie für dumm zu verkaufen! In Alice begann es zu sieden.

»Dann bringe ich eben eine heiße Schokolade ins Musikzimmer«, sagte Pablo mit der Andeutung eines Lächelns. Sein Blick ging zwischen ihnen hin und her.

Ned gab auf. »Bringen Sie zwei davon, bitte. Mit Sahne und Marshmallows.«

Er wollte wieder ihre Hand fassen, doch sie steckte die Finger in die Gürtelschlaufen ihrer schwarzen Jeans. So folgte sie ihm nach oben, die langen Stufen der gewundenen Treppe hoch, in den ersten Stock. Dicke Teppiche schluckten ihre Schritte, und Alice bemerkte noch mehr Kunst, mehr Möbel und Lampen, die allesamt aus einem Auktionskatalog für moderne Kunst und Design stammen könnten. Alles hier zeugte von Geschmack, von Geschichte – und von sehr, sehr, sehr viel Geld. Und sie hatte Ned für einen armen Musiker gehalten!

Mit einem Mal konnte sie nicht mehr weitergehen. Wie albern sie gewesen war! Ihre Beine zitterten vor Wut. Sie hatte ihm einfach so geglaubt – die Mitbewohner, die Vermieter! Ihr Blick fiel auf ein Foto, das in einem schweren Silberrahmen auf einer Kommode stand. Alice blinzelte und sah noch einmal hin. Es zeigte Ned mit einem Mann und einer sehr schönen, dunkelhäutigen Frau, die wohl seine Eltern waren, zusammen mit Paul McCartney und dem Prinzen von Wales.

Ned sah sich erstaunt nach ihr um. Er bemerkte ihren Blick, nahm das Foto und legte es kurzerhand flach auf die Kommode. Alice schloss für einen Moment die Augen. Alles, was sie eben noch empfunden hatte, alle Sicherheit und alles Glück, war wie weggeblasen.

»Kommst du?«, fragte Ned behutsam.

Sie suchte Halt am Treppengeländer. »Ich nehme an, Pablo ist einer deiner zwei Mitbewohner?« Ihre Stimme klang belegt, und ihr Herz schlug so hart, dass es schmerzte.

Ned seufzte und lehnte sich gegen die mit grauer Seide bezogene Wand. In seinen Chucks, den Jeans und dem Hoody bildete er einen seltsamen Kontrast zum Luxus der Umgebung. »So ungefähr«, sagte er. »Meine Eltern haben ihn und seine Frau schon vor meiner Geburt eingestellt. Sie wollen, dass das Haus rund um die Uhr für ihre mögliche Ankunft bereit ist.«

»Das sind dann deine Vermieter – deine Eltern?«

»Genau«, sagte Ned leise und nickte. Alice konnte nicht anders. Sie stellte den Silberrahmen wieder auf und betrachtete das Bild. Neds Mutter war bildhübsch – sie könnte noch heute das Titelbild der *Vogue* zieren, entschied sie. Sein Vater hatte einen Arm um Ned geschlungen. Er wirkte glücklich. Ned trat zu ihr. Er räusperte sich, seine Hände in den Hosentaschen zu Fäusten geballt. »Das sind meine Eltern. Lord und Lady Lister.«

»Deine Mutter ist sehr schön«, flüsterte Alice. Ned nickte.

Alice stellte das Bild ab. Lord und Lady Lister und ihr Haus am schönsten und teuersten Garten von Notting Hill. Ihre Eltern waren Herr und Frau Weber, Klempner irgendwo in einem Dorf in der Fränkischen Schweiz. Sie wägte ihre nächsten Worte sehr vorsichtig ab. »Weshalb hast du so getan, als seist du ein armer Musiker?«

Er fuhr sich durch die zerzausten Locken und wirkte einen Augenblick lang hilflos. Alice aber wollte eine Antwort auf ihre Frage. Also wartete sie einfach ab. Sie wollte sich jetzt nicht einwickeln lassen.

»Ich habe dich nicht angelogen. Es ist einfacher so. In dieser

Stadt, in der alle so ums Überleben kämpfen, habe ich keine Lust, mit all diesem Überfluss«, er sah sich kurz um, »diesem doch wirklich lächerlichen Überfluss zu protzen. Ich will ganz normale Freunde, aus allen Klassen …«

»Klassen! Was ist denn das für ein altmodisches Wort?«

Er hob die Schultern. »Sorry. Du hast recht. Das ist ein sehr britisches Wort. Wir sind besessen von unseren Klassen. Dann lass uns eben alle Schichten der Gesellschaft sagen, wenn dir das lieber ist.«

Alice schluckte. Es schmeckte bitter. Was war sie dann für ihn? Ein soziales Experiment? »Ach. Und in welche Schicht der Gesellschaft falle ich dann? Kleines dummes Mädchen? Arme Studentin? Klempnerstocher aus Deutschland?«, fragte sie. Ihre Stimme zitterte, was sie noch mehr ärgerte.

Er schüttelte langsam den Kopf. »In gar keine. Du bist du. Es ist mir doch völlig egal, was dein Vater macht. Ich bewundere dich für deine Kraft und deinen Mut. Deine Entschlossenheit, es gegen alle Widrigkeiten zu schaffen. Mir geht es eher um die anderen Musiker. Wie sollen sie mich in den Clubs noch ernst nehmen, wenn sie *das* hier sehen? Weißt du, wie die meisten Menschen in London leben?! Wie die Ratten, Alice. Sie teilen sich feuchte Zimmer oder schlafen abwechselnd in einem Bett.« Seine Stimme klang ungeduldig, doch er streckte trotzdem wieder die Hand nach ihr aus.

Alice verschränkte die Arme. So konnte sie wenigstens das Zittern ihrer Glieder beruhigen. Sie schüttelte den Kopf. »Du hast mich angelogen. Ich will mich auf meine Freunde verlassen können. Vor allen Dingen auf die Freunde, die ich im Schnee küsse.« Sie würgte die Tränen zurück.

Ned trat zu ihr. Er berührte sie nicht, sondern sah sie nur an. »Ich habe dich nicht angelogen. Ich habe dir nur nicht die volle Wahrheit gesagt. Aber dazu hat sich auch keine Gelegenheit ergeben«, sagte er. »Alice. Bitte.«

»Läuft das nicht auf dasselbe heraus?« Sie wischte sich nun doch die Tränen von den Wangen. Mist. Sie fühlte sich noch immer wie ein Teenager, der nichts besprechen konnte, ohne in Tränen auszubrechen.

Ned stand nun wieder so nahe bei ihr wie eben auf dem Ladbroke Grove, vor dem kleinen Laden, im Schnee. Seine Stimme war heiser, als er sagte: »Bitte, Alice! Wenn ich irgendetwas vor dir hätte verbergen wollen, dann hätte ich dich doch nie zu mir eingeladen. Und ich habe dir doch auch gesagt, wie schwer ich es oft finde, mich neuen Freunden zu öffnen. Aber genau das wollte ich tun. Deshalb habe ich dich hierher mitgenommen. Das hätte ich doch nicht tun müssen, oder?«

Alice weinte nun doch. Ned aber fasste behutsam ihre Hände und küsste ihre Finger. Dann zog er sie an seine Brust. Sie spürte sein Herz fest und unruhig schlagen. Sie schloss die Augen und legte den Kopf an seine Schulter.

In diesem Augenblick kamen hinter ihnen Schritte die Treppen hoch.

Pablo räusperte sich und Alice sah auf. Auf dem Tablett in seinen Händen dampfte in einer silbernen Kanne die heiße Schokolade und in zwei Schalen türmten sich Schlagsahne und Marshmallows.

»Wo darf ich servieren?«, fragte Pablo.

»Gar nicht«, sagte Ned und nahm ihm kurzerhand das Tablett ab. »Das kann ich sehr gut allein. Danke und gute Nacht, Pablo.« Dann sah er Alice flehend an. »Kommst du?«

Alice folgte ihm in den Raum, der von einem dunkel polierten Flügel beherrscht wurde. »Bitte, setz dich …«, sagte er leise und stellte das Tablett mit dem Kakao auf den Couchtisch.

»Soll ich nicht noch ein Gästezimmer richten …?« Pablo stand noch immer in der Tür.

»Das überlassen Sie bitte mir«, sagte Ned bestimmt. Als Pablo gegangen war, grinste Ned Alice an. »Alter Spion. Wo der Teufel nicht hinkommt, da schickt er einen Butler.« Dann reichte er Alice ihr Getränk. Sie fasste sich etwas, schlüpfte aus ihren durchweichten Ballerinas, setzte sich auf das breite, bunt gemusterte Sofa, das aus vielen riesigen Kissen zusammengesetzt worden war, und zog die Knie an. Langsam wurde ihr wärmer. Dennoch sah sie Ned noch immer ernst an.

»Verzeihst du mir?«, fragte er.

Sie zögerte. Und nickte dann. »Mach das bitte nie wieder, Ned. Wenn es für etwas noch nicht an der Zeit ist, dann sag es einfach, okay? Aber ich lasse mich nicht belügen.«

Ned nickte, aber das genügte Alice nicht. »Nein. Sag es. Versprich es mir. Offenheit. Ehrlichkeit. Ich mag dich, weil du bist, wer du bist, und nicht wegen etwas, das du oder deine Eltern haben. Versprochen?«, fragte sie.

»Versprochen«, flüsterte er und hielt ihrem Blick stand. »Nie wieder.«

Er beugte sich vor und küsste sie zart. Ihre Lippen erwiderten den Druck. Dann stand Ned auf. »Darf ich dir etwas vorspielen?«, fragte er leise. »Ich hab da so einen alten Bekannten aus Deutschland. Diesen Beethoven. Vielleicht hast du ihn ja schon mal getroffen?«

Sie musste wider Willen lächeln. Ihr Zorn verflog. Es war vorbei. Sie hatte sich ihren Zweifel und ihre Verwirrung von der Seele geredet und er hatte sich entschuldigt. Die Schokolade wärmte sie durch die kühle Süße der Schlagsahne und die schmelzenden Marshmallows hindurch. Ned setzte sich nun an den Flügel und begann zu spielen. *Für Elise*.

Alice musste daran denken, wie Ned zuvor ihr Gesicht liebkost hatte. Nun galt all seine Zärtlichkeit diesem Instrument. Es war schön, ihn so zu sehen, er war konzentriert und trotzdem schien er völlig selbstvergessen. Alice glitt in die tiefen Kissen des Sofas. Der vollkommene Klang von Komposition und Instrument nahm sie mit sich. Ihre Augen schlossen sich langsam, während die Müdigkeit sie davontrug.

SCHERBEN BRINGEN UNGLÜCK

»Wo bist du gewesen? Wir haben uns solche Sorgen gemacht! Kannst du nicht texten, wenn du die Nacht wegbleibst? Das hier ist kein kleines Dorf, wo man jedem trauen kann …!« Cressida sprang vom Frühstückstisch auf. Ihre Augen wirkten geschwollen. Hatte sie wegen ihr, Alice, geweint? Auch Kim wirkte erleichtert, als Alice den Kopf in die Küche steckte. Jem dagegen schlürfte seelenruhig seinen Kaffee.

»Jedem kann man sicher nicht trauen, aber doch Ned!«, grinste Alice, als sie Cressida umarmte. »Sorry. Du hast recht. Die Ereignisse haben sich irgendwie überschlagen, und dann habe ich ganz vergessen, mich zu melden.«

Jem musterte sie prüfend über den Rand einer riesigen Milchkaffee-Schale hinweg. Sein Blick ging rasch zwischen ihr und Cressida hin und her, ehe er leichthin sagte: »Oh, der *walk of shame*. Sind das nicht die Kleider, die du gestern Morgen schon anhattest?«, neckte er sie dann.

Alice sah an sich herunter. »Allerdings. Aber das ist keine Schande, finde ich.« Dann musterte sie ihn. »Und sind das nicht übrigens auch die Kleider, mit denen *du* gestern Nacht losgegangen bist? Wer im Glashaus sitzt, sollte nicht mit Steinen werfen.«

»Okay, du hast gewonnen«, grinste er und klatschte sich kurz an die hautenge blaue Lederhose.

Alice dagegen schwieg nun. Sie fühlte sich noch immer, als ob sie schwebte. Ihre Kleider waren wieder getrocknet, nur auf dem Leder ihrer Ballerinas zeigte ein schmaler Rand, wo sie mit Ned durch den Schnee und den Regen gelaufen war. Der gestrige Abend schien ihr nun wie ein Traum, der nahtlos in eine noch schönere Wirklichkeit übergegangen war. Sie dachte an Neds Klavierspiel gestern Abend und an ihr Erwachen im Musikzimmer am Morgen. Er hatte eine Decke über sie gelegt, als sei sie ein Kind, das erschöpft mitten im Spiel eingeschlafen war. Sie hatten im Wintergarten, mit Blick auf den stillen, riesigen Garten des Ladbroke Square, gefrühstückt. Weder von Pablo noch von seiner Frau war etwas zu sehen gewesen, wofür sie Ned dankbar war – auch wenn er das Frühstück gemacht hatte: Tee, der so stark war, dass der Löffel in der Brühe stecken blieb, verbrannter Toast und steinhart gekochte Eier.

Dann bemerkte sie, wie Cressida sie noch immer besorgt ansah. »Es ist alles in Ordnung. Ich war wirklich nur bei Ned«, sagte Alice und strich sich die noch immer halb geflochtenen Haare aus dem Gesicht.

Jem hielt seinen Blick weiter auf sie geheftet. »Na so was. Dann ist ja alles in bester Ordnung? Alice, Alice. Wer hätte das gedacht. Stille Wasser sind wirklich tief.«

»Es ist nichts passiert. Wir waren nur essen und sind dann eingeschneit worden.« Sie spürte, wie eine leichte Röte sich über ihren Hals und ihr Gesicht ausbreitete, wie Wellen über Sand im Seichten. »Und selbst wenn etwas passiert wäre – was ist das hier? Ein Kreuzverhör?« Vielleicht klang ihre Stimme schärfer als beabsichtigt.

»Schon gut. Hauptsache, dir geht es gut. Wir haben uns nur Sorgen um dich gemacht«, sagte Kim schnell, während Cressida plötzlich zu ihr trat und sie umarmte. »Genau, Alice«, sagte sie. »Sorry. Was gibt es Schöneres, als wenn zwei meiner Freunde zusammenkommen!«

Alice erwiderte die Umarmung, doch sie spürte, wie Kim sie nicht aus den Augen ließ. War sie noch immer eifersüchtig? Alice nestelte an dem Halstuch, das sie sich wie ein Pirat um den Hals geschlungen hatte: ein groß geblümtes *YSL*-Seidentuch aus den Siebzigern.

»Wie gesagt, wir sind nicht zusammen …«, sagte Alice, doch sie hörte selbst, wie unbeholfen es klang. Ned und sie waren in einem Übergangszustand, den sie nicht besprechen wollte. Am Anfang brauchte jede Liebe Vertrauen, ein gemeinsames Schweigen über das, was da entstand. Es war wie eine Pflanze, auf die nicht zu viel Licht fallen sollte.

Kim stand auf. »Wie auch immer. Es ist noch Tee da, möchtest du eine Tasse? Ich muss mich jetzt hinlegen.«

Alice fiel nun auf, wie blass Kim aussah. Auch Cressida hatte dunkle Ringe unter den Augen. Hatte sie gestern gefeiert? Oder hatte ihre Freundin sich wirklich solche Sorgen um sie gemacht? Plötzlich fühlte sie sich schuldbewusst.

»Hattest du Nachtschicht in der Notaufnahme, Kim?«

»So ungefähr«, sagte die. »Es waren anstrengende Stunden.«

»Tschüss, Kim, schlaf gut«, sagte Jem. »Erhol dich. Ich bin ja da … «, sagte er leiser.

Alice schenkte sich eine Tasse Tee ein und musterte Cressida. Ihre Freundin sollte wieder lächeln! Nun kauerte sie auf ihrem Küchenstuhl und in dem flauschigen weißen Bademantel, ungeschminkt und mit ihren blonden Haaren am Hinterkopf hochgezwirbelt, wirkte sie zerbrechlich wie eine Porzellanpuppe. Um das Thema zu wechseln, sagte Alice: »Puh, ich habe gestern den ganzen Tag in der Bibliothek der SAF verbracht und nachher muss ich noch ins *Clothworker Center*. Was für ein Leben. Ich dachte, das Studentendasein sei entspannt!«

Cressida lächelte nun und klemmte sich einen Bleistift unter die Nase. Dann rupfte sie an einer Papierserviette herum, bis sie eine nicht mehr erkennbare Form hatte. Alice musste sich bei Cressidas Anblick das Lachen verkneifen und auch Jem setzte seine Tasse mit Milchkaffee ab. Was kam jetzt? Cressy sah aus wie Mr. Thompson, der Lehrer für Schnitt und Konstruktion an der SAF – Alice kannte niemanden, außer vielleicht Kaiser Wilhelm den Zweiten, der so einen ausladenden Zwirbel-Schnurrbart hatte!

»Alle mal herhören«, schnarrte Cressida mit ihrem Stift unter der Nase und hielt das zerfetzte Papier hoch. »Ein Kleid zu schneidern ist wie eine Kathedrale zu bauen. Womit beginnt ihr? Mit dem Grundstein oder mit der Turmspitze?«

Alice spielte mit und hob streberhaft den Arm, ehe sie noch zwei Male mit den Fingern schnipste.

»Weberrrr? Antworten Sie mir?« Cressida legte den Kopf in den Nacken und beobachtete Alice mit einem zusammengekniffenen Auge, als trüge sie ein Monokel.

»Mit dem Grundstein, natürlich, Mr. Thompson!«, piepste Alice. Jem kicherte.

»Eben.« Cressida wedelte mit dem Papier. »Dieser Grundstein ist der Schnitt. Ohne den Schnitt könnt ihr alles andere vergessen. Material. Farbe. Rocklänge. Alles. Okay?

»Aber …«, begann Alice streberhaft.

»Aber? Was, aber? Nennen Sie mir einen Großen unseres Faches, wo das nicht stimmt. *Fortuny,* mit seinem fließenden Plissee? *Capucci,* mit seinen Roben wie Rüstungen? Der Schnitt, meine Damen und Herren, nichts als der Schnitt. Nur Mut! Sie werden es lernen. Das haben schon Dümmere als Sie gelernt. Viiiiiiiieel Dümmere!«

Beide brachen in Lachen aus. Alice schenkte Tee nach. Die Spannung von eben war vergessen. Cressida trank schweigend einen Schluck, ehe sie aufstand.

»Ich gehe mit dir ins *Clothworker Center*. Wer eher anfängt, ist früher fertig. Altes Indianersprichwort. Ich gehe nur rasch duschen. Wartest du auf mich?«

»Klar.« Alice sah auf Cressidas Teller: Sie hatte weder ihren Toast noch ihr Müsli angerührt.

»Hat sie gar nichts gegessen?«, fragte sie Jem, als Cressida ins Badezimmer gegangen war. »Sie ist eh so dünn.«

Der rollte die Augen. »Mädchen! Immer auf Diät … Aber Cressy übertreibt gerne. Das ist so bei ihr. Schon immer gewesen. In die eine oder andere Richtung. Sie kennt kein Mittelmaß. *Full on*.« Er senkte den Blick in seine Tasse.

»Was soll das heißen?«

Die Tür des Badezimmers im Gang quietschte. Die Dusche wurde aufgedreht, das Wasser pochte in den alten Rohren, die sich an der Küchenwand entlangzogen. Jem wollte wohl gerade antworten, als Cressida nebenan plötzlich aufschrie.

Alice ließ vor Entsetzen beinahe ihre Tasse fallen. Jem und sie saßen eine Sekunde lang wie festgefroren. Der Schrei ging ihnen durch Mark und Bein. In Cressys Stimme lagen Verzweiflung und Furcht. Auf den Schrei folgte Stille, dann klirrte und schepperte es, als ob ein verspiegeltes Hochhaus zersprang.

Jem sprang nun auf und Alice stürzte ihm hinterher. Die Tür zum Badezimmer war verschlossen, beide hämmerten mit ihren Fäusten dagegen.

»Mach auf, Cressy! Mach sofort auf!«, schrie Jem, während Alice an der Türklinke rüttelte. Seine Stimme überschlug sich. »Mach auf oder ich trete die Tür ein!«

Drinnen schluchzte Cressida nun auf. Es schien eine Ewigkeit zu dauern, bis der Riegel beiseitegeschoben wurde. Cressy kauerte direkt vor der Tür. Sie musste über den Boden gekrochen sein! Alice gelang es, durch den Spalt der Tür zu linsen, während Jem in die Knie ging und den Arm seiner Schwester fasste. »Cressy … alles klar? Was ist denn passiert, um Himmels willen?« Er klang besorgt, aber auch hilflos und zornig.

Alice blickte hinter Cressida und unterdrückte einen Schrei. Die Kacheln auf dem Boden waren blutig und überall um Cressida herum lagen Scherben. Der kleine Schrank, der über dem Waschbecken gehangen hatte, lag zerschmettert am Boden. Seine drei Spiegel waren zerbrochen. In der Mitte des Chaos kauerte Cressida, die ihre ebenfalls blutigen Hände vor ihr Gesicht gepresst hielt. An ihren Handgelenken konnte Alice frische Schnitte erkennen. Cressida zitterte und weinte leise, während das Wasser der Dusche lief und überallhin spritzte.

Jem gelang es nun, die Tür ganz zu öffnen, er drückte sich an Alice vorbei und ging erneut neben seiner Schwester in die Knie. Dann schloss er sie vorsichtig in die Arme. »Cressy«, murmelte er. »Was ist denn passiert?«

Auch Alice ging nun in die Hocke. Sie strich Cressida die mit Blut verschmierten Haare aus dem Gesicht. Ihre Freundin sah auf, die Augen dunkel vor Schreck.

»Ich … ich weiß auch nicht. Ich wollte den Schrank öffnen,

als mir alles entgegenkam. Der Spiegel zersprang … ich wollte ihn auffangen und bin ausgerutscht. Oh Gott, ich habe mich überall geschnitten!« Sie streckte die Arme aus, von denen das Blut auf ihren weißen Bademantel tropfte. In ihren Handgelenken steckten noch ein, zwei kleine Scherben. Cressida begann, hysterisch zu schluchzen. »Ich will nicht verbluten. Mach doch einer was!«

»Hol Kim«, entschied Jem, doch die kam schon die Treppe heruntergelaufen. Sie trug ihren Pyjama und schob Alice und Jem energisch beiseite. »Ich kümmere mich um sie. Gut, dass ich noch nicht eingeschlafen war. Was ist passiert?«

»Gott sei Dank bist du da«, sagte Alice. »Sie ist ausgerutscht, als der Schrank runterkam. Kann ich dir helfen, Kim?«

»Nein.« Kim sah sie an, als wolle sie sagen: Halt dich bitte so fern wie möglich. »Bitte geh raus. In deinem eigenen Interesse. Du hast genug angerichtet.«

Alice fuhr auf. »Was meinst du damit? Ich bin gerade erst hereingekommen! Cressida ist meine Freundin. Ich lasse mich von dir nicht einfach so verjagen, egal, wie eifersüchtig du bist.«

»Eifersüchtig? Dass ich nicht lache!«, keifte Kim, doch Cressida wimmerte zwischen ihnen gepeinigt auf und hielt sich die Ohren zu, als litte sie furchtbare Qualen. Der Anblick machte Alice bewusst, wie unpassend der Streit mit Kim war. Wichtig war jetzt nur Cressy. Wie, nur wie, konnte sie ihr helfen? Sie vergaß Kim und ihre dummen Sprüche.

»Hört auf zu streiten. Wir müssen uns um Cressy kümmern!«, sagte nun auch Jem und Kim nickte. Der Griff, mit dem sie Cressida anhob, war gekonnt und unsentimental. Sie hatte die Lage, so schockierend sie Alice auch vorkam, ohne Zweifel unter Kontrolle.

»Jem. Nimm du bitte ihre Beine. Wir bringen sie hoch in ihr Zimmer, da kann ich sie verbinden. Wenn du unbedingt helfen willst, Alice, dann mach sauber, okay?«, sagte Kim knapp und stemmte Cressida hoch.

»Danke, Alice …«, sagte Jem, während er Kim half. Er küsste seine Schwester auf die Wange. »Keine Angst, Cressy. Alles nur Kratzwunden …« Er versuchte, zu grinsen und der Situation das Beklemmende, Unverständliche zu nehmen.

»Jem …«, tadelte Kim ihn.

»Was denn?«, keuchte der, denn Cressy lehnte mit ihrem ganzen Gewicht auf ihm, während er sie nach oben bugsierte. »Nichts heilt so sehr wie lachen …« Dennoch, seine Stimme klang hilflos bei diesen Worten.

Alice sah ihnen nach. Sie fühlte sich dumm, klein und ausgeschlossen. Am liebsten hätte sie Kim für ihre Kaltschnäuzigkeit geohrfeigt, doch nun ging es um Cressida. Also ging sie Schaufel und Besen holen, um im Badezimmer die Scherben zusammenzukehren. Dann wischte sie die Kacheln an Wand und Boden ab und machte sich noch mit Teppichreiniger über die Treppe her, wo ebenfalls Blutflecken zu sehen waren. Plötzlich merkte sie, dass sie zitterte.

Alice sank auf eine Stufe und vergrub ihr Gesicht in den Händen. Wie hatte Cressida sich *so* schneiden können, sich *so* verletzten können? Die ganze Sache musste einfach dumm gelaufen sein, entschied Alice. Dann stand sie auf, arbeitete weiter und stellte schließlich die Bruchstücke des kleinen Schrankes neben die Mülltonnen draußen vor dem Haus. Anschließend ging sie nach oben, um selber vor dem *Clothworker Center* noch einmal zu duschen.

Jem musste bereits gegangen sein, denn im ganzen Haus war es plötzlich still.

Kim hatte ihre Zimmertür geschlossen – was Alice ganz recht war. Doch Cressidas Tür war nur angelehnt. Alice schob sie sachte auf. Ihre Freundin lag im Bett und schlief, aber ihr Atem kam und ging flach. Beide Hände und Handgelenke waren nun verbunden, und ihre Augenlider flatterten, als habe sie unruhige Träume. Es sah schlimm aus: als hätte Cressida einen Selbstmordversuch unternommen. Hatte Kim ihr eine Schlaftablette gegeben? Vielleicht. So sehr ihr Kim auch auf die Nerven gehen konnte, so gut war es doch, sie in dieser Situation im Haus gehabt zu haben. Alice selbst wusste kaum, wie man ein Pflaster aufklebte!

Sie schloss Cressidas Tür, so leise es ging. Nach dem frohen, leichten Beginn des Tages hatte sie nun einen Knoten in sich, dort irgendwo zwischen Brust und Kehle, der ihr das Schlucken und Atmen schwer machte. Hauptsache, Cressida erholte sich von ihrem Schrecken.

Alice holte sich ihren Mantel und setzte sich gegen den Wind ihren kleinen Glencheck Borsalino auf den Kopf. An seiner Krempe glitzerte nun die Brosche, die Ned ihr auf dem Portobello Markt geschenkt hatte. In das *Clothworker Center* musste sie heute auf jeden Fall allein gehen! Das kam ihr aber gar nicht so ungelegen, es gab so vieles, über das sie nachdenken wollte! Und sicher war auch einer von den anderen SAF-Studenten dort – Lin, Selim oder eben Blanka. Auch wenn sie mit der bestimmt keinen Kaffee trinken gehen würde!

ALLEIN ZU ZWEIT

Alice richtete sich von den Kartons auf, die sie gerade auspackte, streckte sich durch und sah dann auf ihre Uhr. Wie die Zeit verflog! Vom Sortieren der Kleider schmerzten ihr langsam alle Glieder. Außerdem war die Halle riesig und sie hatte sie an diesem Tag bestimmt hundertmal durchquert!

Um kurz vor elf war sie endlich im Center gewesen, wo Blanka, Lin und Selim schon an ihren Kleidern arbeiteten. Es war eine langsame, schweigsame und gründliche Tätigkeit. Alice mochte die Konzentration, die für die Handarbeit nötig war, und die Ruhe, die dabei ihren Geist erfüllte. In der Halle warteten in langen Reihen riesige, zweistöckige Schränke darauf, gefüllt zu werden. Kleider, die aus ihren Hüllen befreit und auf jeden Faden und jede Fluse untersucht worden waren, ehe sie an Bügeln und Puppen aufgedampft und dann fotografiert wurden. Dafür war am Ende der Halle ein Studio eingerichtet worden. Eine große weiße Rolle hing von der Decke und die Lichter überließen nichts dem Zufall, weder Farbe noch Schatten auf den Modellen. Der junge Fotograf arbeitete ohne Unterlass und ließ sich am Nachmittag sogar sein Sandwich von

Lin und Selim mitbringen. Für eine Pause blieb einfach keine Zeit. »Schlafen«, grinste er, ehe er in seinen Lunch biss, »kann ich auch, wenn ich tot bin! So ist London.«

Mittlerweile war es Abend geworden: Die Kuratoren und die meisten Helfer waren bereits gegangen, und draußen vermutete Alice komplette Dunkelheit, soweit die Milchglasscheiben des Centers diesen Schluss zuließen. Zumindest schneite es nicht! Ein Lächeln stahl sich auf ihr Gesicht bei dem Gedanken an Ned. Was machte er wohl gerade? Er hatte sich seit dem Morgen nicht gemeldet.

Alice ließ gerade einen Abend-Mantel von *Schiaparelli* aus den 50er-Jahren in eine der weißen Hüllen gleiten. Sie kniete dabei auf dem Boden, um die pink-roten Stoffmassen des Mantels zu bändigen, als Selim seinen Kopf in den Gang steckte. Auch er wirkte geschafft. Seine dunklen Augen mit den tiefen Schatten darunter erinnerten Alice an Knöpfe, die man einem Teddy ins Gesicht genäht hatte.

»Hi, Alice«, sagte er freundlich wie immer. »Wir gehen jetzt was Kleines essen und vielleicht danach noch in Soho aus. Kommst du mit?«, fragte er.

Alice setzte sich auf. Sie sah auf den Stapel Kleider, der nach dem Mantel noch auf sie wartete. Er quoll aus der Kiste, deren Inhalt sie noch gar nicht vollkommen erforscht hatte. Erst wollte sie nachgeben und mitkommen, schließlich hatte sie noch wochenlang Zeit, um an den Modellen zu arbeiten.

Da sah sie es.

Ein paar schwarze Paillettenstränge hingen zwischen den anderen Modellen hervor. Was war das denn? Die waren ihr zuvor noch gar nicht aufgefallen. Alice konnte ihrem stumpfen Glanz nicht widerstehen. Wozu gehörten sie? Einer Tasche? Einem zweiten Abendmantel?

»Warte mal, Selim«, sagte sie rasch. Sie robbte zu der Kiste und folgte den Strängen mit den Fingern. Alice bekam Seide und Chiffon zu fassen. Dann zog sie sacht daran. Ihr Herz schlug plötzlich schneller. Sie hob die anderen Kleider hoch, damit sich die losen Stränge nicht irgendwo verhakten und rissen. Der Stoff glitt aus der Kiste und ein Kleid lag beinahe gewichtslos in ihrer Hand, kühl und schwarz.

»Alice?«, fragte Selim.

Sie fuhr herum. Die Entscheidung fiel ihr plötzlich sehr leicht. »Heute nicht, Selim, aber danke. Ich arbeite lieber noch weiter.«

Sie hatte das verrückte Gefühl, das Kleid verstecken zu müssen, als sei es ein Schatz oder ein Geheimnis. Als Selims Schritte verklungen waren, hielt sie es hoch. Wo war oben, wo war unten? Alice fand Träger und rappelte sich auf. Das Kleid entrollte sich matt schimmernd im Neonlicht der Oberlampen. Es war wunderschön, der komplette Gegensatz zu dem pompösen Mantel, den sie gerade geordnet hatte: *understated*, von stiller und selbstsicherer Eleganz. Eine Frau, die dieses Kleid trug, musste nicht darum bitten, angesehen zu werden.

Alice konnte erkennen, dass es im Bias geschnitten war, um sich dem Körper der Trägerin genau anzupassen. Jeder Stich war von Hand genäht und doch genauso lang wie der andere – diese Präzision! Schmale Träger hielten es über der Schulter und der Ausschnitt fiel wie ein Wasserfall. Seidenchiffon auf Crêpe de Chine, über und über bestickt mit schwarzen Jetperlen und stumpfen Pailletten – und vor allen Dingen vollkommen beschmutzt und zerfetzt. Durch die Mitte vorn zog sich ein langer Riss. Wie hatte ein so schönes Kleid so beschädigt werden können? Es sah aus, als sei die Trägerin in einen Ringkampf verwickelt gewesen.

Alice suchte nach dem Etikett. Da hing es ja, nur noch an drei oder vier Fäden, umgedreht und ebenfalls verschmutzt. *Hatton Couture*. Alices Kehle entrang sich ein Geräusch. Es klang wie Schluckauf. Sie legte sich erschrocken die Hand vor den Mund.

Dann ging sie langsam wieder in die Knie, das Kleid noch immer in ihren Händen. Ein echtes *Hatton*-Kleid! Ehe Alice wusste, was sie tat, presste sie es an ihre Brust. *Sie* hatte es entdeckt. Ihr Herz schlug zum Zerspringen: *Sie* konnte es auch wieder so schön machen, wie es einmal gewesen war. Alice leckte sich die trockenen Lippen und war beinahe versucht, am Stoff zu riechen oder ihr Gesicht darin zu vergraben. Ihr Herz schlug nun hart. War es denn zu fassen? Dies musste ein Wink des Schicksals sein: ihr persönliches *Hatton*-Modell, mit dessen Hilfe sie allen zeigen konnte, was sie draufhatte! Wie konnte sie sich besser für das Stipendium des Hauses qualifizieren als mit der Arbeit an *diesem* Kleid? Ihre Note in *History of Dress* war damit gesichert, da konnte Leslie Withers noch so mürrisch sein. Zudem: Sie konnte sich nichts Schöneres vorstellen, als an dem Kleid zu arbeiten, ganz für sich, in ihr Werk versunken, und es unter ihren Händen neu erstehen zu lassen.

Sie schob die anderen Kleider um sich weg, eines nach dem anderen. Mäntel, Negligés, Abendroben und Kostüme einer Zeit, die sich nach Krieg und Knappheit wieder voll Lust in das Leben warf und die Weiblichkeit mit Farben und Formen feierte.

Dann legte sie das Kleid flach vor sich auf den Boden. Alice hielt den Atem an. Es bestand vielleicht gerade mal aus zwei, drei Metern Stoff, doch es forderte ihre Aufmerksamkeit vollkommen: dunkel schimmernd, gleitend, voller Geheimnisse. War es von Henrietta Hatton selber zugeschnitten worden?

Die Designerin war bis zuletzt in ihre Arbeit involviert gewesen. Alice überlegte kurz. Der Zeit seiner Herstellung nach musste dieses Kleid einer ihrer ersten Entwürfe gewesen sein. Zwischen all den aufgeplusterten, sensationellen Roben der 50er-Jahre war ein Kleid wie dieses ein leises Flüstern gegenüber einer geschmetterten Arie. Wie mutig von Henrietta, das *so* und nicht anders zu machen!

Alice hielt den Atem an und strich über den Stoff. Sie erwartete ein weiches Gleiten, doch sie spürte Widerstand. Alice nahm das Kleid wieder auf, vorsichtig, um ihm nicht noch mehr Schaden zuzufügen. Sie zog die Lupe aus der Kitteltasche und besah sich den Stoff genau. Wie konnte man mit einem solchen Stück so umgehen? Sie versuchte, das Kleid wieder anzuheben, um es besser beurteilen zu können, doch alles fiel nun durcheinander, Träger, Saum, Applikationen. Es war sinnlos.

Einen Augenblick lang horchte sie in die Stille. Ihr Herz schlug zum Zerspringen.

Dann stand ihre Entscheidung fest.

Sie packte alle anderen Kleider in der Eile, so sorgfältig es ging, zurück in ihre Kartons – sie konnten warten, bis Alice wieder Zeit für sie hatte! Dann legte sie sich das schwarze *Hatton*-Kleid über den Arm und ging zum Lift, der hoch in Gemmas Reich führte: das Studio, wo alle Kleider restauriert wurden. Das Studio lag dunkel und still da. Wie aufregend, das ganze Haus so für sich zu haben! Nun war sie auch ein *Keeper* – die Hüterin eines Schatzes.

Als sie den Lift rief, klingelte in einem Gang hinter ihr plötzlich ein Mobiltelefon. Alice zuckte zusammen. War sie doch nicht allein? Sicher, das Kleid dort hochzunehmen, war nicht verboten, aber gewiss auch nicht ausdrücklich erlaubt!

Eigentlich hatte sie mit Sue vereinbart, ihr ein Kleid, an dem sie möglicherweise selbst arbeiten konnte, erst zu zeigen. Sie bekam Gänsehaut, aber war trotzdem fest entschlossen.

Das Telefon klingelte zehnmal, dann verstummte es. Sicher hatte nur jemand sein Handy vergessen und würde es morgen abholen. Der Lift kam und Alice fuhr nach oben ins Studio.

Die Neonlampen flammten auf, als Alice den Raum betrat. Ihre Finger zitterten, als sie das Kleid vorsichtig auf einen der langen weißen Tische mit den großen Saugern und Lupen darüber ablegte. Die Stille füllte ihre Ohren. Dann, mit einem Mal, vibrierte ihr eigenes Handy. Alice zuckte vor Schreck zusammen. *1 Nachricht Ned*, sagte ihr die Anzeige. Sie ließ eine Hand auf dem Kleid liegen, als könne es sich in Luft auflösen, einfach so, als sie die SMS aufrief.

Bist du heute Morgen gut nach Hause gekommen? Wo bist du jetzt? Ich denke immerzu an dich …

Danke gleichfalls☺, textete Alice zurück. Sie beruhigte sich etwas. *Ich bin im Clothworker Center & habe gerade das schönste Kleid der Welt gefunden. Ein Traum!*

Das heißt, ich kann dich heute Abend nicht sehen?

Ich glaube, es wird spät werden. Und morgen habe ich den ganzen Tag Kurse an der SAF. Ich muss den Schnitt für mein Modell fertigstellen.

So schnell wirst du mich dieses Mal nicht los ☺. Und wenn ich zu dir komme? Ich bringe auch Sandwiches mit …

Nur, wenn du die Sandwiches nicht selber machst. Kochen ist nicht deine Stärke. Du weißt doch, wer Fremde ins Center lässt, fliegt. Das will ich nicht riskieren.

Bitte, Alice. Wenn ich dich nicht sehe, sterbe ich, hier und jetzt. BITTE.

Sie musste lächeln. Seine Übertreibung schmeichelte ihr.

Was, wenn wir erwischt werden?

Prickelnde Frage … Kann das wirklich passieren?

Sie überlegte. Die Verlockung, ihren Fund und ihre Freude mit ihm zu teilen, war zu groß.

Hm. Nein. Alle anderen sind schon längst weg. Ich möchte dir das Kleid auch so gerne zeigen! Wann kannst du hier sein?

In einer halben Stunde. Ich schwinge mich aufs Rad & schreibe dir, wenn ich draußen bin, ja? Dann kannst du mir alles zeigen …

Eine halbe Stunde später stand Ned wirklich vor den hohen Toren des *Clothworker Centers*. Ein eisiger Wind pfiff, als Alice ihre Karte auf den Leser legte und die doppelte Glastür sich für Ned öffnete. Komisch, gerade weil seine Anwesenheit hier verboten war, machte sie ihr umso mehr Freude. Alice flog ihm geradezu entgegen und er fing sie in einem Wirbel von kalter Luft und heißer Freude auf.

»Ist es das?«, fragte Ned leise. Er blickte auf den langen Tisch, auf dem Alice das Kleid so glatt wie möglich hingelegt hatte: erst den kleinen Hänger aus Crêpe de Chine, dann die feine, fließende Lage aus Chiffon darüber. Pailletten, Jet und Perlen lagen noch in Haufen und Strängen daneben. Sie waren momentan nicht so wichtig! Nun ging es um die Struktur des Kleides, sein Skelett, auf das sie später Fleisch packen konnte. Später, wenn Gemma und die andere Restaurateurin es ihr nur erlaubten! Heute Nacht könnte sie nichts mehr daran machen, aber hier oben konnte sie den Schaden und auch ihre Möglichkeiten besser beurteilen als in dem Chaos des Centers unten.

Ehe Alice antworten konnte, sagte Ned wie zu sich selbst: »Das ist das Kleid …«

»Wie meinst du das?«, fragte Alice verwirrt und sah ihn an. Das kalte Licht der Neonlampen saugte ihm die Farbe aus dem Gesicht. Er stützte sich auf die Tischplatte und wirkte, als müsse er sich setzen.

»Ned. Ist alles in Ordnung? Du siehst ganz fertig aus.«

Er fuhr sich rasch über seine Stirn und legte dann die Finger auf die Augen, ehe er aufsah. »Nur ein Schwindel«, sagte er leise. »Ich habe heute nicht sehr viel gegessen und bin wohl zu schnell geradelt.«

Er hob die Hand und ließ seine Finger über dem Kleid schweben. Alice aber griff sanft nach ihm und schüttelte den Kopf.

»Nicht anfassen, Ned. Du hast keine Handschuhe an. Das ist die strikte Anweisung der Kuratorin: Niemand fasst *irgendein* Kleid *jemals* ohne Handschuhe an. Und wenigstens daran muss ich mich halten, wenn ich dich schon einschmuggle.« Sie ging rasch auf die Zehenspitzen und küsste ihn auf die Wange.

»Ich will es gar nicht anfassen …«, murmelte er. Sein Blick ließ das Kleid nicht los. Es lag dort, als schliefe es nur und erwachte gleich, bereit zu leben, zu atmen, zu feiern.

Alice sah ihn erstaunt an.

»Ist wirklich alles in Ordnung mit dir, Ned? Ich hoffe so sehr, dass ich an dem Kleid arbeiten kann. Ich wollte es mir hier oben nur in Ruhe ansehen. Eigentlich darf ich das allein ebenso wenig, wie dich hier zu haben.«

Sie fasste seine Hand und seine Finger schlossen sich um die ihren.

»Es sieht aus wie eine Schlange«, sagte er mit einem Mal.

»Wie bitte?«, fragte Alice erstaunt.

»Das Kleid. Es erinnert mich an eine Schlange. Diese stumpfen Pailletten …«

»Was du alles weißt! Mein Vater und Bruder könnten im Leben nicht zwischen stumpfen und glänzenden Pailletten unterscheiden.« Dann sah sie das Kleid wieder an. Eine Schlange? So hatte sie es noch nicht betrachtet. Nein, das war zu böse ausgedrückt. »Mich erinnert es eher an einen See bei Mondschein. Dieser kühle Glanz …«

»Ja. Vielleicht ist es das. Ein See bei Mondschein«, murmelte Ned. Er legte seinen Arm um ihre Schultern, doch er hielt sich eher an ihr fest, als dass er sie umarmte.

Alice fühlte sich unwohl. Lag es an Neds blassem Gesicht oder an der Tatsache, dass sie gar nicht allein hier sein durfte? Wenn Sue das erfuhr, flog sie vom Projekt. Wenn Leslie es dann von Sue erfuhr, konnte sie das *Hatton*-Stipendium vergessen.

»Lass uns gehen, Ned«, murmelte sie. »Ich bin müde und hungrig. Du vielleicht auch. Es war ein langer Tag!«

Dabei hatte sie ihm von Cressidas Unfall am Morgen noch gar nichts erzählt!

Er lehnte seine Stirn an ihre, seine Augen geschlossen. Wenn möglich, schien er noch blasser als zuvor. Sie strich ihm durch die Locken und küsste ihn, zart, immer wieder, als seien ihre Lippen die Flügel eines Schmetterlings. Er fasste sich und blinzelte in die hellen Lampen.

»Ja, lass uns gehen, Alice«, sagte er nun auch. »Nimm du das Kleid. Bei dir ist es in besten Händen. Ich mache die Lichter aus, ja?«

Sie nahmen den Lift hinunter in die Halle. Er sah sich staunend in ihrer Weite um.

»Hier also verbringst du deinen Sonntag und deine Abenden … Das ist mein Konkurrent um deine Zeit?«

Sie lächelte. Ned schaffte es immer wieder, dass sie sich

besonders fühlte. »Ja. Und es gefällt mir. Du findest das wahrscheinlich erstaunlich.«

»Nein. Ich finde es gut, dass du für etwas brennst. In der Welt gibt es viel zu viele So-lala-Menschen, die eben einfach machen, was jemand anders ihnen sagt, und die nie eine Leidenschaft entwickeln.«

Sie lächelte zu ihm hoch. Er sah nun etwas besser aus, sein Gesicht nicht mehr so blass, sein Ausdruck nicht mehr so abwesend. Er war wieder ihr Ned, hier bei ihr.

»Hier ist mein Gang«, sagte sie. »Lass mich nur das Kleid verpacken.«

Von dort drang noch Licht in den dunklen Korridor.

Mit einem Mal hörte sie Schritte aus dem nächsten Gang, der im Dunkeln lag. Alice blieb stehen: Wer war da?! Es war zu spät, um Ned schnell einen Sprung in einen der dunklen Gänge machen zu lassen! Panik stieg in ihr hoch.

Da trat Blanka auf den Gang.

Ihr weißes Haar und der farblose Teint wirkten fahl im Halbdunkel – wie ein weiße, dicke Motte, dachte Alice. Das grelle Grün ihres langärmligen Paillettentops, das sie zu einem bodenlangen Tweedrock trug, verstärkte den Eindruck noch.

Alice wurde der Mund trocken. Von allen Menschen, die dort hätten sein können, liefen sie ausgerechnet Blanka in die Arme! Was, um Himmels willen, tat sie noch hier? Selim, Lin und sie waren doch zum Essen nach Soho gegangen.

Blanka beantwortete Alice ihre stumme Frage, indem sie ihr Handy hob. »Ich hatte mein Telefon vergessen. So was Dummes. Da musste ich extra zurückkommen. Hierher, wo du noch allein arbeiten wolltest.« Sie musterte Ned und leckte sich kurz die Lippen – oder die Lefzen, dachte Alice plötzlich erschöpft.

»Wer ist das?«, fragte Blanka. »Ich habe ihn weder an der SAF noch hier gesehen …«

»Das ist Ned«, sagte Alice leise.

»Ich wusste gar nicht, dass jemand namens Ned auch an dem Projekt arbeitet«, sagte Blanka und ließ Ned nicht aus den Augen.

»Ned ist ein Freund …«, sagte Alice schwach. »Mein Freund.«

»Ja. Ihr *Freund*«, sagte Ned und zog Alice an sich heran.

»Ach. Das ging ja schnell. Gerade angekommen und schon verbandelt.« Blanka spitzte die Lippen. »Ned, hast du deinen Pass für das *Clothworker Center* dabei? Kannst du ihn mir zeigen?«

»Ich wüsste nicht, was dich das angeht«, sagte Ned kühl. »Wer immer du bist. Leitest du vielleicht den Geheimdienst?«

»Ich bin Blanka. Und ich habe ein Recht, hier zu sein. Ganz im Gegensatz zu dir. Aber das muss Alice wohl auf ihre Kappe nehmen«, sagte Blanka leise. Ihr Gesicht hatte einen genüsslichen Ausdruck. »Wenn das jemand erfährt, ist es aus mit der Arbeit hier, Alice. Ganz zu schweigen von dem *Hatton*-Stipendium. Wenn …«

»Allerdings«, krächzte Alice, ballte ihre Hand zur Faust und fasste sich: Sie machte sich vor niemandem klein! Sie ließ sich von niemandem bedrohen oder erpressen. Kämpferisch hob sie das Kinn und wiederholte: »Allerdings. Aber wer würde das schon verraten, außer einer dreckigen kleinen Denunziantin? Petzen ist für mich ein schlimmeres Vergehen, als meinem Freund zu zeigen, woran ich arbeite. Und jetzt müssen wir gehen.«

Blanka sah sie an. »Petzen? Denunzieren? Darum geht es nicht. Du hast gegen eine der wenigen Regeln verstoßen, die

Sue uns gegeben hat. Ansonsten lässt sie uns freie Hand. Du hast ihr vor die Füße gespuckt. Wenn ich Sue und Leslie Bescheid sage, dann petze ich nicht, sondern kämpfe Auge um Auge.«

»Ach ja. Und in welchem Krieg hast du deine Erfahrungen gesammelt?«

Etwas in Blankas Gesicht regte sich. Zum ersten Mal nahm Alice sie als anderen Menschen wahr und nicht nur als die sehr bissige junge Frau, die maskenhafte Schminke trug und mit roboterhafter Perfektion an der SAF arbeitete. Blanka zuckte die Schultern. »Dem Leben selbst. Mein Vater ist auf und davon, als ich fünf war. Meine Mutter hat als Schneiderin gearbeitet, während ich meinen Geschwistern die Windeln gewechselt und das Milchpulver gemischt habe.«

Sie brach ab, wie über sich selber erstaunt oder erschrocken. Alice wollte sich von der Geschichte nicht berühren lassen, dazu war sie viel zu wütend. »Harter Tobak. Kein Wunder, dass du das *Hatton*-Stipendium ebenso brauchst wie ich.«

»Allerdings«, Blanka nickte langsam. »Ich würde dafür alles tun. Vor allen Dingen die Regeln befolgen.«

Alice wurde alles zu viel. Sie wusste, sie hatte keine Chance. »Gut. Dann tu, was du nicht lassen kannst, und verrate mich«, sagte sie leise und kämpfte mit den Tränen. Was für ein Absturz nach dem Hochgefühl von eben! So beherrscht wie möglich sagte sie noch: »Du musst nicht auf uns warten, danke. Ich will noch alle Lichter ausschalten.« Dann ging sie an Blanka vorbei, ohne sie noch eines Blickes zu würdigen. Ned folgte ihr.

Blanka musterte sie schweigend. Im Dämmerlicht des Ganges erinnerten ihre hellblauen Augen Alice an den Husky, der ihrem Nachbarn in Franken gehörte.

Erst im Lift ließ Alice Neds Hand los und musste sich gegen die gläserne Wand lehnen.

»Puh. So ein Mist. So ein verdammter Mist. Das kann auch nur mir passieren«, murmelte sie. Tränen liefen nun über ihre Wangen. »Von allen Leuten, die hier hätten sein können, war es ausgerechnet Blanka! Das war es dann für mich hier. Das *Hatton*-Stipendium kann ich vergessen.«

Ned zog schuldbewusst die Schultern hoch. »Das tut mir so leid, Alice. Ich hätte nicht darauf bestehen sollen zu kommen. Ich wollte einfach wissen, woran du arbeitest …« Er drückte sie fest und nahm dann ihr Gesicht in seine Hände. »Es ist alles meine Schuld.«

Alice schloss die Augen, als er sie küsste. Nein, das wollte sie nicht hören und nicht glauben.

Als sie das *Clothworker Center* verließen und Ned sein Rad neben ihr her zu einem kleinen indischen Lokal in der Nähe schob, sagte er noch einmal: »Es wird schon alles gut gehen. Ich lasse nicht zu, dass du meinetwegen Ärger bekommst, ja?«

Sie schmiegte sich stumm und dankbar an ihn. Wenigstens war sie nicht allein. Dennoch sagte sie: »Ach, Ned. Geschehen ist geschehen. Und wie willst du das denn verhindern?«

Im Bus nach Hause bekam sie eine SMS von Cressida.

Alice, was für ein schreckliches Missgeschick heute Morgen! Mir geht es viel besser, habe lange geschlafen. Wie war es am Center? Bist du noch dort, so spät allein?

Nicht ganz. Ned war vorhin da. Er wollte sehen, woran ich arbeite. ☺

Ned? Wie schön … hast du ihn etwa reingeschmuggelt?! Wow. Du traust dich was!

Alice zitterten die Finger, als sie die Antwort schrieb. Ja, sie hatte sich was getraut – und könnte sich gleichzeitig dafür ohrfeigen. Wenigstens konnte sie ihre Sorgen mit Cressida teilen. Das war schon ein kleiner Trost.

Ja. Aber Blanka hat uns erwischt. Ich habe solche Angst, dass sie mich verrät. Dann kann ich das Stipendium vergessen.

O-M-G! Das wird sie nicht tun. Oder doch?! Und was hat Ned gesagt?

Er war wunderbar, wie immer… wenigstens EIN Trost. Ich glaube, ich verliebe mich so richtig in ihn.

SEUFZ! Ich wünschte, mir würde das mal passieren!!! Du musst mir morgen unbedingt alles erzählen. Ich geh jetzt schlafen, ich glaube, Kim hat mir noch einmal Tabletten verabreicht. Hexe …☺

Schlaf gut, Cressy. Bis morgen. Sollen wir zusammen in die SAF gehen? Leslie will doch unsere Schnitte sehen.

Oh je. Die Stunde der Wahrheit. Gerne. Das sollte niemand allein über sich ergehen lassen. xxx Cressy

Alice steckte ihr Telefon weg. Der Bus 328 schlängelte sich durch die von Licht und Leben erfüllten Straßen Kensingtons. In ihrem Kopf drehte sich alles und ihr war leicht übel. Sie lehnte ihre Stirn gegen die kühle Scheibe und schloss die Augen. London war ein Teil von ihr, sie war ein Teil von London. Nein. Sie wollte nicht gehen. Sie wollte auf keinen Fall aufgeben müssen!

SCHNITTSTELLEN

Du musst mir morgen alles erzählen, hatte Cressida in ihrer SMS geschrieben, doch irgendwie wurde in den folgenden Tagen nichts daraus. Alice bekam Cressida kaum zu Gesicht: Ging sie zum Frühstück runter, war diese gerade fertig und räumte noch rasch und überraschend schweigsam ihr Geschirr in die Spülmaschine. Kim hockte derweil mürrisch am Tisch und blätterte in ihren Büchern, in denen Bilder zeigten, wie genau ein Magen aufgeschnitten wurde. Alice verdarb das noch den letzten Appetit. Ließ Kim das Zeug etwa extra rumliegen? Zuzutrauen war es ihr. Fehlte nur noch eine Broschüre über Hautkrankheiten – nichts vertrieb sie schneller aus der Küche als ein Bild von einem Penis mit Pusteln, das hatte auch Kim schnell kapiert.

Dennoch, es dauerte einige Tage, bis ihr Cressidas Verhalten wirklich auffiel. Gerade weil der Wandel so rasch geschah, erkannte sie ihn nicht gleich. Wenn sie in die SAF kam, dann arbeitete Cressida schweigsam neben Alice her. Nichts schien mehr übrig von ihrer üblichen überschäumenden Kreativität, ihren Ideen und ihren Ratschlägen. An manchen Tagen nahm sie die Sonnenbrille nicht ab und konnte den Morgen damit verbringen, Stecknadeln im Kissen neu zu platzieren oder immer wieder an ihrem Entwurf zu arbeiten, statt schon an dem Schnitt aus Nessel oder der Auswahl der Accessoires zu sitzen.

»Soll ich auf dich warten?«, fragte Alice eines Abends im Klassenzimmer der SAF, als sie sich gerade Mütze und Handschuhe anzog, um durch die Kälte in die Burnaby Street zurückzukehren. Wie dunkel es nun schon am späten Nachmittag war!

Cressida aber schüttelte nur den Kopf. »Nein. Das hat keinen Sinn.«

»Was?«, fragte Alice überrascht. Sie ließ ihr iPhone sinken, auf dem sie sich für die U-Bahn-Fahrt Musik hatte aussuchen wollen. »Warum das denn nicht?«

»Ich habe zu viel zu tun«, murmelte Cressida. Sie saß zusammengesunken im Stuhl, den Rücken gebeugt und die Hände schlaff im Schoß.

»Cressida …« Alice legte ihr die Hand auf den Arm. »Was ist denn los? Seit dem Unfall im Badezimmer erkenne ich dich nicht wieder. So etwas kann doch jedem passieren. Kann ich dir helfen? Hast du noch Schmerzen?« Sie blickte flüchtig auf Cressys Arme, die aus ihrem stahlblauen, kurzärmligen Wolltop fein und sehnig hervorsahen. Alle Wunden waren gut verheilt, auch die Stellen, an denen Cressy Scherben in den Armen gehabt hatte. Alice bekam bei der Erinnerung an den Anblick noch immer Gänsehaut.

»Nein. Ich habe einfach zu viel zu tun«, antwortete Cressy und zuckte mit den Schultern. »Das ist alles. Mach dir bitte keine Sorgen. In diesen stressigen Situationen werde ich zum Einsiedlerkrebs. Das war schon immer so.«

Alice umarmte Cressy kurz – sie konnte nicht anders. »Okay, dann gehe ich schon mal, ja?«

Cressy nickte. »Mach das.«

Alice ging langsam aus der SAF heraus Richtung U-Bahn. Sie dachte weiter über Cressida nach. Klar, jeder hatte mal Launen, aber es war, als hätte der Vorfall im Badezimmer ihr einen profunden Schock verpasst. Seit dem Tag hatte sich etwas wie ein Schleier über Cressida gelegt, er schob sich zwischen sie und die Welt, dunkel und trennend. Aber weshalb? Jeder konnte doch so einen dummen Unfall haben! Belastete sie vielleicht etwas anderes? Hatte sie sich wieder mit ihrer Mutter gestritten, wie an dem Abend, als Alice Fetzen des Telefongesprächs aufgeschnappt hatte? Oder hatte sie Liebeskummer? Aber Cressida hatte keinen Freund und schien auch an niemandem interessiert zu sein. Sie musste in einem ruhigeren Augenblick mit der Freundin reden, entschied Alice.

Doch zum Reden ergab sich keine Gelegenheit. Nach ihren Stunden im SAF verkroch Cressida sich in ihrem Zimmer.

Eines Abends klopfte Alice kurz vor Mitternacht an und wagte es, die Tür zu öffnen. Cressida saß auf ihrem Bett und beugte sich tief über ihr Tablet. Das schmale Gesicht ihrer Freundin kam Alice im bläulichen Schein des Bildschirms noch schmaler als sonst vor. »Cressy, bist du nicht müde?«, fragte sie zaghaft.

»Schon«, sagte Cressida einsilbig. Sie schien auf ihren Kissen vor Alice zurückzuweichen und legte schützend eine Hand auf den Bildschirm.

»Dann schlaf doch«, sagte Alice leise und wartete die Einladung nicht ab, sondern betrat Cressidas Zimmer. Die aber schüttelte nur störrisch den Kopf.

»Soll ich dir eine heiße Milch mit Honig machen?«, fragte Alice. »Das hat mir als Kind immer beim Einschlafen geholfen.«

»Wir sind aber keine Kinder mehr. Das ist es ja gerade …« Cressida schüttelte erneut den Kopf und ihre Mundwinkel zitterten.

»Was ja auch okay ist. Es kann einem manchmal ganz schön Angst machen, den eigenen Platz in der Welt zu finden. Aber zusammen schaffen wir das.« Alice versuchte, froh zu klingen, doch ihre Worte prallten an Cressida ab. Sie aber war entschlossen, sich nicht abwimmeln zu lassen.

»Darf ich …?« Alice setzte sich zu Cressida aufs Bett und die zog die Beine an. Das iPad lag nun vor ihr auf der Decke, der Bildschirm war gut zu sehen. Alice warf einen Blick darauf und erschrak: Es waren alles Bilder von Verletzungen. Tiefe Schnitte, Kratzer und etwas, das aussah wie Schürfwunden. Ein Mädchen hatte ihren Hals fotografiert, auf dem Würgemale zu sehen waren. Alice drehte es den Magen um. Ihr Blick fiel unwillkürlich auf Cressidas Handgelenke und Arme.

»Cressy. Was schaust du dir da an?«, keuchte Alice. »Das ist doch entsetzlich. Da könnte ich auch nicht schlafen.«

Cressida aber schien ihren Blick nicht von dem iPad und den Bildern lösen zu können. Ihr Gesicht war reglos, als sie Alice kurz ansah. »Das ist doch Wahnsinn«, sagte sie dann. Aber nicht so, als ob sie es wirklich schlimm fände, sondern auf eine abartige, teuflische Weise inspirierend.

»Wie meinst du das?«, fragte Alice vorsichtig.

Cressida sah auf. Der Ausdruck in ihren Augen erinnerte Alice an den Nachmittag, als der Einbrecher in der Burnaby Street gewesen war. »Weil es das einzig Richtige ist. Was sonst willst du mit so etwas Wertlosem tun?«

»Wertlos? Was denn?«, flüsterte Alice. »Wie kannst du das sagen?«

Cressida schüttelte den Kopf. »Es ist alles sinnlos, Alice.«

Alice wurde plötzlich wütend. Hier saß Cressy in ihrem Zimmer, in ihrem eigenen Haus, in Chelsea, London. Sie hatte einen abgedrehten Zwillingsbruder und gute Freunde. Sie studierte in einem sehr schwierigen Studiengang, aber trotzdem: Sie war an einer der besten Kunstschulen der Welt zugelassen!

Alice atmete tief durch und legte der Freundin beide Hände auf die Schulter. »Cressida, jetzt reiß dich mal zusammen. Wir *alle* haben mit vielem zu kämpfen. Aber wir schaffen das. *Du* schaffst das.«

Etwas anderes konnte sie nicht sagen. Sie wusste einfach nicht weiter. Cressidas Blick aber blieb auf dem Bildschirm haften. Alice hätte das hässliche Zeug am liebsten gegen die Wand geworfen, so wie die Prinzessin im Märchen den Frosch. Alles, um die Freundin von diesem bösen Zauber zu befreien.

So aber küsste sie Cressida nur auf die Stirn. Deren Haut war heiß unter ihren Lippen. »Schlaf. Bitte«, flüsterte Alice. Der dunkle Schleier sollte sich endlich wieder heben und die Cressida enthüllen, die sie kannte: leuchtend und lebensfroh.

Und einige Tage später war sie plötzlich wieder da: Cressida kam in die Küche, trug etwas Schminke, bunt zusammengestellte, coole Kleider und machte sich über Kim und ihre unappetitlichen Bilder lustig. »Hast du nicht was mit genauen Abbildungen von Geschlechtskrankheiten? Darauf haben wir alle so richtig Lust. Oder wie wäre es mit einem offenen Raucherbein?«

»Warte auf mich, Alice!«, rief sie nach dem Frühstück und

kam dann keuchend, viel zu spät und mit etwas Zahnpasta auf der Wange angelaufen. »Da bist du ja endlich. Bummel doch nicht so!«, lachte sie und knuffte Alice in die Seite.

Alice lachte mit ihr. Cressida war wieder da und alles war beim Alten. Alles war wieder so, wie Alice es in London kannte und liebte!

NOCH MEHR SCHNITTE

»Ja. Sehr schön. Da sieht man eben, wer das Schneiderhandwerk gelernt hat. Mode zu entwerfen ist harte Arbeit. Niemand fummelt nur stundenlang an Perlmutt-Knöpfen herum«, sagte Leslie und prüfte den Sitz der Papierschnitte, die Blanka über ihre Puppe drapiert hatte. Dann sagte sie zum ersten Mal zu jemandem im *Foundation Course* die magischen Worte: »Du kannst mit dem Zuschneiden aus Nessel beginnen, Blanka. Gut gemacht.«

Nur ein kleines Aufwallen von Röte in ihrem blass geschminkten Gesicht verriet Blankas Aufregung und ihre Gefühle.

Alice biss sich auf die Lippen. Leslie blieb nun neben ihr stehen. So ähnlich mussten sich die Stierläufer von Pamplona fühlen, wenn die Bullen ihnen aus ihren Nüstern den feuchten Atem in den Nacken bliesen. Sie breitete rasch ihre Schnitte aus. Flach auf dem Tisch wirkten sie beeindruckender als an der Puppe steckend.

Leslie beugte sich auch schon darüber. Eine kleine steile Falte erschien zwischen ihren Augenbrauen. Sie spitzte die

Lippen und hob Alices endlich fertiges Design auf. In der Klasse war es totenstill. Alice spürte die Welle der Sympathie, die von den anderen Studenten zu ihr hinschwappte. Sie waren alle Konkurrenten, aber saßen auch im selben Boot: Schließlich hatte Leslie jeden von ihnen im Visier und nahm jeden von ihnen systematisch auseinander. Es konnte jeden erwischen, immer.

»Die weiten Hosenbeine gefallen mir«, sagte Leslie dann. »Ich habe eine Schwäche für *Palazzo-Pants*. Wahrscheinlich habe ich als junges Mädchen zu viel 1001 Nacht gelesen. Einer Frau, die aussieht wie Scheherazade, kann alles gelingen! Und die Jacke hat auch Klasse. Das Cape ist eine gute Idee – es gibt der Trägerin Superhero-Appeal. Eine gelungene Mischung.«

»Danke«, krächzte Alice. Dann räusperte sie sich. »Ich weiß allerdings nicht, wie ich den Kragen lösen soll. Er soll Statur haben, aber doch weich fallen.«

»Eine gute Definition, Alice. Es gefällt mir, dass du beim Entwerfen deinen Kopf einsetzt. Das machen einige Designer viel zu wenig. Alles soll immer aus dem Bauch kommen. Ohne den Kopf stellt der Bauch aber nur eines her, nämlich Scheiße.« Leslie überlegte kurz und fasste das Papier mit all seinen Markierungen. »Der Schnitt ist okay. Ich würde nur das Rund noch mehr ausprägen.«

Leslie legte und drapierte den Schnitt für den Kragen über die Puppe. Unter ihren Fingern schien das Papier weich und nachgiebig, während Alice es steif und widerspenstig fand. Dann tat sie einen Schritt zurück und sagte zufrieden: »Da. Das ist es. Siehst du den Unterschied?«

Alice nickte. Allerdings sah sie den Unterschied! Leslie blickte sie kurz, aber nicht unfreundlich an: »*Pick your fights*.

Das ist wichtig beim Entwerfen. Natürlich muss im Endeffekt *alles* stimmen, aber dieser Kragen fängt, neben den weiten Hosenbeinen, doch sofort den Blick ein. Das ist der wesentliche Akzent deiner Arbeit, durch den du deine unverwechselbare Stimme ausdrückst. Und deine Stimme zu finden ist das Schwerste im Studium. Am meisten lernt man durch Fehler… also: Mach dich noch einmal an den Kragen. Dann kannst du auch mit dem Zuschneiden beginnen. Okay? *Well done*.«

»Okay«, sagte Alice und hatte mit einem Mal einen Kloß im Hals. *Well done*! Gut gemacht – sie schwebte auf Wolken! Dies war das erste Mal, dass Leslie Withers sie als vollwertigen Menschen wahrzunehmen schien! Sie blieb noch einen Augenblick lang neben ihr stehen.

»An welches Material hast du für dein endgültiges Modell gedacht, das du vor Weihnachten präsentieren sollst?«

»Für einen Sommeranzug oder ein Kostüm würde ich eher an die Mischgarne denken. Wolle allein ist zu heiß, Seide allein zu glänzend und es kribbelt.« Sie überlegte, sah vom Schnitt zu der Zeichnung und wieder zurück. »Wolle mit Kaschmir und Seide, das ist es.«

Alice hatte bereits begonnen, sich Geld für das Material beiseitezulegen, denn mit mehreren hundert Pfund musste sie für das Material locker rechnen.

»Bingo. Schau dich mal in der Goldhawk Road und dem *Shepherds Bush Market* um. Dort gibt es oft Reste der großen Häuser. Ansonsten findest du alles bei *MacCoulloch & Wallis*. Dort kaufen auch alle Modisten und Bühnenbildner der Stadt ein. Eine endlose Quelle der Inspiration. Sag, dass du an der SAF studierst, dann gibt es Nachlass.«

Leslie brach ab. Sie schien ebenso erstaunt wie Alice über ihren langen, freundlichen Ratschlag und sagte deshalb knapp:

»So, genug geschwatzt. Kein Modell näht sich von selbst. An die Arbeit. Alle!«

Cressida knuffte Alice kurz in die Seite. »Super gemacht, Alice! Sollen wir zusammen shoppen gehen? Ich muss auch das Material für mein Kleid besorgen.«

Alice lächelte ihr erleichtert zu: Es stimmte, geteilte Freude war doppelte Freude! Wie schön es war, Cressida wieder bei sich zu haben, so wie früher – lebhaft und lustig, voller Ideen. »Gerne. Lass uns bald gehen, ja? Ich schlachte dann mein Sparschwein …«, sagte sie ein bisschen wehmütig.

Cressida verzog das Gesicht. »Stimmt. Danach können wir nur noch von Wasser und Brot leben.«

Sie nahm die Arbeit an dem Filz ihrer riesigen »Pillenschachtel« wieder auf und zupfte behutsam an dem Stoff über dem Holzstumpen, bis er so lag, wie sie es wollte. »Du wirst sehen, Alice. Am Ende ist dein Design, wenn es kurz vor Weihnachten fertig ist, das schönste. Leslie hat dich *wahrgenommen*! Etwas anderes zählt momentan nicht.« Dann knüllte sie den Filz, den sie nicht brauchte, zusammen und balancierte ihn auf ihrem Kopf. Sie imitierte eine Kommentatorenstimme: »Auf dem Kopf der Herzogin von Cambridge wurde ein Design der Newcomerin Cressida Campell-Jones gesichtet. Hoffentlich bekommt Kate bei dem Gewicht keine Kopfschmerzen – und Falten!«

Erst musste Alice lachen. Dann schüttelte sie den Kopf. »Ach, was, bester Entwurf. Wenn es je fertig wird. Wer hätte gedacht, dass all das so lange dauert. Allein die Stunden, die ich in der Bibliothek mit Recherche zubringe!«

»Du schaffst das. Wir schaffen das!« Cressida zwinkerte ihr zu, und Alice umarmte sie rasch, ehe sie sich ein frisches Papier suchte, um den Kragen zu überarbeiten.

»Alice? Ich bin es, Mama.«

Alice setzte sich in ihrem Bett auf, das Handy schief am Ohr. Wo war sie? Seitdem ihre Tage sich in einem atemlosen Rhythmus zwischen der SAF, dem *Clothworker Center* und kleinen, viel zu kurzen Augenblicken mit Ned bewegten, hatte sie jedes Gefühl für Zeit und Raum verloren. Sie gähnte. Irgendwann an einem Wochentag, sieben Uhr morgens. Definitiv höchste Zeit zum Aufstehen. Leider!

»Schläfst du etwa noch?«, fragte ihre Mutter blechern durch das Telefon. »Mark und Papa sind schon lange unterwegs. Hier ist es so kalt, dass die ersten Rohre gefroren sind. Die beiden haben jede Menge zu tun!« Das *Und du liegst noch faul im Bett* blieb ungesagt, schwang aber in der Stimme ihrer Mutter mit.

Alice drehte sich vom Bauch auf die Seite, um überhaupt sprechen zu können. Tief Luft holen.

»Bei euch ist ja auch schon eine Stunde später«, sagte sie dann.

»Das ist keine Entschuldigung. Morgenstund hat Gold im Mund …«

Und Handwerk hat goldenen Boden, dachte Alice bitter. Wenn dem so wäre, dann müsste sie sich nicht so für das Stipendium abstrampeln. Dann rügte sie sich selber. Ihr Vater und Mark waren da draußen in der Kälte im Kampf gegen geplatzte Rohre unterwegs, damit sie hier in London studieren konnte!

»Was gibt es denn, Mama?«, fragte sie deshalb versöhnlicher und gähnte wieder.

»Du musst deinen Flug für Weihnachten buchen. Sonst werden die Tickets zu teuer. Wenn es nichts nach Nürnberg gibt, dann flieg nach München. Wir holen dich ab.«

»Okay, mache ich. Danke …«

»Freust du dich denn auf zu Hause?«, fragte ihre Mutter. Wie weit entfernt die Stimme klang!

»Natürlich«, sagte Alice.

»Dann sag Bescheid, wenn du gebucht hast. Tschüss, meine Kleine.«

Alice legte auf und setzte sich in ihrem Bett auf. In ihrem Zimmer war es kalt, denn die Heizung war erstens alt und zweitens teuer. Was ein echter Engländer war, der zog sich lieber noch einen Pulli an, als zu heizen, das hatte sie schon begriffen. Auf ihren nackten Armen bildete sich eine Gänsehaut und sie tauchte wieder unter die Decke.

Freute sie sich auf zu Hause? Alice dachte an ihre Mutter, die in ein paar Wochen anfangen würde, Plätzchen zu backen und das Haus mit einem Meer von Rauschgoldengeln, Girlanden und Kränzen zu überfluten. Außen am Haus würde ihr Vater eine ganze Gruppe in der Dunkelheit leuchtender Nikoläuse aufhängen, die wie Einbrecher an der Fassade hochkletterten. Sie war sich nicht sicher, ob das die Art von Weihnachten war, die sie dieses Jahr wollte. Alice dachte an Neds Haus in Notting Hill, mit seiner modernen Kunst und den Designermöbeln. Wie sah das wohl zur Weihnachtszeit aus? Und die Burnaby Street? Wie passte ihr neues Leben noch zu ihrem alten?

DER HIMMEL ÜBER LONDON

»Weber? Kommen Sie in mein Büro. Sofort, wenn die Stunde hier aus ist.« Die Schwingtür schloss sich hinter Leslie Withers und klappte noch einige Male drohend hin und her. Die Direktorin hatte das Zimmer mit Schwung betreten und war genauso schnell wieder draußen gewesen. Alice brach der Schweiß aus. Was immer das bedeuten konnte: Es war sicher nichts Gutes. Weber! Als ihr Entwurf Leslies Zustimmung gefunden hatte, war sie noch Alice gewesen.

Mr. Thompson sah Alice verwundert an, über deren Hals und Gesicht sich eine tiefe Röte ausbreitete.

»Na, was hast du denn ausgefressen?« Es sollte bestimmt freundlich klingen, aber irgendwie gelang ihm das nicht so richtig.

Alices sah sich um, und ihr Blick fiel auf Blanka, die sie ruhig und unergründlich musterte.

Cressida lehnte sich zu ihr und flüsterte: »Was ist denn los?«

Alice zuckte nur die Schultern. »Ich habe keine Ahnung«, log sie, doch sie warf Blanka einen letzten, düsteren Blick zu.

Cressida zog die Augenbrauen hoch und schaute von einer

zur anderen, doch Blanka senkte nur den Kopf und schnitt weiter ihren Stoff zu. Es war das dritte Modell, das sie aus Nessel arbeitete, und es hatte noch immer nicht Leslies volle Zustimmung erhalten.

»Meinst du, das hängt mit der Sache mit Ned im *Clothworker Center* zusammen?«, flüsterte Cressida. »Kann ich helfen?«

Alice schüttelte rasch den Kopf und schluckte die Tränen herunter. Nein, helfen konnte ihr niemand. Sie hatte sich das selbst eingebrockt.

Sie saß lange im Gang vor Leslie Withers' Büro. Student um Student wurde vor ihr in den Raum gerufen, auch die, die erst lange nach ihr gekommen waren. Alice wagte es nicht, aufzubegehren. Alles hatte seine Zeit. Nun galt es, Demut zu zeigen und einzustecken. In einem gerahmten Poster spiegelte sich ihr Gesicht: blass und im Neonlicht wie ausgespuckt. Ihre Finger verhakten sich und lösten sich wieder in ihrem Schoß, ehe sie sich um den Sitz ihres Stuhls krampften. Von innen drang immer wieder Leslie Withers' sonore Stimme nach außen, unterbrochen von hilflosen Verteidigungen der vielen Studenten.

»Ich verstehe nicht, wie man so viel Recherche betreiben kann, um sie dann nicht zu benutzen …«

»Aber …«

»Kein Aber. Warum dauert nur alles so lange bei Ihnen? Bei Ihnen ist doch Hopfen und Malz verloren!«

»Ich …«

»Genug gesagt. Raus mit Ihnen. Und kommen Sie erst wieder, wenn Sie was Ordentliches zum Vorzeigen haben. Stehlen Sie nicht meine Zeit.«

Die Tür öffnete sich. Der Student floh in Tränen. Außer Alice wartete nun niemand mehr auf Leslie Withers' Zeit und

Aufmerksamkeit. Das Herz rutschte ihr in die Hose, als Leslie knapp sagte: »Komm rein. Das wird schnell erledigt sein. Die unangenehmste Aufgabe des Tages. Und das will in dem Saustall hier was heißen.«

Alice gehorchte. Es war, als sähe sie sich selbst in diesem Moment von außen zu.

»Setz dich.« Leslie drehte ihr wieder den Rücken zu, wie damals, bei ihrem ersten Vorsprechen in diesem Büro. Die Direktorin sah aus dem Fenster in den blanken Himmel über King's Cross, in dem die Vögel im Wind über der Stadt trieben. Ihre dunklen Schwingen erinnerten Alice an Tuschestriche auf Pergament.

»Du weißt, warum du hier bist?«, fragte Leslie unerwartet leise und drehte sich dann zu ihr um. Von ihrem Schreibtisch griff sie ein Blatt Papier, auf dem nur einige Sätze geschrieben standen. Es war keine E-Mail. Es sah eher aus wie ein anonymer Brief.

Alice wurde die Kehle trocken. Sie nickte. Leugnen war eh zwecklos.

Leslie musterte den Brief und schien nachzudenken. »Diese Mitteilung lag gestern Morgen hier auf dem Boden, als ich die Tür aufsperrte. Du sollst, entgegen den ausdrücklichen Anweisungen von Sue Richards, einen Fremden in das Institut mitgenommen haben. Stimmt das?«

Alice nickte hilflos – sie konnte nicht anders, als ehrlich sein. Alles andere hatte ja doch keinen Zweck.

Leslie musterte sie schweigend, das Gesicht in eine Handfläche gelegt. Sie sah plötzlich sehr müde aus.

»Du weißt, dass dort Textilien von ungeheurem Wert lagern?«

Alice nickte wieder. Sie konnte nichts sagen. Ihr war einfach nur miserabel zumute und ihre Stimme schien verschwunden. Es gab sowieso keine Worte, die sie zu ihrer Verteidigung vorbringen konnte. Nur in einer Ecke ihres Magens sammelte sich der dumpfe Groll gegen Blanka. So etwas Feiges, einen anonymen Brief abzugeben! War es das, was sie den direkten Kampf nannte? Hinterlistiger ging es nicht mehr. Sie grub ihre kurz geschnittenen Nägel in ihre Handfläche.

Leslie seufzte und sagte: »Eines will ich gleich klarstellen: Ich halte nichts von Denunzianten. Dass es hier viel Neid gibt, ist klar. Zudem geht es ja nicht nur um eure Note in *History of Dress,* sondern auch um das *Hatton*-Stipendium.«

Alice senkte den Blick. Jetzt nur nicht weinen. Bitte, bitte, sie wollte diese unbegreifliche, riesige Niederlage zumindest mit Würde hinnehmen. Sie nickte kaum merklich.

Leslie atmete tief durch. Sie schien sich nur mit Mühe zu beherrschen.

»Ich bin enttäuscht, Weber. Sue ist stinkwütend. *Wenn ich es schaffe,* haben Sie damals auf mein Angebot, im Center zu arbeiten, geantwortet. Anscheinend haben Sie es aber schon geschafft, sich neben all der Arbeit auch noch einen Kerl anzulachen.«

»Das ist Privatsache«, sagte Alice trotzig. Sie musste sich nicht wegen ihrer Gefühle für Ned rechtfertigen. Schon gar nicht vor ihrer Direktorin.

Leslie schüttelte den Kopf. »Nein. Da täuschst du dich. Jetzt nicht mehr. Im Center steht dein Benehmen für die SAF und damit auch für mich. Ich war selten so wütend und so enttäuscht, Weber. Aber die Sache liegt nicht in meiner Hand. Sue wird heute Nachmittag entscheiden, ob sie dich vom Projekt ausschließt. Dann übernimmt jemand anders deine Kleider.«

Alice fuhr von ihrem Stuhl auf. Sie hatte es zwar erwartet, aber das Urteil ausgesprochen zu hören, schockierte sie dennoch. »Nein! Mein *Hatton*-Kleid – ich wollte es doch restaurieren …«

»*Nein*? Was fällt dir ein? Welches *Hatton*-Kleid überhaupt?«

Alice war entschlossen, sich nicht reizen zu lassen und nicht auszuflippen. Das machte alles nur noch schlimmer! Dennoch, sie kämpfte mit den Tränen, als sie sagte: »Ich habe es dort gefunden, komplett zerfetzt in einer Kiste. Es ist – es ist …«

»Was?«, fragte Leslie Withers leise.

Alice zuckte die Schultern. »Ich finde keine Worte dafür. Es ist wunderschön, aber auch so viel mehr. Es hat Leben. Es atmet. Es hat Geheimnisse …«

Leslie ließ sie reden. Alices Kehle wurde trocken. Sie räusperte sich, dann redete sie weiter.

»Sue und Gemma sagten, dass ich mir eventuell ein eigenes Projekt aussuchen könnte, um daran zu arbeiten. Und dann habe ich dieses Kleid gefunden. Ich kann es gar nicht beschreiben … Leslie, es ist unglaublich!« Alice spürte rote Flecken auf ihren Wangen brennen.

Leslie unterbrach sie knapp. »Wie gesagt, Sue wird es heute Nachmittag entscheiden. Du kannst gehen. Ich sage dir morgen Bescheid.«

Alice wankte mehr aus dem Büro, als dass sie ging. Als sie die Hand an der Klinke hatte, sagte Leslie noch: »Alice?«

»Ja?« Alice hatte kaum mehr die Kraft, sich umzudrehen. Wenigstens war sie nicht mehr *Weber*!

»Ich wünsche dir Glück. Du kannst es brauchen.«

Alice nickte stumm und schloss die Tür hinter sich. Alle Kraft wich aus ihr. Sie ging in die Knie und rang nach Atem.

»Alice«, sagte Cressida leise. Alice sah überrascht auf. Ihre Freundin saß da und wartete auf sie! Ihr kleines, vollkommenes, ovales Gesicht war ganz blass und sie kaute mit ihren spitzen Eckzähnen auf ihren Lippen herum. Was immer geschah, sie war wenigstens nicht allein, verstand Alice. Nun endlich begann sie zu weinen. Hier, so spürte sie, konnte sie sich gehen lassen und dem Druck, der auf ihr lastete, nachgeben. Sie weinte und weinte.

Es dauerte lange, bis sie sich so weit beruhigt hatte, dass Cressida sie zurück nach Hause in die Burnaby Street bringen konnte.

Zu Hause legte Alice sich auf ihr Bett und schloss die Augen. Dann aber griff sie ihr Handy und schrieb an Ned.

Blanka hat mich verpetzt, und es kann sein, dass ich meine Koffer besser gleich packe. Fühle mich so elend wie noch nie in meinem Leben. Gott sei Dank ist die Themse nicht weit …

Die Antwort kam sofort:

Bitte nicht die Themse, Alice. Von überall sonst kann ich dich retten. Ich bin gleich da!

Eine gute halbe Stunde später klopfte es an ihre Tür. Alice wischte sich die Augen, die Nase und öffnete. Davor stand Ned, mit einem Strauß Blumen in der einen Hand und einem heißen Milchkaffee in der anderen. Als Alice ihn küsste, schmeckte sie das Salz ihrer eigenen Tränen auf seinen Lippen. Er hielt sie einen Augenblick lang ganz fest, ehe er sagte: »Trink das und dann erzähl mir alles. So schlimm wird es schon nicht sein.«

Sie beide ließen sich auf Alices Bett sinken, und sie berichtete zwischen ein paar hastigen Schlucken, was passiert war.

Neds Kiefer wurde hart. Sein Blick war eine dunkle Drohung, und sein Zorn so offensichtlich, dass Alice beinahe davor erschrak. Wie konnte er so stark mit ihr fühlen? Es war wunderbar. Wenigstens kam sie sich nicht mehr so allein vor wie zuvor.

»Und du meinst, Blanka hat den anonymen Brief geschrieben?«, fragte er kurz.

Alice musste unter Tränen lachen. »*Hello*, Watson? Dafür muss ich kein Sherlock sein. Wer sonst?«

»Ja, du hast recht.« Ned stand auf. Seine Hände hatte er in seinem Rücken verschränkt, als müsse er sich zur Ruhe zwingen. Er trat zum Fenster und sah nach draußen.

»Ich lasse nicht zu, dass du wegen mir aus diesem Projekt fliegst«, sagte er entschlossen.

»Wie willst du das denn verhindern?« Alices Augen schwammen wieder in Tränen. »Mein Gott, ich sehe bestimmt aus wie ein Panda«, murmelte sie und wischte sich die Wangen.

»Lass das meine Sorge sein. Trink.« Ned lächelte. »Außerdem mag ich Pandas.«

Es war wundervoll, in dieser Lage nicht allein zu sein. Sie trank ihren Kaffee aus. Wenn sie schon Schiffbruch erlitt, dann bitte mit Zucker und Vollmilch als Rettungsboot. Der Kaffee wärmte sie von innen heraus. Als sie ausgetrunken hatte, trat sie zu Ned ans Fenster und umarmte ihn von hinten. Er fasste ihre Hände um seine Brust, als sie sich an seinen Rücken drückte. Gemeinsam sahen sie hinaus in den Himmel über London. Welche Entscheidung über ihre Zukunft würden die nächsten vierundzwanzig Stunden bringen?

Leslie ließ sie dieses Mal nicht warten, als sie am kommenden Morgen gleich um neun bei ihr am Büro erschien. War das ein gutes oder ein schlechtes Zeichen? Alice fühlte sich elend – sie hatte kaum frühstücken können und war froh, dass Cressida bei ihr war.

»Ich lasse dich nicht allein«, hatte sie kampflustig am Frühstückstisch verkündet. »Ich will wissen, was jetzt passiert. Das geht doch nicht, dass ein anonymer Denunziant triumphieren kann!«

»Anonym«, erwiderte Alice sarkastisch und zeichnete Gänsefüßchen in die Luft. Als ob es auch nur einen Zweifel gäbe, wer hinter der Sache steckte. Jetzt saßen sie wieder auf diesen Plastikstühlen in Leslies Büro, während diese an einem Kaffee nippte, der heiß in einer Tasse dampfte, auf der zu lesen stand: *Ich bin der Boss, also halt das Maul.* Am Tassenrand blieb von ihrem Lippenstift eine tiefrote Spur zurück. Sie musterte Cressida streng.

»Campbell-Jones. Ich erinnere mich nicht daran, Sie mit herbestellt zu haben!«

»Ich will bei Alice sein«, sagte Cressida und schob wie ein verwöhntes Kind die Unterlippe nach vorn.

»Das ehrt Sie. Aber *ich* möchte nicht, dass Sie bei Weber sind, bei dem, was ich ihr gleich zu sagen habe.« Leslie zeigte vielsagend auf den Satz auf ihrer Kaffeetasse. »Bitte warten Sie draußen im Gang. Diese Dinge müssen mit großer Diskretion behandelt werden. Es geht schließlich um Ihre Ausbildung.«

Cressida nickte Alice ermutigend zu und drückte ihr die Schulter. Ehe sie die Tür hinter sich zuzog, kreuzte sie noch rasch die Finger, zum Zeichen, dass sie ihr Glück wünschte.

Alice schlang ihre eigenen Finger in einen Knoten. So fühlte es sich also an, auf der Guillotine zu liegen. In einem Moment waren die Dinge auf eine irre, endgültige Art und Weise deutlich, man sah die Welt ganz klar – aber dann fiel das Beil und zack war alles ganz anders. Für immer: Sie konnte einpacken.

Alice würgte die Tränen zurück. Wenigstens wollte sie in Würde gehen.

»Machen wir es kurz und schmerzlos«, sagte Leslie, die mit den Fingern auf dem Schreibtisch trommelte. Ihr Blick war unergründlich. Alice sah Neugierde darin.

»Woher kennst du den Creative Director von *Hatton*?«, fragte Leslie.

Alice setzte sich wie vom Schlag getroffen auf.

»Woher kenne ich – wen?«, stotterte sie.

»Den *Creative Director* von *Hatton*«, wiederholte Leslie ungeduldig, als sei sie begriffsstutzig.

»Den kenne ich überhaupt nicht«, stammelte Alice. »Wäre zwar schön, aber leider nein.«

Sie verstand nicht, worauf Leslie hinauswollte. Diese musterte sie streng. »Wie dem auch sei, er kennt dich. So scheint es zumindest. Denn er hat Sue Richards angerufen und ein gutes Wort für dich eingelegt.«

»Was?«, entfuhr es Alice. Ihre Gedanken galoppierten. Das gab es doch nicht!

Leslie nickte. »Hut ab, Alice. Er hat Sue gebeten, dich nicht nur auf deinem Posten zu behalten, sondern dir auch die Arbeit an dem *Hatton*-Kleid zu gestatten, das du gefunden hast. Angeblich willst du versuchen, es zu restaurieren?«

Alice nickte. Leslies Worte drangen wie durch eine Lage Watte zu ihr. Sie versuchte, aus all dem schlau zu werden, doch es gelang ihr nicht. »Ja. Ich habe eine der Restaurateurinnen oben im Studio gefragt, ob ich einmal helfen könnte.«

Das alles hier war wie ein Traum!

Leslie ließ Alice nicht aus den Augen. »Das ist eine ungeheure Chance, Weber. Jetzt, wo *Hatton* deinen Namen kennt, bist du für das Stipendium in der besten nur möglichen Situation. Ich habe mal in deine Akte geschaut, du scheinst es sehr nötig zu haben …«

Alice nickte.

Leslie sagte leise: »Mach etwas draus. Enttäusch uns nicht.« Ihre Stimme war nicht mitfühlend, sondern eher warnend.

»Nein. Niemals!«, stieß Alice hervor, während Leslie sich schon wieder ihrem Computer zuwandte. An der Tür drehte Alice sich noch einmal um.

»Leslie?«

»Ja?« Sie sah von ihrem Bildschirm auf.

»Danke.«

»Du musst nicht mir danken, sondern deinem Schutzengel. Aber, Alice, ich würde die Intervention von *Hatton* für mich behalten. Sagen wir einfach, dass Sue noch einmal Gnade vor Recht hat ergehen lassen. Unterschätze den Neid, der hier herrscht, nicht.« Sie hielt den anonymen Brief noch einmal warnend hoch, ehe sie ihn zerfetzte und die Schnipsel in den Papierkorb regnen ließ.

Alice nickte. Schutzengel – vielleicht gab es die auch hier, im Himmel über London.

Als sie aus Leslies Büro kam, sprang Cressida auf. Sie hatte mit verknoteten Gliedern auf einem der Stühle gehockt. Ihr Anblick rührte Alice. Cressida war wie ein offenes Buch – man sah ihr sofort an, wenn sie mitlitt.

»Und?«, fragte sie nun aufgeregt.

Alice lachte erleichtert auf und umarmte Cressida. »Noch einmal Glück gehabt! Und mehr als das.« Sie erinnerte sich gerade noch an Leslies Warnung, als sie sagte: »Ich darf bleiben. Und ein Kleid restaurieren!«

»Das ist ja unglaublich«, rief Cressida, ehe sie Alice so fest umarmte, dass dieser beinahe die Luft wegblieb. Glücklich schloss sie die Arme um ihre Freundin. Mit Blanka würde sie bei Gelegenheit ein ordentliches Hühnchen rupfen!

»Das muss gefeiert werden«, entschied Ned, als sie ihn noch vor ihrer nächsten Stunde anrief.

»Ich möchte mal wissen, wie der Creative Director von *Hatton* von mir und dem Kleid erfahren hat! Als ob der nichts Besseres zu tun hätte, als kleinen Studentinnen den Kragen zu retten!«

»Das Leben ist halt voller Wunder, Alice, das sage ich doch ...«

»Allerdings! Wo sollen wir feiern?«

»Kommt alle am Samstag in den *Club 66* und danach bin ich zu einer Vernissage im Chelsea Harbour eingeladen. Das ist ja ganz bei euch in der Nähe. Jem kann also nach der Party gleich nach Hause kriechen.«

»Wessen Vernissage ist es?«

»Ach. Ein Freund aus Internatstagen, der Maler geworden ist. Aber er ist für seine Happenings bekannter als für seine Kunst.«

»Cool, aber ich bin eigentlich viel gespannter darauf, dich endlich mal auf der Bühne zu erleben. Gerade habe ich das Gefühl, dass wir beide es schaffen können. In dieser Stadt ist alles möglich.«

Warmer Stolz durchflutete Alice. Ja, ganz allein in dieser Riesenstadt, in der alle alles wollten.

DUNKELPARTYS

Als Cressida und Alice am *Shepherd's Bush Market* ausstiegen, schlug das bunte Leben dort in einer großen Welle über ihnen zusammen. Alice musste wieder an ihr erstes Abendessen mit Ned denken. London war wirklich wie eine ständige Weltreise, einfach so, ganz ohne Ticket. Der Markt und die Straßen, die zu ihm führten, waren ein Schlag auf alle Sinne: Menschen aller Hautfarben – tief verschleierte Frauen, Trauben von Einkäuferinnen in Saris, junge Mädchen in engen Jeans, die sich gegenseitig kichernd ihre Handys zeigten, alte Marktschreier, Männer in langen arabischen Hemden, die in den Cafés Minztee tranken, oder eine Gruppe polnischer Bauarbeiter in zerfetzten Jeans und schmutzigen T-Shirts, die sich nach der Frühschicht ein dickes englisches Frühstück zu Gemüte führten. Der Lärm von Stimmen, Verkehr, Sirenen, Musik, Gerüche nach Mensch, Schweiß, Gebratenem und Auspuffgasen und so viele Menschen, dass sie beide von ihnen quasi die Marktgassen hinuntergetragen wurden! Alice sah sich fasziniert um: London mit seinen vielen Gesichtern würde nie langweilig werden!

»Wo sollen wir anfangen?«, fragte sie Cressida, die eine kleine Karte hielt. Sie war von einer Studentin des Bachelor-Studienganges angefertigt worden und zeigte die besten Stoff- und Kurzwarenläden hier und auf der Goldhawk Road.

»Fangen wir mit *Sarahs Haberdashery* an. Angeblich haben sie das beste Zeug unter dem Tisch.«

Beide Mädchen kämpften sich durch den Trubel zu der Bude durch, deren Tische unter all den Garnen, Troddeln, Bändern, Ketten, Knöpfen, Litzen und Glitzerapplikationen beinahe zusammenbrach. Alice fühlte sich wieder wie ein kleines Mädchen, das sich bei einem Ausflug mit seinen Großeltern in einem Süßwarenladen aussuchen durfte, was es wollte!

»Wahnsinn. So etwas habe ich noch nie gesehen«, sagte sie.

Alice suchte zwischen den Knöpfen: Hier gab es alles, von Plastik bis Horn, in allen Farben, Formen und Größen! Sie konzentrierte sich auf die Perlmuttknöpfe – an der Jacke ihres Wintersemester-Modells sollte ein einziger, großer Knopf, versetzt an der Taille, zu sehen sein. Cressida begutachtete derweil große Rollen an knallbunten Borten. In viele von ihnen war auch Neonfaden oder Glitzer verwoben.

»Die geben deinem Kleid sicher den notwendigen Jackie-O.-Glamour«, meinte Alice.

»Vielleicht zu viel. Es geht ja um Inspiration, nicht Imitation«, überlegte Cressida. Sie besah sich die Borten in ihrer Hand. »Vielleicht wenn ich dem Ganzen einen Pompon-Effekt gebe? Ich erinnere mich, in der Schule hat uns die alte Schachtel von Handarbeitslehrerin Hunderte von Metern Wolle aufwickeln und dann aufschneiden lassen. Das könnte ich hier vielleicht auch machen.«

»So war das bei uns auch«, lachte Alice. »Ich habe mich

in der Wolle verheddert und dann hat, kurz vor Abgabe des fertigen Pompons, mein Kätzchen dem Ding den Garaus gemacht.«

»Na so was. Lehrpläne sind wohl internationaler, als man denkt«, sagte Cressida. Sie reichte die Borten über den Ladentisch und bezahlte. »Komm, wir gehen weiter. Es gibt drüben in Shepherd's Bush selbst noch jede Menge abzuklappern. *Fabric House* und *Classic Textiles*. Dort werden wir sicher für dich fündig.«

Alice folgte Cressida, nachdem sie einen einzelnen, riesigen Knopf für beinahe zehn Pfund gekauft hatte. Gut, dass ihr Entwurf nur einen solchen Knopf beinhaltete; und kein Wunder, dass schöne Kleider aus edlen Materialien so teuer waren – ihre Handarbeit noch nicht mit eingerechnet!

Drei Stunden später verließen Alice und Cressida das *Classic Textiles*, drei Stockwerke voll Wunder in allen Farben und Qualitäten. Alice trug gute vier Meter des schönsten Stoffes, den sie je gesehen hatte, unter ihrem Arm. Gerade in seiner Schlichtheit fand sie das Material betörend – die Farbe erinnerte sie an nackte, leicht gebräunte Haut oder den ersten Anflug der Morgenröte. Die Mischung aus Seide, Wolle und Kaschmir machte das Paket trotz seiner Menge nicht so schwer, wie es hätte sein können. Cressida dagegen trug nur zwei Meter von Seidenbouclé in zarten Farben, den sie mit Ausschnitten und Applikationen modernisieren wollte.

Alice schulterte ihre Tüte. Sie hatte noch nie so viel Geld für Stoff ausgegeben. Aber schließlich wurde es jetzt ja auch ernst!

»Meinst du, ich habe das Richtige getan? Der Stoff hat fast fünfhundert Pfund gekostet!«, dachte Alice noch einmal laut.

»Wenn das schiefgeht oder ich mich verschneide, habe ich kein Geld mehr für eine zweite Auflage.«

»Natürlich ist es das Richtige. Außerdem geht es hier um deine Semesterabschlussarbeit. Da gibt es kein Richtig oder Falsch. Die Schere müssen wir eben gleich beim ersten Versuch richtig herum halten.«

Die Schere. Alice dachte an das scharfe und so endgültige Geräusch, mit dem das Metall in feinen, teuren Stoff schnitt, und sie bekam eine kleine Gänsehaut.

»Ich habe Hunger, du auch?« fragte Cressida und hängte sich bei ihr ein.

Alice nickte. »Wo wollen wir hin?«

Cressida überlegte. »Auf jeden Fall nicht in einen *Starbucks*, ich liebe die kleinen ursprünglichen Cafés. Die verschwinden seit ein paar Jahren immer mehr aus dieser Gegend.«

Alice sah hinüber zu der riesigen Shopping-Mall. »Du klingst wie Ned, wenn er über Notting Hill spricht. Früher war das da und das dort …!«

Cressida zuckte mit den Schultern. »Und dabei lebe ich auch noch gar nicht so lange hier. Die Stadt verändert sich so schnell. Ganz anders als in Norfolk …«

»Wie ist es dort?«, fragte Alice neugierig.

Cressida schüttelte den Kopf. »Norfolk ist eine ganz besondere Ecke. Wir alle dort sind leicht wahnsinnig.«

»Weshalb das?«

»Zu viel Inzucht«, antwortete Cressida mit todernster Miene. »Früher war Norfolk eine abgelegene Ecke und so heiratete jeder jeden.«

»Quatsch!«, lachte Alice. Dann aber dachte sie daran, was Ned ihr erzählt hatte: Sein Vater sollte nach dem Willen seiner Großeltern Cressys Mutter heiraten.

»Doch! Glaub mir. Es gibt unter den Ärzten dort ein Kürzel: NFN. *Normal für Norfolk*. Alles, was woanders in die Klapsmühle müsste, wird dort noch als gewöhnlich oder akzeptabel gehandelt.«

»Autsch«, sagte Alice und musste doch lachen.

»Du musst zu Besuch kommen. Was machst du Weihnachten?«

Alice war geschmeichelt. Weihnachten verbrachte man doch wirklich nur mit der engsten Familie. Dass Cressida sie so leichtherzig einlud, war wirklich ein Zeichen ihrer wachsenden Freundschaft. Beinahe mit Bedauern antwortete sie: »Weihnachten muss ich heim. Meine Mutter hat mich erst vor ein paar Tagen daran erinnert, ein Ticket zu buchen. Da führt kein Weg dran vorbei.«

Cressida zuckte die Schultern. »Dann ein anderes Mal. Vielleicht wird Ned dich ja auch einladen? Oder uns alle. Er hat entschieden am meisten Platz dafür.« Sie lachte kurz.

»Ach ja, wirklich?«

»Sicher doch. Das musst du doch wissen, oder?«

»Ja. Natürlich«, sagte Alice schlicht. In Wahrheit hatte Ned noch nie darüber gesprochen. Ihr war das Londoner Haus schon groß vorgekommen. Wie sah dann Norfolk aus? Aber wie immer, wenn die Rede auf Ned kam, verschloss sich Alice Cressida gegenüber wie eine Auster. Ned gehörte ihr, die Augenblicke mit ihm gehörten ihr. Sie hängte sich bei Cressida ein, um das Thema zu wechseln.

»Also, Lunch. Was schlägst du dann vor? Ich habe beinahe Lust auf ein zweites Frühstück. Wir sind so früh aufgestanden, um auf den Markt zu gehen.«

Cressida überlegte. »Dann lass uns ins *Hummingbird Café* gehen. Da gibt es vom Honig- und Mandel-Müsli bis zum

Rührei mit Lachs alles. Ned und ich haben da mal nach einem seiner Gigs gefrühstückt.«

Alice schwieg. Plötzlich war sie eifersüchtig auf all die Jahre, die Cressida Ned schon kannte. War er schon immer so gewesen: zärtlich und aufmerksam und trotzdem oft melancholisch und abgewandt? Vielleicht. Doch sie wollte sicher kein anderes Mädchen danach fragen. Auch nicht Cressida. Sie würde alles erfahren, wenn es dafür an der Zeit war. Sie hatte es nicht eilig mit Ned. Je mehr Zeit sie sich beide ließen, desto näher kamen sie einander.

Cressida aber schien ihre Gedanken zu wittern. Als sie beide im *Hummingbird Café* saßen, fragte sie beiläufig: »Seid ihr denn jetzt zusammen, Ned und du?«

»Hm, ja.« Alice spürte, dass sie rot wurde, und hob den Blick nicht von der kurzen, von Hand geschriebenen Speisekarte. »Ich denke schon.«

»Du denkst schon? Weißt du es denn nicht?« Cressida sah sie mit kugelrunden blauen Augen erstaunt an.

»Wann weiß man das denn?«

Cressida warf den Kopf in den Nacken und lachte. »Na, so eine dumme Frage. Ich meine, er ruft doch ständig an? Und ihr seht euch doch auch viel?«

»Ja«, gab Alice zu.

»Und habt ihr schon miteinander geschlafen?«

Cressidas Offenheit schockierte Alice, aber sie wollte es sich nicht anmerken lassen.

»Nein«, gestand sie. Ned drängte sie nicht, was ihr gefiel und was jedes Zusammensein mit ihm umso erregender machte. Wenn es geschah, dann würde es eben geschehen …

Cressida aber lehnte sich vor und flüsterte: »Aber du hast

doch überhaupt schon mit jemandem geschlafen, oder? Du bist doch mit deinen achtzehn Jahren keine Jungfrau mehr, oder?«

Alice schwieg und fühlte sich plötzlich wieder wie mit vierzehn, als alle in der Schule ihre ersten Erfahrungen verglichen und sie dagegen nur versucht hatte, die zu langen Arme und Beine zu verstecken und beim Lächeln die Zahnspange zu verbergen.

»Alice!«, rief Cressida aus und schlug die Hände vor dem Mund zusammen. »In deinem Alter! Und mit deinem Aussehen!«

Alice schoss nun noch heißere Röte in den Kopf. »Ja, na und?«, fragte sie gereizt. All das ging ihr zu weit. Sie startete einen Gegenangriff. »Wie war das denn bei dir?«

»Ich weiß das gar nicht mehr«, gab Cressida ganz lässig zu und schob sich ihre riesige Sonnenbrille in die glänzenden blonden Haare.

»Du weißt es gar nicht mehr?« Nun war Alice ehrlich entsetzt, aber Cressida schien das alles wirklich nichts auszumachen. Sie sprach über Sex und Liebe wie über einen Besuch im Zoo oder das Lösen einer Fahrkarte im Bus! Gerade da kam die Kellnerin und beide bestellten. Erst als diese wieder außer Hörweite war, sagte Cressida: »Weißt du, ich bin schon im Alter von acht Jahren auf ein Internat für Mädchen gegangen. Da bleibt sehr wenig geheim und das ist ein Schnellkurs in Sachen Erwachsenwerden. Verdorbenere Weiber als in diesen Schulen gibt es nicht. Schwimm mit oder sauf ab, heißt da die Devise. Nahe bei meiner Schule gab es auch zwei Jungeninternate. Wir sind nachts aus dem Schlafraum und über die Mauern geklettert, um uns mit ihnen im Wald zu treffen und Dunkelpartys zu feiern.« Sie lächelte verschwörerisch.

»Dunkelpartys?« Alice fühlte sich, als hätte sie ein Brett vorm Kopf. »Ist das so etwas wie Flaschendrehen?« Wenn es ein Spiel gab, das sie in ihrer Schulzeit gehasst hatte, dann das!

Cressida grinste. »Hm. Nicht ganz. Das musst du doch kennen. Wenn ihr in Bayern in der Schule auch Pompons macht, dann veranstaltet ihr doch bestimmt auch Dunkelspiele! Zehn, zwanzig Leute auf einer Lichtung, in einer mondlosen Nacht. Der Himmel voller Wolken. Alles ist komplett dunkel. Du siehst nichts, sondern fühlst nur. Das ist der Wahnsinn. Die ultimative Unverbindlichkeit. Keine Gesichter, keine Namen, keine Klagen. Das kann sehr erregend sein. Obwohl ich mich bei meinem ersten Mal angestellt habe wie ein Schaf. Die nächsten Male hat es mir dann Spaß gemacht. Ich habe mir genommen, was ich wollte.«

Alice blieb der Mund offen stehen. Es klang entsetzlich. Für sie waren Liebe und Sex etwas Besonderes. Es war doch ihr *Körper,* den sie hergab. Sie schüttelte den Kopf. »Nein, das kenne ich nicht. Aber es klingt auch nicht so, als ob ich es kennen *möchte*. Also: Nein, ich habe noch nicht mit Ned geschlafen. Aber ja, wir sind zusammen.«

»Auch ohne Sex?«, fragte Cressida lauernd.

»Momentan ja. Was nicht ist, kann ja noch werden …«

»Bei einem Mann wie ihm? Sicher …«, lachte Cressida wieder. »Lass ihn nicht zu lange warten, sonst sieht er sich vielleicht woanders um.«

Alice versuchte, den Kommentar mit einem Lachen abzutun. Die Wendung, die das Gespräch genommen hatte, gefiel ihr gar nicht. Schluss damit!

»Bitte, Cressy. Lass uns über was anderes reden. Was zieht man denn zu einem Poetry Slam und danach auf einer Vernissage an?«

»Du kannst dir was von mir leihen, wenn du willst. Schau nachher einfach in meinen Kleiderschrank. Ich gehe später noch in der Bibliothek vorbei. Aber bediene dich ruhig.«

Alice lächelte sie an. Als ob ihr die Kleider der zarten Cressida passen würden! Trotzdem freute sie sich über das Angebot. Das unbehagliche Gefühl von eben war verflogen.

Cressida hob ihr Glas frisch gepressten Orangensaft. »Jetzt lass uns aber erst einmal anstoßen, auf deine Rettung in letzter Sekunde vor Blankas Bosheit.«

»Ja«, antwortete Alice und hob ebenfalls erleichtert das Glas. »Ich habe wohl einen Schutzengel.«

WER SUCHET, DER FINDET

Daheim angekommen, rollte Alice ihren Stoff auf ihrem Bett aus. Die Farbe war einfach wunderschön – so zart und doch voller Leben. Sie schimmerte und warf Licht und Schatten, je nachdem, wie die Falten im Stoff fielen. Ihre Hand glitt darüber, als streichele sie etwas Lebendiges. Fünfhundert Pfund, dachte sie wieder! Nun, das war es wert. Wenn er erst einmal zugeschnitten und geheftet war, wenn er erst einmal an der Puppe Form gewann, sich in den so glamourösen Anzug verwandelte, den sie schneidern wollte, dann hatte sich alles gelohnt. Würde es Leslie gefallen? Ja, sicher. Sie strich noch einmal mit der Hand über den Stoff. Er war weich, aber hatte auch eine gewisse Steifheit, so, wie ungetragene Designer-Kleider im Geschäft sie oft hatten. Alice bekam Gänsehaut auf ihren nackten Armen. So einen Stoff zu verarbeiten, war nicht nur Privileg, sondern auch Verantwortung. Würde sie ihr gerecht werden? Hoffentlich.

Sie blickte auf das fließende Material. Ein hautfarbener Strom mit einem Hauch von Morgensonne. Einfach so, so, so schön! Alice könnte ihn endlos ansehen. Dann faltete sie den Stoff wieder zusammen. Am Montag würde sie ihn mit in die SAF nehmen. Ihr Modell aus Nessel stand. Nun konnte es ernst werden! Ihr erstes Modell. Ihre Note für das Wintersemester. Ihr *Hatton*-Stipendium.

Cressidas Zimmer war erstaunlich aufgeräumt – denn sonst, dachte Alice, war ihre Freundin eher eine natürliche Chaos-Forscherin. Alle Bücher standen im Regal, Stuhl und Bett verschwanden nicht wie sonst unter einem Haufen Kleider, sondern alles schien im Schrank verstaut zu sein. Die Halsketten und Armbänder hingen an einer Lampe an der Wand, und der Boden wirkte tatsächlich so, als hätte er in seinem Leben schon einmal einen Staubsauger gesehen. Hatten sie so etwas in der Burnaby Street überhaupt? Alice war sich nicht sicher.

Was war denn in Cressy gefahren?, dachte Alice. Sie mochte Cressidas Chaos – es stand in einem überraschenden Gegensatz zum äußeren Erscheinungsbild ihrer Freundin, das stets von kühler Perfektion zeugte.

Sie öffnete Cressidas Kleiderschrank. Es geschah eher aus Höflichkeit, um auf das Angebot einzugehen, als aus echter Not, denn in London ging am Abend eigentlich einfach alles, wenn man es nur richtig zusammenstellte. Es gab kein Gesetz – das war das Gesetz. Im Notfall eben schwarz mit coolen Accessoires – ganz Henrietta Hatton! Da hingen sie alle – Cressidas Kleider, sorgfältig in Plastikhüllen und nach Farben geordnet. Es war ein Kleiderschrank, der vollkommen unter Kontrolle und perfekt geordnet war. *Was sonst kann man von Cressy erwarten?,* hatte Jem am ersten Tag ihres Zusammentreffens gefragt. Wieder ein Gegensatz zu der Unordnung, die sonst hier im Zimmer herrschte.

Alice hatte plötzlich den Eindruck, ein Eindringling zu

sein. Cressidas Einladung, sich einfach etwas zu nehmen, schien Lichtjahre her. Außerdem war ja doch alles zu klein, zu schmal. Welche Schuhgröße hatte Cressida eigentlich? Vielleicht fand sie ein abgefahrenes Paar Schuhe, das jedem Outfit sofort Pfeffer gab. Alice ging in die Knie, um am Boden des Schrankes nach den Stilettos und den Stiefeln zu sehen.

Wow, Cressida schlug ganz schön zu für eine Studentin, die dringend das *Hatton*-Stipendium brauchte! Da standen *Louboutins* und *Manolo Blahniks* neben *Espadrillos* und Cowboystiefeln. Es war schön anzusehen. Plötzlich entdeckte Alice eine große Plastiktüte ganz hinten im Schrank. Was war darin? Noch mehr Schuhe? Auf dem dunkelgrünen Plastik stand kein Name.

Sie holte sie hervor und öffnete sie. Braune und blaue Wolle von teils zerlöcherten Pullis mit ausgeleierten Bündchen quoll ihr entgegen. Da waren verkribbelte Faltenröcke, kurze Polohemden, bestimmt an die zehn oder zwölf von ihnen, alle in verschiedenen Größen, Farben und mit verschiedenen Stickereien und Verzierungen. Alice schüttete die Tüte aus. Es waren Schuluniformen, erkannte sie nun. In London sah sie an jedem Morgen die Kinder so zur Schule gehen: Schon die kleinen Jungen trugen Blazer, weiße Hemden und Krawatten, die Mädchen sehr kurze Faltenröcke und Pullover über dem Polohemd, jeweils in den Farben ihrer Schule.

Das hier aber waren viele Uniformen vieler verschiedener Schulen. Wo kamen sie her? Was tat Cressida mit ihnen? Fand sie sie vielleicht in ihrer schlichten Strenge inspirierend? Alice hob einen Rock hoch, um seinen Schnitt zu beurteilen.

C. Campbell-Jones stand auf dem Namensschild eingestickt neben der Materialangabe von 100 % Polyester. Dann nahm sie einen Pullover und las dasselbe, wie auch in allen Hemden und allen anderen Röcken und Oberteilen. Was war das nur? Auf wie viele Schulen konnte man denn gehen? Oder hatte sie obsessiv an Schooldisco-Partys teilgenommen? Plötzlich dachte sie an das, was Cressida ihr am Morgen erzählt hatte – die sogenannten *Dunkelpartys* ihrer Schulzeit.

Sie ließ den Pullover angeekelt fallen. Konnte das stimmen? Wer tat so etwas wirklich? Vielleicht mehr, als sie dachte. Aber was bedeutete so etwas für das Selbstwertgefühl eines jungen Mädchens, wie Cressida es gewesen war – sich so vielen auszuliefern und keinem Einzigen wirklich etwas zu bedeuten?

Alice saß einige Atemzüge stumm auf dem Teppich, um sie herum die Schuluniformen.

»Was machst du da?«, fragte plötzlich jemand scharf. Alice fuhr auf. In der Tür stand Kim, die Arme vor der flachen Brust verschränkt. Sie musterte Alice wie immer: ohne zu lächeln, wie einen Eindringling. Ihre dunklen Augen waren eine einzige Abweisung.

Alice stand langsam auf. So, jetzt. Sie würde nicht nachgeben. Nicht ausweichen. Nicht klein beigeben! Sie hob das Kinn.

»Ich suche mir etwas für heute Abend aus, wenn wir alle zusammen ausgehen. Kommst du auch mit?«

»In den *Club 66*? Ja. Ich komme auch mit. Hast du etwas gefunden?« Kim zeigte mit dem Kinn auf die Tüte. »Cressida ist doch viel kleiner als du.«

»Ich weiß. Aber sie hat darauf bestanden, dass ich mir ihre Sachen ansehe. Ein Oberteil vielleicht oder ein paar Schuhe.«

»Da müsstest du dir aber auch den Zeh abhacken, wie die bösen Schwestern in Aschenputtel, damit du in Cressys Pumps passt«, sagte Kim mit einem abwertenden Blick auf Alices Füße Größe 41.

»Schon okay, meinen Prinzen habe ich ja bereits«, erwiderte die kampfeslustig. »Ich räume es wieder ein.«

Sie wollte sich bücken, doch Kim war schneller als sie. »Allerdings hast du deinen Prinzen schon, Aschenbrödel. Schleichst dich hier ein und dann …« Sie unterbrach sich gerade noch und raffte die Kleider in ihren Armen zusammen.

»Ach! Bist du etwa eifersüchtig?«

Kim schüttelte den Kopf und sah Alice so mitleidig an, als sei bei ihr wirklich Hopfen und Malz verloren. »Quatsch, Männer interessieren mich überhaupt nicht. Ich mag Mädchen. Aber keine wie dich, ehe du dir Hoffnungen machst. An dir stößt man sich ja grün und blau.«

Wow. Plötzlich verstand Alice: Vielleicht war Kim ja unglücklich in Cressida verliebt? Vielleicht war sie deshalb so eifersüchtig auf die enge Freundschaft, die sich zwischen ihnen gebildet hatte? War das der Grund für ihre Ablehnung, seit sie zum ersten Mal die Küche der Burnaby Street betreten hatte? Mit einem Mal tat sie ihr leid, doch das Gefühl löste sich gleich wieder auf.

»Dass dir hier nichts passt, hätte ich dir auch ohne Schnüffeln in Cressys Kleiderschrank sagen können«, meinte Kim nun knapp und wollte die Tüte schon in den Kleiderschrank zurückstellen.

Alice aber griff sie am Ellenbogen. Sie wollte eine Antwort auf ihre Frage. Und zwar jetzt. »Hey. Kim. Was ist das? All diese Schulkostüme. Weißt du was darüber?«

Kim aber riss sich los. »Das sind keine Kostüme. Das sind Uniformen. Von Cressidas Schulen.«

»So viele? Ist denn das normal?«

Kim zuckte mit den Schultern. Wieder diese Überheblichkeit! Alice spürte ihre letzte Selbstbeherrschung schwinden.

»Was ist schon normal? Cressy hat eben mehrere Male gewechselt.« Ihre Stimme klang, als zwinge sie sich ebenfalls, gleichgültig zu bleiben. Mehr schien sie nicht sagen zu wollen. Doch dieses Mal war Alice entschlossen, sie nicht so einfach davonkommen zu lassen.

»Na, ich weiß ja nicht. Kannst du mir denn nicht mehr erzählen?«

»Nein. Es gibt nichts mehr zu erzählen. Und selbst wenn, dann ist Reden Silber und Schweigen Gold.«

Alice erreichte den Siedepunkt. Für alles hatte diese Frau einen unendlich weisen Spruch auf Lager. Kim war wie ein Bauernkalender auf zwei Beinen. Sie fasste ihre Mitbewohnerin am Handgelenk. Ihre Stimme zitterte, als sie sagte: »Zehn verschiedene Schulen zwischen zwölf und achtzehn sind nicht normal, Kim.«

Die riss sich erneut los. »Fass mich nicht an«, fauchte sie.

»Stimmt. Sonst bekomme ich die Krätze«, konterte Alice. »Das hat Cressida auch schon mitbekommen. Merkst du nicht, wie sie sich von dir fernhält? Warum wohl? Wer hat schon Lust, sich ständig bemuttern zu lassen. Big Brother, das ist es, was du bist!«

Kim sah sie stumm an und schüttelte dann den Kopf. »Was bildest du dir eigentlich ein. Kommst hier reingeschneit und machst alles kaputt, was sich andere langsam aufgebaut haben …« Sie brach ab.

Alice wollte einen letzten Versuch der Versöhnung unternehmen. »Herrje, Kim. Was hast du eigentlich gegen mich? Ich tue dir doch nichts. Du hockst auf Cressida, als sei sie ein Schatz und du der Pirat. Niemand nimmt sie dir weg und schon gar nicht ich. Wir studieren zusammen und sind doch ganz andere Freundinnen, als ihr es seid …«

Kim fuhr auf: »Du weißt nichts über Cressida. NICHTS! Wir sind schon zusammen zur Schule gegangen, haben uns dort ein Zimmer geteilt. Wir waren immer zusammen, Tag und Nacht. Niemand kennt sie so wie ich …«

Und dort hatte sich Kim dann in Cressy verliebt, die silbrige, anziehende Cressida! Sie war besessen von Cressy, erkannte Alice plötzlich, und wich ihr deshalb nicht von der Seite. Alice bekam eine Gänsehaut. Am besten ganz ruhig bleiben.

Kim aber packte Alice nun hart am Arm: »Cressida braucht mich. Ich lasse nicht zu, dass sie Schaden nimmt. Sie braucht mich!«

Das ging zu weit. Für wen hielt Kim sich? Und ihre eigene Freundschaft mit Cressida, alles, was sie miteinander teilten, war schlecht für Cressy, oder was meinte sie damit? Plötzlich wurde Alice richtig wütend und wollte nur eines: Cressida schützen, vor falschen Vermutungen, vor falschen Anklagen und vor allem vor Kim, die ganz offensichtlich von Cressida besessen war, in sie verliebt war und sie mit allen Mitteln für sich gewinnen wollte. Dieser Streit hier brachte nichts. Sie hatte verstanden, was lief. Im Stillen konnte sie besser handeln.

»Wie gesagt, Kim. Es passt mir hier nichts«, sagte sie deshalb. »Du kannst ja hier wieder aufräumen. Dann hast du bei Cressy einen Stein im Brett.«

Alice verließ das Zimmer und musste sich im Gang erst einmal gegen die Wand lehnen, um nach Atem zu ringen und sich etwas zu beruhigen. Wenn Kim ihren Heiligenschein polieren wollte, dann konnte sie das ohne ihr Zutun machen. Doch da tauchte Kim plötzlich neben ihr im Türrahmen auf.

»Alice! Bitte, wenn du Cressidas Freundin bist …«, sagte sie mit bebender Stimme.

»Was? Soll ich ein gutes Wort für dich einlegen?« Alice wischte sich den Mund ab, um den bitteren Geschmack darin zu vertreiben. »Du widerst mich an, Kim. Du nimmst einem die Luft zum Atmen. Mir. Und Cressida. Das ist keine Liebe.«

Damit ließ sie Kim stehen: im Gang, stumm und die Tüte mit den alten Schuluniformen noch vor die flache Brust gepresst.

LONDON IM LICHT

Die kleinen bunten Teller mit Sushi drehten sich langsam auf dem Laufband von *Yo Sushi*. Alles sah so köstlich aus, Alice wusste nicht, was sie als Nächstes essen sollte. Sie wollte sich gerade noch einen Teller nehmen, als Jem sich vorlehnte, eine California Roll nahm, davon abbiss, angewidert das Gesicht verzog und den Rest wieder auf den Teller legte. Der wanderte auf dem Band weiter, dem nächsten Kunden entgegen.

»Jem!«, quietschte Cressida. »Was machst du denn da? Wie widerlich!«

»Wie soll ich wissen, ob es mir schmeckt, wenn ich es nicht probiere«, fragte er mit einem unschuldigen Schulterzucken. Alice war sprachlos. Die Geschwister Campbell-Jones, so viel stand fest, waren die beiden liebenswertesten Irren, die sie kannte.

Kims düsteres Gesicht ignorierte sie dagegen. Eifersucht ist die Leidenschaft, die mit Eifer sucht, was Leiden schafft, dachte sie kühl. Hätte Kim nicht daheimbleiben können? Jem wollte sich nun eine Miso-Rolle nehmen, um den Thunfisch daraus auszusaugen, doch Cressida hielt seinen Arm fest.

»Stopp. Genug jetzt. Lass uns gehen«, entschied sie und stand auf. »Sonst werden wir noch rausgeschmissen und bekommen Hausverbot.«

»Ja, Mami«, sagte Jem und sie gingen hinaus in eine eisige Nacht, dem *Club 66* entgegen. Alice sah auf die Uhr. Gleich begann dort der Poetry-Slam-Wettbewerb, an dem Ned teilnahm.

»Du bist wahnsinnig, Jem«, sagte Alice liebevoll, als sie sich den Mantel anzog. Jem begann, an einem mit Raureif überzogenen Laternenpfahl zu lecken.

Kim aber murmelte: »Wenn du mich fragst, ist er noch der Normalste von uns allen.«

Jems Zunge haftete einen Augenblick lang an dem gefrorenen Metall, dann löste sie sich doch. Um sie herum sammelte sich Nebel in der kalten Londoner Nacht.

Ned küsste Alice auf den Mund und umarmte sie, ehe er sagte: »Toll siehst du aus. Viel zu schön für den Laden hier, aber gerade schön genug für mich!«

Sie lachte geschmeichelt – wenn sie sich so umsah, dann war ihr kleines dunkelblaues Kleid mit der Vintage-Kette, der Jeansjacke und den schwarzen Strümpfen genau die richtige Wahl gewesen, trotz der bunten, wilden Mischung im Club. Ned begrüßte nun Cressida und Kim mit Küsschen auf die Wange und Jem mit einer raschen Umarmung. »Was ist mit deiner Zunge passiert?«, fragte er, denn Jem rieb die Zungenspitze zwischen den Fingern.

»Mir ist ein Stück am Laternenpfahl hängen geblieben.«

»Aha. Dann ist es ja gut«, grinste Ned. Bei Jem schien ihn nichts zu überraschen. »Am besten, wir amputieren alles.«

Jem streckte ihm die gefrorene Zunge raus.

»Gleich geht es los«, sagte Ned und fuhr sich durch die Locken. Er trug ein blaues Hemd, das an Kragen und Manschetten schon bessere Tage gesehen hatte, offen über einem T-Shirt. Seine Haut glänzte feucht in der Wärme des Clubs. Im Vorbeigehen grüßten ihn die anderen Musiker, schlugen ihm kurz auf die Schulter oder rempelten ihn freundlich an. Die Luft schwirrte von Musik und von Wortfetzen. Einige Künstler übten noch einmal ihre Texte und alles an ihnen wippte mit: Wimpern, Finger, Füße. Ihre Kunst nahm sie gefangen.

Alice spürte Neds Anspannung und den Druck, seine Texte hier mit all den anderen zu vergleichen. Sie hängte sich kurz bei ihm ein. »Bist du nervös?«, fragte sie leise. Er lehnte seinen Kopf zu ihr herunter, sodass seine Locken über ihr Gesicht streiften. Alice bekam Gänsehaut. Es lag so viel Intimität in dieser kleinen Geste.

»Ein wenig«, murmelte Ned. »Aber das ist gut so. Wenn ich nicht nervös bin, dann mache ich auch keinen guten Job.«

»Stimmt. Mir verknotet es auch vor jedem Treffen mit Leslie den Magen«, gab Alice zu.

Wie immer fand sie es schön, Kunst und Schaffen mit Ned gemeinsam zu haben. Er verstand, dass sie für etwas brannte!

»Sei bei mir so wie ich bei dir«, raunte Ned in ihr Ohr.

Das klang so schön, dass sie nicht wusste, was sie darauf erwidern sollte. Sie nickte und fragte dann mit belegter Stimme: »Wann bist du dran?«

»In ein paar Minuten.« Ned sah im Schein der bunten, tanzenden Lichter blass aus. War er nervös? Er schwieg und sah nun zu den anderen Poetry Slammern, die gerade auf die Bühne sprangen. Es ging los. Ned zog Alice an sich. Sie schmiegte sich an ihn und überließ sich dem Rhythmus der Musik und der Stimmen.

Dann, plötzlich, war Ned an der Reihe. Er ließ sie los und sprang ebenfalls auf die Bühne. Der Scheinwerfer suchte und fand ihn. Seine dunkle Haut zu den dunkelgoldenen Locken. Alices Herzschlag stolperte. Was würde er sagen? Wie es präsentieren? Er griff sich das Mikrofon und es wurde still in dem kleinen Saal. Alices Blut raste in ihren Adern. Sie war mit einem Mal unglaublich stolz auf Ned: Wie er da so stand, wirkte er völlig selbstbewusst. *Ich habe Übung darin, etwas zu sein, was es nicht gibt …* Unsinn. Er war doch, wer er war …

»Mein Text heißt *London im Licht* …«, raunte Ned und seine Stimme machte ihr erneut eine Gänsehaut. Der Beat setzte ein, und er reihte die Worte aneinander, als kämen sie ihm einfach so in den Sinn, einfach so über die Lippen:

»Ich stehe hier im Licht // Mitten in der Stadt // London im Licht // Weshalb siehst du mich denn nicht // Keiner sieht mich // Hier // In der großen Stadt //Schlange, die uns schluckt // Schlange, die sich windet // Die schweigt, nicht spricht // *Carpe Diem*, voll und Völle // Greif es dir, pack doch zu // Leicht gesagt und schwer getan // Wo, wo nur fängt man an // Hier in // London im Licht // Doch was am hellsten ist // Das sieht man gerade nicht …//«

Seine Stimme war tief und voll und er fand den Rhythmus, den Beat und die Musik sofort. Im bunten Licht der Scheinwerfer glänzte seine dunkle Haut nun wie poliertes Mahagoni. Er hatte die Augen geschlossen und eine kleine, intensive Falte formte sich zwischen seinen Augenbrauen. Alices Haut prickelte am ganzen Körper. Sie hatte das Gefühl zu schweben, aber seine Worte hielten sie wie ein Anker am Boden. Sie musste schlucken. Die Menge lauschte ihm, ging mit ihm mit – und Alice wurde fast eifersüchtig. Wie viel er von sich in diesen Texten preisgab!

Neds letzte Worte, der Refrain »Hier in // London im Licht …« vergingen schließlich in einem Flüstern. Die Musik verstummte. Der Saal war still. Alice war sprachlos. Um sie herum brandete Applaus auf. Sie sah sich nach ihren Freunden um und bemerkte Cressida, die ihr aus dem Halbdunkel von einem Tisch nahe der Bühne zuwinkte.

Alice schob sich durch die Menge und setzte sich zu den anderen, wobei sie Kims dunklen, unergründlichen Blick ignorierte. Sie hatte sich nicht getäuscht, als Kim sie bei ihrem ersten Zusammentreffen an eine Schlange erinnert hatte! Bei dem Gedanken wuchs ihre Zuneigung zu Cressida nur noch mehr.

Die legte Alice jetzt den Arm um die Schultern. »War das nicht einfach fabelhaft? Ist er nicht einfach der Beste, unser Ned?«

Alice nickte.

Der Wettbewerb war vorbei. Ned hatte den dritten Platz belegt. In der einen Hand hielt er die Flasche Wodka, die er gewonnen hatte, mit der anderen hatte er Alice umschlungen. Dennoch stützte er sich mehr auf sie, als dass er sie hielt: Laugte ihn das Performen so aus?

Sie liefen Hand in Hand hinter den anderen her, denn vom *Club 66* war es nicht weit bis zum Chelsea Harbour. Vom Club aus führte der Weg vorbei an ehemaligen Werften, die nun in Loft-Wohnungen umgewandelt worden waren. Lichter brannten, doch sie waren so gut wie allein auf der Straße. Ned schwieg, während Cressy, Jem und Kim vor ihnen rumalberten. Alice hielt seine Hand ganz fest. Sie fühlte jetzt schon, was er fühlte. Anders würde es ihr im Sommer, nach dem Lauf ihrer Kollektion bei der Abschluss-Modenschau, auch nicht gehen.

»Wo ist die Vernissage?«, fragte Cressida da gerade und drehte sich im Laufen nach ihnen um. »Hast du die genaue Adresse, Ned?« Sie hüpfte von einem Bein aufs andere. »Ich bin heute richtig in Feierlaune!«

»Irgendwo in der Umgebung vom Hafenbecken, nahe den Hausbooten«, sagte Ned und fischte in seiner Jackentasche nach der Einladung. »Es wird sicher wild. Bei Lees Vernissagen kamen schon in der Schule immer die Bullen. Aber irgendwie findet er trotzdem noch Leute, die ihm ihre Wohnung für seine Vernissagen zur Verfügung stellen. Letztes Mal hat ein Gast mit Harakiri-Schlägen alle Lampen und Glühbirnen zu Bruch geschlagen. Wenigstens seinen PC hat er verschont, sodass die Video-Installation weiterlief. Trotzdem: Das war teuer.«

»Bitte keine leeren Versprechungen«, sagte Jem. »Das wird eine tolle Nacht!«

»KommtKommtKommt!« Cressida hüpfte ihnen voran, ihre blonden Haare wehten wie eine Fahne durch die Nacht. Wie mitreißend sie sein konnte! Da bemerkte Alice, wie auch Kim Cressida beobachtete – versonnen und auch verloren. Plötzlich tat Kim ihr trotz aller Feindseligkeit leid. Alice selbst liebte Ned und ihre Gefühle wurden erwidert. Wie musste es sein, so zu lieben, aber keine Hoffnung zu haben? Klar, sie hatte auch schon umsonst geschwärmt oder mal zwei Tage lang fiesen Herzschmerz gehabt … aber etwas an Kims Ausdruck war – anders. Tief und absolut.

»Worauf wartet ihr noch?«, jubelte Cressida. »Sonst sind die Bullen noch vor uns da!«

Nur Neds Schweigen, seine Art, ihre Hand zu halten, hielten Alice noch zurück. Sie bogen um eine Straßenecke und gelangten an einen Pier der Themse. Über die Brücken rauschte noch abends der Verkehr und die Laternen warfen ihren Schein auf die schwappenden Wellen des Flusses. Das Wasser reichte bis an den oberen Rand der Kaimauer. Auf der gegenüberliegenden Seite des Stromes sah Alice die in Flutlicht getauchten Fassaden internationaler Großbanken, übermäßig luxuriöser Wohnblocks und das Hauptquartier des Geheimdienstes.

Vor ihnen dagegen schunkelten Hausboote, so friedlich und gemütlich, als seien sie auf einem Kanal in der offenen Landschaft unterwegs und nicht an einem der teuersten Piers der Welt. In allen Booten brannten Lichter, doch auf einem spannten sich Ketten von bunten Glühbirnen quer übers Deck. Die Menschen redeten, lachten, lehnten sich mit ihren Champagnergläsern über die Reling und waren Teil eines großen, glamourösen Ganzen. In den kleinen Fenstern waren die Umrisse tanzender Menschen zu sehen und Musik dröhnte in die Nacht. Kein Zweifel, die Vernissage war schon ganz schön weit fortgeschritten.

Ned verlangsamte seinen Schritt. Seine Finger krampften sich um Alices und sein Atem ging flach. Auf seiner Stirn glänzten Schweißperlen.

»Ned?«, fragte sie leise. »Alles klar, Ned?«

»Nein.« Er rang nach Atem. Sie waren dem Hausboot nun nah. So nah, dass sie das Wasser gegen die Mole und den Pier schlagen hörten.

Alice ignorierte die anderen, die den Booten entgegenliefen. Sie fasste Neds Kopf zwischen ihre flachen Hände. Die Intimität der Berührung ließ sie erschauern. »Ned?«, flüsterte sie vorsichtig.

Er schloss die Augen und schüttelte den Kopf. Seine Haut war blass unter dem dunklen Teint, und seine Stimme klang heiser, als er endlich sagte: »Der Fluss. Die Themse. Mir ist der Pier zu nahe am Wasser. Ich wusste nicht, dass die Vernissage auf einem Boot ist …«

»Das haben Piers so an sich«, sagte sie geduldig.

Er aber öffnete die Augen weit. »Alice. Ich habe dir doch gesagt, dass ich – dass ich Angst vor dem Wasser habe. Damals im Park. Hast du das vergessen?«

Alice biss sich auf die Lippen. Ja, das hatte sie vergessen. Es war begraben worden unter all den schönen Erinnerungen, die sie an den Tag dort mit ihm hatte.

Wasser und ich, wir haben ein leicht gespanntes Verhältnis. Ich gehe nicht mal schwimmen und springe eher durch einen Feuerreifen, als ein Boot oder Schiff zu betreten … Plötzlich waren seine Worte wieder bei ihr. Cressida, Kim und Jem waren schon vorangelaufen: Alle drei hatten sich auf Cressidas Geheiß untergehakt und drehten sich wie Kinder im Kreis.

Cressida rief: »Ned! Alice! Wie cool. Die Vernissage ist auf einem Boot! Kommt schnell, bevor der Champagner alle ist.«

Alice aber blieb bei Ned stehen. Ned, der keinen Fuß vor den anderen setzen konnte. Alles andere war nun nicht wichtig: nur er. Sie wollte bei ihm sein, so, wie er bei ihr gewesen war, als sie im *Clothworker Center* Blanka getroffen hatten, und in den Tagen danach, als sie mit dem Rauswurf aus dem Projekt hatte rechnen müssen.

»Ist es wirklich so schlimm?«, flüsterte sie und umfasste nun seine Hände, führte seine Finger an ihren Mund und küsste sie tröstend. »Ich kann das nicht, Alice. Ich kann das nicht«, sagte Ned leise. »Ich will nicht auf das Boot.«

»Mir war nicht klar, wie ernst es dir damit ist«, gab sie zu.

Er versuchte zu lächeln, scheiterte aber. »Es ist absolut ernst. Schon der Gedanke an Wasser, an Schwimmen, an Boote bereitet mir Schweißausbrüche. Diese Träume …«

»Was für Träume, Ned?«

Alice sah zu dem Boot hin. Es schaukelte hell erleuchtet auf den Wellen der Themse, wie ein glänzendes Versprechen einer unvergesslichen Nacht. Stimmen, Musik und Jubel, mehr und mehr davon. An der Rampe, die Cressida, Kim und Jem nun hoch zum Boot liefen, standen Paparazzi. Die Freunde machten ihnen im Eingang des Hausbootes ein letztes Zeichen, ihnen zu folgen. Alice winkte zurück: *Geht schon voran*!

»Ich kann das nicht«, sagte Ned noch einmal. Er schlang seine Arme nun um die ihren, hielt sich an ihr fest, als sei sie eine Boje, als trieben sie wirklich auf hoher See. »Bitte, ich kann einfach nicht …«

»Aber weshalb denn, Ned?«

Er schwieg nur, doch in dem Schweigen lag ungeheure Anstrengung. Alice drehte sich mit ihm zusammen um, sodass sie der Themse und dem Boot den Rücken zuwandten. Die Entscheidung war einfach.

»Lass uns gehen, Ned«, sagte sie schlicht.

MANDARINEN-MOND

Das Haus am Ladbroke Square lag dunkel und ruhig da, als sie aus dem Taxi stiegen. Ned schloss die Tür leise auf und sie beide glitten in das stille, finstere Innere des Hauses.

»Ich fühle mich wie ein Einbrecher«, raunte er, und Alice unterdrückte ein Kichern. »Das ist ein schönes Spiel. Es gibt sicher viel zu entdecken!«

»Fangen wir oben an …«, sagte er und sah sie kurz und forschend an. »Ich meine, wenn du willst.«

Alices Herz flatterte. Dort oben war Neds Zimmer, wusste sie. Wo sie schon oft gewesen war, einfach so. Zum Reden. Zum Küssen. Zum Zusammensein. Aber eben noch nie … so wie jetzt. *Wenn sie wollte.* Sie verstand, was er sagte. Ja, sie wollte, auch wenn sie Angst hatte: Würde sie alles richtig machen? Was, wenn Ned sie so sah und etwas anderes erwartet hatte? Was, wenn … Ihr Herz schlug hart vor Nervosität und plötzlicher Furcht. Doch im selben Augenblick zog alles in ihr zu ihm hin, so wie der Mond Ebbe und Flut aller Weltmeere bestimmte. Mit einem Mal begriff sie: Es gab *kein* Richtig und kein Falsch. Es gab nur sie beide.

Sie legte ihm den Finger auf die vollen Lippen und nach einem kurzen Augenblick des Erstaunens in seinen dunklen Augen küsste er ihre Kuppe sanft. Alice fasste seine Hand und zog ihn die Treppen hoch. Plötzlich fühlte sie sich besser so: Sie konnte ihm zeigen, dass sie ihn wollte! Auf dem obersten Absatz angekommen, küsste er sie sacht und zog sie in den dunklen Gang, der zu seinem Zimmer führte. Alles in Alice pulsierte, vor Scheu, vor Verlangen, vor Zurückhaltung, vor Weiterstreben – was geschah, geschah, weil es geschehen *sollte*, weil sie es *wollte*.

Ned öffnete seine Zimmertür. In der Ecke des Raumes brannte die kleine Tütenlampe, die Alice für ihn auf dem Flohmarkt gekauft hatte. Ihr Licht erreichte kaum die Wände. Sie gab dem Zimmer aber trotzdem einen warmen Schein. Ned schloss die Tür – ein leises Klicken –, dann waren sie allein. So allein, wie sie es zu zweit nur sein konnten. Alice wusste nicht, wie sie ihn ansehen sollte, wie sie sich bewegen sollte – doch Ned fasste ihr Gesicht wieder so sanft wie bei ihrem ersten Kuss am Ladbroke Grove.

»Mir ist da was Dummes passiert, Alice.«

»Was denn?«, fragte sie erstaunt.

»Ich habe mich verliebt. So richtig. Mit allem Drum und Dran.«

Sie lachte plötzlich. Es kam tief aus ihrem Bauch und nahm der Situation alles Schwierige und Furchteinflößende. »Daran kann ich nichts Dummes erkennen.« Ihre Kehle wurde trocken, und sie biss sich noch kurz auf die Lippen, ehe er sie so küsste, dass alles andere unwichtig wurde.

Ned und Alice waren überall, ineinander, umeinander. Alles war neu und bekannt, roh und zart und: Es gehörte nur ihnen.

Dieses Gefühl ihres Beisammenseins nahm Alice den Atem. Neds starker Rücken, über den ihre Kuppen strichen. Wie weich seine Haut war und wie dunkel im Vergleich zu ihrer! Seine Lippen auf ihren Brüsten. Ihre Schenkel zwischen den seinen, seine Schenkel zwischen den ihren. Ned ließ sich so viel Zeit mit ihr wie mit allem. Er war mit nichts in Eile. Nie.

Seine Lippen tasteten sich langsam über ihre Kehle und sie spürte dabei seine Zunge. Alles in ihr siedete hin zu ihrer Mitte, wo Ned nun schwer lag. Schwer ja, aber nicht anders, als sie es wollte. Alles war so, wie es sein sollte.

»Komm«, flüsterte sie rau.

»Langsam«, wisperte Ned zurück und lächelte, während sich in seinen Augen das warme Licht spiegelte.

Als er sich vorsichtig in sie schob, keuchte Alice auf und beugte den Kopf auf dem Kissen nach hinten, die Augen geschlossen, den Atem angehalten. Sie wollte alle Sinne aussperren, um sich ganz auf den Moment zu konzentrieren. Ned bewegte sich langsam und Schauer jagten über Alices Haut.

Sie umschloss ihn, wollte ihn nie wieder gehen lassen. Ihre Schenkel pressten sich eng um seine Hüften, ihre Haut berührte sich überall: Bauch, Brust, Kehle, Lippen. Es gab keinen Platz für die restliche Welt. Sie waren eins geworden, wurden es immer mehr. Ned zog ihre Hüften zu sich hoch, ohne Hast, sich seiner Sache sicher. Alice öffnete sich ihm mehr und seufzte unter der Empfindung auf: Ned kam und ging, wie die Wellen eines warmen Meeres über Sand spülten, und trieb sie langsam, aber sicher mit sich fort, lockte sie mit seinen Bewegungen hinaus in eine Tiefe, wo es kein Rettungsboot mehr gab – sie musste loslassen, vor allen Dingen sich selbst. Alle Gedanken, alles Für und Wider, endete hier und über Alice, unter Alice öffnete sich eine große Unendlichkeit.

Sie spürte, wie sie sich ihr näherte, und als sie sich schließlich mit einem Schrei aufbäumte, fing Ned sie auf und küsste, küsste, küsste sie, bis sie beide still und außer Atem liegen blieben.

Ned hatte das kleine Licht der Tütenlampe nun ausgeschaltet. Sein Arm lag unter Alices Kopf. Die Fensterläden standen offen. Sie sahen beide nach draußen in den Londoner Himmel.

»Mandarinen-Mond«, murmelte Ned noch kurz vor dem Einschlafen. »Findest du nicht?«

LEBEN UND LEBEN LASSEN

Sie standen zusammen vor dem Spiegel: Alice nur in ihrem kleinen Schlüpfer, er in seinen Boxershorts. Sie reichte ihm bis an seine Schulter und fand ihren Körper plötzlich viel zu knochig. Am liebsten wäre sie im Boden versunken. Weshalb hatte Gott ihr keinen größeren Busen geschenkt? *Spiegeleier auf einem Teller*, hatte ein Junge in der Schule mal gesagt. Affe. Dennoch, sie hatte den Kommentar nicht vergessen und wollte sich mit ihren Händen – die sie plötzlich auch zu groß fand – bedecken.

Ned aber schlang seine Arme um ihre Taille. Wieder sah sie das weiche Dunkel seiner Haut gegen die Blässe des Winters auf der ihren.

»Lass. Du bist schön. Und es ist schön, dass ich dich einfach so ansehen kann. Es ist so schön, hier mit dir zu sein.«

»*Du* bist schön«, erwiderte sie. »Ich liebe den Gegensatz zwischen deiner Haut und deinen dunkelblonden Haaren. Ich habe noch nie jemanden wie dich gesehen.«

Er nickte und sein Blick verdunkelte sich. »Eben etwas, das es nicht gibt … darin habe ich, wie du weißt, Übung.«

»Unsinn. Drama Queen!«

»Wie nennst du mich?«, lachte er.

»Drama Queen«, wiederholte Alice gelassen. »Du bist eben einmalig!«

»Wir sind alle einmalig, Alice«, sagte er und küsste ihre Schulter.

»Du bist einmaliger als andere. Vielleicht hast du ja doch recht, dass du Übung darin hast, etwas zu sein, was es nicht gibt … aber das machst du gut.«

Als sie zum Frühstück nach unten gingen – Alice versank beinahe in einem Paar Jeans und einem T-Shirt, das Ned ihr geliehen hatte – kamen sie wieder an der Kommode vorbei, auf der Alice bei ihrem ersten Besuch das Bild seiner Eltern mit Paul McCartney und dem Prinzen von Wales gesehen hatte. An dessen Stelle stand nun ein anderes Bild in demselben Rahmen.

Alice trat näher: Es zeigte zwei Kinder. Sie musste zwinkern: zweimal das gleiche Kind, um genau zu sein.

Sie erkannte Ned sofort, aber war er da als Kind in einem Spiegelsaal fotografiert worden? Zweimal der gleiche Junge, mit der gleichen dunklen Haut, den goldblonden Locken, schokoladenfarbenen Augen und Sommersprossen auf der im Kindergesicht zu großen Nase.

Ned stand hinter ihr. »Was hat das hier zu suchen«, fragte er hart und wollte nach der Fotografie greifen, doch zu spät: Alice nahm das Bild auf.

»Bist das du?«, fragte sie leise und zeigte auf den rechten kleinen Jungen. Ihr Finger strich leicht über das lachende Gesicht.

»Nein«, sagte Ned. »Das ist mein Bruder, George.«

Er wollte ihr das Bild wegnehmen, doch sie drehte sich damit zur Seite.

»Lass es mich doch ansehen. Wie süß du als Kind warst! Ich wusste nicht, dass du einen Bruder hast. Irre, wie ähnlich ihr euch seid.«

Ned sagte flehend: »Bitte, Alice. Meine Mutter muss hier gewesen sein. Sie stellt immer die Bilder um. Das war bisher in ihrem Schlafzimmer.«

Alice aber schüttelte nur den Kopf. »Wie komisch, dass ihr auch Zwillinge seid, wie Cressida und Jem! Mischen sie bei euch in Norfolk was ins Wasser?«

Ned schien aufzugeben, denn er sagte leise: »Ja. Was für ein seltsamer Zufall, nicht wahr? Aber Jem und Cressida sind etwas jünger als wir … oder ich. Sie sind gerade in dem Jahr geboren worden, als …« Er brach ab, ließ den Satz in der Luft hängen.

»Wo ist George heute? Auch hier in London? Warum hast du mir noch nicht von ihm erzählt?«

Ned sog die Luft ein und Alice sah auf. Zwischen ihnen tropfte die Zeit. Sie betrachtete Ned wie durch einen Feldstecher: So nah erschienen ihr die Gefühle, die sich in seinen Augen spiegelten. Sie bündelten sich in seinem Blick zu purem Schmerz. In dem Schweigen, das plötzlich zwischen ihnen herrschte, wurde Alice schwindelig. Sie spürte, wie ihr das Blut aus dem Kopf wich. Sie hatte einen Fehler gemacht, begriff sie. Oder gerade nicht. Wenn sie ihn liebte, dann wollte sie ihn kennen, ganz und gar. Statt ständig Gefahr zu laufen, sich an unsichtbaren Barrieren in seinem Leben und seinem Inneren zu stoßen. Mein Gott, was hatte sie denn gefragt?

Doch da sagte Ned leise, beinahe unhörbar: »George ist tot.«

»Tot? Aber … wie denn? Wann ist das passiert? Ich meine, ein Kind … war er krank? Wie entsetzlich.« Etwas anderes fiel ihr nicht ein. Was gab es auch zu sagen?

Ned erwiderte nun sanft: »Es war ein Unfall. Er ist vor langer Zeit ertrunken, Alice. Mich hat man aus dem Wasser gezogen. Meine Großmutter hat mich gerettet.«

Alice wurde die Kehle eng. »Wie ist das passiert?«

Sie dachte plötzlich an ihren Bruder, dem sie nicht einmal besonders nahe war. Oder zumindest nicht so nahe, wie man einem Zwilling sicher war. Seinem Weggefährten von der ersten Sekunde nach der Verschmelzung im Mutterleib an und seinem vollkommenen Spiegelbild. Wie verkraftete man sein Verschwinden? *Wie war das passiert?*

Neds Stimme klang wie verknotet, als er sprach. Die Worte fand er nur mit Mühe, spürte sie. »Meine Eltern feierten an dem Abend ein großes Fest. George und ich waren fünf Jahre alt damals. Wir hatten uns aus unserem Schlafzimmer geschlichen. Es war eine warme Sommernacht und ich erinnere mich noch an die Lichter im Haus und die vielen, vielen Sterne am Himmel …« Er rang nach Atem. »Es war Georges Idee, das Ruderboot zu nehmen. Wir durften es eigentlich nicht benutzen. Aber wir wollten auf die Insel in unserem kleinen See, denn dort sollten die Wassermänner ihren Schatz vergraben haben. Das sagte zumindest immer unsere Kinderfrau.«

Alice schüttelte den Kopf. Sie wollte es hören und doch nicht hören und bekam Gänsehaut auf den Armen, nur in Erwartung des kommenden Schreckens, von dem Ned ihr erzählen würde.

»Wart ihr denn stark genug, das Boot hinauszuschieben?«

Er lächelte traurig. »Unterschätze nicht zwei kleine Jungen.

Wir hatten es unseren Vater oft genug tun sehen und wussten, wo wir anpacken mussten. Ich spüre noch das Wasser an meinen nackten Füßen, wie es sich in den Saum meines kleinen Morgenmantels saugte, den ich über meinen kurzen Pyjama geworfen hatte. George trug den gleichen …« Alice unterbrach ihn nicht mehr. Zuhören war die beste Art, ihm zu helfen, verstand sie.

»Und dann … plötzlich waren wir dort draußen, auf dem See. George versuchte zu rudern. Er war um zwei Minuten älter als ich und der Stärkere, Geschicktere von uns beiden, also überließ ich es ihm gern. Die ersten zehn Meter ging es gut. Aber der See war größer, als wir angenommen hatten. Vom Ufer aus hatte die Insel immer so nah ausgesehen.«

Alice schüttelte nur ungläubig den Kopf. Ned redete weiter.

»Das Boot war undicht. Zwischen dem Ufer und der Insel fasste es plötzlich Wasser. Jede Menge Wasser …« Nun konnte er nicht weitersprechen, und seine Augen füllte sich mit Tränen, die stumm über seine Wangen liefen. Alice krampfte es das Herz zusammen.

»Deshalb also?«, flüsterte sie und griff seine Hände fest.

Er nickte und wischte sich gleichzeitig die Tränen ab. »Sorry«, murmelte er.

»Warum denn sorry? Herrgott noch mal, wenn du deshalb nicht weinen kannst, worüber denn DANN?« Alice rang selbst mit den Tränen. Die Geschichte war zu entsetzlich. »Was passierte dann?«

Ned versuchte, sich zu fassen. »Das Boot kippte. George stand auf, er wollte mit den hohlen Händen Wasser schöpfen, während ich mich nur an dem Brett, auf dem ich saß, festklammerte. Es war plötzlich so kalt. Dann verlor George das Gleichgewicht und fiel …«

Ned schluckte hart und sprach weiter: »Er tauchte wieder auf, doch er bekam das Boot nicht zu fassen. Zuerst habe ich geschrien, was meine Lungen hergaben. Aber wie sollte mich jemand hören? Das Fest im Haus war in vollem Gange. Es musste um Mitternacht gewesen sein. Ich hörte die Musik, das Lachen, ich sah die Lichter …«

»Wie gestern.«

»Nun ja, fast …« Er versuchte zu lächeln, scheiterte aber.

»Und dann?«, half Alice ihm weiter.

»Ich beugte mich vor und reichte ihm meine Hand, doch er konnte sie nicht ergreifen. Ich beugte mich weiter und weiter und plötzlich kenterte das Boot. Ich weiß noch, wie ich auf das Wasser schlug. Diese plötzliche Kälte und der matschige Geschmack. George war nirgends zu sehen. Erst hielt ich mich noch am Boot fest, das gekentert war. Dann glitten meine Finger an dem nassen Holz ab, als ich wieder und wieder in der Dunkelheit nach ihm griff. Ich sank. Rasch, wie ein Stein.«

Alice hatte sich die Hand vor den Mund gelegt und schüttelte entsetzt den Kopf. »Nein«, flüsterte sie unter Tränen. »Bitte nicht …«

Er nickte nur. Seine Tränen waren nun versiegt, und seine Stimme klang beinahe hart, als er sagte: »Das Gefühl ist unbeschreiblich, Alice … Die Lunge ist wie ein Schwamm.« Er würgte und sie schüttelte rasch den Kopf. Er musste nicht noch mehr sagen, wenn es ihm zu sehr wehtat. Aber da redete Ned schon weiter, so als könnte er nicht anders.

»Dann war ich unter Wasser. Ich öffnete die Augen und suchte George. Zusammen hatten wir vielleicht eine Chance! Wir hatten doch immer alles zusammen gemacht, auch wenn er immer ein wenig schneller, stärker und besser als ich war. Ich suchte ihn, mit aller Kraft. Mit meiner letzten Kraft …«

»Und?«, flüsterte Alice.

»Ich sah seine Finger, Alice, und griff nach seiner Hand. Nicht loslassen, nie wieder loslassen, dachte ich, dass mir davon beinahe der Kopf platzte. Ich hatte ihn schon, zog ihn schon zu mir … da …«

Alice hielt den Atem an.

»Da wurde ich von ihm weggerissen, hoch an die Luft. Meine Großmutter hatte mich gehört. Sie hatte zufällig auf der Terrasse geraucht, als sie uns über den feuchten Tau der Wiese laufen sah. Sie dachte wahrscheinlich, wir würden uns auf der Party langweilen und spielen gehen, als sie uns gesehen hat. Dann aber hörte sie mich im Boot schreien, sagte sie später.«

Alice rang nach Atem. Die Szene erwachte vor ihrem inneren Auge zum Leben. Dann sagte sie leise: »Wie froh deine Großmutter gewesen sein muss, dich zu retten!«

Ned wandte den Blick ab. Die Gefühle überwältigten ihn, verstand sie. Alice umarmte ihn und vergrub ihr Gesicht an seiner Brust. So standen sie nur eine Weile da und waren einfach beieinander. Dann sagte Ned leise – so leise, dass Alice sich nicht sicher war, es wirklich gehört zu haben: »Ich wollte nicht gerettet werden, Alice. Obwohl ich noch versucht hatte, George zu retten. Irgendwie hatte ich schon aufgegeben und das Aufgeben war schön. Es war so einfach. Einfacher zumindest als alles andere.«

Alice umarmte ihn fest und wusste nicht, was sie darauf erwidern sollte. Ned hatte sterben wollen, als so kleiner Junge? Sie sog erneut schwer die Luft ein und lauschte nur seinem Herzschlag, der unregelmäßig war. Dann fragte sie vorsichtig: »Und George?« Sie musste die Geschichte zu Ende hören, erst dann konnte sie damit umgehen. »Was ist mit ihm geschehen?«

»Er wurde in der Nacht noch aus dem Wasser geborgen. Die Gäste fuhren ihre Wagen an den See, um ihn mit den Scheinwerfern auszuleuchten, bevor noch die Feuerwehr oder ein Arzt da sein konnten. Wir leben auf dem Land, fernab von allem. Erst tauchte mein Vater nach ihm, immer wieder, aber umsonst. Dann kam sein kleiner Körper hoch. Er trieb dort ganz friedlich, Alice. So, als schliefe er im Wasser.«

»Mein Gott«, flüsterte sie. »Wie schrecklich, so jung zu sterben.«

Ned presste die Lippen zusammen. »Ja. Aber was schrecklicher ist, ist, dass er weiterlebt, Alice.«

»Wie meinst du das?« Sie sah ihn erstaunt an.

»Niemand lässt George in Frieden ruhen. Er spukt durch die Familie. Deshalb hat meine Mutter auch das Bild hier aufgestellt. Damit ja niemand je George vergisst.«

Klang da Bitterkeit in seiner Stimme mit?

»Könnte man denn das? Ein Kind vergessen? Doch sicher nicht … Ich verstehe deine Mutter«, sagte Alice.

»Tust du das wirklich?« Ned schüttelte zu ihrem Erstaunen den Kopf. »Ich kann es nicht. Vielleicht sollte man irgendwann die Toten ruhen lassen. Das Leben geht doch weiter.«

»Ein Kind zu verlieren muss schrecklich sein«, gab Alice zu bedenken. »Aber wenigstens lebst du! Gott sei Dank lebst du …«

»Ja. Gott sei Dank«, sagte Ned. Seine graue Traurigkeit, diese Bitterkeit, trennte sie plötzlich von ihm, was sie nach der Gemeinsamkeit der vergangenen Stunden nicht zulassen wollte. Alice fasste seine beiden Hände und flüsterte wieder: »Ja: *Gott sei Dank* hat deine Großmutter dich gerettet. Dafür musst du ihr so dankbar sein, Ned. Ewig. Lebt sie noch?«

Ned schüttelte den Kopf, ehe er sie ansah, stumm und tief,

und sie wortlos in die Arme schloss. Sie spürte, wie sich seine Brust hob und sein Rücken bebte. Über ihre eigenen Wangen liefen Tränen, als sie ihn hielt und hielt, als sie innerlich eins wurden. Nichts und niemand, dachte Alice entschlossen, sollte Ned und sie trennen!

WINTERKRIEG

Es war Abend im *Clothworker Center*. Auf den Straßen von Kensington hing nun die Weihnachtsdekoration: leuchtende Ketten, große Eiskristalle und aus den Lautsprechern der Läden und Cafés schallte Weihnachtsmusik. Die Luft roch nach Glühwein und Gebäck, und an jeder Ecke standen Studenten in Nikolauskostümen, die mit Glocken in der Hand versuchten, die Aufmerksamkeit der Leute auf sich zu ziehen. Alice mochte diese Stimmung. Es fiel zwar kein Schnee, aber der allgemeine, festliche Taumel der Stadt versetzte einen trotzdem in Feierlaune. Für Alice war es außerdem ein Zeichen, dass der erste Abschnitt an der SAF zu Ende ging und eine bitter nötige Pause vor ihr lag: eine Pause vom Studium, eine Pause von dem schwarzen schimmernden *Hatton*-Kleid.

Sie streckte sich durch. Die stete Konzentration auf diese Arbeit war ungemein ermüdend. Um sie herum war das Studio dunkel, nur das *Hatton*-Kleid lag im hellen Licht einer einzelnen Neonlampe, als sei diese ein Suchscheinwerfer. Alice sah auf den Stoff, die Perlen und die Pailletten. Ihre Augen brannten vor Müdigkeit. Dennoch wollte sie nicht gehen. Sie strich über den Stoff, der wider Erwarten nicht weich und geschmeidig war, sondern steif von der Stickerei, aber auch von dem Schmutz darauf.

Alice schüttelte den Kopf – wie hatte ein solches Meisterwerk in so einen Zustand geraten können? Sie hatte begonnen, die ersten, tiefen Risse im *Crêpe de Chine* von Hand zu nähen. Jemand musste mit Wut und Gewalt daran gezogen haben – weshalb? Der Stoff haftete an ihrer Hand, und sie fühlte sich dem Kleid wieder so verbunden, wie sie es schon getan hatte, als sie es nur vom Bild her kannte. Woran lag das? An der Fertigkeit, mit der es geschnitten war? An dem dunklen Glanz seines Schmuckes? An der Geschichte, die sich hinter dem Zustand und seinem jahrelangen Dasein im Keller des *V&A* verbergen musste? Alice sah auf die Uhr. Es war schon spät, beinahe acht. Zeit zum Nachhausegehen, in die warme, gemütliche Burnaby Street.

Plötzlich prickelte es in ihrem Nacken. Sie spürte, dass jemand sie beobachtete, und drehte sich auf dem Hocker vor dem langen Arbeitstisch um. Auf der Schwelle des Studios stand Blanka. Sie war für ihre Verhältnisse ungewöhnlich bescheiden gekleidet: schwarze Hosen, schwarzer Rolli. Nur an ihrer Brust haftete ein absurd großer Schmetterling, dessen mit Pailletten besetzte Flügel das spärliche Licht des Raumes einfingen.

»Ja?«, fragte Alice und hörte selbst, wie unfreundlich es klang. Egal. Manchmal waren die Dinge eben so, wie sie waren.

Blanka trat an den Tisch. Sie betrachtete das Kleid. Beinahe wirkte es, als wolle sie es anfassen, aber sie ließ es dann doch bleiben.

»Tolles Stück. Wie hast du es geschafft, dass du daran arbeiten darfst? Das ist doch sonst nur Experten vorbehalten. Ein *Hatton*-Kleid noch dazu … Dass man so was einer Anfängerin anvertraut …«

Alice erinnerte sich an das Versprechen, das sie Leslie Withers gegeben hatte – über ihren Schutzengel im Hause *Hatton*, den ihr unbekannten Creative Director, zu schweigen.

»Ich habe Glück gehabt«, sagte sie knapp. »Außerdem kann ich nähen. Wie du ja auch.«

Blanka sah sie an. Ihre hellen Augen wirkten stumpf im Dämmerlicht des Studios. »Glück? Glück muss man sich verdienen, Alice. Du arbeitest hart.« Sie sah wieder auf das Kleid. »Das musst du hier allerdings auch. Wie konnte ein solches Stück dermaßen beschädigt werden? Wirst du das denn schaffen?«

»Natürlich.« Alice sah auf ihre Uhr. Deutlicher konnte sie ihr Desinteresse an Blanka nicht zeigen. *Hexe, Petze, Denunziantin!* Sie hatte Lust, ihr an die Gurgel zu gehen. Alice verschränkte bei dem Gedanken ihre Finger, wie um sich zu beherrschen.

»Das würde jeder von uns gern tun. An einem *Hatton*-Kleid arbeiten. Das hilft sicher bei der Bewertung für das Stipendium.«

»Sicher«, sagte Alice gleichmütig. »Wie du ja sagst: Glück ist verdient. Ich kann dir nur härtere Arbeit empfehlen, Blanka.«

»Ich weiß, dass du mich nicht magst.«

Alice sah von dem Kleid, über das sie sich wie schützend gebeugt hatte, auf. »Magst du mich denn?«

»Nein.«

»Na also«, sagte Alice kurz. Wow. Hatte das Leben in London und an der SAF sie inzwischen so cool gemacht? Fressen oder gefressen werden.

Blanka zuckte mit den Achseln. »Wir sind alle Konkurrenten, Alice. Um die beste Note, die besten Praktika, um Jobs bei der *Fashion Week*. Um das *Hatton*-Stipendium. Wir kämpfen alle. Aber ich kämpfe Auge in Auge. Ich schieße niemandem in den Rücken. Das ist so eine finnische Angewohnheit.«

»Eine *finnische* Angewohnheit?«, äffte Alice sie nach. »Was wird das hier? Eine Nachhilfestunde in Völkerkunde?«

Blanka lächelte nicht. »Im Krieg sagten die finnischen Offiziere ihren Soldaten: Wenn ihr ein Messer wollt oder ein Gewehr, dann geht rüber zu den Feinden und holt es euch.«

Die Drohung in ihren Worten war unmissverständlich. Blanka nahm keine Gefangenen. Alice wusste nicht weshalb, aber ihr lief ein Schauer über den Rücken. In was für einen Kampf begab sie sich hier? War sie dem gewachsen?

Sie wollte mit einem Mal nicht mehr hier mit Blanka allein sein. Wenigstens arbeitete Cressida unten noch im Erdgeschoss, zusammen mit Selim und Lin! Also nahm sie mit zitternden Fingern das *Hatton*-Kleid auf und hängte es erst über den gepolsterten Bügel und dann unter die Hülle. So konnte es warten, bis sie wieder Zeit hatte, daran zu arbeiten.

»Ich muss gehen, Blanka.«

Blanka aber stellte sich ihr in den Weg. »Wohin denn? Noch in die SAF? An deinem Anzug arbeiten vielleicht? Denk dran, nur noch eine Woche. Leslie will in fünf Tagen das fertige Modell sehen.«

»Ich weiß, Blanka. Danke für die Erinnerung. Genau deshalb gehe ich jetzt nach Hause.«

»Bist du denn zufrieden mit dem Anzug? Verdammt viel Arbeit, was?« Blankas Blick glitt wieder über das Kleid, das nun in seiner Hülle steckte.

Alice hängte das Kleid genervt an den Kleiderständer. Dann

drehte sie sich zu Blanka um. »Kommst du? Ich mache das Licht aus.« Was wollte Blanka nur von ihr?

»Ja. Aber ich gehe noch in die SAF. Jede Minute zählt. Schlafen kann ich, wenn ich tot bin. Außerdem bin ich in diesen Tagen am liebsten 24/7 bei meinem Modell.«

»Weshalb das denn?«

Blanka schüttelte nur den Kopf. »Du hast immer noch nicht kapiert, dass hier jeder mit allen Mitteln kämpft, nicht wahr? Da gehe ich kein Risiko ein.«

Mit diesen Worten trat Blanka durch die Tür und nahm Alice den Vortritt.

Alice kochte innerlich, doch sie verdrehte nur kurz die Augen und schaltete gewissenhaft alle Lichter aus. Dann surrte der Fahrstuhl und sie sah Blankas weißen Schopf nach unten ins Erdgeschoss verschwinden. Sie atmete einmal tief durch, ehe sie selbst den Aufzug rief. Als sie nach unten kam, waren auch Cressida, Selim und Lin schon gegangen. Dann musste sie Cressida eben später von Blankas Drohung erzählen.

Sobald sie im Freien war, hatte Alices Handy wieder Empfang, und sie bekam ein SMS von Ned: *»Gute Nacht, Wunderschönste. Ich bin so froh, dass es dich gibt. Hier ein Gedicht, von mir, an dich:*

Die Heiterkeit deines Nasenrückens.
Kolibriflügel sind deine Brauen.
Finger, gemacht,
um Tautropfen zu modellieren.
Wo schläft
dein Schatten?
Ich lege mich zu ihm.

Stammt übrigens von einem Landsmann von dir: Schnurre? XX Ned«

Alice vergaß über der Schönheit der Worte allen Ärger mit Blanka. Sie lächelte vor sich hin – blödsinnig breit, aber eben so glücklich –, zog sich Mütze, Schal und Handschuhe über, stieg auf ihr Rad, das sie vor Kurzem auf *Gumtree* gekauft hatte, und trat langsam in die Pedale. Für einen Sonntagabend war der Verkehr nicht zu heftig, doch es war sehr kalt. Ihr Atem hing ihr in klammen Wolken vor den Lippen, als sie sich langsam durch Kensington und die Earls Court Road hinunter nach World's End vorarbeitete.

An einer Ampel sah sie ihren Schatten auf dem nassen Asphalt liegen, lang und einsam. Dann schüttelte sie für sich den Kopf. Nein, ihr Schatten war nie wieder einsam. Ned war bei ihr, immer, auch wenn sie ihn gerade mal nicht sah.

VOGELSCHEUCHE

Cressida wirbelte vor Alice über die Gänge der SAF, grüßte andere, verlangsamte dann wieder ihren Schritt und hängte sich bei der Freundin ein. Wenn sie so war, dann gab es auf der Welt niemanden wie Cressida – heiter, kreativ, mitreißend. Beinahe schien es Alice unmöglich, diese Person mit dem blassen Schatten von Mädchen zu vereinbaren, das vor vielen Wochen bei sich im Zimmer gesessen hatte und das sich leer und nutzlos fühlte. Die Cressida heute hatte eine Idee nach der anderen und fand sie alle großartig. So viel Selbstbewusstsein hätte Alice auch gern gehabt!

»Komm! Sonst kommen wir zur ersten Anprobe zu spät und Leslie wäscht uns den Kopf ...«

Cressida zog Alice mit sich, den langen Gang hinunter, die Treppen aus glattem Beton nach oben, hin zu dem Studio, wo ihre Modelle standen. Die Tür zum Klassenzimmer stand offen, jedoch hatten sich so viele Schüler davor versammelt, dass es kein Durchkommen gab.

»Was ist denn los?«, fragte Cressida neugierig. Auch Alice reckte den Hals.

Als die anderen sie sahen, wisperten sie, blickten einander betreten an und bildeten dann für sie eine Gasse. Alice blieb stehen. Mit einem Mal waren ihr die Füße wie aus Blei: Was erwartete sie dort? Sie konnte sich nichts vorstellen. Dennoch, Weitergehen schien unmöglich.

»Oh, Alice«, sagte Selim, der ihr am nächsten stand. Seine Stimme klang mitleidig und er legte ihr den Arm um die Schultern. »Wer um Himmels willen macht so etwas?«

»Was denn?«, krächzte sie. Nun fand sie die Kraft zum Gehen, doch die Kehle war ihr trocken. Sie musste sich nicht vordrängen, die anderen ließen sie durch, einige strichen ihr dabei über den Arm oder nickten ihr Mut machend zu. Alice schlug das Herz so hart, dass es fast in ihrer Brust schmerzte. Dann stand sie auf der Schwelle zum Studio. An den kopflosen Puppen mit dem Torso aus Stoff hingen die Modelle, die diese Woche den letzten Schliff erhalten sollten. Ihre Puppe stand in der Mitte: das Modell mit ihrem Anzug aus dem Stoff, der so teuer gewesen war, dass jeder Schnitt in das Gewebe Alice Herzflattern bereitet hatte. Die Jacke mit dem großen, weichen Kragen. Die Hose mit dem glockigen Saum – oder so hatte der Anzug zumindest einmal ausgesehen. Alice starrte auf die Schneiderpuppe: Alles daran hing in Fetzen! Der Kragen war zerschnitten und zerstochen. In die Jacke selbst war viele Male gestochen und der Stoff dann zerrissen worden. Die Hosenbeine waren aufgeschlitzt und der Stoff ebenfalls in Lametta verwandelt worden. Alice drehte es den Magen um: Von Form und Schnitt war nichts mehr zu erkennen. Jacke wie Hose sahen aus wie durch den Reißwolf gedreht und dann zum Hohn wieder an die Puppe gezogen. Schlimmer als eine Vogelscheuche.

»Mein Gott«, flüsterte sie und legte sich die Hände über

den Mund. Sie musste träumen. Ja, das war es: ein Albtraum und sie lag noch in der Burnaby Street, warm in ihr Bett gekuschelt.

»Was ist denn?« Cressida trat nun hinter ihr in das Studio, wo Alice sich entkräftet auf den nächsten Hocker sinken ließ. Ihre Augen brannten und alle ihre Glieder fühlten sich schlaff und kraftlos an. Sie sah, aber sie verstand nicht.

»Alice!«, keuchte Cressida. »Wie ist das passiert? Wer war das?«

Alice liefen stumm die Tränen über die Wangen. »Ich weiß es nicht. Wer hasst mich denn so sehr?« Sie legte sich die Hände flach auf das brennende Gesicht. Wer – tat – so – etwas?

Cressida zog sie an sich. Alice roch ihren Duft – Pfirsich mit einem Schuss Zitrone. Das Bekannte daran tröstete sie.

»Niemand hasst dich«, sagte Cressida mitleidig. »Wie absolut grässlich. Ich meine – wer tut so etwas? Wer?«

Sie drehte sich zu den anderen um, die sich noch immer um die Schwelle des Studios scharten. Niemand sonst wagte es, das Atelier zu betreten, als hafte ein Fluch an den Räumen – und auch an Alice.

Die wischte sich die Tränen vom Gesicht. Sie stand auf, doch ihre Beine wollten sie kaum tragen. Jeder Schritt fiel ihr schwer. Dann stand sie vor ihrer Puppe. Da hatte jemand ganze Arbeit geleistet: Den Stoff, der nicht zerschnitten, zerrissen, zerfetzt worden war, hatte der Täter mit einem schwarzen Filzmarker beschmiert. Es war nichts mehr daran zu retten. Aus, vorbei! Sie hatte beinahe drei Monate daran gearbeitet, nun blieben noch fünf Tage bis zur Präsentation. Alice strich über den Stoff und erinnerte sich daran, wie weich er im Laden in ihren Händen gelegen hatte. Wie er im Schein ihrer Nachttischlampe, flach auf ihrem Bett ausgebreitet, Wellen geschlagen hatte. Und nun das. Wie sollte sie das wieder aufholen? Sie sah auf und erkannte nichts als Mitleid in den Gesichtern um sie herum. Selim, Lin ... nur Blanka fehlte. Blanka, die ihr gestern Abend noch gedroht hatte. Die dann nach ihrem Gespräch noch einmal allein an der SAF gewesen war ... Alice war bereit aufzustehen, nach ihr zu suchen, sie zu konfrontieren ... Ach was, ihr die Augen auszukratzen!

Da jedoch spürte sie eine Hand auf ihrer Schulter. Sie sah auf. Es war Leslie. Hastig wischte sie sich die letzten Tränen ab. Denn dass Leslie für Heulsusen, was auch immer passiert war, kein Verständnis hatte, war klar.

Leslie sah auf das zerstörte Modell. Sie kniff die Lippen zusammen und ihr Blick war hart. »Alice, Alice«, sagte sie dann mit einem Kopfschütteln. »Weißt du, was das ist?

»Sabotage? Hass?«, versuchte Alice zu raten, aber Leslie schüttelte noch einmal den Kopf. »Nein. Mehr noch: Das ist Scheiße. So richtige Scheiße. Komm in mein Büro.«

Die Stille in Leslies Büro tat Alice gut. Die Direktorin hatte ihr eine heiße Schokolade aus der Maschine gezogen und stand nun wie immer an ihrem großen Fenster und sah hinaus, während Alice schweigend schlürfte. Erst als sie die Tasse geleert hatte, drehte Leslie sich um. Sie hielt die Arme vor der Brust verschränkt.

»Hast du eine Idee, wer das getan haben könnte?«, fragte sie leise und streng.

Alice schüttelte stumm den Kopf.

»Wirklich nicht? Das hier ist kein Petzen, Alice, und auch kein anonymer Brief mehr. Hier hat es jemand auf dich abgesehen. So etwas habe ich noch nie erlebt. Dabei wirkst du so harmlos!«

Unter anderen Umständen hätte Alice über den Kommentar lachen können. So aber klapperten ihr die Zähne. Doch. Sie hatte eine Idee, wer das getan haben könnte! Ihre Finger krallten sich in das Styropor des Bechers, als sei er Blankas Gesicht.

»Neid treibt hässliche Blüten hier. Jemand hat dich auf dem Kieker, Alice. Weshalb?«

»Ich weiß es nicht«, sagte Alice rau. Sie wollte die Sache selbst klären. Wenn sie jetzt und hier Blankas Namen nannte, dann brauchte sie Beweise. Ja, sie war am Sonntagabend nach der Arbeit im *Clothworker Center* noch in die SAF gefahren. Doch Hunderte andere waren dort ebenfalls gewesen.

»Gibt es hier keine Kameras?«, fragte Alice und wischte sich mit einer Serviette die Nase ab.

»Doch. In den Gängen schon. Aber nicht in den Klassenzimmern. Das habe ich mir verbeten. Ich leite eine Kunsthochschule und keine Überwachungsanstalt, habe ich dem Architekten damals gesagt. Vielleicht war das falsch.« Leslie sah nachdenklich aus.

Alice schüttelte den Kopf. »Nein. Das ist schon richtig.« Ihre Lippen fühlten sich rissig und trocken an. Das Atmen schmerzte sie. Leslie aber ließ sie nicht aus den Augen.

»Vielleicht hat dich jemand im Visier, weil du das Stipendium besonders dringend brauchst. So dringend wie die Person selbst? Vom Geld hängt nun mal leider viel ab.«

Alice zuckte mit den Schultern. »Ich weiß nicht. Wir alle brauchen es.«

»Allerdings. Ihr seid alle kreativ und ehrgeizig.« Sie lehnte sich auf ihrem Schreibtisch nach vorn. »Deine Arbeit gefällt mir. Du bist gut, Alice.«

Alices Augen füllten sich wieder mit Tränen, trotz des für

Leslie absolut ungewöhnlichen Komplimentes. Sie konnte kaum sprechen, es klang eher nach einem Krächzen. »Was soll ich denn nun tun? Wie soll ich das denn nur schaffen?«

Leslie schien zu überlegen. »Du hast noch fünf Tage. Ich gebe dir ausnahmsweise die Erlaubnis, dir helfen zu lassen. Viel Glück, Alice. Wir sehen uns am Freitag, bei der Modenschau für das Ende des Wintersemesters.« Dann nickte sie kurz und wandte sich wieder den hohen Fenstern zu. Der Dezember-Himmel über King's Cross war kahl und drückend. Alice war entlassen.

Sie stand auf. Noch immer wollten ihre Beine sie kaum tragen. Sie hatte fünf Tage. Und das Recht, sich helfen zu lassen. Das war so gut wie nichts. Ihr fehlte das Material, denn den Stoff konnte sie kein zweites Mal bezahlen. Wie sollte sie das nur schaffen?

»Danke«, flüsterte sie dennoch. Die Tür fiel hinter ihr ins Schloss.

Draußen im Gang wartete Cressida auf sie. Das hatte nun schon Tradition, dachte Alice mit trauriger Bitterkeit. Cressida selbst hatte nun nichts mehr von dem Frohsinn und der Leichtigkeit von eben gerade. Sie war blass und wirkte noch dünner als sonst, als sie die Arme öffnete. Alice drückte sich an sie. Die Kraft ihrer Umarmung erstaunte sie, ebenso wie der Zorn in Cressidas Stimme, als die sagte: »Wenn wir herausfinden, wer das war, dann teeren und federn wir ihn.«

»Eher sie«, knurrte Alice.

Cressida sah sie aus großen Augen erschrocken an: »Hast du etwa einen Verdacht?«

»Wer hat mir noch gestern offen gedroht, Cressida?«

Die nickte, stummes Verstehen im Blick.

DAS KANN DOCH JEDER

»Ich helfe dir. Jede Minute, Tag oder Nacht. Komm, wir gehen den neuen Stoff kaufen. Gleich heute Nachmittag. Nur nicht aufgeben.«

Neds Stimme drang bestimmt durch das Telefon. Bei dem Gedanken an den Stoff stiegen Alice wieder die Tränen in die Augen und sie musste würgen. »Der Stoff hat fünfhundert Pfund gekostet! Wie soll ich mir das noch einmal leisten?«

»Ich kaufe ihn.«

»Nein.«

»Doch. Ich schenke ihn dir.«

»NEIN! Das will ich nicht annehmen.«

»Sei nicht dumm, Alice. Stolz hilft dir hier nicht weiter. Wenn du das wirklich nicht annehmen willst, kannst du ja später bei mir abwaschen kommen oder mir die Summe sonst wie zurückgeben. Von deiner ersten Anstellung beispielsweise. Es wird mir eine Ehre sein, *das* anzunehmen.«

»Hör auf, dich über mich lustig zu machen«, fauchte sie.

»Das tue ich gar nicht«, sagte er ruhig. »Im Gegenteil: Ich glaube an dich, Alice.«

»Ich will es aber selbst schaffen«, sagte sie verstockt.

»Um Gottes willen, du schaffst es ja auch selbst. Aber Leslie hat dir doch extra die Erlaubnis gegeben, dir helfen zu lassen. Dann nimm mein Angebot auch an. Bitte. Versuch es.«

»Ich versuche es«, sagte sie mit erstickter Stimme. »Aber all das macht es nicht einfacher. Weißt du, klar habe ich mich früher mal mit jemandem gestritten. Mit meinem Bruder oder einer Freundin. Aber dass mich jemand so – so – hasst …« Ihre Stimme brach ab, und sie brauchte ein wenig, um sich zu fassen. »Dass mich jemand so hasst, das ist mir unverständlich.«

»Mir auch«, sagte er leise. »Mir noch mehr als dir.«

»Es tut so verdammt weh«, schluchzte sie.

»Niemand soll dir wehtun, wenn ich es verhindern kann.« Er klang so verletzt, als sei sein eigenes Kunstwerk zerstört worden. »Also. Wir treffen uns in einer Stunde am Ausgang der U-Bahn-Station Shepherd's Bush, ja?«

Alice schwieg noch, doch Ned hakte nach: »Alice? Ja?«

»Ja«, sagte sie beinahe unhörbar. Blieb ihr eine Wahl?

Sie legte auf und versuchte dann, ihre Mutter anzurufen. Niemand hob ab, dort drüben über den Kanal und ein weiteres Land hinweg. Alice schluckte. Plötzlich dachte sie an ein Kinderbuch, in dem ein kleiner Junge zu dem Land der Wilden Kerle fuhr. Nach einer Reihe von Abenteuern hatte er genug davon und bestieg mit einem Mal wieder sein Schiff, um dorthin zu fahren, wo ihn jemand am allerliebsten hatte. Wo war das für sie? Daheim in Franken? Oder hier, in London, bei Ned? War beides möglich?

Ned rollte den Stoff auf dem Boden des Musikzimmers aus. Es war Abend und die Vorhänge vor dem Fenster hin zum Garten des Ladbroke Square waren schon zugezogen. London lag im Dunkel der Nacht verborgen. Ned reichte Alice eine Schere. Sie hatte ihren Schnitt wie auch die Entwürfe aus der SAF geholt. Wenigstens hatte Blanka nicht daran gedacht, diese zu zerfetzen, sonst säße sie jetzt wirklich in der Tinte! Ned nahm ihr die Entwürfe ab, musterte den Stoff und faltete ihn dann anders, längs.

»So gibt er mehr aus. Man darf Stoff nicht verschwenden.«

Dann heftete er die Schnittteile auf den Stoff. Auch dies geschah ruhig und gewissenhaft. Die Ärmel heftete er versetzt auf, sodass Saum auf Schulter traf. Den Rücken legte er, ohne zu überlegen, in den Stoffbruch.

»Woher kannst du das?«, flüsterte Alice erstaunt.

»Das kann doch jeder. Schneid zu«, erwiderte er.

»Ich kann nicht.« Ihre Hände zitterten. Würde ihr in fünf Tagen wieder gelingen, was ihr zuvor nur unter so viel Mühe, Zeit und Konzentration gelungen war? Ned aber ließ nicht locker. Er hielt ihr die Schere hin.

»Doch, du kannst. Stell dir dabei vor, du schneidest deinem Feind die Kehle durch. Der Person, die dir so schaden will.«

Er hatte recht! Sie fasste sich und fing an. Doch nach ein, zwei Schnitten hielt sie inne. Ihre Hände zitterten zu sehr.

»Ich kann nicht«, sagte sie wieder und ihre Augen füllten sich mit Tränen. Sie legte die Schere auf den Tisch und sank auf einen Stuhl. Blanka hatte nicht nur den Anzug zerstochen, sondern ihr ganzes Selbstbewusstsein. Was hatte sie ihr getan, dass sie sie so hasste?

Ned presste die Lippen zusammen, aber nahm Alices Gesicht dann in seine Hände.

»Hey. Schau mich an. Dann bin ich eben dein Werkzeug, okay? Ich mache es für dich …«, flüsterte er.

»Aber …«

»Nichts aber. Mach dir keine Sorgen!«

Er klemmte sich die Zungenspitze zwischen die Zähne, setzte die Schere an und schnitt den edlen Stoff ruhig und sicher zu, Nahtzugabe inklusive. Zwischen seinen Augenbrauen stand eine steile Falte der Konzentration. Dann legte er die zugeschnittenen Stücke sorgsam über verschiedene Stuhllehnen: Jacke links, Hose rechts. Alice saß stumm vor Staunen da. Ned summte nun leise, als er in der Tüte aus Shepherd's Bush nach dem Blaupapier, der Schneiderkreide und dem Schnittrad suchte. Dann nahm er das erste Schnittteil auf und kopierte Abnäher und Linien zum Einnehmen der Ärmel, zum Ansetzen des Kragens sowie des Saums an Jacke, Hose und Ärmeln. Das tat er wieder und wieder.

»So«, sagte er schließlich zufrieden. »Das wäre geschafft. Ich finde ja immer, dass die Vorbereitung mit das Wichtigste an der Kunst ist. Recherche beim Schreiben, Farben und Präparation der Leinwand beim Malen, zuschneiden und kopieren beim Schneidern ...« Er brach seinen Satz in der Mitte ab.

»Woher kannst du das, Ned?«, fragte Alice immer noch fassungslos.

Er zuckte die Schultern. »Meine Großmutter hat gerne genäht.«

»Deine Oma?«

Er sah sie kurz erstaunt an. Dann grinste er. »So hat sie noch keiner genannt. Aber ja, meine Oma.«

»Die, die dich gerettet hat?«

»Genau die«, sagte er knapp.

»Kein Wunder, dass du dann so viel von dieser Arbeit verstehst«, sagte Alice. Weshalb war Ned plötzlich so wortkarg? Vielleicht war er müde oder von der ganzen Sache ebenso mitgenommen wie sie selbst.

»Tue ich das denn?« Ned hielt den Blick gesenkt und packte die Sachen wieder in die Tüte, aus der er nun das Heftgarn und die große Nadel zog.

»Ja.«

Er schüttelte den Kopf. »Das ist nur Zufall. Alice, das kann doch wirklich jeder. Und jetzt lass uns eine Pause machen, ehe wir heften.«

NACHTWÄCHTER

Als Ned Alice in ihren Mantel half und ihr liebevoll den Schal verknotete, fragte er: »Weshalb hast du eigentlich Leslie gegenüber dichtgehalten? Wenn ich einen so begründeten Verdacht hätte wie du gegen Blanka … ich weiß nicht, ob ich das könnte!«

Alice überlegte. Der Gedanke und die Erinnerung schmerzten noch immer. »Ich glaube, wenn ich ohne Beweise mit Leslie spreche, dann bin ich auch nicht besser als Blanka. Nein. Ich schaffe das auch so.«

»Mit mir. Ich bringe dich jetzt in die SAF. Und dort stehe ich Wache. Wenn ich was von Hand nähen soll, dann mache ich das«, sagte Ned grimmig.

»Lieber nicht. Kannst du denn auch noch nähen?«

»Sicher doch. Bei den Pfadfindern habe ich meiner Mutter ein Nadelkissen aus Filz gemacht. Astreine Arbeit. Sie hat es auf dem Speicher in der untersten Schublade einer alten Kommode liegen, so toll war es …«

Alice musste zum ersten Mal an diesem Tag lachen und Ned lächelte bei ihrem Anblick. Sicher, sie konnte wie der

Junge in dem Kinderbuch ihr Boot besteigen und dorthin zurückfahren, wo jemand sie am allerliebsten hatte. Oder erkennen, dass sie auch auf der Insel der Wilden Kerle ein Herz gewonnen hatte. Ein starkes, schönes Herz, das nur für sie schlug.

»Also: Ja, ich kann auch nähen. Meine Großmutter hat es George und mir beigebracht. Auch wenn er darin viel besser war als ich. Ich muss nur noch meinen Rucksack packen«, sagte Ned und ging in sein Zimmer.

Alice wartete auf dem Gang, die zugeschnittenen Teile in einem Plastikhänger über dem Arm gefaltet. »Deinen Rucksack?«

»Ja. Ich habe doch gesagt, ich stehe Wache. Ich werde in der SAF schlafen. Neben deinem Modell. Was, wenn sich wieder jemand daran austoben will? Dann lasse ich die Schneiderpuppen tanzen.«

»Das muss nicht sein.«

»Doch. Ich gehe dennoch kein Risiko ein. Ich nehme Isomatte und Schlafsack mit in die SAF. Und daran soll mich mal jemand hindern. Du kannst mir dort noch Gute Nacht sagen. Wir bringen jetzt die Sachen dahin und dann gehst du nach Hause, dich ausschlafen. Du brauchst alle Kraft für die nächsten Tage!«

Es war Donnerstagabend, spät, und Alice brannten die Augen. Auch Ned sah nach den vier Nächten in der SAF blass und müde aus, denn so bequem war die Isomatte auf dem Betonboden des Ateliers nicht. »So«, sagte er leise. »Fertig?«

Alice sah die Puppe an. Die Säume mussten noch unsichtbar von Hand genäht werden und die Paspeltaschen wie auch das Knopfloch verstürzt. Ihr war schwindelig, denn sie hatte den ganzen Tag über kaum etwas gegessen. Die Puppe und der Anzug verschwammen vor ihren Augen.

Sie schüttelte den Kopf. »Wie soll ich das noch schaffen?«

Ned küsste sie. »Überhaupt nicht. Gib mir die Jacke. Ich mache das. Wenn du den Hosensaum schaffst …?«

»Klar«, antwortete sie verwirrt.

»Außerdem …«

»Was?«

»Also, ich hoffe, du nimmst mir das nicht übel …«

»Was denn?«

»Ich würde das Knopfloch höher setzen. Direkt unter die Brust. Als unerwartete Überraschung. Es macht das ganze Outfit jünger und cooler. Was denkst du?«

Alice schwieg. Wenn sonst jemand Vorschläge machte, fand sie es schwer, diese konstruktiv zu finden. Sie wusste einfach so genau, was sie wollte! Nun aber zweifelte sie: Vielleicht hatte Ned recht. Er erstaunte sie mehr und mehr! Also nickte sie.

»Okay«, sagte er und löste die Hose von der Puppe. »Hier. Für dich. Mach es dir auf meinem Schlafsack gemütlich. Aber steck mir bitte das Bügeleisen ein, während ich die Vlieseline für das Verstürzen zuschneide. Es gibt keine größere Sünde als nicht ausgebügelte Nähte!«

Ned schnitt noch einen letzten kleinen Faden an dem Knopfloch der Jacke ab und vergewisserte sich, dass der Knopf gut saß.

»Fertig«, sagte er heiser, ehe er den Arm um Alices Schulter legte. Sie lehnte sich müde an ihn. Wie gut es tat, ihn bei sich zu haben. Ob sie das allein noch einmal geschafft hätte? Nein. Nie. Auf keinen Fall, entschied Alice.

»Hast du Hunger?«, fragte er.

Sie nickte. »Gewaltigen sogar. Sollen wir was bestellen? Chinesisch? Ich lade dich ein …«

»Nicht nötig«, sagte da eine Stimme hinter ihnen. »Ich habe an euch gedacht. Kommt, wir essen uns Mut für morgen an.«

Im Türrahmen stand Cressida mit einer Tüte vom Chinesen um die Ecke, der seine geschäftliche Existenz allein der Anwesenheit der SAF verdankte.

»Cressy, du bist einmalig«, lachte Alice. Sie sah auf ihre Uhr. Es war beinahe Mitternacht. Das war eine echte Freundin! »Komm, wir picknicken!«

Cressida deckte einen der Studio-Tische. Alice fiel auf, wie blass ihre Freundin war – klar, diese Woche, die Arbeit, die in der Modenschau morgen gipfelte, belastete sie alle. Auch Cressida arbeitete rund um die Uhr, wenn nicht an der SAF, dann eben am *Clothworker Center*.

»Hast du nicht ein wenig knapp eingekauft?«, fragte Ned, während er versuchte, den Strang um eines der beiden kleinen weißen Pakete mit den Fingern aufzureißen, was ihm allerdings nicht gelingen wollte.

»Typisch Pianisten-Finger«, spottete Cressida statt einer Antwort freundlich. Sie griff sich ihren Rucksack, wühlte darin herum und zog dann eine große Schere heraus, mit der sie – schnipp, schnapp! – alle Schnüre aufschnitt. Dann aber sagte sie: »Sorry. Habe nicht mit deinem Werwolfhunger gerechnet. Wir müssen eben teilen. Zu Tisch! Aber es gibt nur Wasser. Damit wir morgen frisch sind!«

Morgen, dachte Alice, als sie müde am ersten Krabbenchip knabberte. Ned lud währenddessen allen erst einen Löffel Reis, dann süß-saures Schweinefleisch auf die Papierteller.

Morgen, wenn sich fürs Erste alles entscheiden konnte. Alles: ihr Leben. Zumindest schien es ihr so.

Hatte sie denn noch die Kraft, ihr Modell vor Leslie, der Klasse und den anderen Lehrern Probe zu laufen? Alice konnte kaum schlucken. Sie hatte noch nie in ihrem Leben vor etwas so viel Angst gehabt.

Obwohl, so wie Ned den Anzug an die Puppe drapiert hatte, sah er einfach fantastisch aus. »Der Knopf unter der Brust gefällt mir«, sagte Cressida. »Klasse Idee. Das hat Stil.«

Alice spürte Neds Blick wie ein Streicheln. Sie wusste, dass er genau verstand, wie sie sich jetzt fühlte. Das Frösteln in ihrem Inneren ließ nach. Sie war nicht allein.

Die letzten Töne verklangen und Alice stand ganz still. Der Scheinwerfer des Studios war auf sie gerichtet. In seinem weißen, gnadenlosen Licht fühlte sie sich ausgeliefert, wie ein Hase kurz vor dem Überfahrenwerden. Ihr war kalt vor Angst und doch sammelte sich der Schweiß in ihrem Nacken. Sie war als Letzte in der Modenschau des Wintersemesters gelaufen.

Cressidas Kleid hatte bei jeder Bewegung gewirbelt wie ein Kreisel – mit den Appliqués und Cut-outs sah es wunderschön aus. Jeder der Studenten hatte seinem Modell so viel Seele und so viel Kraft gegeben, dass es beinahe unmöglich schien, die einzelnen Entwürfe miteinander zu vergleichen. Fast bemitleidete Alice Leslie für ihre Aufgabe – oder kam das alles ihrem untrainierten Auge nur so vor? Denn die Schulleiterin wirkte so kühl und unbeeindruckt wie immer. Ihr Mund leuchtete wieder rot, als habe sie Blut getrunken, und sie rückte sich in aller Ruhe die Brille auf der Nase zurecht.

»Alice?«, fragte sie nun und räusperte sich kurz.

Vielleicht tat es sogar einem Menschen wie Leslie leid, ihr nach allem, was vorgefallen war, den Todesstoß zu versetzen.

Hier und jetzt. Ihre Knie begannen zu zittern. Es gab nirgends etwas zum Festhalten. Sie spürte, wie hinter den Scheinwerfern alle Augen auf sie gerichtet waren. Sie war nicht die Einzige, die wartete. Das wusste sie. Entlang des kleinen Laufstegs, der dort aufgebaut worden war, saßen ihre Kommilitonen, gesichtslos in der Dunkelheit. Dennoch, Alice spürte sie. Freunde, Feinde. Ihr schlug das Herz bis zum Hals.

»Ja?« Alice hörte selbst, wie klein ihre Stimme im Dunkel des Studios klang. Ihre Finger krampften sich in den Ärmelsaum der Jacke. Jeder Stich von Hand genäht, von Ned und ihr, und einer sah aus wie der andere. Was kam nun?

Leslie sah auf. Alice blinzelte, um den Ausdruck ihrer Augen hinter der Brille erkennen zu können. »Bestnote. *Well done*.«

Cressida war die Erste, die auf sie zustürzte, und Alice klammerte sich an sie wie eine Ertrinkende an ein Stück Treibholz. Sie zitterte nun am ganzen Leib. Tränen liefen ihr über das Gesicht.

»Alice! Geschafft! Trotz allem! Glückwunsch!«, rief Cressida. Alices Herzschlag stolperte und fing sich dann wieder. Es stimmte: Geteiltes Leid war halbes Leid, geteilte Freude aber doppelte Freude. Alice hob den Kopf von Cressidas Schulter. An der Tür sah sie Blanka stehen. Die stopfte gerade ihren Mantel aus Lederpatchwork in eine überdimensionale Tasche und stürmte aus dem Raum, ohne sich noch einmal umzusehen. *Frohe Weihnachten dann, Blanka!,* dachte Alice.

Es war weit nach Mitternacht, doch Alice konnte noch nicht schlafen. Ned war am frühen Abend gegangen, und sie hatte danach einen kleineren Koffer gepackt, den sie in einem Secondhandladen um die Ecke gekauft hatte. Nun stand er da, wie ein stummer Freund, der bei allem mitmachte, ohne eine eigene Meinung dazu zu haben. Vor drei Monaten hatte ein anderer Koffer in einem anderen Zimmer gestanden. Es kam ihr vor, als sei das ein Leben lang her: ein anderes Mädchen, in einer anderen Welt. Plötzlich war sie SO stolz auf sich selbst. Auf alles, was sie hier erreicht und aufgebaut hatte. Schließlich hatte sie nur sich. Ihre Eltern hatten keine Freunde hier, keine Beziehungen, die ihr irgendetwas erleichtern würden. Sie aber hatte *sich*. Die stärkste Waffe von allen.

Doch gleichzeitig spürte sie, wie müde sie war. Sie brauchte eine Pause. Eine Pause von der Selbstständigkeit, eine Pause vom Erwachsensein. Es war so schön, einfach nach Hause gehen zu können und wieder nur Tochter zu sein. Und es war auch eine Pause von der SAF und von dem kleinen schwarzen *Hatton*-Kleid, das im *Clothworker Center* auf sie wartete. War der Gedanke dumm?

Ihr fröstelte plötzlich in ihrem Pyjama, doch gerade, als sie sich unter die Decke kuscheln wollte, schlugen kleine Steinchen gegen ihre Fensterscheibe.

Sie zuckte zusammen und fuhr noch einmal auf. Das konnte doch nur einer sein! Alice hastete ans Fenster. Tatsächlich. Ned trug noch immer die Kleider, in denen er sie vorhin an der SAF abgeholt hatte. Alices Herz machte einen kleinen Sprung.

Sie öffnete das altmodische Fenster, das nun schief in seinem Rahmen hing. Die kalte Nachtluft traf ihre Lungen wie ein Schlag.

»Ned! Warum rufst du denn nicht an, wenn du da unten stehst?«, rief sie mit einem kleinen Lachen.

»Anrufen ist altmodisch und unromantisch. Anrufen kann ich am Tag. Und texten erst recht. Nachts will ich Steinchen werfen. Kannst du eigentlich mal runterkommen, bevor ich mich hier heiser rede?«

Alice lachte auf. »Warte!« Sie zog sich den Trenchcoat über, den sie auf dem Portobello Markt gekauft hatte, und schlüpfte in ein Paar weiche, mit Fell gefütterte Stiefel. Zum Pyjama, entschied sie, sah sie nun auf dem Weg nach unten so richtig nach London aus! Als sie aus ihrem Zimmer trat, war das Haus dunkel und still. Hinter den angelehnten Türen hörte sie Kims und Cressidas ruhige, tiefe Atemzüge. Sie schlich auf Zehenspitzen die Treppe hinunter.

Als sie die Tür öffnete, traf die Nachtluft sie noch eisiger als vorher. Fast wäre sie zurückgewichen. Nun war es auch in London wirklich Winter geworden – aber Neds Arme, die sich um sie schlangen, waren warm und fest. Sie kuschelte sich an ihn, küsste ihn, brauchte einen Augenblick, um wieder zu Atem zu kommen.

»Warum bist du noch auf?«, fragte sie.

»Weil ich dir was sagen muss. Etwas, das ich zuvor glatt vergessen habe zu sagen. Aber das passiert mir nicht noch einmal.«

»Was hast du denn vergessen, mir zu sagen?«

Er schwieg einen Augenblick lang. Das Mondlicht spiegelte sich in seinen dunklen, weichen Augen. »Ich liebe dich, Alice. Komplett. Absolut. Unsagbar. Wunderschön.«

»Oh, Ned«, flüsterte Alice und fasste sein Gesicht.

»Ja?« Er sah sie ein wenig unsicher an.

»Ich liebe dich auch!«

Gerade als Neds Lippen sich auf ihre legten, fielen die Flocken aus den Wolken über London, weich, still und weiß.

CLASH OF CIVILISATIONS

Schneeball, ihr schwarzer Pudel, war außer Rand und Band. Mark hatte ihm einen kleinen Blumenstrauß in das Halsband gesteckt und ließ ihn von der Leine, als Alice aus dem Ausgang der Gepäckhalle kam. Der Hund sprang sie mit so viel Wucht und Freude an, dass sie ihren Koffer fallen ließ und ihn herzte. Dabei verrutschte ihr überdimensionaler Schlapphut. Schneeball nutzte seine Chance und schleckte ihr quer über das Gesicht, das sie am Morgen noch sorgfältig geschminkt hatte, um besonders cool und nach London auszusehen. Das konnte sie nun wohl vergessen! Egal.

Dann umarmte sie Mark. Er hatte abgenommen, und seine Zahnspange, die ihm der Arzt zu seinem Leidwesen erst im Alter von 18 verpasst hatte, war auch fort. Er sah richtig gut aus, entschied Alice stolz.

»Großmutter, was hast du für große Zähne«, lachte Alice.

»Damit ich rechtzeitig zu Weihnachten besser fressen kann! Was auch gut ist – du glaubst ja nicht, wie viel Mama gebacken und gekocht hat. Komm mit.«

Er packte ihren Koffer und zog ihn hinter sich her, während

sie Schneeball auf den Arm nahm. Er schleckte ihr wieder mit seiner nassen Zunge über das Gesicht, um auch noch das letzte Rouge zu erwischen.

Entlang der Straße lag schmutziger Schnee und auch die Schollen der weiten Äcker rund um den Nürnberger Flughafen trugen Häubchen. Der Himmel hing tief und grau und der Verkehr floss friedlich. Nach knapp zwanzig Minuten durch die Stadt erreichten sie die B14, die Landstraße, die in ihr Dorf führte. Mit einem Mal war Alice nicht mehr so überschwänglich zumute, so sehr sie sich am Morgen noch gefreut hatte. Die Hopfenfelder lagen kahl, und die zwei, drei Unternehmen, die einen Großteil der Menschen hier anstellten, hatten geschlossen – klar, es war ja auch Samstag. Obwohl in London am Samstag und am Sonntag die Straßen ebenso belebt waren wie während der Woche, wenn nicht noch mehr!

Wenigstens lag der Schnee nun dichter. Die Pegnitz war über die Ufer getreten und ihr Wasser zu klarem Eis gefroren. Sie sah Kinder über die glatten Oberflächen flitzen, so wie Mark und sie es früher getan hatten. Plötzlich freute sich Alice doch.

Dann erreichten sie ihr Dorf. Das erste Haus, der Metzger. Dann der Arzt neben dem Autohaus und gegenüber dem Edeka-Laden. Daneben dann der Klempner, ihr Vater. Ihr Zuhause.

Nikoläuse krabbelten die Fassade hoch, und neben den Puppen hatten ihr Vater und Mark noch Ketten aufgehängt, die grell und bunt leuchteten. Rot – Flash! – Grün – Flash! – Blau – Flash! In den Nadelbäumen vor dem Haus glänzten auch schon Lichter.

Mark zog den Wagen in die Einfahrt und Alice griff ihre

Tasche fester. So fest, dass ihre Knöchel weiß hervortraten. Mark stellte den Motor ab. »Komm rein, *Homecoming Queen*.«

Sie versuchte, ebenfalls zu lächeln, doch es fiel ihr schwer. Irgendwie kam ihr das Leben hier auf dem Dorf plötzlich merkwürdig vor.

Abends, als Alice sich nach einem großen Abendessen auf ihr Bett fallen ließ, vibrierte ihr Handy.

1 Nachricht Ned, sagte die Anzeige. Sie rief sie auf.

Wie geht es dir?

Hm. Nach Hause zu kommen ist gar nicht so leicht…

Nein. Korrektur: Aus ***London*** *nach Hause zu kommen ist gar nicht so leicht …*

Geht es dir genauso, wenn du nach Norfolk fährst?

Ja. Mache gerade Pause an der Tankstelle und fasse Mut für Weihnachten. Wenn alle plötzlich wieder nur an George denken. An die Familie, die wir nie wieder sein werden.

Ich denke an dich. Bist du traurig?

Nein. Ich habe ja dich. Schon. Ganz. Bald. Wieder.

Das klingt gut! Und ich muss dir auch noch mal etwas sagen. Oder besser: aufschreiben. Ich liebe dich!

Immer noch? ☺

Ja, und jetzt hast du's auch schriftlich!

Ich liebe dich auch. Gute Nacht, meine Süße. Mein Tank ist voll …

Fahr vorsichtig…

Alice stand auf und trat an das Fenster. Millionen von Sternen strahlten am fränkischen Himmel. In London bekam man so gut wie nie Sterne zu sehen. Plötzlich wurde ihr warm ums Herz. Zwei Welten mussten nicht kollidieren. Sie konnten auch nebeneinander existieren und man konnte ihnen beiden angehören. Nun war sie hier, wieder das *Klempners Madla* mit der nicht nachvollziehbaren Leidenschaft für Kleider. Bald aber war sie wieder in London, an der SAF, wo sie sich die Seele aus dem Leib arbeitete, um dort zu bleiben.

Alice ging am Tag vor Weihnachten zu Edeka einkaufen und legte wie früher gedankenverloren die schweren Konservendosen auf die Eier, sodass diese zerbrachen. Und genau wie früher lachte die Eigentümerin über sie, dass ihr die nackten Arme schwabbelten.

Sie wollte zum Friseur gehen – es war viel günstiger hier –, doch als sie die Auslage sah, überlegte sie es sich noch einmal anders. Auf lila Samt lagen ein paar tote Bienen, direkt unter dem von der Sonne ausgebleichten Plakat einer dauergewellten Schönen, die verführerisch die pink geschminkten Lippen schürzte.

Sie machte am Konditor halt und bestellte die Torte für den Neujahrstag – den einzigen Kuchen im Jahr, den ihre Mutter nicht selber buk.

In der kleinen Gärtnerei kaufte sie Barbara-Zweige. Die Gärtnerin bot ihr vor dem Gehen ein Gummibärchen an und duzte sie ganz selbstverständlich. Dann ging Alice nach Hause. Alles, alles war wie früher. Nur sie nicht mehr.

»Wie geht es denn an der SAF? Meinst du, du bekommst das Stipendium?«, fragte ihre Mutter, während sie den Karpfen schuppte. Das Weihnachtsessen war ein Ritual, das Alice gleichermaßen anzog und abstieß. Der Fisch schwamm einige Tage in der Badewanne herum, ehe er geschlachtet wurde. Allerdings war der Fisch so hässlich, dass Alice schon als Kind nicht ernsthaft um ihn getrauert hatte. Kätzchen und kleine Hasen mussten beschützt werden, aber Fische gehörten nun mal nicht unbedingt zu den Tieren, die man wegen großer niedlicher Augen oder weicher Pfoten automatisch lieb hatte.

»Ich hoffe …« Sie zögerte. Alice hatte ihrer Mutter bisher weder von dem anonymen Brief noch von dem zerschnittenen Modell erzählt. »Aber es gibt da jemanden, der mir schaden will.«

Alices Mutter sah auf. »Weshalb?«

»Weil alle dasselbe wollen. Alle wollen dieses Stipendium. Selbst wenn sie es nicht nötig haben. Aber schon es zu gewinnen ist eine riesige Auszeichnung und garantiert dir das beste Praktikum und einen guten Job.«

»Aha«, sagte ihre Mutter. »Und wie will dir jemand schaden?«

Alice erzählte. Mehrere Male kämpfte sie gegen die Tränen an. Ihre Mutter hatte das Messer längst weggelegt und sich den Fischgeruch von den Händen gewaschen. Sie umarmte ihre Tochter und sagte dann: »Ist es denn das, was du willst?«

»Was, was ich will?« Alice war gegen ihren Willen irritiert.

»Na, eine solche Rivalität. Hass. Neid. Zorn. Das ist doch grässlich. Ist das die Welt, in der du dich bewegen willst?«

Alice sah sie erstaunt an. So hatte sie das noch nie gesehen. So war es auch nicht. Leslies Ruppigkeit nutzte im Endeffekt allen mehr, als dass sie ihnen schadete. Am *Clothworker Center* herrschten Kameradschaft und die Freude an der Mode, am Schönen, an der Kreativität vor. Und auch an der SAF hatten sich alle mit ihr über ihre Bestnote gefreut. Alle außer Blanka, die nun hoffentlich in Eiseskälte an einem zugeschneiten See in Finnland saß und verfaulten Fisch in rauen Mengen aß.

Alice schüttelte den Kopf. »So ist das nicht. Es scheint nur so. Was sollte ich denn sonst tun?«

»Na, überleg doch mal. Jasmin lernt doch Ökotrophologin.

Da kann sie immer in einer Praxis arbeiten oder sich eben arrangieren, wenn sie mal Kinder hat … Du könntest hier im Dorf auch eine Lehre machen. So wie Mark. Als Arzthelferin. Oder vielleicht als Bankkauffrau?«

Alice starrte ihre Mutter an, als sähe sie sie zum ersten Mal. Ökotrophologin. Arzthelferin. Bankkauffrau. Sollte sie lachen oder weinen? Wie sehr kannte die Frau, die sie zur Welt gebracht hatte, sie eigentlich? Oder war sie adoptiert worden?

Sie schluckte schwer, während ihre Mutter nun den Fisch ausnahm. Die Gedärme quollen rot zwischen ihren Fingern hervor. Alice drehte sich der Magen um. Trotz aller Schwierigkeiten, nun, da sie einmal in einer Stadt wie London gelebt hatte, schien es ihr unmöglich, ein Leben zu führen, wie es sich ihre Mutter eigentlich für sie gewünscht hatte.

»Nein, Mama«, sagte sie schließlich sanft. »Ich könnte hier nicht mehr sein. Ich will *mehr*.«

»Du weißt ja, was der Pfarrer immer sagt: *Was hülfe es dem Menschen, wenn er die Welt gewänne und doch Schaden an seiner Seele nähme?*«

»Mamaaaaaa. Seit wann hast du denn solche Sprüche auf Lager? Lass mich raten, ist das von Luther? Gutes lässt sich in Deutschland immer mit Luther und Goethe belegen, Schlechtes mit Hitler!«

Ihre Mutter hielt mit der Arbeit inne und blickte sie betroffen an. »Alice. Ich mache mir doch nur Sorgen um dich.«

»Das musst du nicht. Ich möchte einfach nur nicht mein ganzes Leben in diesem Dorf hier festsitzen. Ich will raus in die Welt und meinen Traum leben.«

Alices Mutter stopfte dem Fisch den Bauch mit grobem Meersalz, Zitronenscheiben und Petersilie aus. Er sah nun richtig appetitlich aus und vergessen waren die Badewanne mit dem schlierigen Wasser und seine blutigen Gedärme. Plötzlich stand er für den Weihnachtsabend, wie Alice ihn als Kind gekannt hatte: Kerzen, Geschenke in buntem Papier, der Baum mit seinen glänzenden Kugeln und Lamettaketten, das Essen, zu dem eine CD mit Weihnachtsmusik spielte.

Alice umarmte ihre Mutter und hielt sie ganz fest. Was auch immer sie dachte, wie verschieden sie die Welt auch sehen mochten – sie waren Mutter und Tochter und würden einander immer bedingungslos lieben.

Bei dem Gedanken wurde ihr warm. Was für ein Segen, immer geliebt worden zu sein. Sie dachte an Cressida und Jem und an das wenige, was sie von deren Eltern wusste. Und sie dachte an Ned.

»Weißt du was?«, fragte ihre Mutter da.

»Was?«

»Ich freue mich so richtig auf heute Abend. Du dich auch?«

»Ja«, sagte Alice ehrlich. Sie freute sich so, wie sie sich auch schon wieder auf London freute. Jetzt schon.

»Willst du schon mal mit der Eisbombe anfangen?«

»Klar doch«, sagte Alice und holte die Klarsichtfolie aus der Schublade, mit der sie einen Sektkübel auslegte, ehe sie in Schichten drei Sorten Eis hineinlöffelte.

Hey, niemand hatte je gesagt, dass es einfach war, sich von einer Raupe in einen Schmetterling zu verwandeln!

LONDON FASHION WEEK

»Oh Mann.« Cressida ließ sich auf das Sofa im Wohnzimmer der Burnaby Street fallen. Ihr Koffer stand noch in der Mitte des Raumes, den Mantel hatte sie einfach auf den Boden geworfen. »Was war das wieder für ein grässliches Weihnachten. Meine Eltern hatten sich schon vor dem Frühstück komplett zerstritten, sodass mein Vater auf die Jagd gegangen ist und dann im Cottage unserer Mieterin Weihnachten gefeiert hat.«

»Im Cottage einer Mieterin?«, fragte Alice. Sie war schon seit zwei Tagen wieder in London. Zwei Tage, von denen der erste schwierig gewesen war – ihr hatte plötzlich ihre Familie und die überschaubare kleine Welt gefehlt, so wie ihr London und seine Größe am Anfang in ihrem Dorf gefehlt hatten. Verrückt.

»Das ist ein besserer Ausdruck für seine Kuh von Geliebte, Alice«, sagte Cressida und verzog das Gesicht. »Er hat ihr eines der kleinen Cottages gegeben, die zu unserem Haus gehören. So kann er jederzeit zu ihr gehen. Miete zahlt sie keine. Oder zumindest kein Geld. Dafür regnet es im Haupthaus hinein.«

»Oh Mann …« , murmelte nun auch Alice. Sie wusste nicht, was sie sonst darauf erwidern sollte. »Und wie geht es dir, Cressy?«

»Mir?« Cressida sah sie erstaunt an. »Ich bin das schon gewohnt. Jetzt bin ich wieder hier, in meinem Haus, bei meinen Freunden und meinem Studium. Mir geht es blendend, Alice!« Sie zog die Beine aufs Sofa und strahlte Alice an, der sofort warm wurde. Wie stark Cressy war!

»Ich brauche dringend einen Tee. Du auch?«, fragte sie. Tee half immer.

»Klar. Wie sollten wir denn sonst deine Heimkehr nach England feiern?«, sagte Cressida, und zusammen gingen sie hinunter in die helle, sonnige Küche, die nur auf Alice und sie gewartet zu haben schien.

Leslie Withers stand vor der Klasse wie der Herrgott vor den verdammten Seelen am Tag des Jüngsten Gerichts.

»Willkommen zurück. Wie ich sehe, ist von euch Möchtegern-Designern noch keiner abgesprungen. Vielleicht habt ihr doch mehr Mumm in den Knochen, als ich angenommen habe.«

Sie ließ ihren Blick über die Studentenschar schweifen. Alle schwiegen, doch die meisten wichen ihrem Blick nicht mehr aus, bemerkte Alice. Gut. So musste man Leslie gegenübertreten – mit Respekt, aber ohne Angst. Falls man das schaffte, korrigierte sie sich sofort mit einer gesunden Portion Sarkasmus! Schließlich schlotterten erst mal jedem die Knie, wenn er ins Büro der Direktorin gerufen wurde.

»Das neue Jahr fängt für euch gänzlich unverdient gut an. Da sieht man mal wieder, dass der Teufel immer auf den größten Haufen scheißt …«

Leslie machte eine kurze Pause. Noch immer zuckte niemand mit der Wimper. Leslie musste mittlerweile mehr tun, als nur zu fluchen, um sie zu schockieren, entschied Alice, und verbiss sich ein völlig unpassendes Lächeln. Die Direktorin wedelte mit einem Papier.

»Bald beginnt in London die *Fashion Week*. Designer, Journalisten, Blogger und Einkäufer aus aller Welt kommen dann hierher, um den Shows beizuwohnen. Partys über Partys, Modenschauen, Nervenzusammenbrüche, Dolchstoßlegenden, alles inklusive. Und ihr Pappnasen dürft bei den Shows helfen. Das hat Tradition! Obwohl ich mich jedes Jahr wieder frage, weshalb ich mich eigentlich für euch einsetze. Aber alle großen Häuser suchen Hilfe: *Jaeger, Burberry, Matthew Williamson, Hatton*. Wir lassen das Los entscheiden, wer wo hilft, damit es keinen Streit gibt. Wer motzt, fliegt raus. Dazu ist mir nämlich meine Zeit zu schade. Das war dann alles. Guten Morgen, meine Damen und Herren.«

Sie ging. Erst als sich die Tür hinter ihr schloss, brach in der Klasse der Jubel aus. Die *London Fashion Week* – und sie würden ein Teil davon sein! Gab es etwas Fabelhafteres?

»Autsch. Jetzt sei doch nicht so ungeschickt. Was haben sie uns denn da wieder für einen Trampel geschickt«, schimpfte Jeannie, das Model. Sie war jünger als Alice, die im Geiste die Augen verdrehte, während sie versuchte, über Jeannies knochigem Rücken den Reißverschluss eines Etui-Kleides mit Schleppe zu schließen. Das Los hatte sie bei *Burberry* landen lassen, was ihr wie ein Traum vorkam. Auch wenn Cressida, dem Glückspilz, *Hatton* zugeteilt worden war, ebenso wie fünf anderen Studenten aus ihrem Kurs. *Wer motzte, flog raus*. Dass Leslie keine leeren Drohungen machte, war klar.

»Aua. Das kann doch nicht dein Ernst sein, jetzt pass doch mal auf!«

»Sorry!« Alice geriet ins Schwitzen. Dass Jeannie ihre Haut aber auch immer zwischen das Metall des Schiebers pressen musste! Tat sie das absichtlich oder war das Kleid selbst dem unglaublich dünnen und großen Model zu klein und zu eng? Gut, dass hier im *Natural History Museum*, wo die *Fashion Week* stattfand, alle Türen zu waren, sonst könnte ein Lufthauch das Mädel noch umwehen. Sie bestand nur aus Haut und Knochen. Wenn Jeannie freundlicher gewesen wäre, hätte Alice sie vielleicht auf eine Woche nach Franken eingeladen – denn dort war ein Kilo Gewichtszunahme am Tag garantiert! Alice schielte auf die Größe im Etikett des Kleides. 34! Das passte ja einer Puppe!

»Zieh den Bauch ein«, forderte sie und zog mit aller Kraft an dem Reißverschluss: Zack – endlich war der Schieber oben! Uff, geschafft. Alice hörte schon die Musik, die zu Jeannies nächstem Auftritt gehörte. Man durfte hier vieles, aber gewiss nicht hinterherhängen!

»Stümperin«, knurrte Jeannie und schlüpfte in die Schuhe mit turmhohen Absätzen aus mit Blütenranken verziertem Plexiglas. Es sah wundervoll aus.

Alice lehnte sich im Schatten des großen Vorhangs, der den Laufsteg von den Umkleidezonen trennte, gegen die Wand. Sie ruhte sich kurz aus, aber musste mucksmäuschenstill sein. Neben ihr stand die Assistentin des Designers mit ihrem Flipchart, dem Headset und drei Handys im Anschlag – alle auf leise gestellt. Der Dämmerschein der Umkleide traf auf die grellen Lichter des Laufstegs. Was für ein Traum es war, hier zu sein!

Jeannies rotes Haar wehte, als sie, ohne zu lächeln, und mit starrem Blick über den Laufsteg stürmte. In der ersten Reihe erkannte Alice jede Menge bekannter Gesichter: Models, andere Designer und Schauspieler. Würden sie je für *sie* hierherkommen? Um Alice Webers erste oder eben neue Kollektion zu sehen? Ihr Herz schlug schneller und ihr Mund wurde trocken. Bei dem Gedanken, jemals da hinausgehen zu müssen, wenn auch erst in Jahren, wurde ihr schwindelig. Schon die kurze Modenschau vor Weihnachten in der SAF war wie ein Gang über glühende Kohlen gewesen.

Jeannie machte gerade eine Wendung auf dem Laufsteg und sah die wartenden Fotografen durch das Blitzlichtgewitter hindurch nur hochmütig und strafend an, ungefähr so, als beleidigten sie sie durch ihr Interesse und ihre Arbeit hier ganz persönlich. Komisch. Dabei war man doch viel hübscher, wenn man lächelte. Aber vielleicht passte das nicht zu den wild toupierten Haaren oder dem einzigen grasgrünen Strich, den der Visagist Jeannie quer über Wangenknochen und Nase gezogen hatte. Aufgepasst, ermahnte sie sich selbst. Jeannie kam schon wieder über den Laufsteg gejagt: eine 1,80 Meter große Göttin, die all die gaffenden Erdenwürmer ignorierte. Hüfte vor, Kinn hoch, die Schultern vor und zurück, vor und zurück.

Alice stellte sich rasch neben den Kleiderständer, an dem Jeannies Modelle hingen. Jetzt nicht noch Öl ins Feuer gießen und zu spät kommen! Sie griff nach dem nächsten Kleid: ein kleines schwarzes, aus Spitze. Es hatte lange Ärmel, aber ließ die Schultern frei.

»Autsch!«, kreischte Jeannie da. Es ging Alice durch Mark und Bein. Dieses Mal, so viel war klar, hatte sie sich *wirklich* wehgetan. Sie saß mitten im Gang vor den Stufen, die zum Laufsteg hochführten, und krümmte sich vor Schmerzen.

»Verdammt, wer hat die Stufen dahin getan!«, schluchzte sie auf.

Und wer hatte die Luft zum Atmen erfunden, dachte Alice, denn die Stufen waren dort schon den ganzen Morgen gewesen und vor allen Dingen auch bei Jeannies ersten beiden Durchgängen. Dennoch tat sie ihre Pflicht und stürzte an Jeannies Seite, um ihr beim Aufstehen zu helfen.

»Ich kann nicht mehr auftreten. Ich habe mir den Knöchel verknackst. Verdammt, für mich ist die *Fashion Week* gelaufen!« Plötzlich wirkte Jeannie auf Alice wirklich zerbrechlich.

Der Designer war sofort neben ihnen: ein noch jung wirkender Mann mit Wuschelkopf. Er griff Jeannie unter die Achseln, während Alice ebenfalls versuchte, sie an ihrem Hinterteil zu stabilisieren.

Die junge Frau tat einen Schritt, doch ihr schossen sofort die Tränen in die Augen und sie musste sich setzen. Der Designer war ganz blass geworden. »Was soll ich denn jetzt tun? Verdammt, du solltest das Brautkleid laufen! Ruf doch endlich jemand die Agentur an …«

»Alle Mädchen sind ausgebucht«, wagte seine Assistentin einzuwenden, die schon an ihrem iPhone hing.

»Was sollen wir denn dann machen? Sie im Rollstuhl über den Laufsteg schieben oder was? Ach, verdammt noch mal. Dass auch keiner eine zweite Rolle buchen kann. Sind wir *Burberry* oder nicht?!«, fauchte der Mann.

»Ich kann was machen«, wagte Alice zu sagen. »Daheim habe ich mir oft den Knöchel beim Turnen verknackst. Beim Aufkommen nach dem Flickflack und so.«

»Bloß *die* nicht«, quiekte Jeannie.

»Mach«, entschied der Designer. »Was brauchst du? Einen Arzt? Eine Trage?«

Alice sah sich um. »Nein. Nur den Champagnerkübel voll Eis, der da drüben steht, eine Plastiktüte und einen Schal.«

»Okay ….«, sagte der Designer, riss sich den Vintage-Hermès-Schal vom Hals und schnippte mit den Fingern. Die Assistentin flitzte davon und kam mit dem Kübel und einer Plastiktüte angelaufen.

»Alles klar, Jeannie, halt still …«, bat Alice.

»Du hast mir gar nichts zu sagen, Garderoben-Maus!«

»Klappe, Jeannie«, sagte der Designer und hielt den Knöchel fest, als Alice Eiswürfel aus dem Champagnerkübel griff und sie erst in die Tüte und dann auf den Knöchel packte. Dann fixierte sie alles mit dem Schal.

»So. Fünf Minuten. Dann kannst du wieder laufen. Versprochen.«

»Gut gemacht«, sagte der Designer. »Wie heißt du?«

»Alice Weber. Ich bin Praktikantin von der SAF.«

»Da war ich auch.« Er lachte nun. »Es wird mir eine Ehre sein, Leslie Bescheid zu sagen, dass du hier eine große Hilfe warst!«

»Hey, Alice? Bist du fertig?« Ned kam zusammen mit Cressida auf sie zu. Wie hatte er Zugang zu der *Fashion Week* erhalten? Cressida musste ihn mit hineingeschmuggelt haben. Wie schön, beide zu sehen. Sie waren inzwischen eine richtige *Gang*, dachte Alice schmunzelnd.

»Fertig? Im wahrsten Sinne des Wortes!«, sagte sie und hatte nicht mal mehr die Kraft, von ihrem Klappstuhl neben den Kleidern aufzustehen.

Ned umarmte und küsste sie.

»Ned, da ist der *Burberry*-Designer«, sagte sie und wollte ihn am Arm fassen, doch er drehte sich schnell weg und hatte plötzlich sein Handy am Ohr. Er ging rasch den Gang hinunter und verschwand sprechend zwischen zwei Kleiderständern. Was war denn das gewesen? Hatte das Telefon überhaupt geklingelt? Alice wollte Ned schon folgen, als der Designer ihr ein Glas Champagner in die Hand drückte.

»Alice! Gut gemacht!« Er küsste sie auf beide Wangen, ehe er sie zu einem anderen Mann zog, der seine langen, dunklen Haare in einem Pferdeschwanz trug. »Das ist John, der *Creative Director* von *Hatton*.«

Der *Creative Director* von *Hatton*! Alice wurde ganz heiß: er, dessen Anruf ihr an der SAF und dem *Clothworker Center* die Haut gerettet hatte! Nun konnte sie sich bei ihm bedanken und herausfinden, wie es zu dem Anruf gekommen war. Sie nutzte die Chance, um zu sagen: »Wir kennen uns. Ich bin Alice Weber, die Studentin von der SAF …«

John hob fragend die buschigen Augenbrauen. »Kennen wir uns? Wirklich? Wie heißt du noch einmal?«

»Alice … Alice Weber«, stammelte sie.

Er schüttelte den Kopf. »Alice Weber? Sorry, kann mich beim besten Willen nicht dran erinnern … Auf jeden Fall hast du das heute gut gemacht. Lass dich für deine Arbeit und deinen Einsatz von diesem Schinder hier ordentlich an der SAF loben«, sagte er dann und zog den Designer an den Locken. »Jeannie ist ein harter Brocken. Aber eben das Gesicht des Augenblicks. Alle wollen sie buchen.«

Dann ging er weiter.

Alice stand stumm vor Erstaunen da. Er kannte sie *nicht*? Hatte ihren Namen nie gehört? Und doch hatte er bei Leslie Withers angerufen oder anrufen lassen, damit sie nicht nur auf dem Projekt blieb, sondern auch noch das *Hatton*-Kleid restaurieren durfte. Sie sah ihm ungläubig nach, wie er davonging. Dann setzte sie sich wieder und griff nach dem Champagnerglas. Und auf einmal war auch Ned wieder da. Sie sah zu ihm auf.

»Hast du fertig telefoniert? Was war denn so dringend?«

»Alice, ich …«, begann er, aber brach dann ab. »Sorry, war wirklich dringend. Ein spontaner Gig.«

Alice trank einen trotzigen, tiefen Zug aus ihrem Glas. »Das habe ich gemerkt. Ich wollte mich bei dem *Creative Director* von *Hatton* bedanken, dass er mir damals an der SAF die Haut gerettet hat. Aber, stell dir vor, er kannte mich gar nicht. Ist das nicht komisch?«

Ned sah kurz zu den beiden Männern, zog Alice dann auf ihre Füße, ehe er gleichgültig sagte: »Das passiert. Viele Leute haben ein Gedächtnis wie ein Sieb. Vor allen Dingen in dieser Branche, kann ich mir vostellen. Jetzt komm. Ich habe heute auf dem Markt für uns eingekauft.«

»Hm. Was gibt es denn?« Alice schlüpfte in ihren Pulli.

»Ein schönes fettes Bio-Huhn. Und Pablo hat sich freinehmen müssen, ob er es wollte oder nicht. Cressy? Kommst du auch mit?«, fragte er Cressida, die wieder neben ihnen aufgetaucht war.

»Nein danke. Ich will euch Turteltauben nicht stören. Ich gehe noch in die SAF«, sagte sie müde. Alice musterte sie: War es richtig, sie so viel allein zu lassen? Saßen sie nicht im selben Boot?

»Vielleicht sollte ich auch noch …«, überlegte Alice laut.

Immer der Druck, immer die Konkurrenz. Vielleicht machte ja die eine Stunde, die man mehr in der SAF zubrachte, den Unterschied zu allen anderen aus?!

»Gern. Ich warte auf dich«, bot Cressida an. »Dann gehen wir zusammen hin.«

»Nein«, entschied Ned für Alice und zog sie an sich. »Das kommt gar nicht infrage. Bis bald, Cressy. Ich bin beeindruckt, wie hart du arbeitest! Hut ab, *my friend* …« Er umarmte sie kurz und ermutigend, ehe er Alice half, ihre Siebensachen zu packen.

HAPPY BIRTHDAY!

Auch eine Art, seinen Geburtstag zu verbringen, dachte Alice müde, als sie vor das *Clothworker Center* trat. Es war der dritte März und der Himmel über London wölbte sich klar und blau. Überall blühten schon die Osterglocken, obwohl das Fest in diesem Jahr so früh lag. In London war der Frühling schon viel eher gekommen, als Alice es gewohnt war.

Sie verharrte einen Augenblick lang auf der Schwelle des Eingangs, der früher nur von den weiblichen Angestellten hatte genutzt werden dürfen. Die Luft duftete noch süß und der späte Nachmittag war warm vom Sonnenschein. Frauen, die vorbeigingen, trugen keine Strümpfe und Stiefel mehr, sondern Ballerinas an den nackten Füßen. Alice bewegte die Zehen in den blickdichten Strümpfen und den geschnürten Jagdstiefeln, die sie auf dem Camden Market erstanden hatte.

Nach der Arbeit in der Bibliothek der SAF hatte sie noch drei, vier Stunden an dem *Hatton*-Kleid gefädelt. Das kleine Schwarze, das sie auf eine unerklärliche, undefinierbare Weise forderte, das sie einfach nicht losließ. Das ihr auf keine ihrer Fragen eine Antwort geben wollte – oder konnte.

Alice sah kurz hoch zum dunklen Fenster des Studios, in dem das *Hatton*-Modell hing. Ein kurzer Schauer lief ihr über den Rücken – einen irren Moment lang hatte sie erwartet, es dort am Fenster stehen zu sehen. Als sei es eine Person, die lebte und atmete! Sie drehte schnell den Kopf weg. Bald war die Arbeit daran beendet. Alice kniff die Augen zusammen und öffnete sie dann wieder: Plötzlich sah sie die Welt ganz bunt! Unzählige Farbtupfen tanzten vor ihren Augen und schwebten über den Bürgersteig auf sie zu. Ballons, in allen nur möglichen leuchtenden Farben, die sie das Grau der Straße und der Häuser vergessen ließen.

Dann bekamen die Ballons Beine: lange Beine, die in dunklen Jeans und roten *Converse* steckten. Unter den Ballons kam Neds Wuschelkopf zum Vorschein. Er lächelte sie an. Glücklich, aber auch ein wenig unsicher. Ein Hauch von Melancholie, der sich beinahe nie aus seinem Blick vertreiben ließ. Aber auch dafür liebte sie ihn!

»Ned!«, rief sie und lief los. Er öffnete die Arme und fing sie auf.

»Ups! Vorsicht. Nicht so stürmisch, sonst fliegen mir die Ballons jetzt schon weg! *Happy birthday*, Alice. Ich dachte, etwas Farbe schadet heute gar nicht. Für dich alle Farben der Welt. Ich schenke sie dir, wann immer ich es kann.«

Er umarmte sie wieder, und die Ballons schlossen sich um sie beide, ein bunter Wall, der Alice beinahe den Atem nahm. Es fühlte sich auf verrückte Weise schön an. Dann tauchten sie unter den Ballons weg und Ned band die Schnüre mit einem festen Knoten an seinem Fahrrad fest, das er vor dem *Clothworker Center* abgestellt hatte. Er sah kurz und suchend an der Fassade nach oben, ehe er sie an den Schultern nahm und zärtlich fragte: »Zeig mal her. Bist du warm genug angezogen?«

»Wofür denn? Ich habe noch meine Jacke …«

»Das genügt nicht. Zieh dir das hier noch über das Kleid.« Er hielt ihr einen seiner Pullis hin. »Und dann die Jacke.«

Sie gehorchte. »Was hast du vor?«, fragte sie neugierig, als sie die zu langen Ärmel an Neds Pulli hochkrempelte.

»Wir schweben über die Stadt.«

»Mit den Ballons?«

»So ungefähr. Eines steht fest: Du hast wohl zu viel Disney gesehen.«

»Kann man das? Ich meine, zu viel Disney sehen?«

»Nein«, entschied er und schloss sein Fahrrad auf. »Wie läuft die Arbeit an dem Kleid?«, fragte er, ehe sein Blick noch einmal flüchtig über die Fassade des *Clothworker Centers* glitt.

Alice seufzte. »Es ist sehr anstrengend und sehr langwierig. Ich würde es dir am liebsten noch einmal zeigen, aber …«

Ned winkte sofort ab. »Nein, nein, lass. Du kannst es mir im *V&A* zeigen, wenn es fertig ist und ausgestellt. Dann sind wir gemeinsam stolz auf dich und deine Arbeit.« Dennoch sah er noch einmal nach oben, dorthin, wo die Studios jetzt im Dunkel lagen.

»Lass uns fahren«, entschied er dann, stieg auf und wartete auf Alice. Sie radelten gemeinsam davon. Ned flog der bunte Strauß an Ballons hinterher und Alice folgte ihm so durch das dichte Gewimmel der Straßen von London. Sie mussten wunderschön aussehen. Die Leute lachten, klatschten und machten Fotos. Busse wichen ihnen aus und Taxis hupten kurz, um ihnen die Vorfahrt zu lassen. Kein Zweifel, ein buntes Bündel Ballons war die Antwort auf alle Londoner Hektik!

»Sieht toll aus, Darling!«, rief eine dicke Chinesin, die gerade mit Tüten beladen aus einem Supermarkt kam. Alice wurde warm ums Herz und sie fühlte sich unendlich verbunden mit Ned und der Stadt. Nie wieder wollte sie von hier weg. Nicht von hier und nicht von Ned.

Die Lichter des Riesenrads leuchteten wie Sterne in der Dämmerung des späten Londoner Nachmittags. Ned band die Ballons an das Geländer und drückte dem Kontrolleur ein ganzes Bündel Tickets in die Hand. Der zählte sie kurz durch und ließ dann die Schlange der Wartenden anhalten. Ned aber zog Alice schon mit sich, ehe sie etwas fragen konnte: Das *London Eye* hielt in seinem Drehen nicht inne, sondern sie mussten mit einem Sprung durch die Tür der Kabine setzen. Alice drehte sich überrascht um, als sich die Tür hinter ihnen beiden mit einem leisen, klackenden Geräusch schloss. Sie waren allein. Alle anderen Kabinen dagegen waren voll besetzt.

»Weshalb sind wir allein?«, fragte sie überrascht und sah, wie die Leute in die nächsten Kabinen sprangen.

»Weil ich das so wollte«, sagte Ned und küsste sie. »Ich habe alle Tickets für diese Kabine gekauft, denn ich wollte diesen Augenblick nur mit dir teilen. Er ist magisch. Die Stadt, die langsam aus dem Dämmerlicht auftaucht und uns zu Füßen liegt. Ich weiß doch, wie sehr du deine Gedichte magst – und Wordsworth' Worte über das Parlament dort drüben in Westminster sind unvergesslich … Kennst du sein *Composed upon Westminster Bridge*?«

Alice schüttelte den Kopf. Ned drehte sie zu der gläsernen Wand der Kabine, von wo aus man *Big Ben* und das Parlament überblicken konnte. Die Themse zog sich grau und ruhig unter der *Westminster Bridge* durch, als Ned leise sagte: »Den Anfang weiß ich Banause nicht mehr. Aber das doch …:

Dear God! The very houses seem asleep;
And all that mighty heart is lying still!

Alice hatte Gänsehaut und die Kehle wurde ihr eng. Ihr Herz schmerzte ihr vor Glück, als Ned von hinten die Arme um sie schlang, sie sich an ihn schmiegte und sie still nach draußen sahen. Es gab einfach keine Worte, die alles fassen könnten, was sie empfand. Wie schön es war, so gemeinsam und glücklich zu schweigen! Das Rad drehte sich kaum wahrnehmbar und doch offenbarte ihnen London bei jedem Atemzug mehr von sich. Im Abenddunst stiegen Ned und sie hoch über den Fluss und seine Brücken, über die Dächer, die Kirchen und die Türme der Stadt hinweg. Es war – zauberhaft. Ein anderes Wort fiel Alice dafür nicht ein.

»Und du hast wirklich die ganze Kabine gebucht?«, fragte sie zaghaft.

Sie spürte, dass er nickte und er küsste ihr Haar.

»Ja. Ich habe die ganze Kabine gebucht. Am liebsten hätte ich noch eine rote Schleife drumgebunden, aber das haben die mir nicht erlaubt. *Happy birthday*, Alice.«

Sie standen zusammen da und nahmen den Anblick in sich auf: Haut an Haut, Herzschlag an Herzschlag. Alles in Alice verschwamm und verschmolz. Sie fühlte sich glücklich und eins mit allem. Wenn sie jetzt starb, dachte sie, dann war sie *glücklich* gewesen. Ned hielt sie noch fester und drehte sie zu einem Punkt am Stahlgestell des Rades.

»*Cheeeeeese,* Alice. Hier wird ein Foto gemacht!« Sie schmiegte sich enger an ihn, gerade als der Blitz ein kurzes Zucken durch die Dämmerung sandte.

»Ich fühle mich wie in der Szene in ›Titanic‹«, sagte sie und breitete die Arme aus, gerade als er sie losließ. Ned küsste ihren Nacken. »Der blöde Schinken. Da sind wir doch viel besser. Wer braucht Filme, wenn es das Leben gibt?«

Alice legte ihre Hände auf das Spalier der Kabine und lehnte die vor Aufregung heiße Stirn gegen das kühle Glas. Sie schloss kurz die Augen. Noch nie hatte sich jemand so etwas für sie ausgedacht! Ja, wer brauchte einen Film, wenn es ein Leben mit Ned gab? Sie öffnete die Augen wieder weit, wie um all die Wunder um sich herum aufzunehmen.

And all that mighty heart is lying still ... Langsam, ganz langsam schwebten sie dem höchsten Punkt des Riesenrades entgegen. Alles schien zu verharren, den Atem anzuhalten.

Plopp! Alice fuhr herum, so sehr riss sie das Geräusch aus dem Zauber der blauen Stunde. Dann war sie wieder versöhnt, denn Ned zog aus seinem abgewetzten Rucksack zwei Gläser.

»*Happy birthday*«, sagte er noch einmal, und das süße Perlen des Champagners stieg Alice in die Nase. Sie musste lachen. Es schmeckte, als hätte man in dieser Flasche die ersten Sterne, die nun am Himmel über London leuchteten, eingefangen. Davon wollte sie mehr und mehr! Ned und Alice, Sternenjäger! Er küsste sie, und seine Lippen nahmen sie mit, hoch ans Firmament, in ein unendlich scheinendes Glück.

»Wollen wir alle?«, fragte Ned, als sie nach dem Aussteigen die Bilder betrachteten, die von ihnen in der Kabine des London Eye gemacht worden waren. Alice begutachtete die Schlüsselanhänger, die Lesezeichen, die Kühlschrank-Magneten und die richtigen Bilder, die sie rahmen konnte.

»Wir nehmen alle«, entschied sie.

»Gut. Der Anhänger ist für dich, aber die Magneten sind für mich.«

»Du willst sie doch nicht allen Ernstes an den Kühlschrank hängen?«

»Warum nicht? Dann kann ich dich bewundern, wenn ich mir nachts noch einen Snack mache.« Er zwinkerte ihr zu und schob dann eines der Bilder in sein Portemonnaie. »So bist du immer bei mir. Jetzt komm …«

»Wohin?«, fragte Alice, als er den noch immer vollen Rucksack schulterte und sie zwischen den vor dem London Eye und dem Aquarium wartenden Leuten hindurchzog. Er drehte sich kurz zu ihr um.

»Hast du etwa keinen Hunger? Was wäre ein Geburtstag ohne ein Festessen?«

»Noch mehr feiern?«

»*Noch mehr*? Was soll das heißen? Wir haben noch nicht einmal angefangen!«

In diesem Moment ließ er die Schnüre der Ballons los, die sich in den Himmel hoben und dort schnell, viel zu schnell zu kleinen bunten Punkten wurden, die sich im anbrechenden Abend über London verloren.

Ned löste vorsichtig das Fruchtfleisch der Melone von der Schale, ehe er den Schinken darüber drapierte. Kerzen flackerten in den Windlichtern, die an den Ecken der Picknickdecke standen, und Alice konnte bis auf drei, vier Schritte um sie herum nichts mehr wahrnehmen. Über dem St. James's Park lag nun vollkommene Dunkelheit. Die Abendkühle setzte ein, und sie war froh, dass Ned ihr noch den Pullover mitgebracht hatte. Sie trug ihn über ihrem geblümten 40er-Jahre-Tee-Kleid und unter der Lederjacke.

Am See in der Mitte des Parks mussten die Reiher, Schwäne und Gänse, die sie bei ihrer Ankunft gesehen hatte, nun schon ihre Köpfe unter die Flügel gesteckt haben. Neds Rucksack erinnerte sie an die magische Handtasche von Hermine Granger in »Harry Potter«: Es war unglaublich, was er alles dabeizuhaben schien! Auf der großen, gewebten Decke, die hier und da

Mottenlöcher hatte, standen eine Flasche Weißwein, frisches Vollkorn-Baguette, Butter, knuspriges Huhn, mehrere Sorten Käse und als Nachspeise ein kleiner Kuchen.

Ned belegte ihr gerade einen Teller und reichte ihr dann noch ein Weinglas. »Für mich ist nichts so romantisch wie ein Picknick. Gefällt es dir?«, fragte er leise und sah sie forschend an. Sie erkannte wieder die Frage in seinen Augen, die Hoffnung. Ob es ihr *gefiel*? Nie, nie in ihrem Leben hatte jemand bisher so etwas für sie getan!

Alice brannte das Herz, als sie sich vorbeugte und ihn anstelle einer Antwort küsste. Eine andere Reaktion auf seine Frage fiel ihr nicht ein. In ihrem Kuss lag alles, was sie ihm sagen konnte. Und sie spürte: Er verstand sie.

Nach dem Essen lagen sie eng aneinandergekuschelt unter einer Decke und sahen in die Sterne, die zwischen den Baumwipfeln hervorleuchteten. Es wirkte, als ob sie sich bewegten, dabei war es die Erde, die sich drehte und die noch kahlen Kronen der Eichen und Kastanien um sie herum, deren Zweige sich im Wind regten. Das Gefühl war unbeschreiblich: Um sie herum war London, eine der größten Städte der Welt, und doch spannen die anbrechende Nacht, der leere Park und ihr eigenes, glückliches und gemeinsames Schweigen einen Kokon um sie, eine schützende Hülle.

Hier und so, das spürte sie, wollte sie immer von der Raupe zum Schmetterling werden!

»Alice?« Ned räusperte sich, ehe er weitersprach. »Möchtest du mit zu mir nach Hause kommen?«

Sie stützte sich auf einen Ellenbogen und sah ihn an. Sein Gesicht so nah. »Nach Notting Hill? Heute Abend?« Sie zögerte und küsste ihn.

Seine Finger spielten zärtlich mit ihrem Haar, ehe er behutsam sagte: »Nein. Nicht nach Notting Hill. Also, nicht nur. Ich meine, ob du mich in Norfolk besuchen möchtest. Das Land dort ist ein Teil von mir …« Alice hörte Vorsicht in seiner Stimme. Sie wusste, was die Einladung ihm bedeutete. Ihr Blick tauchte in den seinen und sie küsste ihn erneut.

»Gern«, sagte sie dann schlicht.

Er schluckte. Seine Worte schienen ihm Mühe zu bereiten. »Komm zu Ostern. Du kannst den Zug nach King's Lynn nehmen und ich hole dich ab«, sagte er rau. »Es gibt dort so vieles zu sehen. Und zu verstehen.«

Alice schmiegte sich an ihn. Ja, wenn sie Ned dann noch besser verstand, wollte sie ihm bis ans Ende der Welt folgen. Der Zug nach King's Lynn in Norfolk war eine vergleichsweise bescheidene und machbare Alternative zu einer solchen Weltreise. Für alles andere blieb ihnen so viel Zeit.

EIN VERGIFTETES GESCHENK

Alice schnitt einen neuen schwarzen Faden von der Rolle ab, machte in das eine Ende einen Knoten und fädelte ihn ein. Ehe sie wieder einige schwarze Jetperlen auf die feine Nadel spießte, um dann in den *Crêpe de Chine* zu stechen, hielt sie inne. Das Kleid lag flach, schwarz und schimmernd vor ihr. Fast wirkte es, als fließe der Stoff, als erwache er in all seiner Schönheit und Vollkommenheit zum Leben. Alice stach nun vorsichtig in die erste Lage *Crêpe de Chine*, zog den Faden durch und prüfte dann, ob die Perlen in der von ihr wiederhergestellten Stickerei auch richtig saßen: fest genug, um nicht abzuspringen, und lose genug, um Spielraum zu haben und den Stoff nicht zu verziehen, wenn sich die Trägerin bewegte – auch wenn es nie wieder eine Trägerin geben würde! Alles sollte seine Richtigkeit haben. So viel Professionalität musste sein.

Mit der Handarbeit ließ sie ihre Gedanken ziehen: Heute Abend würde sie mit der Arbeit an den Stickereien fertig werden. Ein Augenblick, der ihr bei Beginn ihrer Arbeit an dem Kleid unsagbar fern vorgekommen war. Das *Hatton*-Kleid war nun wieder so vollkommen, wie es schon einmal gewesen war; vor Jahrzehnten, ehe es so beschädigt und beschmutzt worden war.

Warmer Stolz erfüllte Alice, und beinahe tat ihr der Gedanke leid, es bald nicht mehr sehen zu können. Es würde wie so viele andere Modelle hier im *Clothworker Center* unter einer weißen Schutzhülle in einem der langen Schränke verschwinden; vielleicht für sehr lange Zeit oder zumindest, bis ein Student oder ein Designer Recherchen zu Henrietta Hatton betrieb und ihre Modelle studieren wollte. Oder bis das *V&A* eine Ausstellung zu der genialen Modeschöpferin plante.

Sie strich über den wertvollen Stoff und verdrängte die Gedanken. Es war nicht *ihr* Kleid! Dennoch konnten ihre Finger nicht von dem Stoff lassen. Er war so weich und doch so widerstandsfähig! Was für eine Pracht: Die stumpfen Pailletten wanden sich wie eine Schlingpflanze um den Stoff bis hoch zu dem wasserfallartigen Halsausschnitt. Die Jetperlen schimmerten wie die See bei Vollmond. Dann verharrte Alice in ihrer Bewegung, denn ihr kam ein Gedanke, der vollkommen verboten und gleichermaßen verrückt wie verführerisch-wunderschön war. Wie das Kleid wohl getragen aussah? Getragen – von *ihr*?

Alice blickte sich langsam um. Das Studio war, wie immer zu so später Stunde, leer. Ihr Atem ging plötzlich rascher und ihr Herz schlug hart in der Brust. Niemand war mehr hier, oder wenn doch, dann nur ganz tief unter ihr, im Magen des Gebäudes!

Ihr Blick blieb an dem großen schwenkbaren Spiegel neben der Tür hängen.

Alices Finger zitterten, als sie das Kleid anhob und es hochhielt, gegen das Licht. Dunkles, forderndes Drama, dem sie sich nicht entziehen konnte oder wollte. Sie biss sich auf die Lippen. Hatte sie sich das nicht durch all ihre Arbeit verdient?

Ja, flüsterte ein Teufelchen in ihrem Kopf: ja, ganz gewiss. Die Engel schwiegen, aber schüttelten missbilligend den Kopf. Als Argument genügte das nicht.

Alice schlüpfte aus ihren engen schwarzen Jeans und zog sich den rosa V-Ausschnitt-Pulli über den Kopf. Schade, dass sie keine Absätze trug, sondern ihre flachen Musketier-Stiefel. Dann schon lieber barfuß und auf Zehenspitzen, entschied sie, und schlüpfte aus den Boots. Alice dimmte das Licht: Neon bekam niemandem gut, vor allen Dingen ungeschminkt!

Sie hielt den Atem an, als das Kleid kühl und langsam über ihren Kopf und ihren Körper glitt. Sie schloss die Augen und spürte, wie es sich an ihre Figur anpasste, ohne dass sie auch nur an Saum oder Seitennähten ziehen musste, auch wenn die ursprüngliche Trägerin gewiss nicht so groß und knochig wie sie gewesen war. Dann blickte sie auf und sah in den Spiegel. Ein Laut der Überraschung entglitt ihr: Sie sah eine Fremde darin! Eine Frau, so schön und geheimnisvoll, wie sie selbst es gewiss nicht war.

Oder doch?

Das Kleid war magisch! Ihre Hände strichen ehrfürchtig über den Stoff. Oh, jetzt Seidenstrümpfe dazu haben und fantastische himmelhohe Pumps! Sie ging auf die Zehenspitzen und drehte sich um, verrenkte sich den Hals, um über ihre Schulter zu sehen.

Wow!

Schade, dass Ned sie so nicht sehen konnte. Hatte sie je so verführerisch ausgesehen? Aber noch einmal wagte sie es nicht, ihn einzuschmuggeln. Vielleicht konnte sie ja ein Selfie machen? Sie lief zu ihrer Handtasche, und das Kleid floss bei jeder Bewegung mit, als sei es Teil von ihr. Mist. Sie hatte ihr iPhone vergessen. Gerade heute!

Alice kehrte wieder vor den Spiegel zurück und sah sich lange darin an, ehe sie einmal um die eigene Achse wirbelte. Die Stickereien schimmerten und gewannen im Spiel des Lichts an Leben: Sie drehte sich noch einmal. Mit jeder Bewegung wurde es zu einem anderen Kleid. Es war so raffiniert geschnitten, dass es beinahe unmöglich war zu sagen, *wie* es gearbeitet war!

Alice stand ganz still und ihr Atem ging heftig: Plötzlich fröstelte sie an ihren nackten Armen und Beinen. Wolken zogen wie Schatten über den Mond. Das Licht im Studio änderte sich unmerklich: Es wurde dunkler und unstet. Plötzlich musste Alice an eine Geschichte denken, die sie vom Hof Ludwig des Vierzehnten gehört hatte: Seine Mätresse hatte einer neuen Gespielin des Königs ein wunderschönes Kleid geschenkt, einfach so. Doch als diese es anzog, brannte der Stoff auf ihrer Haut erst wie Nesseln und dann wie Feuer. Sie schrie zum Gotterbarmen, doch es gelang ihr nicht mehr, das Kleid auszuziehen, ehe sie tot, mit Pusteln übersät, zu Boden sank. Der Stoff war von der Mätresse des Königs mit Gift getränkt worden.

Alices Haut prickelte. Plötzlich brannte der Stoff an ihr, auf ihr. Sie riss die Arme hoch und zog sich das Kleid an den Schulternähten, so schnell es nur ging, über den Kopf. Es war ein Wunder, dass die Nähte hielten, so wie sie daran riss. Doch es war ihr egal und sie ließ das Kleid angesichts ihrer monatelangen Arbeit mit schockierender Gleichgültigkeit zu Boden fallen. Dann stand sie einen Augenblick lang in ihrer Unterwäsche da, ehe sie sich neben dem Kleid auf den Boden setzte. Was war geschehen? Ihr Finger zitterten. Sie zog die

Knie an und schlang sich die Arme um den Leib. Was an dem Kleid ließ sie auf solche Gedanken kommen? Sie angelte nach ihren Jeans und dem Pulli. Erst als Alice wieder ganz angezogen war, konnte sie das Kleid aufheben. Sie hängte es an seinen Bügel, wo sie es vorsichtig glatt streifte.

Ihre Arbeit daran war beendet.

Ehe Alice das Licht ausschaltete, sah sie noch einmal zu dem Kleid, das nun zwischen anderen an dem Ständer hing. Es sah wieder aus wie vorher: ruhig, glatt und betörend schön. Die Erinnerung an ihre Empfindung von eben schien nun irrsinnig. Was hatte ihr nur diese entsetzlichen Gedanken und ihre plötzliche Furcht eingegeben? Oder war das alles bloß Einbildung gewesen? Sie wusste es nicht. Sicher war sie nur übermüdet. Das war alles. Alice zog sich den Mantel an und schaltete das Licht aus, ehe sie sacht die Tür hinter sich zuzog. Das Kleid wurde eins mit der Dunkelheit.

TEE AUF LISTER HOUSE

Als Alice am Karfreitag in Paddington Station in den Zug nach King's Lynn stieg, war sie froh, London, die SAF und das *Clothworker Center* hinter sich zu lassen. Zwar war das Semester noch nicht um – ihre Robe, die Abschlussarbeit zum Frühjahrssemester, musste zwei Wochen nach Ostern präsentiert werden. Aber die Tage in Norfolk sollten doch eine erneute Pause für sie sein. Und gleichzeitig ein Schritt nach vorn in ihrer Beziehung zu Ned: Sie würde Neds Familie kennenlernen.

Ihr iPhone vibrierte. Eine Nachricht von Cressida.

Hi Alice. Schon die Queen gesehen? Sie nimmt oft denselben Zug. So fein sind wir hier in Norfolk! Kim, Jem und ich sind schon hier. Bis später, xx Cressy.

Alice musste lächeln. Cressida war offensichtlich bester Laune. Es war schön, sie zu kennen. Schön, sie zu haben. Und schön, dass Jem, Kim und sie ebenfalls Ostern in Norfolk verbringen wollten, auch wenn sie nicht wie sie auf Lister House zu Gast sein würden, sondern bei Cressys Eltern nebenan wohnten.

Der Zug fuhr langsam durch die grauen Vororte von London. Schon der Gedanke an Lister House machte Alice Angst, vor allen Dingen, seitdem sie sich auf Wikipedia schlaugemacht hatte. Beim Googeln hatte sie Bilder von Neds Familienstammsitz gefunden und auch eine Webseite für interessierte Besucher, denen das Haus von April bis Oktober offen stand. Danach, so wusste sie von Ned, wurde die Heizung für das ganze Hause zu teuer.

Sie dachte an ihr eigenes, eher bescheidenes 70er-Jahre-Haus in Deutschland und an die unspektakuläre Bequemlichkeit in der Burnaby Street, in der sie sich wohlfühlte.

Plötzlich war sie Ned dankbar, dass sie sich wenigstens hatte vorbereiten können. Sie hatte noch nie Eltern von einem ihrer Freunde so offiziell kennengelernt. Jungen, mit denen sie aus gewesen war, hatten eben im Dorf oder der Nachbarstadt gelebt. Sie hatte die Familien gekannt, wie man sich eben in einem kleinen Ort so kannte. Aber ganz offiziell eingeladen für ein langes Wochenende anreisen? Ostern mit einer anderen Familie verbringen? Das hatte sie noch nie getan. Würden sie im selben Zimmer schlafen? Oder er im Ostflügel und sie im Westflügel, dachte Alice und unterdrückte ein nervöses Kichern.

Irgendwie wäre es ihr lieber, Ned würde in einem ganz normalen englischen Cottage wohnen und seine Eltern wären Mr. und Mrs. statt Lord und Lady.

»Willkommen in Norfolk«, flüsterte Ned. Die anderen Reisenden hatten sich schon lange vor dem kleinen Bahnhof in Lister zerstreut, als sie endlich aufhörten, einander zu küssen. Sie spürte seinen Herzschlag. Er freute sich, verstand Alice, aber er war auch nervös.

Weshalb? Aus demselben Grund wie sie?

Ned schulterte ihre Tasche und öffnete ihr die Tür des grünen Mini Cabriolets, das er vor dem kleinen, aus rotem Backstein gebauten Bahnhof geparkt hatte. Alice faltete ihre langen Glieder in das Innere des Wagens. Irgendeiner ihrer Vorfahren war sicher ein Taschenkrebs gewesen. Ned ließ den Motor an. »Lass uns fahren. Sie warten mit dem Tee auf uns.«

Tee. Die Lage musste ernst sein! Alice wollte lachen, aber konnte es nicht. Ihr Herz schlug plötzlich schneller. »Wer denn alles?«

»Meine Eltern und meine Tante Louisa. Ich muss dich warnen. Sie lebt bei ihnen, ist aber etwas verschroben.«

»Inwiefern verschroben?«

Ned zuckte mit den Schultern. »Sie spricht nur Französisch. Obwohl sie keine Französin ist, und es ist ihr auch ganz egal, ob du selbst Französisch sprichst. Nick einfach und lächle, okay? Was auch immer sie sagt.«

»Okay«, sagte Alice mit belegter Stimme.

Schon kurz nachdem sie die Häuserreihen von King's Lynn hinter sich gelassen hatten, waren sie nur von Feldern und Hecken umgeben. Der Himmel war wolkenlos blau und schien hier viel weiter zu sein als in London. Möwen standen darin und ließen sich vom Wind tragen. Am Horizont konnte Alice blass und schäumend die Nordsee ausmachen. Es sah wunderschön aus. Eigentlich hatte sie für flache Landschaften nicht so viel übrig, doch Norfolk war anders.

Ned zeigte zum Ozean. »Es ist Ebbe. Wenn du jetzt am Strand spazieren gehst, dann findest du unzählige Seesterne und Muscheln! Aber das machen wir morgen, okay? Oder am Sonntag. Osterspaziergang!«

»Gern«, sagte Alice, obwohl sie dachte: Wenn ich morgen noch lebe, nach dem Tee mit deiner Familie und dieser exzentrischen Tante! Ihr war kalt vor Nervosität. Ned schien ihre Gedanken zu lesen, denn er schaltete einen Gang zurück und legte dann seine Hand auf ihre.

»Keine Angst, Alice. Du kommst *mich* besuchen«, sagte er leise. »Mich. Nicht sie. Sie sind nur zufällig auch da, alles klar? Und sie freuen sich auf dich. Ich habe viel von dir erzählt. Nichts, was geschehen kann, wird irgendetwas für mich ändern. Für mich gibt es nur eine wunderbare, unglaubliche Alice …« Er küsste ihre Finger.

Alices Herz schlug wie mit Schmetterlingsflügeln: so rasch, so leicht. Jeder Gedanke, alle Nervosität waren kurz wie weggeblasen. Wie konnte sie nur so glücklich sein? Der Wagen kam an eine Kreuzung, und Ned hielt inne, ehe er sie ernst ansah.

»Alice. Es ist mir so wichtig, dass du hierherkommst. Es war vielleicht schon lange überfällig. Ich habe einfach nie den rechten Zeitpunkt gefunden, um …«

Sie unterbrach ihn, um die Stimmung aufzulockern: »Aber, Ned. Vorher war mein Besuch hier wirklich nicht möglich. Mit allem, was ich an der SAF und dem *Clothworker Center* zu tun hatte! Außerdem passen die Dinge eben, wenn sie passen.«

Er verstummte und nickte dann nur. Weshalb war er mit einem Mal so blass? Ehe Alice nachfragen konnte, verlangsamte er das Tempo wieder, und sie bogen von der Landstraße in eine kleine Seitenstraße ein.

»Lister House«, las sie auf einem Schild, dem sie nun folgten. Sie fuhren durch ein Gittertor, das in eine hohe Mauer eingelassen war. Die Straße schlängelte sich dann durch eine weite Parklandschaft, in der Alice Herden von Damwild ausmachte. Sie sah einen See glitzern: Er lag vielleicht fünfzig

Meter von Lister House entfernt. In seiner Mitte hob sich eine kleine Insel aus dem Wasser, auf der eine Trauerweide ihre Zweige durch das dunkle Schmiedeeisen eines Pavillons wand. Im Schilf konnte sie an einem Steg die Umrisse eines Ruderbootes ausmachen. Sie bekam mit einem Mal Gänsehaut auf ihren Armen.

»Ned, ist das der See? Ich meine – *der* See?«, fragte sie leise.

Er nickte nur.

Sie sah wieder auf das silberne Wasser, auf dessen Oberfläche der leichte Wind Muster zeichnete. Ihr schauerte. Wenn *sie* ihren Sohn dort verloren hätte, dann hätte sie diesen See längst zugeschüttet, entschied sie, anstatt ihn jeden Morgen vom Haus aus zu sehen. Sie hätte ihn dem Erdboden gleichgemacht – dieser Ausdruck passte hier.

Alice stellte sich plötzlich die mondlose Nacht vor, in der zwei kleine Jungen zu dem Steg und dem Boot liefen, vielleicht Hand in Hand, die Wangen rot vor Abenteuerlust und in ihren dünnen Baumwoll-Pyjamas frierend, die selbst gemalte Schatzkarte in der Hand. Das große Haus hinter ihnen war voller Lichter, ein Fest war in vollem Gange, doch niemand sah die Kinder, die – Alice gebot ihrer Fantasie Einhalt. Nein, sie wollte sich nicht vorstellen, was dann geschehen war.

Kein Wunder, dass Ned noch immer darunter litt. Sie streichelte seine Wange und richtete ihre Aufmerksamkeit auf das Haus. Wikipedia hatte nicht gelogen. Es sah großartig aus, Ehrfurcht gebietend. Die riesige Fassade aus altem rotem Backstein glänzte in der Sonne und Efeu rankte sich an vier Stockwerken hoch. Eine Sonnenuhr zeigte über dem Eingang die Zeit an und alle Fensterscheiben blitzten.

Alice versuchte zu atmen, aber irgendwie rutschte alles in ihrem Körper gerade an den falschen Platz, als Ned vor der

Freitreppe hielt. Die Tür stand offen und auf der Schwelle wartete eine Frau. Sie war groß und schlank und hatte ihre langen, krausen, schwarzen Haare mit einem bunten Seidentuch aus der Stirn gebunden. Ihre Füße steckten wie Neds in *Converse* und zu ihrer abgewetzten Jeans trug sie einen V-Ausschnitt-Pulli und eine sehr coole Fellweste. Ihre Haut war wunderschön und sehr dunkel – beinahe blauschwarz. Sie lächelte und breitete die Arme aus, als Alice und Ned aus dem Wagen stiegen. In dem Lächeln erkannte Alice Ned wieder.

Wovor hatte sie Angst gehabt, fragte sie sich plötzlich.

Und: Wovor hatte Ned Angst gehabt?

»Du thé? Ou un peu de gâteau, peut-être?«

»Was bitte?«, fragte Alice irritiert. Sie hatte in der Schule Latein gehabt und dann nur drei Jahre Französisch, an deren Ende der Lehrer ihr komplette Hoffnungslosigkeit und absolute Talentfreiheit attestiert hatte.

Neds Tante Louisa spielte mit den unzähligen Perlen und Goldketten, die um ihren Nacken hingen, und rückte sich die Hornbrille im blassen Gesicht zurecht. Sie war eine schmale, kleine Person, die in dem breiten Sofa vor dem Kamin der Bibliothek auf Lister House beinahe versank. Ihre schwarzen Haare waren in einem 20er-Jahre-Bubikopf geschnitten und Alice musste sie immer wieder verstohlen betrachten. An wen erinnerte sie sie nur? In ihrem gestreiften Baumwollpullover, der bis über ihre schmalen Hüften in schwarzen engen Hosen reichte, hatte sie etwas zeitlos Elegantes. Diese Tante Louisa wirkte überraschend alterslos – wie Neds Mutter auch. Die Eleganz der beiden Frauen beeindruckte Alice.

Neds Mutter trug nun ein sehr kurzes und sehr buntes Tweedkleid, dessen Borten an Hals, Ärmel und Saum ausgefranst waren, zu Leggings und Ballerinas – die neueste *Hatton*-Kollektion, samt einem sehr schönen Kettengürtel, wie Alice bemerkte. Im selben Augenblick sah sie auch das verschlungene HH des Modehauses auf den Knöpfen an Tante Louisas Schultern. Gingen sie etwa zusammen shoppen? Das konnte sie sich irgendwie nicht vorstellen.

»*Voulez-vous du thé? Il est très bon …*« , wiederholte Louisa geduldig, so, als sei Alice beschränkt, weil sie hier, mitten im englischen Norfolk, nicht auf ihre französische Einladung zum Tee reagierte.

Alice nickte also ergeben, während ihr schon eingeschenkt wurde. Ein feiner, grauer Rauch stieg aus ihrer Tasse.

»Das ist Lapsong Sou Chong, mein Lieblingstee«, erklärte Neds Mutter. »Früher, als ich noch als Model gearbeitet habe, hatte ich immer eine kleine Thermosflasche voll davon in meiner Tasche. Damit ließen sich die langen Wartezeiten überbrücken … und die innere Kälte im Business bekämpfen. Seitdem horte ich diesen Tee.«

Alice sah hinter Neds Mutter an die Wand. Dort hing über einer antiken Kommode zwischen Ahnenporträts ihr erstes *Vogue*-Cover überdimensional aufgeblasen und dann mit Farbe bearbeitet und hervorgehoben. Die Arbeit erinnerte sie an *Warhol,* aber hatte doch ihre eigene Stimme. Alice nahm einen Schluck Tee. Dann knabberte sie an einem Biskuit, das man, dünn wie es war, auch gut als Fensterscheibe hätte benutzen können.

»Wie war das Leben als Model?«, fragte sie dann und dachte an die zickige Jeannie, der sie während der *Fashion Week* geholfen hatte.

Neds Mutter nahm sich ebenfalls ein Biskuit und schlug die Beine übereinander. »Es ist wie ein Liebhaber, der dich nur manchmal will und der auch sehr viele andere Geliebte hat. So lässt sich das am besten beschreiben.«

Alice nickte. Sie verstand, was Neds Mutter meinte. So war es sicher auch mit dem Erfolg als Designer: Wann war man wirklich angekommen, wann hatte man es geschafft?

»Als ich anfing, ignorierten mich viele Agenturen, Casting-Direktoren und auch die Redaktionen der Zeitschriften. Dann plötzlich gefiel ich einem Fotografen und er buchte mich ständig. Man braucht eben dieses kleine Quäntchen Glück, das sich nicht planen lässt.« Sie zuckte kurz die Schultern. »Es kommt oder es kommt nicht. In jeder Kunst, obwohl ich Modeln nicht unbedingt als Kunst bezeichnen möchte. Es ist dem künstlerischen Gewerbe vielleicht nahe, mehr aber auch nicht!«

Wie bescheiden sie war, fiel Alice auf. Und ja: das kleine Quäntchen Glück, das sich nicht planen ließ. Was für wahre Worte!

Neds Mutter drehte sich zu dem Bild hinter ihr um: »Dieser Fotograf hat auch das Cover dort geschossen. Es war das erste Mal, dass eine Schwarze auf der VOGUE zu sehen war. Kurz darauf habe ich schon Neds Vater kennengelernt und meine Kinder bekommen. Ned und George …« Ihre Stimme brach ab und sie streckte die Hand nach dem Knie von Neds Vater aus, der schnell und schützend seine Finger um die ihren schloss.

»Hat Ned Ihnen von George erzählt?«, fragte sie Alice dann leise. Die nickte und sah Neds Mutter mitfühlend an. Sicher verging dieser Schmerz nie – ein Kind zu verlieren.

»Ist es das erste Mal, dass Sie nach Norfolk kommen, Alice?«, fragte Neds Vater nach einem Augenblick der Stille, um das Thema zu wechseln. Neds Mutter sah ihn mit einem Blick an, den Alice nicht deuten konnte. Wollte sie über George sprechen? Oder nicht?

Louisa dagegen achtete nicht auf das, was um sie herum geschah, sondern plauderte auf Französisch vor sich hin: »*Vous allez aimer, non, qu'est-ce que je dis, adorer, le Norfolk. On s'amuse pas mal ici … Ned va vous montrer… des promenades au bord de la mer … on fait la pêche et la chasse …*«

»Ja«, antwortete Alice und ließ Louisas Worte einfach an sich vorbeirauschen – es schenkte ihr ja auch sonst niemand Aufmerksamkeit! »Ich freue mich auf den Spaziergang am Meer morgen. Ned hat mir Seesterne und Muscheln versprochen!«

Neds Vater nickte. »Noch Kuchen?«

»Nein danke. Ich hatte doch schon zwei Biskuits!«

Sie blickte über den niedrigen Tisch, der zwischen den breiten Sofas und vor dem riesigen Kamin stand. Auf Tellern lagen kleine Kuchen, Muffins, Bananenbrot, die dünnen Biskuits und mit Lachs, Ei oder Gurke belegte Sandwiches, von denen sorgsam die Rinde abgeschnitten worden war. Alice sah sich weiter um und entdeckte auf einmal an der Ecke des Tisches ein noch unbenutztes und definitiv überzähliges Gedeck: einen kleinen Teller mit einer silbernen Gabel, eine Tasse und einen silbernen Löffel.

Sie sah zu Ned, der seine Tasse in der Hand hielt. Er zwinkerte ihr zu, ehe er seine Hand nach ihr ausstreckte. »Komm, Alice. Wir müssen noch besprechen, wo wir die Ostereier für dich verstecken. Wir machen das sonst nicht, aber ich habe erzählt, dass das in deiner Familie so Tradition ist. Also machen wir das dieses Mal. Wenn das Wetter hält, können wir sogar im Garten suchen!«

Alice wurde warm in ihrem Inneren. Bei all der Pracht und

Geschichte hier war es Ned wichtig, dass sie eine Tradition aus ihrer Familie zu Ostern auf Lister House einführen durfte! Sie stand auf. »Gern. Ich habe extra aus Deutschland Schokolade mitgebracht.«

»Wirklich? Es gibt auch hier Schokolade, weißt du …«, neckte er sie. »Angeblich soll man kommende Woche auch hier Brunnen bohren. Und nächstes Jahr gibt es in Norfolk auch Elektrizität. Ich hoffe, du kommst dann wieder …«

Sie lachte verlegen. »Sorry, so habe ich das nicht gemeint, aber bei Traditionen aus meiner Kindheit bin ich manchmal ein bisschen eigen. Da habe ich am liebsten alles so wie früher. Kennst du das?«

»Hm. Ja. Wir können ja schon einmal im Garten schauen, ob wir dort etwas entdecken«, sagte Ned und fasste ihre Hand. »Komm. Nach der Zugfahrt ist es ganz schön, sich die Beine zu vertreten.«

»Aber, Ned, warten wir denn nicht noch auf jemanden? Für wen ist das überzählige Gedeck am Tisch?«, fragte Alice.

Ned versuchte zu lächeln und antwortete ihr vorsichtig, nach einem Seitenblick auf seine Eltern: »Nein, Alice. Verzeih. Das hätte ich dir sagen sollen. Wir warten auf niemanden mehr. Das Gedeck ist für George, meinen Bruder.«

ZURÜCK AM WASSER

Es war früher Morgen am Ostersamstag. Alice war aufgewacht, als Ned neben ihr noch tief in seine Decke und Kissen gekuschelt schlief. Die Nacht mit ihm war wunderschön gewesen. Ihre Hingabe und Hemmungslosigkeit dabei faszinierten sie. Mit Ned wollte sie alles ausprobieren, alles machen, was ihr in den Sinn kam. Sie küsste seine Lider, doch er knurrte nur leise und tief wie ein Teddybär, drehte sich auf die andere Seite und schlief weiter.

Alice kämpfte mit sich, ob sie aufstehen sollte. Zum einen hieß es, den inneren Schweinehund zu überwinden. Zum anderen hatten die Betten hier keine Daunendecken, sondern eine Unzahl von dünnen Decken und Überdecken, die so eng gefaltet und rund um die Matratze gestopft waren, dass Alice sich darin wie ein Brief in einem Umschlag fühlte! Dann aber schien die Morgensonne in das Zimmer und brachte Osterglanz auf das Parkett, die Teppiche, Alices Nasenspitze und ihre sowieso schon gute Laune. Sie atmete und lauschte. Mehr als alles andere beeindruckte sie die wunderbare Stille in Lister House! Vögel sangen draußen im Park. Kein Wunder, entschied sie: Es war vor allen Dingen kein Auto zu hören und auch kein Flugzeug am Himmel. Ihr schien, als seien Ned und sie ganz allein in dem mächtigen Haus.

Alice küsste Ned noch einmal flüchtig, ehe sie sich unter den hundert Decken hervorzog und in ihre Jeans, ein T-Shirt und Neds Pulli schlüpfte. Wenn sie seine Kleider trug, dann war er bei ihr!

Als sie die große Treppe nach unten lief, begegnete ihr keine Menschenseele. Nur verschiedene Ahnen sahen streng aus ihren Rahmen auf sie hinunter – Alice hatte den Eindruck, sie hätten alle so große Nasen wie Ned und vielleicht auch seine Locken unter ihren verschiedenen Kopfbedeckungen –, und sie gab es bald auf, die Hunderte von Trophäen entlang der Wandvertäfelung zu zählen. Sie achtete schließlich nicht weiter auf den Wandschmuck, sondern lief die letzten Stufen hinunter.

In der Eingangshalle war alles still – sicher hatten alle anderen schon gefrühstückt. Nur eine Tür zu einer Zimmerflucht rechts stand etwas offen. Alice steckte den Kopf durch. Auf dem runden Tisch lagen zwei Gedecke, die offensichtlich auf sie und Ned warteten. Wenigstens war nun nicht für George mitgedeckt worden! Sie bekam Gänsehaut und schloss die Tür wieder.

Frische Luft, das war es! Die Morgenkühle des Gartens traf sie unerwartet. Der leicht abfallende Rasen glänzte feucht vom Tau und der Kies der Auffahrt knirschte unter ihren Schritten. Wenn sie auch beim Hinuntergehen noch nicht gewusst hatte, wo sie hinwollte, dann zog es ihre Schritte nun auf geheimnisvolle Art und Weise zum Wasser. Es war wie ein Magnet und sie folgte seiner Anziehungskraft beinahe willenlos.

Der See war in Form eines Halbmondes angelegt, sah sie nun. Der salzig schmeckende Wind blies aus Richtung des Ozeans und riss auf der Wasseroberfläche kleine Wellen auf, die um die Pfosten des Kais schwappten. In ihm fehlten Bretter und in dem Ruderboot hingen die Paddel wie schon sehr lange unbenutzt in den Ringen. Alice ging vor dem Kai im Gras in die Knie und schlang ihre Arme um ihre Schienbeine.

Sie sog die Luft ein und schloss die Augen. Das Gras war feucht an ihren Händen, aber die Sonne wärmte ihr das Gesicht, während der Wind ihr über die Haut strich. Hier, jetzt, am glitzernden Wasser, hatte der See allen Schrecken und alle Vorstellungen von gestern Mittag verloren. Er strahlte nur Anmut und Geheimnisse aus.

Da hörte sie leise Schritte hinter sich. Sie sah sich um. Ned stand dort, einige Meter von ihr entfernt. Er hielt zwei dampfende Teetassen in der Hand. Seine Zehen in den Flip-Flops und der Saum seiner Jeans waren vom Tau des Grases feucht.

»Möchtest du einen Morgentee? Alte Familien-Tradition bei uns«, lächelte er.

»Gern.« Sie richtete sich auf. Ihr Hosenboden war jetzt ebenfalls nass.

»Aber du musst zu mir kommen. Du bist für mich zu nah am Wasser«, sagte er leise.

Sie dachte an ihre erste Nacht zusammen, nach dem *Club 66* und der Vernissage auf dem Hausboot in Chelsea. Alice stand auf und ging die paar Schritte zu ihm hoch. Ihre Finger legten sich um die Tasse und sie wärmte sich an dem heißen Porzellan. Er zog sie an sich. »Warte mal. Ich will diesen Augenblick mit dir einfangen«, sagte er und zückte sein Handy. »Lächeln, Alice!« Sein Kopf kam neben ihren und er hielt das

Handy hoch in die Luft. »Ein Selfie auf Lister House. Es geschehen noch Zeichen und Wunder«, sagte er dann.

»Lass mal sehen«, Alice reckte den Hals, und er zeigte ihr das Bild. Wie glücklich sie darauf aussah! Ein einziges Strahlen, das sie beide umfasste.

Alice trank einen Schluck Tee, ehe sie leise fragte: »Ned?«

»Ja?« Er rieb sich die Stoppeln am Kinn. Unrasiert gefiel er ihr noch besser. Wilder, freier …

»Weshalb wird für George noch immer aufgedeckt? Er ist doch seit zwanzig Jahren … ich meine, er ist doch tot?«

Ned sah auf den See hinaus.

»Es ist die Art meiner Eltern, ihn am Leben zu halten. Er soll immer noch ein Teil von uns sein. Eine Erinnerung an die Familie, die wir einmal waren. Wir haben ihn alle sehr geliebt. George war ein Kind voller Versprechen: schnell, lebhaft. Wenn er ins Zimmer kam, dann ging das Licht an, sagte meine Großmutter immer. Ich dagegen brauchte für alles viel länger. Er sprach, ich stotterte. Er fuhr schon auf dem Dreirad, da hatte ich gerade Laufen gelernt. George flog alles nur so zu, ein Gewinnertyp.«

»Das warst du doch sicher auch?«

Er schüttelte den Kopf. »Nein. Das war ich nicht. Werde es nie sein. George war etwas Besonderes. Schon so früh in seinem kleinen Leben.«

»Unsinn.«

Er begegnete ihrem Blick ruhig. »Doch, Alice. So war es. Man darf alle anlügen, nur nicht sich selbst.«

Sie schluckte hart. »Aber … ist das nicht unglaublich schwer?«, flüsterte sie dann. »Ich meine, ihn so am Leben zu erhalten? Für euch alle. Ihr seid doch immer noch eine Familie. Anders eben als vor seinem Tod. Aber doch eine Familie.«

Ned zuckte die Achseln. »Jetzt verstehst du, was ich damals in Notting Hill über das Vergessen sagen wollte. Meine Mutter hat das so für sich entschieden. Und wir sind froh, dass sie wieder einigermaßen im Gleichgewicht ist. Sie hat sich jahrelang mit Vorwürfen geplagt.«

»Weshalb?«, fragte Alice leise.

»Dass sie nicht da war, als wir zum See gingen. Dass sie gefeiert und uns nicht gehört hat. Dabei hätte es an jedem anderen Abend auch passieren können. Obwohl wir natürlich wussten, dass während des Festes niemand darauf achten würde, ob wir nun im Bett lagen oder nicht. Sie trifft keine Schuld. Niemanden trifft die Schuld. Es war ein dummer Streich, eine Idee, ein Abenteuer, das entsetzlich schiefgegangen ist. Das ist alles.«

Alice blieb stumm und sah wieder auf das Wasser, das so still glitzerte und lockte. Sie drückte sich an Ned.

»Wie schön, dass du mir alles so sagen kannst«, flüsterte sie. »Wie schön, dass wir uns alles sagen können. Immer.«

ENTDECKUNGEN

»Und wo führt dieser Gang hin?«

»Ich weiß es nicht …« Ned hatte Alice an der Hand gefasst und zog sie mit sich. Sie waren hoch oben unter dem Dach von Lister House und hatten Gänge und Korridore durchquert wie auch große und kleine Zimmer, die hintereinanderlagen wie Perlen an einer Schnur.

»Wie, du weißt es nicht?«, fragte Alice außer Atem.

Sie sah kurz aus einem der kleinen, runden Fenster: Sie mussten hoch oben unter dem Dach sein! Dann stieß sie aufs Geratewohl eine Tür auf.

Ned zuckte mit den Schultern. »In einem echten Schloss darf man gar nicht alle Zimmer kennen, finde ich. Sonst verliert es sein Geheimnis.«

»Und was ist hier?«, fragte Alice. Die Luft aus dem dunklen Raum schlug ihnen kalt und staubig entgegen. Ihre Stimme warf ein leichtes Echo zurück. In der Dunkelheit verborgen musste ein großer Raum liegen.

»Oh, da ist nur alles voller Gerümpel. Lass uns weitergehen«, drängte Ned.

»Nein. Ich mag Gerümpel«, entschied Alice. »Lass mich doch mal sehen!«

Sie tastete an der Wand nach einem Lichtschalter: Es machte *klick* und das funzelige Licht mehrerer Glühbirnen flammte auf. Alice sah einen weiten Raum, der übervoll mit Kisten, Möbeln und Gegenständen war. Drei, vier Kleiderpuppen standen unter der Dachschräge, die ihr am nächsten war, und Alice steuerte auf sie zu. »Was machen die denn hier?«

Ned blieb auf der Schwelle stehen. Er folgte ihr nicht in den Raum. »Sie sind von meiner Großmutter. Sie hat gern auf Lister House genäht, wenn sie dazu Zeit hatte.«

»Die Großmutter, die dich gerettet hat? Die, die dir auch all die Sachen über das Nähen beigebracht hat?«

»Ja«, sagte Ned. Er lehnte nun an der Wand neben der Tür, die Arme vor der Brust verschränkt.

»Ich mag sie«, sagte Alice leise und trat weiter in den Raum. »Unbekannterweise.«

»Wollen wir nicht woanders hingehen?«, fragte Ned. Seine Hand streckte sich zum Lichtschalter und er drehte sich schon beinahe weg.

»Nein, nein, lass mich doch mal sehen …« Alice ging tiefer in den Dachboden hinein. »Das ist hier alles wie aus einem Buch oder einem Film. Nun komm schon! Wir haben doch sonst auch alles angeschaut.«

Ned folgte ihr mürrisch, seine Hände nun in den Hosentaschen seiner Jeans. Sie sah einen verhängten Schreibtisch und eine Récamiere, von der die Hülle gerutscht war. Irgendwie kam ihr das Möbelstück mit den Löwenfüßen bekannt vor, obwohl es so absurd kitschig war. Daneben standen zwei Statuen von schwarzen Jungen, die Ährenbündel trugen.

»Was ist das denn? Kapitaler Kitsch!«, lachte Alice.

»Meine Großmutter glaubte, dass Ähren Glück bringen. Sie hatte die zwei kleinen Kerle immer neben ihrem Schreibtisch stehen.«

»Und was ist das?« Alice kniete sich neben ein Regal. »Ihre Schallplattensammlung?«

»Wahrscheinlich.« Weshalb in aller Welt war Ned nur so einsilbig? Wie spannend, durch einen Dachboden zu jagen und zu entdecken, was es da zu entdecken gab! Sie machte ja nichts kaputt! »Das muss dich doch interessieren, Ned. Du liebst doch Musik! Hattet ihr das gemeinsam?«

»Hm …«, brummte Ned. »Ja. Vielleicht. Wir haben nie darüber gesprochen, sie und ich.«

»Schau doch mal hier. Eine Beatles-Platte. Eine ganz frühe! Die ist noch original aus den 60ern! Wie cool ist denn das? Gibt es hier auch einen Plattenspieler?«

Sie sah sich um.

»Hier«, sagte Ned nach kurzem Zögern. Er zog eine Kiste neben dem Regal hervor.

Alice lachte entzückt. »Wow. Ich komme mir vor wie auf einer Zeitreise! Gibt es auch ein Kabel? Und eine Steckdose?«

Ned nickte, aber wirkte noch immer, als wolle er am liebsten gehen. Alice dagegen holte den Schallplattenspieler und die beiden Boxen aus der Schachtel. Sie pustete den Staub von dem gläsernen Deckel, öffnete ihn dann und sah sich nach einer Steckdose um. Da!

Die LP glitt schwer und schwarz aus ihrer leicht zerknitterten Hülle – wie witzig die vier Beatles aussahen; und *dieser* brave Haarschnitt der Fab Four hatte für einen solchen Skandal gesorgt? Dann legte sie die Platte auf und schaltete auf *Play*. Mit einem leisen Klicken hob sich der Arm, um die Nadel in die Rille gleiten zu lassen. Alice sah Ned an. Sie spürte, wie ihre Wangen brannten, als es aus den Boxen knisterte. Plötzlich klang, irgendwie leicht verstimmt und etwas jaulend, aber voll Schwung »*It's been a hard day's night*« über den Dachboden. Mundharmonika, Gitarre, Schlagzeug. Ned musste nun doch lachen. Er wirkte etwas gelöster.

Alice packte seine Hand und er ließ sich nun von ihrem Schwung anstecken und musste auch lachen. »Das ist beinahe ein Charleston«, sagte Alice und wirbelte durch den Raum, Hände auf den Knien, Hände vor den Knien, Luftgitarre spielend und Ned hinter ihr her – er griff ihre Hand, drehte sie um sich selbst, wieder zurück, hinter seinem Rücken durch und fing ihre Hand dann wieder, ehe sie weiterwirbeln konnte.

»Flieger und Fänger!«, sagte er und zog sie plötzlich an sich. Ihre Gesichter waren einander nun ganz nah. Alice stockte der Atem, als sie Ned tief in die Augen sah.

Die Musik, die eben auf voller Lautstärke gespielt hatte, schien nun leiser zu sein, so intensiv war Neds Blick. Er hüllte sie ganz ein, hielt sie mit seiner plötzlichen Leidenschaft gefangen. Alice spürte sich schmelzen, tief in ihrem Kern.

»Alice …«, begann er rau, doch sie legte ihm den Finger auf die Lippen – *nicht jetzt*, sagten ihre Augen – und küsste ihn. Die Jagd durch das Haus, das Entdecken neuer Räume, das Klettern bis hoch auf den Dachboden und schließlich dieser Raum hatten sie aufgekratzt. Sie wollte ihn plötzlich so sehr, wollte neben all dem neuen Abenteuer noch wissen, dass er da war, hier, bei ihr!

Seine Lippen antworteten ihr, drängend, fordernd und hungrig. Seine Zunge erforschte ihren Mund, erst noch behutsam, dann tiefer und leidenschaftlicher. Neds Finger strichen über ihren Hals und die Berührung an ihrer zarten Haut dort jagte Schauer über Alices Körper.

Sie seufzte. Ihre Hände bekamen ihren ganz eigenen Willen, sie knöpfte ihm sein Hemd auf, während er ihr den Pulli über den Kopf zog. Seine Lippen waren schon überall, als ihr BH zu Boden fiel. Dies hier war nicht langsam, bedacht oder poetisch. Dies hier war plötzliche, überraschend vollkommene Leidenschaft, die Alice beinahe schockierte. Wie konnte sich eine Stimmung so schnell ändern? Ned umschlang sie, und sie zog ihn zu der halb verdeckten Chaiselongue, die neben ihnen stand.

»Komm«, flüsterte sie. »Komm zu mir. Leg dich neben mich …«

Doch dann sah sie das Bild.

Es lehnte dort an der Wand, direkt gegenüber der Chaiselongue. Alice setzte sich plötzlich auf.

»Was ist denn los?«, fragte Ned leicht verwirrt.

Doch Alice hatte sich schon zu dem Bild heruntergebeugt. Es war das Porträt einer Frau mit kinnlangen, leicht gewellten, schwarzen Haaren. Das sorgfältig geschminkte Gesicht wirkte hart und sie sah Alice von der Leinwand aus offen und herausfordernd an. Alles in ihrem Blick war ein: Was tust du hier?

»Alice?«, murmelte Ned und küsste ihren Hals. Die aber kniff die Augen zusammen. Wie alt war die Frau? Sie trug ein kleines Schwarzes. Auf dem Rahmen des Bildes war ein zierliches Messingschild angebracht: *Henrietta 1925 – 2001,* las sie.

»Ned …«, flüsterte sie.

»Ja?« Er küsste nun ihre Schulter, aber sie erhob sich von der Chaiselongue und ließ ihn sitzen. In ihrem Magen sammelte sich ein Gefühl, wie sie es noch nie gekannt hatte. Schwer und eiskalt. Alice ging neben dem Bild in die Knie, zwischen der Chaiselongue und dem langen Regal voller Bücher und Fotoalben, deren Rücken alle so verstaubt wie vorhin der

Schallplattenspieler waren. Alice ließ ihren Finger daran entlangstreifen. Auf manchen Rücken sah sie Daten, von einer energischen Handschrift in schwarzer Tinte geschrieben.

Hinter ihr schwieg Ned nun. Sie spürte seinen Blick in ihrem Rücken.

»Sind das die Fotoalben deiner Großmutter?«, fragte sie.

»Ja«, sagte Ned gepresst. »Ja. Das sind sie. Alles hier gehörte einmal ihr.«

»Darf ich?«, fragte sie, doch wartete Neds Antwort nicht ab. Alice konnte kaum atmen, als sie den Deckel des ersten Fotoalbums öffnete.

HENRIETTA

Als Erstes sah Alice ein Bild von Lister House, das aus den 60er- oder 70er-Jahren stammen musste: Die Farben waren verblichen, doch in der Ferne schimmerte der See. Der kleine Junge auf dem Dreirad auf dem Rasen vor dem Haus war vermutlich Neds Vater. Hinter ihm stand eine Frau, die Neds Großmutter sein musste. Sie war schmal und ihre dunklen Haare erinnerten Alice an einen Helm. Sie trug lange weiße Hosen und hielt eine Zigarette in der Hand, während sie über den Kopf des Kindes hinweg in die Ferne blickte. Alice blätterte weiter. Sie sah Bilder von Festen und Reisen neben Momentaufnahmen. Man sah dieselbe Frau mit verschiedenen Männern. Dann verharrte ihr Blick auf einem Porträt: wieder die schmale, dunkelhaarige Frau in etwas, das wie ein seidener Morgenmantel aussah, jedoch war sie geschminkt und geschmückt. *Henrietta*.

Ned war nun ganz still.

Alice konnte das Album kaum mehr halten: Sie sah wieder das Gemälde an, dann das Foto in dem Album. Sie erkannte die Frau darauf nun ganz eindeutig. So, wie sie jeder erkannte, der sich nur ein wenig für Mode und ihre Geschichte interessierte. Die dunklen Augenbrauen, die auch Ned hatte. Dunkle, beinahe schwarze Augen. Eine starke Nase und ein voller, geschminkter Mund.

»Me, at home. Lister House. 1965«, las Alice unter dem Bild.

Sie schloss die Augen, doch die Bilder und die Erkenntnis blieben: Die Frau auf dem Gemälde, auf den Fotos dort war Henrietta Hatton. Neds Großmutter.

Alice fühlte sich wie betäubt. Sie versuchte, aus dem, was sie gerade verstand, einen Sinn zu formen. Ihr war mit einem Mal kalt, hier auf diesem Dachboden voll verhängter Möbel und ausrangierter Kleiderpuppen. Henrietta Hattons Möbel.

Sie wollte nicht, aber konnte nicht anders und sah das Gesicht wieder an, das ihr herausfordernd aus dem Rahmen entgegensah. *Henrietta*, wiederholte sie im Geist und konnte ihren Blick nicht von dem Gemälde lösen. Die Frau mit dem schwarzen Kleid, die schlichte Raffinesse der Robe, das stumpfe Schimmern der Pailletten. Henrietta. Lister House. Tante Louisa und Neds Mutter, beide von Kopf bis Fuß in teuerstes *Hatton* gewandet, Modelle aus der neuesten Kollektion. Kein Wunder!

»Alice«, flüsterte Ned nun. »Alice. Ich wollte es dir schon lange sagen. Aber du hast mir keine Gelegenheit dazu gegeben …«

Sie wirbelte zu ihm herum, wollte ihn packen, ihn schütteln, doch sie zwang sich zur Ruhe. Sie wollte erst noch mehr verstehen und sich nicht komplett zum Narren machen. Da fiel es ihr ein: die Chaiselongue mit den Löwenköpfen! Plötzlich war sie in ihrer Erinnerung wieder in der SAF, an ihrem ersten Tag. An der Pinnwand des Sekretariats sah sie den Aushang zum *Hatton*-Stipendium, die Lösung ihrer Probleme, die

Rettung für ihren Masterplan! Über dem Schriftstück hatte ein Bild von Henrietta Hatton geprangt und auf dem Foto ruhte sie auf eben dieser Chaiselongue – Bild wie Möbelstück waren weltbekannt.

Plötzlich gehörte es nicht mehr zu Ned und ihr, sondern zu Henrietta und zu allem, was Ned ihr verschwiegen hatte. Alice fühlte sich wie eine Idiotin. Sie ballte die Fäuste. Das kühle Leder brannte wie Feuer unter ihren Händen und plötzlich spürte sie, wie eine unglaubliche Wut in ihr hochkam.

»Wir können uns also alles sagen? Immer? Keine Geheimnisse mehr. Und dann ist deine verdammte Großmutter Henrietta Hatton!« Alice würgte die Worte nur so heraus. »WARUM, Ned? Ist das hier für dich ein lustiges Spielchen?«

Sie sprang auf und konnte es kaum über sich bringen, ihn anzusehen.

Ned betrachtete sie mit schreckgeweiteten Augen. »Nein … Alice, so ist das nicht!«

Tränen stiegen in ihr auf, doch Alice zwang sie zurück. Jetzt bloß nicht heulen!

Ned war Henrietta Hattons Enkel! Alice dachte an den Augenblick, als sie die Küche der Burnaby Street zum ersten Mal betreten hatte. Ned, der Gitarre spielte, leise dazu sang … Weshalb hatte Cressy nichts gesagt? Oder hatte sie selbst ihr keine Chance gelassen, weil sie so beharrlich über ihre Beziehung zu Ned geschwiegen hatte?

Ned stand nun auf und sah auf sie hinunter. Die Hände vergrub er wieder in seinen Hosentaschen. Und schwieg. Weshalb, verdammt noch mal, schwieg er? Alice konnte ihn immer noch nicht ansehen, ohne gegen die Tränen ankämpfen zu müssen.

»Alice …«, begann Ned schließlich ganz leise und legte ihr

die Hand auf die Schulter, doch sie schüttelte seine Finger ab. Sie fühlte sich plötzlich ganz schwach und klein. Idiotisch mit ihren Hoffnungen und Träumen. Bilder liefen vor ihrem inneren Auge ab wie in einem Film: Ned, der sie nach der *Burberry*-Modenschau abholte und plötzlich, als der *Creative Director* von *Hatton* des Weges kam, abtauchte. Alles ergab nun Sinn. Sie würgte. Kein Wunder, dass der Mann sie nicht erkannt hatte, trotz seines rettenden Anrufs damals am *Clothworker Center*. Das war nur auf Neds Geheiß hin geschehen, so viel war klar. *Alice Weber? Nie gehört.* Natürlich nicht! Wie dumm war sie eigentlich gewesen?

»Ich habe immer gehofft, es kommt irgendwie anders heraus. Du hast mir nicht zuhören wollen …«

»Ach! Jetzt schiebst du das auch noch auf mich?«, fauchte sie ihn an.

Plötzlich schoss ihr ein weiterer Gedanke in den Kopf. Ohne Ned antworten zu lassen, hastete sie zu dem Porträt, das sie neben der Chaiselongue gefunden hatte, und betrachtete die Abbildung: Die Details des Kleides, das Henrietta trug, waren gut zu erkennen. Der *Crêpe de Chine*, im Bias über ein Unterkleid geschnitten. Der Ausschnitt wie ein Wasserfall, die Stickereien um den weichen Stoff herum, aus Jet-Perlen und Pailletten. Es war das *Hatton*-Kleid aus dem *Clothworker Center*! Ihr Kleid.

Alice wurde schwindelig. Sie rang nach Atem und das Foto verschwamm vor ihrem Blick. Sie erinnerte sich: Ned hatte darauf bestanden, an jenem Abend zu ihr ins Center zu kommen. Etwas, das sie beinahe die Arbeit dort und das Studium an der SAF gekostet hätte. Er hatte das Kleid sehen wollen. Nein, er hatte es sehen *müssen*: das Kleid seiner geliebten Großmutter, die Göttin seiner Kindheit! Deshalb seine Reaktion dort bei ihr im Studio. Und das Kleid? Hatte sie ihm damit auch einen Dienst erwiesen, als sie es restaurierte? Er. Hatte. Kein. Wort. Gesagt!

»Mein Kleid …«, sagte sie und sah zu Ned auf. Der nickte stumm.

»Ja. Ich weiß. Es war mehr Zufall, als ich eigentlich hätte verdauen können. Nur du hast mir die Kraft dazu gegeben, nichts zu sagen.«

»Was? Was soll das verdammt noch mal heißen?«

»Alice, du willst es allein schaffen. Ich weiß, wie wichtig dir das ist. Wärst du je mit mir zusammengekommen, wenn du gleich gewusst hättest, wer ich bin? Dass *Hatton* eines Tages mir gehören wird?«

Alice wurde beinahe schlecht bei seinen Worten. Sogar jetzt log Ned sie an! Das war doch niemals der wahre Grund, warum er das vor ihr verheimlicht hatte! Sie hatte so vieles erreichen wollen und war so stolz gewesen. Nun aber begriff sie: Nichts, aber auch gar nichts war bisher ihr eigenes Verdienst gewesen. Vielleicht hatte Ned auch an ihrer Note zum Wintersemester gebastelt und sie ins V&A eingeschleust? Wer wusste schon wie! Beziehungen konnte man immer spielen lassen! Damit die kleine Alice nicht allzu traurig war und hoffen konnte? Damit er sich gut und mächtig fühlen konnte?

Die Gedanken brannten wie Feuer. Er wusste, wie sehr sie das *Hatton*-Stipendium wollte, es brauchte. Aber er wusste auch, wie wichtig ihr ihre Unabhängigkeit dabei war. All das hatte sie tiefer und immer tiefer in einen Irrgarten geführt, aus dem es nun keinen Ausweg mehr gab.

NULLSUMME

Ned ließ seine Arme sinken. »Weißt du was? Endlich, Alice«, murmelte er und bedeckte kurz seine Augen. Er machte keine Anstalten, sie wieder zu berühren. Natürlich, er wusste, was sie fühlte, wie sie sich fühlte, wie immer eben.

»Endlich?!«, schrie Alice. »Endlich, sagst du? Ist das alles, was du zu sagen hast?«

Er sah sie nur an. Sie versuchte, in seinem Gesicht, in seinen Augen zu lesen, doch vergeblich. »Ja. *Endlich*. Das ist es, was ich fühle. Endlich kennst du die Wahrheit. Von nun an wird alles anders. Einfacher. Echter. Ich muss nichts mehr verbergen.«

»Ach. Und vorher musstest du das verbergen?«

»Ja. Ich *musste*. Wenn du dich selbst sehen könntest, Alice. Du bist so stolz und so verdammt stur. Niemand darf dir was sagen, keiner darf dir helfen. Und ich wollte doch so sehr, dass wir zusammenkommen. SO SEHR, Alice. Gleich, als ich dich auf der Straße in Fulham gesehen habe, als du da auf dem Bürgersteig neben dem Pub gehockt hast. Ich wollte dir helfen. Dass du das nicht zulässt, habe ich schon damals begriffen. Ich wollte es dir schon lange sagen. Immer wieder habe ich es versucht. Aber immer wieder kam etwas dazwischen … oder du wolltest es nicht hören. Und irgendwann war es zu spät … selbst jetzt, hier, in diesem Zimmer, wollte ich es dir noch sagen, aber du hast die verdammten Platten gefunden und wolltest tanzen!«

Alice konnte nicht mehr an sich halten. Sie schlug ihm mit der geballten Faust vor die Brust. In der Bewegung lag für sie alles: Zorn, Demütigung, Angst. »Jetzt schieb es noch auf mich!«, schrie sie. »Wie hätte ich es denn wissen sollen? Wie denn? Ned Lister … Ned *Hatton* Lister?« Ihre Worte verebbten in einem Schluchzen. »Wie hätte ich es denn wissen sollen? Mein Gott. Nicht einmal deinen kompletten Namen hast du mir gesagt. Das ist doch – unglaublich«, flüsterte Alice. »War denn alles eine Lüge? Alles?«

Sie vergrub ihr Gesicht in den Händen, weinte und schüttelte den Kopf. All das konnte nicht wahr sein! Sie musste träumen – einen Albtraum!

»Nein«, sagte Ned leise. »Natürlich nicht. Dass ich dich liebe, Alice, ist keine Lüge. Und ich bleibe doch noch immer derselbe, oder? Nur weil mein Name ein wenig anders ist und meine Großmutter diese Frau – ich meine, jeder hat doch Vorfahren …! Was kann ich denn dafür?«

Ned legte ihr wieder die Hand auf die Schulter. Es war eine Geste, die bei ihm, dem großen Mann, erstaunlich unbeholfen und verletzlich wirkte.

»Nein«, flüsterte sie und schüttelte seine Hand erneut ab. »Ich kann nicht, Ned. Ich fühle mich so grässlich wie noch nie. Betrogen und verraten. Wie soll ich dir noch trauen? Ich glaube dir nicht mehr. Du hast mir schon einmal versprochen, mir nichts mehr zu verheimlichen. In Wahrheit genüge ich dir einfach nicht. Wie sollte auch Alice Weber, eine kleine Studentin aus Deutschland, je zu so einer Familie passen. Je an eine Frau wie deine Großmutter heranreichen?«

»Alice!« Er schrie ihren Namen nun geradezu heraus und wollte ihre Handgelenke packen, doch sie riss sich los.

Mach das nie wieder, pulsierte es in ihr. Was nun geschehen war, war um so vieles, so unvergleichlich vieles schrecklicher.

Sie ging an Ned vorbei, auf die offene Tür zu, die wieder auf den Gang des Dachbodens führte.

»Wohin gehst du, Alice? Bitte, bleib!« Er streckte seine Hand nach ihr aus, ohne sie zu berühren. Seine Stimme klang erstickt, als er sagte: »Ich brauche dich, Alice. Du bedeutest mir alles. Bitte, bleib!«

Alice aber fand keine Worte. Sie drehte sich um und rannte los – nur weg, irgendwohin! Sie war kein Ganzes mehr, sondern nur noch Scherben. Nie hatte sie gedacht, so lieben zu können, wie sie Ned liebte. Und sie hatte nie gedacht, je so verwundet zu werden, wie sie es jetzt war. Sie hatte keine Kraft mehr, keine Hoffnung mehr. Es war eine Gleichung, die in der Nullsumme aller Gefühle endete.

Als sie das Schlafzimmer erreichte, hörte sie Neds Schritte und Rufe dicht hinter sich. Egal! Sie schlug die Tür zu und sperrte sie ab. Nur einen Augenblick später trommelte er mit den Fäusten gegen das Holz.

»Alice! Alice! Bitte mach auf. Bitte. Lass mich doch mit dir reden …«

Auf der anderen Seite der Tür krümmte sich Alice, die Arme vor den Bauch gedrückt. Alles schmerzte. Sie konnte nicht mehr atmen. Ned trommelte weiter, doch Alice rutschte an der Tür zu Boden und weinte nun so, dass es sie schüttelte, als sei sie in der Faust eines Riesen gefangen. Irgendwann herrschte auf der anderen Seite der Tür Stille, und sie hörte, wie seine Schritte sich entfernten.

Als draußen alles still war, wischte sie sich die Tränen vom Gesicht. Ihre Entscheidung stand: Sie raffte die Kleider zusammen, die außerhalb ihres Koffers lagen, und stopfte alles hinein, quetschte, drückte und zog dann mit einem Ruck den Reißverschluss rundherum zu. Erst dann griff sie nach ihrem Handy und schickte Cressida mit zitternden Fingern eine SMS. Gott sei Dank war ihre Freundin nicht weit!

Bitte hol mich sofort ab. Es ist alles zu Ende. Ich würde am liebsten sterben.

WIEDER ZU HAUSE

Alice lag auf dem Rücksitz des Wagens ausgestreckt. Jem saß neben Cressy, die fuhr. Kim war noch bei ihren Eltern geblieben und wollte erst am Ostermontag den Zug nach London nehmen, um am Abend ebenfalls in der Burnaby Street einzutreffen.

»Sorry. Jetzt habe ich allen Ostern versaut«, murmelte Alice, als sie sich zum vierten Mal die Nase putzte. Es war nun spät am Nachmittag des Ostersamstags. Wie konnte ein Tag, der so glänzend begonnen hatte, mit den Augenblicken am See, Morgentee und ihren intensiven Gefühlen für Ned, nun so enden? Mit Tränen, Kopfschmerzen, Seele-Krümmen und Herz-Zerspringen auf der Rückbank von Cressys altem Wagen? Wie schrecklich das alles war.

Jem drehte sich kurz zu ihr um. »Da gab es nicht mehr viel zu versauen, Alice. Bei uns daheim flogen eh die Fetzen. Ich glaube, für Cressy und mich war es besser abzufahren. Oder?« Er streichelte Cressida den Oberarm. Die nickte stumm, aber heftete ihren Blick weiterhin auf die Fahrbahn. Bis London war es noch eine gute Stunde.

»Weshalb denn?« Alice setzte sich auf. Es tat gut, an andere als an sich selbst zu denken! »Worum ging es denn?«

»Ach, um alles. Um das Geld. Das Haus. Land, das verkauft werden muss. Und eigentlich sind wir an allem schuld. Cressy und ich, wir können ihnen nichts recht machen«, sagte Jem.

»Niemand könnte das«, murmelte Cressida. »In jedem Fall jetzt nicht mehr!«

»Wenigstens haben wir einander, auch wenn wir noch so verschieden sind. Aber etwas wird uns immer verbinden, denke ich …« Jem brach ab und sah aus dem Fenster und auch Cressida schwieg.

Alice hatte nun keine Kraft mehr, um über Jem und Cressida nachzudenken. Ihr Herz war wie ein Schwamm, vollgesaugt von Tränen, Fragen und Schmerz. Sie legte sich wieder auf die Rückbank und versank im dumpfen Kummer. Jem dagegen bot Cressida noch ein Schokobonbon an, das sie sich stumm in den Mund steckte, und setzte sich dann seine großen Kopfhörer auf.

Cressy war wieder so blass wie so oft in der letzten Zeit und vermied selbst im Rückspiegel den Blickkontakt mit Alice. Vielleicht fühlte sie sich wie zwischen den Stühlen, dachte Alice. Ned war ihr alter Freund und sie, Alice, war ihre Freundin und Mitbewohnerin.

Ich weiß Dinge über Cressy, die nicht einmal Jem weiß, hatte Ned ihr einmal gesagt. Ned … Sie hatte Lister House verlassen, ohne sich zu verabschieden. Denn irgendwie hatten alle und alles sie dort getäuscht. Jeder Stein, jeder Halm, jedes Bild. Besonders das eine: Henrietta Hatton in dem schwarzen Kleid. Ihrem *Hatton*-Kleid!

Sie drehte sich erschöpft zur Rückenlehne, wo sie endlich in einen tiefen Schlaf fiel.

Als sie erwachte, stellte Cressida gerade vor der Burnaby Street den Motor aus. Sie drehte sich zu Alice um.

»Ausgestiegen«, lächelte sie warm. »Wir sind da.«

Es war Ostermontagabend. Gegen die hohen Fensterscheiben des Hauses schlug der Regen: Der Sonnenschein war in Norfolk geblieben. Jem hatte sich noch am Samstagabend seine Engelsflügel übergestreift, war in seine Plateausohlen geschlüpft und hatte sich in die Londoner Nacht abgeseilt. Seither war er nicht mehr gesehen worden. Vielleicht war das seine Art, die Probleme daheim zu verdauen! Sie hatten ihre spärlichen Vorräte zusammengekratzt und Kim hatte gekocht, doch weder Alice noch Cressida hatten schließlich ihren Teller angerührt.

Nun saßen sie zusammen im Wohnzimmer: Cressida neben Alice wirkte in ihrem weißen Frotteebademantel, den dicken Socken an den nackten Füßen und vollkommen ungeschminkt so zerbrechlich wie eine Porzellanpuppe. Und doch war sie nun gerade die Starke, die Alice Trost spenden konnte. Trost, weil sie Bescheid wusste. Weil sie Ned und Alice kannte, ohne je zwischen ihnen zu stehen, zwischen ihnen gestanden zu haben.

Sie umarmte Alice nun: »Ich verstehe dich vollkommen. Ich hatte ja keine Ahnung, dass du davon nichts weißt. Ich kenne Ned schon mein Leben lang, weißt du. Dass er eines Tages einmal *Hatton* erben wird, ist so natürlich, dass ich darüber nicht mehr nachdenke. Aber wenn ich das nur geahnt hätte! Ich habe auch nie etwas gesagt, weil ich dich nicht aufziehen wollte – gerade wegen des Stipendiums! Ich weiß doch, wie stolz du bist und was es dir bedeutet, diese Dinge zu erreichen … Natürlich hätte ich sagen können: klar, Bestnote für die Freundin des Erben von *Hatton*! Aber das wollte ich nicht. Ich wollte dir nicht wehtun.«

Sie sah von Alice zu Kim, die nur mit den Schultern zuckte. »Das alles kommt mir vor wie eine Mücke, die zum Elefanten wird. So künstlich aufgebauscht wie sonst was …«

Alice warf Kim einen dunklen Blick zu. Natürlich. Sie liebte Cressida ohne jede Hoffnung. Wer die Hoffnung nie gekannt hatte, konnte auch nicht wissen, wie sehr so eine Enttäuschung schmerzte. Trotzdem antwortete sie gereizt: »Du verstehst doch gar nichts und gibst trotzdem deinen Senf dazu. Schlimmer geht's nicht.«

»Schau mal, wer da so seine Klappe aufreißt! Und du? Ich verstehe mehr, als du denkst. Da gibt es die Sachen, die man sieht, und dann die Sachen, die man nicht sehen *will*, Alice. Die scheinen deine Spezialität zu sein. Solange nur alles für dein Studium richtig läuft, sind dir die Leute drumherum doch egal. DEIN Studium. DEIN Stipendium. Vielleicht wolltest du nicht sehen und nicht wissen, wer Ned wirklich ist! Vielleicht fängst du mal an, über die Leute um dich herum nachzudenken …«

Kims Feindseligkeit nahm ihr den Atem. Doch ehe sie antworten konnte, unterbrach Cressida sie schon: »Jetzt streitet ihr euch bitte nicht auch noch!«

Kim schwieg düster und Alice schniefte nur in ihre Teetasse. Was meinte diese Kuh nur damit – die Sachen, die man sieht und die, die man nicht sehen *will*? Sie schielte auf den Bildschirm ihres Handys, das sie seit ihrer Abreise aus Lister House – ihrer Flucht! – nicht mehr aus den Händen gelassen hatte. *Kein verpasster Anruf.* Die blanke gläserne Oberfläche verhöhnte sie mit dem Selfie, das sie im London Eye gemacht hatte. Ihre Finger krampften sich um das Telefon: Warum rief er nicht an? Wollte er nicht mit ihr sprechen? Sich nicht, verdammt noch mal, entschuldigen? Stimmte, was Kim sagte? Dass ihr alles egal war, außer, dass ihr Studium und das Stipendium gut liefen? Nein. Quatsch.

»Was kann ich nur tun?«, flüsterte Alice. In Filmen waren die Heldinnen immer so schön, wenn sie weinten. Sie dagegen nicht – Augen rot, Haare zerrauft, Nase auf das Doppelte angeschwollen. »Was kann ich denn nur machen?«

»Überhaupt nichts kannst du machen. Die Geschichte ist gegessen, Alice. Wie willst du ihm je wieder trauen? Und was ist eine Beziehung ohne Vertrauen?«, fragte Cressida sie mit ernstem Blick. »Jetzt konzentrier dich auf dein Studium. So gern ich Ned habe, so lange ich ihn auch kenne: Konzentrier dich jetzt auf das Wesentliche. Alles Weitere wird sich fügen.«

Wie konnte Cressida so bestimmt wirken, dachte Alice schockiert. Mit einem Mal wusste sie, was das britische Empire groß gemacht hatte: Frauen wie Cressida. Stark unter einer zerbrechlichen Hülle, entschlossen bei aller äußerlichen Zartheit. *No nonsense*, in jeder Lebenslage.

»Was ist denn jetzt das Wesentliche?«, fragte sie wieder mit vor Tränen erstickter Stimme. Ned fehlte ihr so. Dieser Schmerz, den sie nicht für möglich gehalten hätte. Das war das Fieseste, was sie je erlebt hatte. Wie sollte sie das aushalten, auch nur eine Minute länger? Es schien unmöglich.

Cressida aber legte ihr die Hände um das Gesicht. Ihre Geste wirkte zärtlich, aber bestimmt. »*Du* bist jetzt das Wesentliche. Kerle gibt es wie Sand am Meer, okay?«

Kerle, ja. Aber keinen Mann wie Ned, dachte Alice. Doch sie widersprach nicht. Vielleicht hatte Cressida recht. Obwohl das das Schmerzhafteste von allem wäre!

Alice schüttelte den Kopf. »Ich habe gute Lust, alles hinzuwerfen. Nach Hause zurückzufahren und was ganz anderes zu machen!«

»Hm«, Cressida bewegte abwägend den Kopf. »Meinst du?«

Alice putzte sich die Nase mit dem schon vollkommen durchweichten Taschentuch. »Es tut so verdammt weh. Alles hier erinnert mich an ihn. Wie soll ich das nur machen?«

»Ist es so schlimm?«, fragte Cressida langsam. »Dass du alles aufgeben willst?«

»Schlimmer. Viel schlimmer noch«, flüsterte Alice.

»Vielleicht hast du dann recht. Vielleicht ist es am besten, nach Hause zurückzukehren, wo dich jeder kennt und wirklich und ehrlich liebt. Möglicherweise ist all das hier einfach zu hart für dich. London, die SAF … Wenn dich dein Traum so unglücklich macht, ist es vielleicht nicht der richtige, und du musst ihn loslassen. Das sage ich nicht, weil ich nicht an dich glaube, sondern weil ich deine Freundin bin.«

»Oh, Cressy …«, weinte Alice. Sollte hier und so alles enden? All ihre Träume, ihre Hoffnungen, ihre Liebe?

Cressy streichelte Alices Haare. »Weißt du was? Du musst ja nicht gleich alles hinwerfen. Aber nimm dir eine Auszeit. Ein paar Tage, die du nicht in die SAF gehst und auch nicht ins *Clothworker Center*. Das brauchst du nun. Es ist alles viel zu frisch und geht dir viel zu nahe.«

Alice nickte stumm und schlürfte wieder etwas von ihrem heißen süßen Tee. Das war es. Eine kleine Auszeit. In der Ned sich vielleicht melden würde. Denn sie selbst, so fand sie plötzlich, hatte sich den Weg zurück zu ihm verbaut. Obwohl ihr kein Wort und ihr Zorn nicht leidtaten. Sie würde wieder so reagieren. Aber warum rief er denn nicht an? Sie kontrollierte zum tausendsten Mal ihr Handy. Nichts.

Als sie aufsah, hatte Kim sich mit ihrem Buch verzogen.

SCHON GAR NICHT WEGEN EINES KERLS!

Für Alice begann eine neue Zeitrechnung, in die sie sich nur schwer und mit gebrochenem Herzen fügte. Vor Ned und nach Ned. Doch im Grunde wollte sie weder an die eine Zeit noch an die andere denken: Beides schmerzte zu sehr, wenn auch auf verschiedene Weise. Abartig. Die Tage schlichen dahin, und die Nächte waren erfüllt von unruhigem, unterbrochenem Schlaf. Dennoch wollte sie ihr Zimmer kaum verlassen. Wozu auch? Sie lebte in den kommenden Tagen zwischen ihren vier Wänden, der Treppe und der Küche der Burnaby Street. Der Schmerz war überwältigend. Ned fehlte ihr so sehr, wie auch das Recht, sich so nach ihm zu sehnen. Das, wenn sie ehrlich war, fehlte ihr beinahe noch mehr.

Es fühlte sich an, als habe ihr jemand einen Arm abgehackt. Ned war bereits ein Teil von ihr geworden. Dennoch, es gab kein Zurück. Wie sollte sie ihm wieder trauen? Der Schmerz höhlte sie aus wie ein Wurm einen Apfel. Als sie sich gerade wieder gegen Mittag in ihr Bett verzog, klingelte ihr Handy, tief unter einem Stapel schmutziger Kleider und gelesener Zeitschriften. Alice wühlte hektisch danach: Sonst checkte sie ständig WhatsApp, um zu sehen, wann er das letzte Mal seine Nachrichten geprüft hatte – das war jetzt tödlich für ihr inneres Gleichgewicht. Aber nachdem sie sowieso kein inneres Gleichgewicht mehr hatte, konnte sie ebenso gut nachsehen, ob er dort gewesen war! Verquere Logik eines gebrochenen Herzens, das wusste sie.

Statt *Ned* aber las sie *Mama* auf dem etwas verschmierten Display.

Ihre Mutter! Sie hatte bisher nicht gemerkt, wie sehr ihr die Nähe ihrer Familie in einer solchen Lage fehlte. Jetzt mit jemandem sprechen, der sie kannte wie keiner sonst und der nicht urteilte, sondern verstand!

»Mama?«, fragte sie mit belegter Stimme, als sie den Anruf annahm.

»Alice! Endlich. Wie geht es denn? Hattest du schöne Ostern in Norfolk bei Ned?«

Sie hörte die Sorge in der Stimme ihrer Mutter. Theoretisch wusste diese, dass Alice erwachsen und ausgezogen war. Aber praktisch wollte sie eben doch noch jeden Tag mit ihr sprechen, so wie früher, wenn sie von der Schule nach Hause gekommen war, ihren Schulranzen in die Ecke geworfen und das Mittagessen verschlungen hatte, bevor sie sich entweder mit einer Modezeitschrift oder eben Stoff, Schere und Nähmaschine zurückgezogen hatte. Plötzlich sehnte sich auch Alice danach, sich in diese Zeit zurückzuversetzen, eine Zeit ohne Verantwortung, ohne Sorgen – so schien es ihr zumindest jetzt.

»Ach, Mama«, sagte Alice und weinte los.

»Meine Güte, Alice, was ist denn passiert?«

Alles Schauspielern war zwecklos. Mütter wussten, was los war. Immer. Alice sprach und sprach, während ihre Mutter, abgesehen von kurzen *Hmms!* und *Achs!* nur zuhörte. Das war es, was sie brauchte.

»Und jetzt?«, fragte sie schließlich mitfühlend und vorsichtig. »Was willst du jetzt tun?«

»Ich habe keine Lust mehr, Mama. Alles hier erinnert mich an ihn, an … Ich kann das nicht. Ich komme nach Hause. Das hast du Weihnachten doch auch vorgeschlagen.«

Kurze Pause. Alice hörte ihre Mutter atmen.

»Ja. An Weihnachten habe ich das wohl vorgeschlagen.«

»Warum sagst du das so komisch?«

»Weil das eben Weihnachten war, wo ich es herrlich fand, dich bei uns zu haben, Alice. Aber jetzt, Alice … jetzt hast du beinahe zwei Semester sehr gut absolviert …«

»Na ja …«

»Etwa nicht?«

»Doch. Stimmt schon«, gab Alice zu.

»Du arbeitest doch schon an deiner Endkollektion?«

»Ja. Oder nein. Das sollte ich.«

»Was soll das heißen, das solltest du?«

»Weil ich zu nichts mehr komme. Ich bin so unglücklich.«

»Alice!« Die Stimme ihrer Mutter hatte jetzt viel Nachdruck. »Weißt du, was der klügste Satz der Weltgeschichte ist?«

»Nein. Was denn?« Das Letzte, was sie jetzt brauchte, war eine Nachhilfestunde in Philosophie.

»Man kann nicht zweimal in denselben Fluss steigen.«

Alice wusste nicht, was sie sagen sollte. Ihre Mutter aber sprach weiter.

»Du weißt, dass ich ja wohl kaum Philosophie studiert habe. Aber im Leben bleibt sich nie etwas gleich. Wenn du gestern jemandem begegnet bist, wirst du ihm morgen anders begegnen. Was du heute über etwas gedacht hast, wirst du morgen nicht mehr denken.«

»Hm«, brummte Alice.

»Also: Ich verbiete dir absolut und für alle Zeiten, über ein Abbrechen nachzudenken, nur weil es dir am einfachsten vorkommt. Nie, hörst du? Und schon gar nicht wegen eines Kerls, ja?«

Alice wusste nicht, was sie sagen sollte. *Schon gar nicht wegen eines Kerls*. Ihre Mutter kannte ja Ned nicht. Sie wollte wieder losheulen.

»Alice, hörst du mich? Du machst weiter in London. Du machst dein Jahr fertig. Wenn nicht aus Anstand dir gegenüber, dann eben aus Anstand uns gegenüber. Das erwarte ich von dir. Niemand ist allein auf dieser Welt. Okay?«

Alice schwieg trotzig.

»Okay, Alice?«, drängte die Stimme ihrer Mutter. »Versprich mir das.«

»Okay«, sagte die. »Ich verspreche dir das.«

»Also dann. An die Arbeit, mein Schatz. Du willst es allein schaffen? Dann mach das – genau das! Dicker Kuss!«

KOPF AN KOPF

»Hallo! Da bist du ja wieder«, rief Cressida und sah erstaunt auf, als Alice sich im Schnittmusterkurs neben sie setzte. Die warf einen Blick auf Cressidas Tisch: Zeichnungen lagen über Zeichnungen, ganze Moodboards mit Bildern, Skizzen, Fotografien, Kopien und gekritzelten Ideen. Herrje, wie weit war Cressy denn mit ihrer Abschlusskollektion schon gekommen?! Alice wurde ganz kalt. Ihr eigener Schreibtisch war wie leer gefegt.

Sie sah sich um: Alle anderen hielten emsig die Köpfe über die großen weißen Papierbögen gesenkt. Blankas Blick begegnete dem ihren kurz: Sie hatte heute wieder tief in die Verkleidungskiste der 80er-Jahre gegriffen und trug ein kniekurzes Lederkleid mit einem asymmetrischen Armausschnitt und als Gegensatz dazu eine einseitige Schleppe aus Tüllrüschen unter einem Herren-Cardigan. Sie starrte Alice einen Moment lang an, ehe sie stumm weiterarbeitete. Alice kam sich vor wie eine riesige Faulenzerin! Die SAF war wirklich nicht für eine Auszeit irgendeiner Art konzipiert. Wie sollte sie das noch aufholen? Dieses Mal gab es keinen Ned, der ihr die Nadel einfädelte. Keinen Ned, der neben ihrer Puppe seinen Schlafsack ausrollte. Dieses Mal musste sie es allein schaffen! Und das wollte sie doch, oder?

»Alice! Da bist du ja wieder. Ich dachte, wir hätten dich komplett aus den Augen verloren. Jetzt aber an die Arbeit, wenn du den Kurs bestehen willst …«, sagte Mr. Thompson freundlich, aber über seinen dunklen Kaiser-Wilhelm-Schnurrbart hinweg blickte er sie gleichzeitig tadelnd an.

Wenn sie den Kurs *bestehen* wollte! War sie so tief gesunken? Von dem Stipendium war schon keine Rede mehr?! Sie atmete tief durch. Nein. So nicht. Ihre Mutter hatte recht. So einfach gab sie nicht auf.

Mr. Thompson war inzwischen neben Cressida getreten und musterte mit gerunzelter Stirn ihre Zeichnungen, hob einen der Schnitte hoch, drehte und wendete ihn. Cressida sah ihm dabei zu, plötzlich blass geworden.

»Hm«, sagte Mr. Thompson. »Minimalismus ist eine schwierige Sache, Cressida. Ich weiß dann nie, ob meine Studenten es ernst meinen oder ob sie nur faul sind. In deinem Fall denke ich, dass du es ernst meinst. Bravo für den Entwurf und bravo für die ersten Schnitte. Wenn du so weitermachst, gibt das eine glatte Bestnote für dich.«

Über Cressidas blassen, langen Hals kroch eine leichte Röte, während sie mit gesenktem Blick nickte. Als Mr. Thompson weitergegangen war, schlug sie sich die Hände vor den Mund und flüsterte dann: »Oh – mein – Gott! Hast du das gehört, Alice?!«

Die nickte und versuchte, sich für die Freundin zu freuen. Ja. Ja, das hatte sie gehört.

Cressida senkte den Kopf und legte auf dem Papier das Lineal an. Ihre Wangen waren nun brandrot. Alice drehte den

Stuhl vor ihr Papier, das sie weiß angähnte. Bestnote! Damit wäre Cressida ihr trotz ihres Erfolges mit dem Anzug im Weihnachtssemester überlegen. Kein Zweifel, sie lagen Kopf an Kopf, auch wenn sie eigentlich nicht so über ihre Freundin nachdenken wollte.

Endspurt?

Endspurt!

Alice kam es vor, als wäre sie mit der Zeitmaschine ein Jahr zurückgereist: sie, mit einem großen Umschlag voller Zeichnungen, Bilder und Informationen in der Hand, neben einem Postkasten. Genauso war es gewesen, als sie ihre Bewerbungsunterlagen für die SAF eingereicht hatte! Nur war der Postkasten rot, mit einem verschlungenen E R darauf. Außerdem war sie nun einen gewaltigen Schritt weiter, dachte sie mit plötzlichem Stolz: Die Unterlagen waren ihre Bewerbung für das *Hatton*-Stipendium! Der Umschlag beinhaltete Bilder ihres so erfolgreichen Semester-Modells, einen Lebenslauf, ein Motivationsschreiben und eine Beurteilung durch Leslie Withers, die sie verschlossen beim Sekretariat hatte abholen können. Sie herzte den Umschlag kurz und küsste dann den Falz, wo er zugeklebt war. Der Kuss war ihr geheimer Zauber und sie glaubte fest an ihn: *Bitte, bitte, bitte*, flehte sie stumm, als sie die Klappe des Postkastens öffnete und den Umschlag hineinfallen ließ. Sie hörte, wie er im Inneren des Postkastens dumpf aufschlug.

Wenigstens, dachte sie, als sie davonging, wenigstens lag es nun nicht mehr in ihrer Hand. Alles Weitere war Schicksal. Schicksal, Glück – und harte Arbeit. Sie war also stolz, stur und unabhängig?

Genau das.

Und daran sollte sich auch nie, nie, nie etwas ändern, schwor sie sich.

Alice fiel es schwer, im *Clothworker Center* nach oben in das Studio zu gehen. Gemma, die Leiterin, sah von ihrer Arbeit auf und lächelte kurz: Sie saß nun an einer anderen *Worth*-Robe, die für die Ausstellung in zwei Jahren bestimmt war, und versuchte gerade herauszufinden, wie die Perlen an deren Ärmel appliziert gewesen waren. Sie schob die Lupe beiseite und streckte sich kurz durch, ehe sie aufstand.

»Schön, dich zu sehen, Alice. Ich habe dir noch gar nicht sagen können, wie beeindruckt ich von deiner Arbeit an dem *Hatton*-Kleid bin. Das war eine reife Leistung. Ich muss mich bei dir entschuldigen: Du kannst wirklich nähen.«

Sie küsste Alice zur Begrüßung auf beide Wangen und drückte sie kurz an sich. Das Lob wie auch die Freundlichkeit taten Alice gut.

»Danke«, murmelte sie dann und warf einen Blick in Richtung des Kleides, das noch immer in seiner Hülle an dem Kleiderständer hing. Genau so, wie sie es beim letzten Mal selbst dort hingehängt hatte. Es war, als sei ihre geheime Anprobe, bei der das Kleid ein Eigenleben entwickelt hatte, ein Traum gewesen. Und das nur kurz bevor sie das Kleid erst auf dem Gemälde und dann auf der Fotografie von Henrietta Hatton wiedererkannt hatte. *Ihr* Kleid. Nein, Henriettas Kleid! Sie wurde wieder von den Gefühlen und von der Erinnerung überwältigt. Das Glück mit Ned, sein jähes Ende – irgendwie hing alles auf so unheimliche Weise zusammen.

»Was geschieht nun mit dem Kleid?«, fragte sie mit belegter Stimme.

Gemma überlegte. »Sue ist gerade auf Reisen in Asien, weil

dort jetzt die großen Auktionen stattfinden. Sie entscheidet über solche Dinge.« Dann zuckte sie mit den Schultern. »Ich nehme an, es kommt in einen der Schränke unten in der Halle. Ist ja nur eine Frage der Zeit, bis wir Henrietta Hatton am *V&A* eine Einzelausstellung widmen.« Sie lächelte: »Was für eine Frau. Ein Genie und Kraftwerk. Und dazu hatte sie auch noch Familie! Auch wenn es natürlich hilft, jede Menge Geld zu haben, um Hilfe anzustellen. Daran hat sich bis heute nichts geändert.« Sie sah auf die Uhr. »Wenn man vom Teufel spricht: Meine Älteste hat gleich Schule aus, und ich wollte noch entscheiden, wo diese Perlen hingehören! Ich muss wieder an die Arbeit. Noch mal, Alice: gut gemacht.«

Damit senkte sie wieder ihren Kopf über die Arbeit. Alice ging langsam auf den Kleiderständer zu. Ihr Kleid schien durch seine Hülle zu leuchten. Alice verharrte. Sie musste an sich halten, um es nicht herauszuziehen. Es noch einmal zu sehen, seine Seide noch einmal zu spüren, den kühlen Glanz der Gesamtheit zu bewundern. Ja, was für eine Frau: Genie und Kraftwerk mit Familie. Ein unerreichbares Vorbild. Sie schluckte hart. Sicher hatte Ned auch deshalb geschwiegen. Vielleicht *genügte* sie ihm und der Familie einfach nicht!

»Wann kommt Sue wieder?«, fragte Alice, ohne genau zu wissen, weshalb. Sie konnte ihren Blick nicht von der Hülle lösen, in der das Kleid hing. War es noch das ihre?

Gemma sah auf und blinzelte an dem starken Licht des einen Scheinwerfers, der auf die *Worth*-Robe gerichtet war, vorbei.

»Erst in einem Monat«, sagte sie dann, ehe sie Alice noch einmal zunickte und dann den *Extractor*-Schlauch anmachte: Es klang wie zehn Staubsauger auf einmal, als jede noch so kleine Fluse von der zarten Robe gesaugt wurde. Alice konnte bei dem Lärm ihre eigenen Gedanken nicht mehr hören. Sie verließ das Studio und das *Clothworker Center,* um in die SAF-Bibliothek zu radeln. Dort hieß es nun, sich Anregung für die Jahres-Endkollektion zu holen. Recherche – und zwar der gründlichsten Art. Ohne diese brauchte man sich bei Leslie gar nicht blicken lassen, so viel stand fest!

Alice rieb sich müde die Augen. Draußen vor den hohen Fenstern der Bibliothek war es bereits dunkel geworden, doch sie fühlte sich wie ein Maulwurf in seinem Bau. Laue Frühlingsluft, das war hier Theorie! Sie schaltete den Bildschirm ab, auf dem sie sich die Modenschauen der vergangenen Jahre angesehen hatte. Natürlich wollte sie ihre ganz eigene Kollektion auf die Beine stellen. Aber ohne zu wissen, was die anderen denn so geleistet hatten – vor allen Dingen die, die von Leslie in den Bachelor-Kurs Damenoberbekleidung aufgenommen worden waren! –, ging es eben doch nicht. Ihr schwirrte der Kopf vor Farben und Formen; in ihrem Ohr mischten sich die verschiedenen Beats, die die Studenten für ihre Modeschauen ausgesucht hatten, mit der nervösen Stille, die in der Bibliothek der SAF herrschte. Jeder, der hier war, betrieb Recherchen für die Jahresendschau, seien es eben die Studenten ihres *Foundation Course,* die des BA oder dann – Himmelreich! – des Master-Studienganges.

Alice biss lustlos in das Hühnchen-Avocado-Sandwich, das sie sich auf dem Weg in die SAF gekauft hatte. Das Brot war hart und doch von der Mayonnaise durchweicht. Nach einem Happen legte sie es angewidert beiseite.

Sie stand auf, streckte sich durch, verschränkte dann die Arme vor der Brust und sah durch einen der schmalen Lichtschächte nach draußen. Ihre Recherche war bisher, das musste sie sich eingestehen, nichts als ein Haufen konfuser Bockmist. Sie wusste selbst nicht, welche Richtung sie einschlagen sollte, und so würde Leslie diese erst recht nicht erkennen!

Alice musterte unauffällig die anderen Studenten: Blanka war da, wie auch Selim und Lin. Sie alle hatten ihre Köpfe über Bücher gesenkt, ganze Stapel von ihnen. Es war schwer zu sagen, woran sie arbeiteten. In diesem Stadium fand alles im Kopf statt, Arbeit auf Hochtouren, die doch vor aller Augen verborgen war. Cressida, so wusste sie, hatte sich am *Clothworker Center* einen Termin gemacht, um sich ganz in die 60er-Jahre-Modelle dort zu vertiefen. Wie würde ihre Abschlusskollektion wirklich aussehen?

Mist. Wenn ihr doch ein Thema einfiele. Oder noch nicht einmal ein Thema: Was ihr fehlte, war schon der Grundgedanke. Ein Leitfaden, an dem sie sich entlanghangeln konnte. Draußen in der Dämmerung sah sie das Wasser des Kanals funkeln. Sie lehnte ihre heiße Stirn gegen das kühle Glas und ließ den Anblick dort draußen auf sich wirken: der Vorplatz mit dem Kanal voller Hausboote dahinter. Wie sehr sich die Wellen des Kanals von dem matten Braun-Grau der Pegnitz unterschieden, die durch ihr Dorf und die umliegenden Felder floss. Alice dachte auch kurz an den See bei Lister House, dessen lockendes Glitzern das Wissen um sein Geheimnis nur noch unvorstellbarer machte. Sie vertrieb den Gedanken: Arbeit half gegen den Schmerz, gegen jede Erinnerung an Ned! Sie zwang ihren Geist zurück in die Bibliothek der SAF. Plötzlich wurde Alice der Mund trocken. Sie fixierte den Kanal.

Was hatte ihre Mutter gesagt? Man kann niemals zweimal in denselben Fluss steigen. Das war es! *Wasser*. Das Thema ihrer Abschlussarbeit. Fließend, Leben verheißend, gezähmt und wild – Wasser, in all seinen Facetten!

Ihr Herz schlug hart in ihrer Brust, als sie zum Bücherregal ging und sich die Bildbände über Hollywood-Stars, Hitchcock-Filme und die 40er-Jahre griff. Sie hatte all die Bilder schon gesehen: Joan Fontaine in »Rebecca«, Grace Kelly in »Über den Dächern von Nizza« oder »Bei Anruf Mord« und natürlich Kim Novak in »Vertigo«. Aber nun würde sie sie mit ganz neuen Augen betrachten. Sie biss die Zähne zusammen.

Diese Kollektion sollte über ihr weiteres Leben entscheiden – und sie würde keinen Fehler zulassen.

Als sie an einem der nächsten Tage in Notting Hill aus der U-Bahn an die frische Luft trat, war es warm, und vor den Pubs standen die Leute mit einem Bier in der Hand. Alice überquerte die Pembridge Road und bog dann in die Kensington Park Road ein. Weit musste sie ja nicht laufen, bis sie an den Ladbroke Square kam. In dem Haus brannten nur im obersten Stockwerk die Lichter. Neds Zimmer, wusste Alice. Ihr Herz raste. Was, wenn er sie erwischte? Was zum Teufel tat sie hier überhaupt? Sie wusste es selbst nicht. Gegenüber dem Haus stand eine Laterne, gegen die sie sich plötzlich kraftlos lehnte. Von dort oben hatte sie den Mandarinen-Mond gesehen. Würde in ihrem Leben je wieder etwas so schön sein? Alice bezweifelte das. Sie sah noch einmal zum Haus. Es war besser zu gehen. Doch alles an ihr sehnte sich nach Ned.

Gab es für sie beide einen Weg zurück zueinander? Sie wusste es nicht. In diesem Augenblick öffnete sich die Haustür. Alice fuhr zurück. War das Pablo? Nein. Es war tatsächlich Ned, der mit einer Gitarre auf dem Rücken herauskam. Wo ging er hin? Hatte er einen Gig? Die Tatsache, dass sie es nicht wusste, kein Recht hatte, es zu wissen, schmerzte Alice. Ned steckte sich die Kopfhörer in die Ohren und die Hände in die

Jackentaschen seines alten Tweed-Jacketts. Er wirkte so allein zwischen den anderen Menschen auf dem Bürgersteig. Er lief wie durch einen Tunnel, als könne ihn niemand in der Menge erreichen. Vielleicht war er wirklich etwas oder jemand, den es nicht gab, dachte Alice traurig, ehe sie ebenfalls langsam in Richtung U-Bahn zurückging.

EINLADUNG ZUM TANZ

Die Karte kam an einem Samstagmorgen.

Das heißt: *Zwei* Karten kamen an einem Samstagmorgen. Ein Umschlag war an Alice adressiert, einer an Cressida. Schweres Büttenpapier und die Adresse war mit einem schwarzen Füller von Hand geschrieben. Es war Kim, die sie von der Fußmatte im Hauseingang aufhob.

»Cressy! Alice! Post für euch!«, brüllte sie durchs Haus, ehe sie wieder ins Wohnzimmer ging, um sich auf ihrem Laptop den nächsten Teil ihrer Lieblings-TV-Serie anzusehen.

Alice nahm beide Umschläge entgegen. Als sie ihren umdrehte, stolperte ihr Herzschlag für einen Augenblick. *Hatton* stand da in Stahlstich über der Adresse. Sie ließ ihre Kuppe über die Schrift gleiten und spürte die Erhebung deutlich auf der Haut. War das schon die Entscheidung? So schnell? Wann hatte sie ihre Bewerbung denn losgeschickt? Doch sicher erst vor drei oder vier Wochen?

Dies war einer der Augenblicke, in denen sie am liebsten schon fünf Minuten in die Zukunft springen würde, um sich selbst zu beobachten: ihre Reaktion. Freude oder am Boden zerstört? Sie schob den Finger unter die Klappe des Umschlags und brach das Siegel auf. Die Buchstaben verschwammen vor ihren Augen:

– Einladung –
Anlässlich der ersten Vergabe des
jährlichen Hatton-Stipendiums wird
– Miss Alice Weber –
gebeten, am 15. Mai an der feierlichen Zeremonie
in Lister House, Lister, Norfolk teilzunehmen.
20.00 h c.t.
Dresscode: Maskenball

Alice sank auf die unterste Stufe der Treppe. Cressida kam gerade im Pyjama und mit einem Schal um den Hals heruntergesprungen, ungeschminkt und die Haare zu einem wirren Knoten geschlungen. Als sie Alice sah, zog sie sich schnell die Pyjama-Ärmel bis über die Hände. Sie sah sehr blass aus und hatte dunkle Schatten unter den Augen, so, als hätte sie die Nacht in ihrem Schlafzimmer vor dem Bildschirm verbracht. Sicher hatte sie noch bis spätabends Recherche betrieben. Sie alle waren fertig, aber zwangen sich weiterzumachen: höher, schneller, besser!

»Was ist denn los?«, fragte Cressida und ihre Stimme klang rau. Alice sah auf. Sie räusperte sich.

»Es wird ernst, Cressy. Das *Hatton*-Stipendium wird vergeben.« Alice reichte ihr ihren Umschlag. Cressy riss ihn auf und las ihre eigene Einladung. Dann sah sie Alice mit hochgezogenen Augenbrauen und sehr ernst an.

»Endlich«, seufzte sie dann. »Aber was ziehe ich nur an?«

Ja, dachte auch Alice. Was sollte sie nur anziehen?! Ein

Maskenball auf Lister House. Beinahe zeitgleich schoss ihr noch ein Gedanke in den Kopf: Ned. Würde er dort sein? Natürlich. Schließlich war er der Erbe von *Hatton* …

Cressy grinste sie inzwischen herausfordernd an. »Du mit deinen langen dunklen Haaren könntest ja als Jane gehen. Nur mit Fetzen oder einem Lendenschurz bekleidet. Da bist du dir der Aufmerksamkeit aller Anwesenden sicher.«

Alice lachte: »Und du mit deinen langen blonden Haaren und deiner Figur als Eva! Nackt, wie Gott dich schuf. Dann gucken die Leute erst recht!«

Cressida verzog das Gesicht. »Oder wir gehen beide, wie Gott uns schuf. Sicher schmeißt uns die Security dann raus. Nein …« Sie schien zu überlegen, ehe sie Alice plötzlich so fest am Arm packte, dass diese aufschrie. Wie überraschend stark Cressida sein konnte!

»Au, Cressida. Was soll denn das!«

»Ich hab's. Ich meine, dein Kostüm.« Ihre Augen glänzten.

»Was denn?« Cressidas Erregung wirkte ansteckend, wie immer, wenn sie bei irgendetwas leidenschaftlich bei der Sache war. Diesen Wesenszug hatte Alice noch nie bei jemand anderem beobachtet: eine Kraft, die alles und jeden mitriss.

»Ned wird dort sein, Alice.«

»Daran habe ich auch gedacht«, gab sie zu.

»Natürlich hast du das. Der Abend ist die Gelegenheit. Nein, das ist *deine* Gelegenheit!«

»Gelegenheit? Wozu? Ich will keine Gelegenheit mehr …«, sagte Alice abwehrend, während sie gleichzeitig die Ohren spitzte. Gelegenheit? Wofür? Um Ned wiederzusehen? Mit ihm Frieden zu schließen? Um zu verstehen, was ihn bewegte? Ihn verstehen zu lassen, was sie bewegte? Wollte sie das überhaupt? Cressida setzte sich neben Alice auf die Treppe.

»Na, um ihm zu beweisen, dass ihr zusammengehört. Du kannst ihm zeigen, wie leid dir dein Ausbruch tut. Und er kann verstehen, was dich bewegt. Und dass du allem gewachsen bist, sogar dem Vergleich mit Henrietta Hatton.«

»Was hat das mit meinem Kostüm zu tun?« Alice runzelte die Stirn.

»Mein Gott, stehst du aber auf der langen Leitung. Ding, dong, jemand daheim?« Cressida klopfte an Alices Kopf.

»Sorry, Cressy, aber das musst du mir genauer erklären.«

»Na, das Kleid im *Clothworker Center*, du Schafskopf! Du verkleidest dich als Henrietta Hatton.«

»Ich weiß nicht …?«

»Doch! Auf dem Ball wirst du die Coolste und Schönste sein: Aschenputtel hoch zehn! Und Ned wird Augen machen.«

Alice war noch immer nicht ganz wohl zumute. »Was, wenn ich erwischt werde? Dort wimmelt es sicher von *Hatton*-Kennern!«

»Papperlapapp. Wer nicht wagt, der nicht gewinnt. Passt dir das Kleid denn?«, fragte Cressida.

»Hm, ja. Ich habe es einmal anprobiert …«

Cressy kicherte. »Habe ich es mir doch gedacht. *Sisters in Crime*. Na, also. Bühne frei! Kommst du denn noch an das Kleid dran?«

Alice nickte. Plötzlich war das alte Gefühl der Zusammengehörigkeit mit Cressida wieder da: das, was unter der Liebe zu Ned und all der Arbeit an der SAF und dem *Clothworker Center* beinahe verloren gegangen war. Sie merkte, wie sehr ihr diese Nähe zu ihrer Freundin gefehlt hatte. Mit ihr war London menschlich und machbar. Das hatte sie allein Cressy zu verdanken! Ihre Gedanken rasten. Sue war noch immer auf Reisen. Und Gemma war im Studio viel zu sehr mit ihren

Worth-Roben beschäftigt, um sich auf irgendetwas anderes zu konzentrieren! Vielleicht war das vom Schicksal so erdacht.

Plötzlich erregte Alice der Gedanke: Auf die Idee kam sicher niemand sonst. Als Henrietta Hatton verkleidet auf diesen Maskenball zu gehen! Und Ned würde wirklich Augen machen. Vielleicht war das die perfekte Kombination – sie hatte es aus eigener Kraft in die Endausscheidung des Hauses geschafft, einer Kraft, die sicher seiner Großmutter und damit auch ihm nicht fremd war. Vielleicht konnte er dann ihren Zorn verstehen und ihr ihren Ausbruch verzeihen – so wie sie ihm sein Schweigen verzeihen konnte? Das war es: Das Kleid war wie eine Brücke zwischen ihnen. Cressida hatte recht!

»Aber Henrietta Hatton hatte doch einen Pagenkopf … und meine Haare sind ganz lang«, wandte sie noch ein.

Cressida aber lächelte sie milde an. »Das lässt sich ändern, Dummerchen.«

Dummerchen. Vielleicht war alles wirklich so leicht, wie Cressida es darstellte. In ihrer Verzweiflung wollte sie das gerne glauben. Ihr Herz schlug plötzlich so schnell und froh wie schon seit Wochen nicht mehr!

Alice wagte kaum hinzusehen, als Cressida die Schere ansetzte. Sie saß auf einem Stuhl im unteren Badezimmer, in dem Jem nach Cressidas Unfall notdürftig einen Spiegel aus dem Wohltätigkeitsladen angebracht hatte. Sein schwerer goldener Rahmen, an dessen vier Ecken Putten ihre dicken Backen aufbliesen, wirkte absurd in dem kleinen Bad mit einem Dekor, das noch aus den 70ern übrig war: Badewanne und Toilette waren avocadofarben!

Als sie das kühle Metall der Schere an ihrem Nacken spürte, kniff Alice die Augen zu. Das trockene Geräusch, mit dem ihre langen Strähnen fielen, schnitt ihr ins Herz. Es klang, als ob Seide riss, Schnitt für Schnitt. Sie hörte nur das kurze, raspelnde Geräusch der Schnitte und wagte es nicht mehr hinzusehen.

»Schau hin«, sagte Cressida schließlich stolz. Alice öffnete die Augen: Eine andere, fremde junge Frau sah ihr aus dem Spiegel entgegen. Der Pagenkopf betonte ihren langen Hals, aber ließ ihr Gesicht herber und knochiger erscheinen. Ihre Schlüsselbeine stachen unterhalb der Kehle hervor. Ob Ned das gefiel? Und wichtiger noch: Gefiel es IHR? Hm. Gewöhnungsbedürftig, entschied sie und schluckte die Tränen herunter. Vorbei die Zeit der Flechtfrisuren, Zöpfe oder des wilden Gewuschels, je nach dem, wie ihr gerade zumute war.

»Was meinst du?«, fragte Cressida stolz.

»Wächst ja wieder«, erwiderte Alice mutlos.

»Wächst ja wieder! Was ist denn das für ein Kommentar! Du siehst klasse aus. Mehr-als-Henrietta Henrietta, so würde ich die Frisur nennen! Das ist nun der Dank für alles, was ich für dich tue.« Cressida wusch beleidigt die Klinge der Schere ab.

»Sorry, Cressida. Es ist nur ungewohnt …«

Die sah nicht von ihrer Arbeit auf. »Wann gehst du das Kleid holen?«

»So bald wie möglich. Ich weiß nicht, wann Sue von ihrer Asienreise zurückkommt. Bis dahin muss ich es haben.«

»Lass dich nicht erwischen. Wenn das rauskommt, dann fliegst du endgültig.«

»Keine Sorge«, sagte Alice. Sie fühlte sich wie in einem Rausch und die Gefahr war ihr irrsinnigerweise völlig egal. Nach der ganzen Disziplin wollte sie endlich mal etwas komplett Verrücktes tun.

Es war Sonntagabend, als sie sich mit ihrer Karte Einlass in das *Clothworker Center* verschaffte. Ihre Schritte hallten in den hohen, leeren Korridoren wider, aber dennoch sah sie sich mehrere Male um, als sie auf den Lift in seinem gläsernen Schacht wartete. War sie wirklich allein? Es schien so. Oben im Studio zögerte sie nicht lange: Sie griff sich das Kleid, das so in seiner Hülle am Ständer hing, als ob es dort auf sie wartete. Es lag leicht über ihrem Arm und doch wog es wie ihr ganzes Leben.

Ned würde Augen machen, entschied Alice, als sie hastig die Lichter löschte, und sah zu, dass sie aus dem *Clothworker Center* kam. Erst als sie mitsamt dem Kleid im Taxi saß, ging ihr Atem ruhiger und ihr Herzschlag verlangsamte sich.

Ja, was sie getan hatte, war streng verboten und konnte sie absolut den Kopf kosten. Gerade deshalb sammelte sich ein nervöses Kichern in ihrer Kehle. Dann aber bestärkte sie sich: Verzweifelte Zeiten erforderten verzweifelte Maßnahmen. Alice lehnte sich in das weiche Polster des Taxis zurück. Wie sollte der Abend auf Lister House werden, wenn sie Ned wiedersah? Cressida hatte recht: Dort konnte sie sie selbst sein und doch auch die Frau, die er vor allen anderen bewunderte? Alles war möglich, entschied sie plötzlich. Man musste es nur wollen und dem Schicksal etwas nachhelfen. Außerdem hatte sie bis dahin noch alle Hände voll zu tun: Wasser. Das Thema ihrer Abschlusskollektion.

DIE LICHTER VON LISTER HOUSE

»Wie wunderschön! Es sieht aus wie ein Traum!«, rief Blanka, die neben Selim und Lin mit Alice im Taxi saß. Sie hatten sich von ihrem B&B im Herzen des kleinen Dorfes Lister aus auf den Weg zur Feier gemacht und irgendwie war Blanka dabei in ihrem Wagen gelandet. Sie beugte sich vor und eine Wolke ihres sehr schweren Parfums stieg Alice in die Nase. Brrr! Aber Alice nahm sich vor, sich nicht länger von ihrer Erzfeindin beeindrucken zu lassen. Stattdessen reckte sie ebenfalls den Hals. *Wunderschön*. Ja, ein anderes Wort passte nicht auf Lister House an diesem Abend.

Sie hatten die Auffahrt mit der langen Allee hinter sich gelassen. Nun lag das Haus auf der Anhöhe vor ihnen, und nur Alice wusste, wo sich der See im Schutz der Dunkelheit verbarg. Seit sie sich für ein Thema für ihre Abschlusskollektion entschieden hatte, faszinierte sie jedes Wasser – wie konnte man seinen Glanz, sein Fließen, sein Locken in Kleidern umsetzen? Die rechte Lösung hatte sie trotz vier Wochen Recherche und endloser Skizzen noch nicht gefunden, aber sie war auf einem guten Weg. Und nun die Vergabe des Stipendiums!

Blanka ließ sich wieder auf ihren Sitz neben Alice fallen. Die rückte etwas ab. So gut es ging, vermied sie den Kontakt zu Blanka. Sie hatte ihr nie nachweisen können, dass sie es gewesen war, die ihr hatte schaden wollen. Aber dennoch, Alice vertraute ihrem Instinkt. Was, wenn Blanka das *Hatton*-Stipendium bekam? Könnte sie das ertragen? Was, wenn irgendjemand anders als sie selbst es bekäme?

Der Wagen hielt vor Lister House, auf dessen Stufen Kerzen in hohen Laternen brannten. Der Fahrer öffnete ihnen den Schlag. Blanka und Alice stiegen als Erste aus, um dann Selim und Lin von der Rückbank zu lassen.

»Wow«, sagte Blanka und sah an der Fassade hinauf. Die roten Steine leuchteten in die Nacht und in jedem der Erdgeschossfenster brannten ebenfalls Kerzen in Laternen. Alice hörte Musik nach draußen schallen. Sie fühlte sich ein wenig wie Aschenputtel vor dem Ball. Blanka kaute ihren Kaugummi und formte eine Blase, die sie dann platzen ließ. »Ganz schöner Kasten. Das Haus meiner Eltern passt so ungefähr in die Kachel da vorn links, gleich neben dem Eingang.«

»Das meiner Eltern auch«, gab Alice zu, und Blanka sah sie überrascht über diese Gemeinsamkeit an.

»Na, dann seid ihr euch ja endlich mal einig. Was sind eure Kostüme?«, fragte Selim.

Blanka öffnete kurz ihren Mantel. Sie trug ein sehr buntes Kostüm mit Powerschultern und hatte sich die Haare toupiert und mit einem Seitenscheitel frisiert. »Ich bin Prinzessin Diana, Mitte der Achtziger. Wie immer, die *glorious eighties*.«

»Und du, Alice?«

»Ich bin – uhm – Henrietta Hatton.«

»Wow. Hut ab«, lachte Selim. »Du kämpfst wirklich mit allen Mitteln.«

Allerdings, dachte Alice stumm.

Aber diesen Kampf war es wert. Das Kleid war die Brücke, über die Ned und sie wieder zueinanderfinden konnten. Sie hatte ihn geliebt, ohne zu wissen, wer er war, ohne zu wissen, was das Kleid und Henrietta Hatton ihm bedeuten mussten. Vielleicht hatte er schweigen müssen – bei all dem, was sie sich erhoffte und erträumte? Vielleicht war es besser so gewesen? Sie wünschte es sich mit einem Mal so sehr, trotz allem, was geschehen war.

»Kommt. Mir ist kalt«, sagte Lin. Er sah in den Himmel. »Bei dem Wind und den Wolken würde es mich nicht überraschen, wenn es noch einen Sturm gibt.«

Auch Alice fröstelte in dem plötzlich aufkommenden, starken Wind. Sie hatte vergessen, wie nah die raue Nordsee hier war und wie dunkel die Nacht von Norfolk sein konnte! Sie sah ein letztes Mal an der Fassade hoch, am Glanz der Lichter von Lister House, ehe sie das Haus betrat. Ned, schlug ihr Herz. Ned. Ned. Ned.

Was würde der Abend bringen?

Die große Eingangshalle war schon voller Menschen, als sie sie betraten. Viele Leute erkannte Alice von der SAF: Lehrer wie Studenten. Leslie Withers hatte sich samt langem Rock und Regenschirm als Mary Poppins verkleidet – sie grüßte die Gruppe um Alice mit einem kurzen, nicht unfreundlichen Kopfnicken – und neben ihr war Mr. Thompson mit seinem fabelhaften Schnurrbart wirklich als Kaiser Wilhelm II. unterwegs. Sinn für Humor hatte er, das musste man ihm lassen!

Die Musik spielte gegen den Lärm und das Lachen an. Kellner schoben sich mit Tabletts voller Champagner, Saft, Wein und Wasser zwischen den Gästen hindurch. Alice griff sich ein

Glas Champagner, um ihre Nerven zu beruhigen. Das Kleid saß wunderbar an diesem Abend. Obwohl Henrietta Hatton kleiner gewesen sein musste als sie – der Saum streifte gerade die Mitte ihrer langen Oberschenkel – war es so gut geschnitten, dass sich der weiche Bias ihren knochigeren Formen anpasste. Die Perlen und Pailletten darauf schimmerten im Kerzenlicht, und selbst Alice hatte Mühe zu sehen, wo sie all die Risse an dem Kleid repariert hatte. Im *Clothworker Center* war es mit Dampf gereinigt worden und hatte wirklich all seinen alten Glanz zurückerhalten. Dazu hatte sie sich die Haare in Wellen gelegt und trug Strass-Stecker in den Ohren, die den Brillanten auf dem Gemälde von Henrietta ähnelten. Kurz dachte sie an das seltsame Empfinden, das sie überkommen hatte, als sie das Kleid zum ersten Mal im Geheimen anprobiert hatte: als sei es giftig und verbrenne ihre Haut. Davon war nun nichts mehr zu spüren. Es saß an ihr wie eine zweite Haut.

Der Champagner prickelte in Alices Kehle und durch ihre Adern. Das Getränk machte ihr Mut. Wo war Ned? Sie sprach mit anderen und sah sich diskret um, doch sie konnte ihn nirgends entdecken.

Stattdessen kam Cressida durch die Menge auf sie zu: Sie sah in einem leichten, weißen Plisseekleid einfach sensationell aus. Was für ein Kostüm: Marilyn Monroe im verflixten siebten Jahr, kurz vor der berühmten Szene über dem Gitter der New Yorker U-Bahn. Sie hatte sich die blonden Haare in weiche Locken gelegt und um den Kopf festgesteckt. Ihre Lippen glänzten rot und verführerisch.

»Du siehst einfach fabelhaft aus, Cressy!«, sagte Alice.

»Und du erst! Als wäre Henrietta Hatton wieder zum Leben erwacht! Ned wird Augen machen. Zu reden habt ihr dann gewiss was!« Cressida lächelte strahlend, sodass die Grübchen auf beiden Wangen erschienen. Alice hatte den Eindruck, sie freute sich fast mehr als sie selbst.

»Hat er dich schon gesehen?«, fragte Cressida wie beiläufig.

»Nein. Wo ist er?« Alice blickte sich einmal mehr umsonst um.

»Dort. Er kommt gerade aus der kleinen Bibliothek. Da, im Gang! Schau!« Cressida stürzte ihr Glas Champagner hinunter und ihre Augen glänzten, als sie sagte: »Das wird ein unvergesslicher Abend, Alice!«

Alice drehte sich um und erkannte Ned. Er stand im Halbschatten eines schweren Vorhangs gegen eine der Säulen gelehnt und zupfte nervös an seinen Manschetten. In Alices Innern krampfte sich etwas zusammen. Er schien sich von allem fernhalten zu wollen. Auch von ihr? Hoffentlich nicht. Ihr Kleid war eine Brücke, dachte Alice wieder, und der Gedanke gab ihr die Kraft, einen Fuß vor den anderen zu setzen. Sie ging hin zu Ned. Lärm, Musik und Lachen verloren sich: Sie schwebte, in Watte gepackt.

Das Herz schlug ihr wie rasend, und obwohl sie Gänsehaut hatte, war ihr auch warm. Ihr Magen verknotete sich bei dem Gedanken an Neds Stimme, an seine ganze Art. Gleich würden sie einander wiedersehen – und einander wiederfinden. Die nächsten Momente sollten über ihre Liebe entscheiden.

Sie stand beinahe vor ihm. »Ned?«, fragte Alice leise.

Er sah auf.

Die Handflächen wurden Alice feucht. Sie verkrampften sich in den Seitennähten des Kleides. Henriettas Kleides.

»Alice!«, rief er, und das zärtliche, kleine Lächeln, das sie so gut kannte, breitete sich auf seinem Gesicht aus. Wie gut er aussah! Der Smoking saß wie angegossen, das weiße Hemd ließ seine Haut noch mehr wie poliertes Mahagoni aussehen, und seine dichten, dunkelblonden Locken wirkten, als hätte jemand umsonst versucht, sie mit Wasser und einem Kamm zu bändigen.

Alice wollte sein Lächeln erwidern, als Ned sie von oben bis unten musterte. Mit ihrem nun kinnlangen, gewellten Haar und den Ohrringen, die an Henriettas Brillanten erinnerten. In Henriettas Kleid.

Das Lächeln gefror auf Alices Lippen: Ned wurde blass und legte seine Hand an die Säule, neben der er stand.

»Ned …«, sagte sie und wollte auf ihn zugehen.

Er aber hob die Hand, wie um einen bösen Zauber abzuwehren.

»Was denkst du dir dabei? Hast du mir nicht schon genug wehgetan?!«

Alice stand wie vom Donner gerührt da. Wovon sprach er?

BESCHÄDIGTE WARE

Die Zeit tropfte zwischen ihnen. Neds Blick bohrte sich in den ihren. Alle Freude war aus seinem Gesicht verschwunden. Alice schluckte hart. Was war los?

Wo war plötzlich der Funke hin, den sie in seinen Augen entdeckt hatte? Wollte er sie gar nicht zurück?

Es kam ihr wie eine Ewigkeit vor, dieses Schweigen, das ein Netz zwischen ihnen wob, und sie saß hilflos darin gefangen. Sie konnte nichts sagen, nichts denken, sich nicht einmal rühren: Neds Blick bannte sie auf die Stelle. An ihrer Schläfe pochte eine Ader, als sie flüsterte: »Aber, Ned. Was hast du denn?«

»Was denkst du dir denn? Wie kannst du dieses Kleid tragen? Wie kannst du dich als … als SIE verkleiden? Ist das ein schlechter Witz? Du läufst einfach weg, gibst mir nicht einmal eine Chance, mit dir zu sprechen, und dann tauchst du in diesem Aufzug hier auf.«

»Aber … ich dachte, ich mache dir eine Freude. Ich dachte … ich meine … ich wollte doch nur …« Tränen stiegen nun in Alice auf. Irgendetwas hier lief gerade furchtbar falsch.

Aber was? Sie rang nach Atem und suchte nach ihren nächsten Worten:

»Was ist denn daran so schlimm? Du liebst und verehrst deine Großmutter. Vielleicht denkst du, dass keine lebende Frau an sie heranreichen kann. Alles, was ich will, ist, dir zeigen, dass das so nicht stimmt. Ich kann stark sein, ich kann ich selbst sein und ich kann gleichzeitig zu dir gehören.« Sie fasste nach seinen Fingern und hielt sie fest, so fest, dass er sich ihr nicht entziehen konnte. »Ned. Ja, ich bin stolz und stur und unabhängig und alles, was dir sonst noch einfällt. Aber vor allen Dingen liebe ich dich. Ich LIEBE dich. Und es tut mir so leid, was passiert ist. Ich sehe nun beide Seiten. Meine – aber auch deine. Vielleicht hast du recht – du musstest schweigen, denn ab einem gewissen Zeitpunkt war es dir gar nicht mehr möglich zu reden. Es stimmt ja: Ich will es allein schaffen. Ob es klappt, hören wir ja gleich!«

Sie wandte den Kopf hin zu der großen Halle. Tatsächlich, gerade stieg Leslie Withers zusammen mit dem *Creative Director* des Hauses *Hatton* auf die Tribüne in der Mitte der Halle.

Oh, warum musste auch immer alles zusammenkommen?

Ned aber schüttelte nur den Kopf. Tränen stiegen in seinen Augen auf. Er löste seine Finger sanft aus den ihren und verschränkte die Arme vor der Brust. Mehr Ablehnung schien ihr nicht möglich und Alice gingen der Anblick und die Geste durch und durch. Seine Stimme war leise, aber durchdringend, als er sagte:

»Ist es das, was du glaubst? Dass ich Henrietta liebe und verehre? Dass du mir nicht genügen könntest? *Du* – Alice? *Mir* nicht genügen?«

Sie nickte stumm. Ihre Kehle fühlte sich an wie Sandpapier.

Er schüttelte den Kopf. »Dieses Kleid. Ich kann es nicht

fassen, dass du dieses Kleid trägst.« Seine Stimme verebbte, ehe er sagte: »Das ist schlicht und einfach monströs.«

Alices Finger legten sich auf die Stickereien um den Ausschnitt. Die Perlen und Pailletten, an denen sie Woche um Woche, Abend um Abend unzählige Stunden lang gesessen hatte. Sie stammelte: »Aber ... ich trage es für dich, Ned. Für uns. Du hast es doch unbedingt sehen wollen, als ich am *Clothworker Center* daran gearbeitet habe! Es bedeutet dir doch so viel. Auf ganz andere Weise als mir ...«, sagte sie heiser.

»Das stimmt«, gab er zu. »Ich konnte nicht glauben, dass es so einen Zufall geben könnte. Ich wollte nicht fassen, dass es sich wirklich um dieses Kleid handelte – um *ihr* Kleid. Nur deinetwegen konnte ich all das überhaupt durchstehen.«

»All das? Was meinst du?« Jetzt wollte sie eine Antwort haben. Keine Geheimnisse mehr. Kein Davonlaufen. »Was ist damals passiert, Ned? Du hast mich doch davor bewahrt, aus dem *Clothworker Center* und dem Kurs geworfen zu werden, nicht wahr?«

»Ja. Das stimmt. Ich habe den *Creative Director* bei *Hatton* gebeten bei dieser Kuratorin und auch bei Leslie Withers anzurufen«, gab Ned zu. »Das war ja wohl das Mindeste, was ich für dich tun konnte, Alice. Die Wahrheit sagen konnte ich ja nicht. Du wärst dann genau so zur Tür hinausgestürmt, wie du es hier auf dem Dachboden getan hast. Ich konnte doch nicht zulassen, dass du meinetwegen oder wegen dieses grässlichen Kleides gefeuert wirst, oder? Das hattest du wirklich nicht verdient. Vielleicht hast du mich nicht verdient.«

Dieses *grässliche* Kleid? Alice schmerzte es in der Brust. Was sollte das heißen, sie hatte *ihn* nicht verdient? Doch da sagte er schon leise: »Ich denke, niemand hat mich verdient. Denn so schlimm kann niemand sein, dass er mich verdient ...«

»Wie kannst du das sagen? Weil Henrietta dir das Leben gerettet hat und George ertrunken ist? Aber du lebst, Ned … Du lebst! Und du wurdest und wirst geliebt. Von mir, von deiner Familie, von deiner Großmutter.«

Er sagte rau: »Mein. Gott. Alice! Ist es das, was du denkst? Du hast ja keine Ahnung.«

»Dann klär mich doch auf«, flüsterte sie.

Ned schüttelte den Kopf. Er lächelte, doch es war das alte Lächeln aus Fulham, das sie beinahe das Fürchten gelehrt hatte. Höflich, ohne Tiefe. Eine Maske. Das Lächeln, das sie mit ihrer Geduld, ihrer Liebe außer Kraft gesetzt hatte und das seltener und seltener geworden war. Es saß nun in seinen Mundwinkeln, ohne seine Augen zu erreichen.

Alice bekam Gänsehaut, als er flüsterte: »Henrietta war ein Ungeheuer. Sie hatte kein Herz. Der Tag, an dem sie starb, an dem sie uns alle endlich in Ruhe ließ, war ein Freudentag!«

»Aber … Das kann ich nicht glauben.«

»Nein? Weshalb sonst sind alle ihre Sachen oben auf dem Dachboden verstaut? Meine Mutter, die von Henrietta zeitlebens ignoriert wurde, hat alle ihre Kleider nach ihrem Tod dem *V&A* gestiftet. Henrietta wollte meinen Vater damals wegen seiner Heirat enterben. Gott sei Dank verabscheute sie den Vetter, der alles bekommen hätte, noch mehr als meinen Vater und meine Mutter. Der Einzige, der je irgendetwas in ihren Augen gegolten hatte, war mein Bruder George …«

»Das habe ich doch nicht gewusst …« flüsterte Alice. Ihre Haut prickelte vor Entsetzen.

Ned schien mit sich zu ringen und musterte Alice mit gequälten Augen. »Dieses Kleid, diese Haare … du sollst nicht so sein wie sie. Mir dreht sich alles um, wenn ich dich so sehe. Als wäre die furchtbare Henrietta wieder auferstanden!«

Alice schluckte hart. »Es war Cressidas Idee! Sie kennt dich schon so lange. Wie sollte ich ihrem Rat nicht folgen? Ich hab doch nur versucht, wieder zu dir zu finden. Irgendwie.«

Er aber schüttelte ungläubig den Kopf: »Es kann nicht sein, dass Cressida dir diesen Rat gegeben hat. Sie weiß genau, was damals passiert ist. Sie ist eine der wenigen, der ich jemals die Wahrheit gesagt habe. Niemand sonst weiß, was in diesen Minuten im Wasser geschah. Meine Eltern nicht. Du nicht. Nur Cressida. Sie ist beschädigte Ware, Alice. So wie ich. Gleich und Gleich gesellt sich gern.«

»Was soll das denn jetzt schon wieder heißen? Wart ihr doch zusammen? Ich dachte, da ist nie etwas gelaufen!« Alice rang nach Atem.

»Nein. Wir sind immer nur befreundet gewesen, auch wenn sie es gerne anders gehabt hätte. Deshalb bin ich auch nicht in der Burnaby Street eingezogen. Ich wollte ihr nicht ausgeliefert sein, ihr nicht so in die Hände fallen. Stattdessen ist das dir passiert.«

Alice sah wieder zur Tribüne. Die Musik war verstummt, die Ansprachen begannen. Cressida stand in der letzten Reihe: Ihr Blick traf den von Alice und sie hob ihr das Champagnerglas entgegen.

Alice schüttelte den Kopf. »Das stimmt nicht, Ned. Cressida ist meine Freundin.«

»*Eine* der vielen Cressidas ist vielleicht deine Freundin, so wie eine andere der vielen Cressidas mir eine Freundin ist …«

Alice zog Ned ein Stück in den Korridor hinein. »Was ist damals im Wasser passiert, Ned? Ich will endlich mit diesen ganzen Geheimnissen Schluss machen. Wovon weiß Cressida?«

»Das willst du nicht wissen«, sagte er, sein Blick dunkel und abwehrend. Dennoch, er ließ seine Finger in den ihren.

Alice sehnte sich in diesem Augenblick so sehr nach ihm, dass es in ihren Adern brannte wie Feuer.

»Doch«, sagte sie brüchig und fasste sich. Sie musste wissen, was passiert war!

Ned rang kurz mit sich, dann seufzte er und begann zu sprechen. »Du weißt ja, wie es begann. George ruderte und das Boot war leck. Wir kenterten und ich versuchte ihn wieder hochzuziehen. Als ich seine Hand zu fassen bekommen hatte, wollte ich ihn nicht loslassen. Alles, nur nicht das, Alice. Aber ich wurde plötzlich nach oben gezogen. Von Henrietta. Sie war ins Wasser gesprungen – in *diesem* Kleid, Alice! Ich weiß noch, wie ich den Stoff packte, wie die Seide riss.

Lass ihn los, hörte ich sie rufen. *Lass ihn doch los …*

»Was meinte sie damit?«, flüsterte Alice.

»Sie meinte die Hand, die ich in dem Moment immer noch hielt. Georges Finger, so fest in den meinen. Sie trat Wasser und versuchte, mich unter den Armen an der Oberfläche zu halten, während sie an unseren Fingern zerrte. Ich wollte nicht nachgeben … meinen Bruder nicht so einfach aufgeben und schlug nach ihr, mit aller Kraft. Viele Male. Das Kleid wurde dabei zerfetzt, überall waren Schlamm und Entendreck. Henrietta war stärker als ich und riss mich weg. George versank, doch sie schleppte mich an den Pier, wo das Wasser noch immer zu tief zum Stehen ist.

Ich stotterte: ›A-a-aber Geo-Geo-George …‹

Da erkannte sie mich.«

»Was soll das heißen?«

Ned seufzte. »Ach, Alice. Muss ich es so deutlich sagen?«

Sie nickte stumm.

»Sie sagte: *Ach, du bist es!* Spuckte mir die Worte ins Gesicht, ehe sie mich einfach losließ, dort im Wasser, das für mich zum Stehen zu tief war, nahe dem Steg. Ich konnte mich gerade noch an einem der Pfosten des Piers festhalten. Das Holz war so feucht und kalt unter meinem Griff und alle Kraft verließ mich. Vielleicht wäre ich doch ertrunken, wenn nicht inzwischen meine Mutter und andere Gäste gekommen wären. Sie zogen mich an Land. Henrietta war noch im See … Sie tauchte immer wieder und rief nach George. Ihrem Liebling, George.«

Alice brannten die Augen. »Hat sie je noch mehr darüber zu dir gesagt?«

»Über den Abend? Nein. Nichts. Nie.«

»Mein Gott.«

Ned atmete hörbar aus, als sei ein Gewicht von seiner Brust genommen worden. »Und jetzt kommst du in diesem Kleid hierher. Verkleidet als Henrietta Hatton. Die Frau, die ich geliebt habe, verkleidet als die Frau, die ich so hasse und verachte wie keinen anderen Menschen. Sie war ein Untier, Alice. Kalt und egoistisch. Wie konntest du je denken, ich würde sie verehren und ein Mädchen wie du, so frei und unabhängig, könnte mir nicht genügen?«

WAS IST NUR MIT EUCH ALLEN LOS?

Das Kleid hing an Alice, als sei jede Faser aus Blei. Ja, es brannte wie Nesseln. Sie hatte Ned wiedergewinnen wollen, sich auf gewisse Weise entschuldigen wollen für ihr Unverständnis für *seine* Lage. Und stattdessen …

Leslie Withers klopfte mit dem Finger gegen das Mikrofon. *Tock, tock, tock.* Plötzlich tauchte Selim neben ihr im Gang auf. »Hier bist du! Komm. Leslie vergibt das Stipendium!«

Ehe sie etwas sagen konnte, zog er sie schon mit sich, und als Alice sich noch einmal nach Ned umdrehte, war er schon mit der Dunkelheit des Ganges verschmolzen. Wenn sie ihn nur nachher wiederfand! Wenn sie nur weiter miteinander sprechen konnten! Sie löste sich von Selim und hielt auf Cressida zu, die sich nun der Tribüne zugewandt hatte.

Alice packte sie am Ellenbogen. »Warum hast du das getan?«, zischte sie.

»Was denn?«, flüsterte Cressida. Ihre Augen leuchteten blauer als sonst durch die rauchige Schminke, die sie aufgetragen hatte. »Au, du tust mir weh. Spinnst du, Alice?« Sie entwand sich Alices Griff.

»Du hast mich dazu überredet, dieses Kleid zu tragen … Dabei weißt du genau, was Henrietta Hatton Ned angetan hat! Warum, Cressy?« Alice zitterte und ballte die Fäuste: Sie hatte Mühe, ihre Stimme zu beherrschen. Einige andere Studenten drehten sich schon nach ihnen um.

»Wovon redest du denn? Pst, jetzt beginnt doch die Preisvergabe …« Cressida hängte sich bei Alice ein und ging wie ein kleines Mädchen auf die Zehenspitzen, um besser sehen zu können. »Wenn ich doch so groß wäre wie du!«

Cressidas Leichtigkeit nahm Alice den Atem. Hatte wirklich diese Freundin sie dazu überredet, das Kleid zu tragen, oder war es ihre eigene Idee gewesen und Cressida hatte ihr nur beigepflichtet? In ihrem Kopf vermischte sich alles. Mit einem Mal drehte sich der Saal um sie. Auf der Bühne vorn überreichte der *Creative Director* von Hatton nun Leslie Withers einen Umschlag.

Alice klammerte sich an Cressida, deren Finger sich um die ihren krampften. Jetzt, jetzt, jetzt – alles, wofür sie in diesem Jahr gekämpft und gearbeitet hatten! Aber es konnte nur einer oder eine gewinnen … Leslie riss den Umschlag auf, sodass Alice zusammenzuckte. Ihre Nerven lagen absolut blank – so etwas hatte sie noch nie erlebt. Alle ihre Sinne waren gereizt! Sie wollte ihre Hand aus der von Cressida lösen, doch es ging nicht. Fingernägel gruben sich in ihre Handfläche. War es für sie noch schlimmer? Alice kämpfte mit ihren widersprüchlichen Gefühlen.

»Wenn es nach mir ginge, würde ich euch alle wieder nach Hause schicken. Meiner Meinung nach hat keiner von euch Faulpelzen das Stipendium verdient …«, grinste Leslie und die meisten lachten. Man gewöhnte sich an alles, selbst an Leslie Withers' Humor!

»Aber *Hatton* will es anders. Das erste jährliche Stipendium über die Teilnahme am Bachelor- und Master-Studiengang sowie Praktika im Hause geht an …«

»Jetzt, Alice!«, keuchte Cressida. Ihr Griff schmerzte noch mehr.

»Alice Weber«, hauchte Leslie theatralisch in das Mikrofon.

»Alice! Du hast es geschafft! Bravo!« Lin und Selim umarmten sie gleichzeitig, sodass Alice beinahe umfiel. Alles klatschte, Musik spielte wieder auf, jemand drückte ihr ein Champagnerglas in die Hand, der Raum hörte auf, sich zu drehen und drehte sich dann immer schneller … Alice war berauscht, ganz ohne jeden Alkohol. Sie – hatte – es – geschafft!

»Komm auf die Bühne, Alice«, sagte Leslie wohlwollend.

Als sie sich wieder in die Menge mischte, hielt sie den Umschlag so fest in den Händen, dass ihre Knöchel weiß hervortraten. Wo war Ned? Sie wollte diesen Augenblick mit ihm teilen! Ihre Schläfen glühten und sie wollte sich die Hände waschen. Doch als sie die Tür zu den Toiletten öffnete, fuhr Cressida herum: Sie stand gerade am Waschbecken. Ihre Augen waren verheult und geschwollen und das Gesicht rot, denn sie schien sich mit aller Gewalt das Marilyn-Make-up abgeschrubbt zu haben. Nun bearbeitete sie die Innenseite ihrer Arme.

»Cressida! Was machst du da?«, rief Alice. Cressidas Anblick ließen sie die Wut und die Zweifel, die sie gerade vor der Preisvergabe gehabt hatte, vergessen.

»Was ich da mache?«, schrie Cressida, dass es an den gekachelten Wänden widerhallte. »Ich will mich von mir selbst sauber machen. Ich …«

»Aber, Cressy …«, begann Alice hilflos und wollte die Freundin umarmen, doch die stieß sie weg.

»Verschon mich mit deinem *Aber, Cressy*! Ich habe dich aufgenommen. Ich habe dir mein Heim geöffnet und meine Freunde sind deine Freunde geworden.« Sie schluchzte auf und verschmierte sich Rotz und Tränen über das Gesicht. »Mehr als das … mehr als das …« Sie sank zu Boden und krümmte sich. »Und jetzt hast du auch noch das Stipendium gewonnen! Ich wollte es so sehr. Ich brauchte es so sehr!«

»Cressy, ich hatte ja keine Ahnung …« Alice wollte neben ihr in die Knie gehen, doch Cressida stieß sie mit unerwarteter Kraft zurück.

»Fass mich nicht an. Fass mich nie wieder an! Verschwinde. Verschwinde aus meinem Leben! Du hast mir alles genommen. Alles!« Sie stieß Alice gegen die Wand und lief aus dem Raum. Die brauchte einen Augenblick, um sich zu fangen. Dann stürzte sie Cressida hinterher.

Die Gänge wimmelten von Menschen. Wo war nun Cressida? Alice sah sich hastig um: Sie hatte Angst um ihre Freundin, sah das rot geschrubbte Gesicht und die wunden Arme vor sich. Was, wenn sie sich etwas antat?

Plötzlich packte jemand sie hart am Ellenbogen – so hart, dass Alice zusammenzuckte und leise aufschrie. Es war Kim!

»Was machst du denn hier! Das ist doch der *Hatton*-Abend«, fragte Alice überrascht.

»Ich bin wegen Cressida hier«, sagte Kim. »Wo ist sie?«

»Sie ist fortgelaufen. Ich suche sie gerade.«

»Das habe ich befürchtet. Jetzt, wo du dir das Stipendium gekrallt hast!«

»Mein Gott, Kim, es war ein fairer Wettstreit. Siehst du das denn nicht? Liebst du sie so sehr, dass du ganz verblendet bist?«

»Was sagst du?« Kim lachte auf. Es klang erstaunt.

»Liebst du sie denn so sehr?«

»Ich liebe Cressida überhaupt nicht. Wir sind zusammen zur Schule gegangen und nun ist sie meine Arbeit.«

»Wie meinst du …«

Kim sagte: »Ihre Eltern lassen mich mietfrei in der Burnaby Street wohnen, wenn ich ein Auge auf Cressy habe. Oder mehr als das: wenn ich auf sie aufpasse!«

»Aufpassen, weshalb denn?«

»Alice! Sei doch nicht so schwer von Begriff. Cressida ist schwer manisch-depressiv. Ist dir nicht aufgefallen, wie sich ihre Hochs mit den tiefsten Tiefs abwechseln? Wie sie mit Enttäuschungen nicht umgehen kann? Der Einbrecher, Alice? Der Unfall im Badezimmer?«

»Die vielen Schuluniformen …«, flüsterte Alice.

»Genau. Keine Schule hielt es mit ihr aus. Sie flog überall raus. Hochbegabt, aber untragbar. Gepaart mit den Problemen zu Hause, war das alles zu viel für sie. London sollte ein Neuanfang werden. In der Burnaby Street sollte alles ganz anders werden …«

»Was? Aber …« Alice legte sich die Hände an die Wangen. Es hatte nie einen Einbrecher gegeben, der ihr Zimmer und das Haus verwüstet, der Cressy angegriffen hatte. Sie war im Badezimmer nicht ausgeglitten und hatte den Spiegel aus Versehen mit sich gerissen. Es überstieg Alices Fassungsvermögen.

»Wir müssen sie finden. In den letzten Wochen und Tagen habe ich vollkommen den Bezug zu Cressy verloren. Sie tut sich vielleicht etwas an. Du gehst hier lang, ich dort. Okay? Ruf mich an, wenn du sie hast. Ich mache es genauso.«

Alice lief los, zwängte sich durch die Menschenmenge und durchkämmte den Saal einmal: umsonst.

»Oh! Hi, Alice!« Plötzlich stand Blanka vor ihr. Ihre toupierten Prinzessin-Diana-Haare saßen wie ein Helm. »Suchst du was? Du solltest doch jetzt alles haben, was du brauchst!«

»Du hast mir gerade noch gefehlt«, sagte Alice müde. Was sollte heute Nacht noch geschehen? Was sollte sie noch erfahren? Doch Blanka entgegnete: »Was ist denn heute Abend mit euch allen los? Lin ist sturzbetrunken und Cressida rennt runter an den See …«

Alice fuhr herum. »Sie ist runter an den See?«

»Ja, gerade eben.«

»Wann, gerade eben?«

»Vor ein paar Minuten vielleicht.«

Alice ließ Blanka stehen und eilte an die Tür der Eingangshalle, die offen stand.

Tatsächlich, dort auf dem Rasen, der sanft zum Wasser hin abfiel, sah sie Cressida zum See laufen. In ihrem weißen, langen, plissierten Kleid wirkte sie wie ein Irrlicht.

Der Wind griff in Cressidas Rock: Mal schlang er sich als Fessel um ihre Beine, mal war er wie ein Segel im Wind.

Alice stürzte die Treppe hinunter, Cressida hinterher, als die ersten Regentropfen fielen. Sie konnte sie einholen! Die Sorge um die Freundin überwog alles andere.

»Cressida!«, rief sie, doch der Wind war noch stärker geworden. Ein Sturm braute sich zusammen: Dunkle, schwere Wolken drückten auf das Dach von Lister House. Alice legte sich die Hände wie einen Trichter vor die Lippen und rief dieses Mal lauter: »Cressida!«

Die hielt auf der Wiese inne. Als sie aber Alice erblickte, schüttelte sie heftig den Kopf und rannte los. So schnell, dass Alice ihr kaum folgen konnte.

Panik überkam sie plötzlich: Was hatte Ned gesagt? *Cres-*

sida ist beschädigte Ware. Was um Himmels willen, hatte sie am See vor? Cressida flog ihr voran, ein Geist in der immer dunkler werdenden Abendstunde, ihre blonden Haare offen im Wind.

Alice rannte nun ebenfalls über den feuchten Rasen. Sie musste gegen den Wind ankämpfen und die dichten Wolken schluckten das letzte Licht der Sterne. Lister House mit seinem Glanz und seiner Musik lagen nun hinter ihr.

Wo war sie, schon am Wasser? Der Regen fiel schwer: Fast schmerzten Alice die Tropfen, die wie Munition auf ihre Haut schlugen. Sie rutschte auf dem nun nassen Gras aus und fiel. Verdammt! Sie kam wieder hoch, doch ihr Knöchel schmerzte. Sie konnte kaum auftreten. Es fuhr wie ein Messerstich durch ihr ganzes Bein. Alice humpelte voran: egal, weiter! Cressida hatte nun den Steg erreicht und lief über seine Planken hin zu dem Boot, das nahe einem seiner Pfosten dümpelte.

»Nein! Cressida! Tu das nicht!«, schrie Alice, doch der Wind riss ihr die Worte vom Mund. »Bleib hier!«

Cressida aber drehte sich nur zu ihr um und schüttelte den Kopf: Es wirkte wie eine letzte, traurige Botschaft. Alice wurde kalt vor Angst um die Freundin. Sie dachte an die Bilder, die Cressida allein abends in ihrem Zimmer angesehen hatte. Ihr Anblick gerade eben in der Toilette. Dann Kims Worte: der vorgetäuschte Einbruch, die Wunden, die sie sich am Badezimmerspiegel zugefügt hatte.

Wie viel Leid staute man in seinem Inneren an, bis man daran dachte, sich selber wehzutun? Wenn nur eine sichtbare Wunde half, um über die unsichtbaren hinwegzukommen? Alice erschauerte. Diese Welt und diese Gedanken waren ihr so fremd. Plötzlich hatte sie wahnsinnige Angst um Cressida.

»Cressy! Warte auf mich«, rief Alice. Ihr Knöchel schmerzte

nun so, dass sie beinahe eingeknickt wäre, doch die Sorge um Cressida gab ihr neue Kraft.

Als Cressida zu den Paddeln des Ruderbootes griff, war Alice schon am Pier angelangt. Sie konnte nun das Gesicht ihrer Freundin sehen: Ihre Augen glänzten wie in einem Rausch, die letzte Schminke darum war verschmiert.

»Cressida …«, rief Alice und hechtete nach dem einen Ruder. Doch Cressida ließ nicht los.

TIEFE WASSER

Alice rang mit Cressida. Um alles: um das Ruder und um ihre Freundschaft – so hatte sie zumindest den Eindruck. Wenn sie sich nur nichts antat! Ihre Hände krallten sich um das Holz, das Cressida plötzlich quer riss und es Alice mit einem kräftigen Ruck nach vorn vor die Brust stieß. Alice schlug hart auf die Planken des Steges, und sie hörte das Kleid reißen, als es mit dem Saum an einem Ring der Paddel hängen blieb. Egal! Wenn es nach ihr ging, konnte das ganze Kleid in Fetzen gehen. Ihr Schienbein blutete, als sie versuchte, sich aufzurichten, und nach Atem rang. Der Regen fiel nun so dicht wie ein Vorhang. Was würde Cressida tun? Ins Wasser springen?

Nein. Sie wartete anscheinend ab, dass Alice wieder auf die Beine kam. Diese rappelte sich auf.

»Hallo, Alice!«, schrie Cressida nun gegen den Sturm und lachte. »Da bist du ja!«

Alice verstand nicht.

»Cressida, hör auf. Komm mit mir mit. Lass uns zum Haus zurückkehren, bitte«, flehte sie.

»Zum Haus? Nein. Ich mag es hier …«, rief Cressida mit

überdrehter Stimme und stellte sich breitbeinig auf den Steg. Das Ruder fasste sie wie eine Waffe. Um sie herum wirkte das Wasser des Sees wie schwarze Tinte.

Alice wurde nun wütend. Ihr war kalt, sie blutete und hatte sich den Knöchel verknackst. Was zog Cressida hier für eine irre Show ab?

»Was ist hier so lustig, verdammt noch mal? Ich will dir helfen! Lass mich dir doch helfen!«

»Helfen!«, schrie Cressida, als sei es das Komischste der Welt. »Noch so ein verdammter Samariter wie Kim! Oder wirst du auch von meinen Eltern bezahlt? Willst du mich auch in eine Klapsmühle einliefern lassen? Eher sterbe ich!«

Alice schüttelte den Kopf. »Red doch keinen Blödsinn.« Sie ging auf Cressida zu, die eine Hand beruhigend ausgestreckt. Wie konnte sie die Freundin nur erreichen? Wie ihr Vertrauen gewinnen?

»Das ist kein Blödsinn«, sagte Cressida. Sie hielt sich das Paddel zum Schutz vor die Brust. »Ich gehe in keine Behandlung. Ich bin nicht krank …«

»Cressida. Ich will dir helfen. Helfen! Obwohl du das gerade wirklich nicht im Geringsten verdient hast!«

Cressida legte fragend den Kopf schief. »Ach, tue ich das nicht?«, fragte sie wie nachdenklich.

Alice atmete tief durch, sowohl um den Schmerz zu besiegen als auch um ihre Verwirrung in den Griff zu bekommen. »Nein! Wie konntest du mir raten, dieses Kleid zu tragen? Du *wolltest*, dass er mich darin sieht. Obwohl du wusstest, was er empfinden würde. Warum?«

Cressida nickte mit glänzenden Augen. »Warum fragst du noch, Sherlock? Und? Hat er dir endgültig den Laufpass gegeben?«

Alice verschlug es kurz die Sprache. »Das ist es, was du wolltest?«

»Ja, Alice! Das und noch mehr …« Sie versetzte Alice einen Schlag mit dem Paddel gegen den Oberarm. Der Schmerz schoss durch Alices Körper. Schlimmer noch aber war ihr Entsetzen: Cressida griff sie an! Alice klammerte sich an einen der Pfosten, um den Schreck und den Schmerz zu besiegen. Plötzlich wurde ihr bewusst, wie allein sie hier mit Cressida war. Nur Blanka wusste, dass sie ihr an den See gefolgt war. Und auf deren Hilfe konnte sie kaum zählen! Ihre Zähne schlugen aufeinander und sie konnte sich kaum halten. Cressida hob wieder drohend das Paddel. »Komm nicht näher, du kleiner Gutmensch. Wie willst du mir helfen können? Dummes Huhn. Was bildest du dir ein? Denkst du etwa, jemand wie *ich* braucht jemanden wie *dich*?«

»Das kannst du nicht ernst meinen, Cressy.«

»Ned gehört zu mir. Zu MIR. Wir sind füreinander bestimmt. Ich brauche ihn, so wie er mich braucht. Jemand, der ihn versteht. Der aus derselben Welt stammt wie er. Das sehen alle. Ich. Meine Eltern …«

»Deine Eltern! Was haben die denn damit zu tun?«

»Siehst du, du kapierst das einfach nicht. Sie werden so glücklich sein, wenn wir zusammenkommen … die Rettung für uns alle. Ich bin daran schuld, dass sie sich trennen wollen, dass sie arm sind. Aber mit Ned kann ich all das ändern!«

»Cressida, wir leben doch nicht im vergangenen Jahrtausend! Ned kann wählen, wen er möchte …«

»Das kann sein. Aber er wird *mich* wählen und nicht dich. Für dich, Alice, bleibt nichts übrig, wenn ich es verhindern kann! Nun, da dein Schutzengel davongeflogen ist, können wir zur Sache kommen!«

Die Bosheit ihrer Worte verwandelte ihr hübsches Gesicht: Sie sah aus wie ein Wasserspeier auf den Höhen einer gotischen Kathedrale. Hasserfüllt und Gift spritzend.

»Du bist an meinem Unglück schuld. Du allein! Als er mich im Herbst nach deiner Nummer gefragt hat, habe ich erst begriffen, was für ein Kuckucksei ich mir mit dir ins Nest geholt habe. Der Augenblick war entsetzlich, Alice. Dafür sollst du jetzt bezahlen!«

Cressidas Worte brachen einen Damm in Alice. Kim hatte recht gehabt: Es hatte *wirklich* nie einen Einbrecher am helllichten Tag gegeben. Cressida war von blinder Wut getrieben durch das Haus gefegt und hatte zerstört, was sich ihr in den Weg stellte. Der Gedanke an all die Verstellung und die Bosheit dahinter nahm Alice den Atem. Sie stand nun fest in der Mitte des Stegs, nahe an seinem Ende. Auf den Planken sah sie heruntergerissene Pailletten und Jet-Perlen. Alice legte die Hände vor den Mund und schrie gegen den Wind: »Du bist irre, Cressy. Du lebst in einer Fantasiewelt. Wach auf. Wir waren doch Freundinnen! Wenn du *mir* schadest, geht es *dir* doch nicht besser.«

Cressida zeigte wieder ihr diabolisches Grinsen. »Das denkst du! Es ging mir verdammt gut, als ich Leslie Withers den anonymen Brief über dich und Ned im *Clothworker Center* geschrieben habe. Nur leider hat sie dich nicht wie gehofft rausgeschmissen. Und ich hatte jede Menge Spaß, als ich deinen Anzug im Studio zerfetzt habe. Leider konnte ich es nicht wieder tun, weil Ned und du Wache gestanden habt.«

»Ich dachte, das war Blanka …«, begann sie und stockte.

»Das solltest du auch. Und auf Blanka, doof wie sie ist, ist Verlass. So wie sie sich benommen hat, fiel wirklich jeder Verdacht auf sie!«

Cressida beobachte Alice wie eine Katze die Maus. Sie schien sich an ihrer plötzlichen Erkenntnis zu weiden. »Alice! Wir sind schon lange, lange, lange keine Freundinnen mehr. Ich habe angefangen, dich zu hassen, als Ned mich nach deiner Nummer gefragt hat. Oder schon eher, als du in die Küche kamst und er dich wiedererkannt hat. Aber du wirst nicht bleiben. Mit Ned ist es aus und an der SAF auch. Selbst wenn du das Stipendium jetzt in der Tasche hast, wirst du es nicht annehmen können …!«

»Cressida, das ist doch absurd!«, schrie Alice. Alles Mitleid, alle Sorge und aller Zweifel waren nun wie weggeblasen. Rote, heiße Wut siedete in ihr: Sie dachte an den Kampf, an der SAF aufgenommen zu werden. An jeden Tag, an dem sie in London ein wenig mehr Fuß gefasst hatte. Erschöpfung überkam sie ob des Abgrunds, der sich in Cressida vor ihr auftat.

Stolz hob sie das Kinn und ballte die Fäuste in den Sturm.

»Ich habe das Stipendium gewonnen, Cressida! Das kannst du mir nicht mehr nehmen. Und Ned und ich haben uns ausgesöhnt. Er liebt mich. Und ich liebe ihn. Wir werden das zusammen schaffen!«

»Nein!«, schrie Cressida und stürzte sich auf Alice, das Ruder immer noch in der Hand. Sie presste Alice mit dem harten Holz gegen den Pfosten und der wurde für einen Moment alle Luft aus den Lungen gedrückt. Sie wehrte sich, versuchte, Cressida wegzuschieben, und für einen Moment rangen sie beide um das Ruder.

Dann vollführte Cressida plötzlich eine ruckartige Seitwärtsbewegung und das obere Ende des Paddels schlug Alice gegen den Kopf. Sie wankte. Die Welt um sie, dunkel und nass, drehte sich. »Nein«, hörte sie sich sagen, doch es war umsonst. Sie versuchte noch, sich zu halten, doch sie ging in die

Knie und verlor das Gleichgewicht. Erst sah sie bunte Lichter vor ihren Augen tanzen, dann vermischte sich die Welt. Eine geheimnisvolle Macht zog sie nach unten, hin in die undurchdringliche Dunkelheit der Wasser von Lister House. Ihre Betäubung dauerte nur wenige Atemzüge. Die schockierende Kälte des Sees ließ Alice sofort wieder zu sich kommen. Sie schluckte Wasser und spuckte es gleich wieder aus, angeekelt von seinem schlammigen Geschmack. Ihre Füße suchten nach dem Grund, doch sie spürte nur Wasser und trat es, um hochzukommen. Sie ruderte wie wild mit den Armen und strampelte mit den Beinen, um nach oben zu kommen. Ihre Lungen waren prall gespannt und bereit zum Platzen, als sie nach Luft schnappte. Cressida war dort im Wasser, ihr ganz nahe. Ihr Kampf war noch nicht vorbei, begriff Alice.

Cressidas Augen glitzerten, als sie versuchte, Alice nach unten zu drücken. Die keuchte: Das Wasser, die Dunkelheit waren nun überall – sie strömten in Alice hinein und aus ihr heraus. Die schwere dunkle Nässe erstickte sie. Der schlammige Geschmack des Sees füllte ihren Mund und Rachen; Alice wollte schreien und das Wasser strömte in ihre Lungen. Schwarze Kälte drang bis in ihr Herz und Mutlosigkeit machte ihr die Glieder schwer. Sie riss die Augen auf. Der Steg, wo war er?

Doch da kam etwas anderes aus der Dunkelheit auf sie zu. Es griff nach ihr und schlug Cressida weg: Es zerrte mit aller Kraft an Alice – nach oben, an die Luft, sie beide!

Ned, verstand Alice: Es war unmöglich. Er konnte nicht hier sein. Hier bei ihr im Wasser. Überall, nur nicht hier. Und doch: Er hielt sie mit seinen Armen umklammert, trat Cressida weg und zog Alice so mit sich zu dem Steg.

Ned zerrte Alice mit aller Kraft nach oben. Sie klammerte

sich an ihn und spürte seinen Körper beben. Sein Kampf gegen das Wasser war auch der ihre. Auf den Planken öffnete sie die Augen und sah weiße Haut und hellblonde Haare leuchten: Blanka. Sie legte ihr die Hände flach auf die Brust. Der Druck presste alles Wasser aus ihrem Leib. Da waren andere Arme, Hände, kalt schimmerndes Mondlicht. Rufe, Schreie, Füße, die auf dem feuchten Gras rannten. Da war Ned, der selbst am ganzen Leib zitterte, als er sie hielt und umarmte. Jemand legte eine Decke um sie beide und ihre Tränen vermischten sich. Schock oder Erleichterung, sie wusste nicht mehr, was was war.

»Ned«, flüsterte Alice.

»Ich bin da«, flüsterte Ned in ihr nasses Haar, während er selber vor Nässe und vor ausgestandener Furcht zitterte. Alice rang nach Atem. Er sagte es so leise, dass nur sie ihn hören konnte. Seine Arme schlangen sich um sie, und Alice wurde eins mit ihm, während der Wind draußen auf dem See noch immer die Wellen peitschte.

VON DER RAUPE ZUM SCHMETTERLING

Die Musik begann leise und zögerlich: ein Tropfen, das drängender wurde und das an Kraft zunahm. Die Töne sammelten sich und wurden zum Fluss. Dann war der Strom da: Philip Glass' Musik glich einer Sturmflut, gerade recht für Alices Abschluss-Modenschau.

»Drei, zwei, eins ... jetzt!«, sagte Alice leise in das Mikrofon, das ihr vor dem Mund hing. Sie nickte dem ersten Model zu. Der Vorhang hob sich. Ein einsames Licht suchte und fand das Mädchen, das staksig wie eine Hopfenstange dastand: in engen, knöchellangen Hosen, einem Bandeau-Oberteil und einem transparenten Cape wie eine Hülle darüber. Es floss und schimmerte bei jeder Bewegung wie Wasser in allen Tönen von Blau, Grau und Grün. Alice hielt den Atem an, als das Model den ersten Schritt tat. Sie zählte leise mit, kannte die Choreografie im Schlaf. In den ersten Reihen der Zuschauer erkannte sie alles, was in der Londoner Modewelt Rang und Namen hatte. Aber Alice sah auch Kim und Jem dort sitzen. Es war ihr erstes Wiedersehen, seitdem sie alle aus der Burnaby Street ausgezogen waren. Das Haus war an Cressidas Eltern gefallen, als diese für ein Jahr in eine geschlossene psychiatrische Anstalt kam. Kim nickte Alice zu und die erwiderte ihren Gruß. Kim, die nach Alices Rettung selbst in den See gesprungen war, um nach Cressida zu tauchen, wieder und wieder, und die sie auf den Steg zwang, wo sie nicht hinwollte. Was wäre Cressidas Wahl gewesen? Alice wollte nicht daran denken. Ihr schauderte. Ein Albtraum war vergangen.

Sie zwang sich, sich wieder auf die Show zu konzentrieren. Alle folgten dem Mädchen mit ihren Blicken. Es stolzierte zwischen den Reihen der Zuschauer hindurch, die Augen geradeaus, die Lippen ungerührt. *Wasser kümmert sich nicht um den, der es trinkt,* hatte Alice sie angewiesen und die Erinnerung an den Abend in Lister House dabei nicht in ihren Kopf gelassen.

Sie war hier, heute, und sie lebte. Die Menschen dort draußen sahen ihre Kollektion mit besonderem Interesse, denn sie hatte das erste *Hatton*-Stipendium gewonnen. Eine Auszeichnung, die ihre Karriere als Modedesignerin dort beginnen lassen konnte, wo alle hinwollten: nämlich oben.

Sie hielt den Atem an. Das Model war am Ende des Laufstegs angekommen und drehte sich auf dem Absatz um. Das Cape schwang wie Flügel. Es sah wunderschön, aber irgendwie auch wild aus: Ein Engel traf einen Musketier. Das Model hob die Arme und das Cape folgte. Es legte sich wie eine Glocke um ihren schmalen, hohen Körper. Die Menge seufzte.

»Jetzt du«, wisperte Alice und nickte dem nächsten Mädchen zu. Sie trug ein klassisches Kostüm mit kniekurzem Rock, der hinten aufsprang und dem dann Wellen um Wellen an Chiffon entquollen; Chiffon, der auch in langen Bändern von Ärmelsäumen und dem Ausschnitt hing und wehte. Das

Mädchen war eine Vase – dies war die Grundidee des Modells gewesen.

Sie lief los, gerade als der Applaus für das erste Modell aufbrandete.

»Gut gemacht«, sagte Alice und umarmte sie.

»Alles klar?«, fragte Ned, der gerade am Boden kniete und einem Model die Stiefel schnürte. Sie waren inspiriert von Gladiatoren-Sandalen, doch sie schimmerten blau-grün in Schlangenhaut und hatten einen durchsichtigen Keilabsatz aus Plexiglas. Sie zu schnüren, dauerte auf jeder Seite gut zehn Minuten!

»Alles klar«, nickte Alice ihm verschwörerisch zu.

Wie gut es war, ihn hier zu haben. Er war da! Sie wusste, dieses Versprechen würde er nach all dem, was sie durchgemacht hatten, nie wieder brechen. Er hatte für sie seinen Dämon überwunden: alle Furcht, allen Zweifel. Er und sie, sie waren eins. Sie konzentrierte sich wieder auf die Modenschau: Ein Mädchen nach dem anderen lief hinaus, bis Alice ihre sechs Modelle gezeigt hatte. Nach einem Augenblick des Schweigens brandete draußen Beifall auf. Es klang ohrenbetäubend und schluckte die letzten Töne des Soundtracks, den Alice gewählt hatte.

»Geh raus, Alice«, lächelte Ned zärtlich. »Das hast du dir verdient. Du, ganz allein. Ich bin stolz auf dich!«

Ihre Hände waren feucht, und sie fingerte am Saum ihres kurzen *Vintage*-Kleides, als der Vorhang sich öffnete. Das Licht des Scheinwerfers blendete sie. Dann brandete der Applaus auf. Alice wollte das Herz schier stillstehen vor Glück. Als sie wieder hinter der Bühne war, als Lin, Selim, Blanka und all die anderen ihre Modelle laufen ließen, kam Leslie Withers auf sie zu.

»Hallo, Alice«, knurrte die Direktorin der SAF und grüßte Ned mit einem Kopfnicken. »Nicht schlecht.«

»Nicht schlecht? Ist das alles, was Sie sagen können«, platzte es aus Alice heraus. »Ich habe die Kollektion mit meinem Herzblut gezeichnet.«

»Dann muss dein Herz eben noch mehr Blut produzieren, Alice. Mehr, mehr und immer mehr, von einer Kollektion zur nächsten.«

Alice schüttelte den Kopf. Von Leslie ein Kompliment zu erwarten, war so absurd, wie einem Esel das Harfenspiel beibringen zu wollen, das wusste sie doch! In dem Augenblick aber brach das strenge Gesicht von Leslie zu einem echten Lächeln auf. »Weißt du, Alice, als ihr hier angefangen habt, hätte man euch wirklich nicht mit der Pinzette anfassen wollen. Jetzt kann ich es schon ertragen, mit euch zu sprechen«, grinste sie.

»Wow. Das heißt, nach dem BA gibt es eine Einladung zum Tee?«

»Hm. Nein. Nach dem MA vielleicht. Aber nun mach erst einmal deinen BA.«

Alice blieb der Mund offen stehen: Hieß das …?!

Leslie nickte. »Du bist angenommen. Wir sehen uns im September wieder.«

Dann ging sie, doch Gott sei Dank war da Ned, der Alice auffing, als sie in seine Arme sprang. Geschafft! Sie hatte es geschafft! Wenn das ihre Eltern hörten!

»Alice, du hast noch ein paar Besucher«, lachte Ned.

Sie ließ ihn los und drehte sich um. Da stand ihr Bruder Mark und hinter ihm hatte ihr Vater beschützend den Arm um die Schultern von Alices Mutter gelegt. Sein zweireihiger Anzug war hoffnungslos unmodern – war das derselbe, den er zu ihrer Kommunion getragen hatte? –, doch das war egal. Alice kam er schicker als James Bond vor. Ihre Mutter trug mehr Schminke als sonst, doch sie sah wunderschön aus.

»Ihr seid da!«, rief sie und fiel ihrer Familie in die Arme. Ned stand daneben und lächelte. Wie selbstverständlich das plötzlich war – Ned stand gelassen neben ihrer Familie aus einem kleinen Dorf in Franken. *Clash of Civilisations*. Verschiedene Welten, in denen sie trotzdem zu Hause sein konnte.

Ned schien ihre Gedanken lesen zu können, denn er legte seinen Arm um sie und flüsterte: »Ich hab's dir doch gesagt: Nichts begeistert die Menschen so sehr wie eine große Liebesgeschichte!«

EPILOG: NOCH EINMAL UNTEN AM SEE

Es war Herbst in Norfolk. Der Himmel färbte sich rosig zur Abendstunde und es war beinahe windstill. Die Luft roch nach Rauch und auf den Wiesen um das Haus pickten Fasane nach Würmern und Saat. Ned und Alice liefen schweigend den Rasen vor dem Haus hinunter, bis an die Stelle, wo früher der See begonnen hatte. Nach dem letzten Abend auf Lister House waren seine Wasser zugeschüttet worden. Die kleine Insel mit der Trauerweide und dem Pavillon darauf war dem Erdboden gleichgemacht worden. Junges Gras wuchs nun auf der tonnenweise aufgeschütteten Erde.

Ned ging als Erster in die Knie und legte die Holzscheite und Eierkartons ab, die er in einem Korb an seinem Arm trug. Alice setzte sich neben ihn ins Gras.

»Hier«, entschied Ned. »Hier war früher der Steg.«

Alice nickte und saß im Gras, während er die Scheite geschickt aufrichtete und dann den Eierkarton zerfetzte und dazwischen stopfte.

»So geht das. Jedes Feuer hat nämlich sein eigenes Gesetz«, sagte er und riss ein Streichholz an. In der Windstille loderte die kleine Flamme hell. Ned hielt sie an den Karton, wo sie sich festfraß. Bald stand alles Papier in Flammen und erfasste auch die Scheite.

Ned setzte sich neben Alice und beide sahen stumm in das flackernde Blau und Orange des Feuers.

»Jetzt?«, fragte Alice dann leise.

Ned konnte nur nicken. Sie küsste ihm die Wange. Wie blass er war. Aus der Umhängetasche, die neben ihr im Gras lag, zog sie Fetzen eines schwarzen Kleides. An einigen von ihnen hingen noch Stränge von Perlen, und auch jetzt regnete es noch lose, stumpfe Pailletten, als sie den Stoff zusammenknüllte.

»Jetzt«, sagte sie dann. »Wir, zusammen.«

Ned atmete hörbar aus und legte dann seine Hand um ihre.

»Wirf es weg«, flüsterte Alice.

Er gehorchte: Das Kleid, oder was von ihm übrig war, fiel in die Flammen.

Es zischte auf, die Seidenfaser verschmorte, Jetperlen platzten und die Pailletten schmolzen. Ein strenger, giftiger Geruch füllte kurz die Luft und wurde dann von einer plötzlichen Brise, die vom Meer her kam, vertrieben. Dann brannte es lichterloh. Was nicht sofort vom Feuer erfasst wurde, stieß Alice mit einem Stecken hinein. Alles sollte brennen, nichts davon sollte übrig bleiben. Die Flammen loderten, knisterten und verschlangen, was sie zu fassen bekamen. Dann brannte das Feuer langsam herunter.

Ned und Alice saßen im Gras, das nun vom Abendtau feucht wurde. Sie hielten einander umklammert. Am Himmel jagten Wolken im nun aufkommenden Wind. Licht strömte violett und blau zwischen ihnen hindurch.

»Wollen wir?«, fragte Alice leise, bereit zum Aufstehen. Von dem Kleid war nichts als Asche übrig. Morgen würde sie kalt sein und vom Wind über das weite Land getrieben werden.

Ned nickte. »Ja.«

Er legte seinen Arm um ihre Schultern und gemeinsam gingen sie zum Haus zurück.

Ellen Alpsten wurde 1971 als Tochter eines deutschen Tierarztes in Kenia geboren und studierte nach ihrem Abitur zwei Jahre Jura in Köln, ehe sie an das französische »Institut d'Etudes Politiques de Paris« wechselte. Nach ihrem Diplom arbeitete sie in London bei den Wirtschaftssendern Bloomberg TV und N24 und veröffentlichte 2002 ihr Debüt »Die Zarin« bei Eichborn. Seit 2004, nach der Geburt ihres ersten Sohnes, ist sie als freie Journalistin und Schriftstellerin tätig, u. a. für die FAZ, Spiegel Online und Vogue. Sie lebt mit ihrem Mann und ihren drei Söhnen in London.

Ellen Alpsten
Sommernachtszauber
416 Seiten. Gebunden
ISBN 978-3-649-61056-4
Auch als ebook erhältlich:
ISBN 978-3-649-61530-9

Seit ihrer ersten Begegnung mit dem jungen Schauspieler Johannes ist das Leben für Caroline wie ein Rausch. Tagsüber gibt sie auf der Bühne alles, um ihre erste große Rolle als Julia perfekt zu spielen. Nachts trifft sie sich heimlich mit ihm für weitere Proben im dunklen Theater. Johannes holt aus ihr und der Rolle das Beste heraus und die beiden verlieben sich haltlos ineinander. Doch Caroline wagt nicht, irgendjemandem von ihrem Glück zu erzählen. Denn Johannes dürfte gar nicht existieren. Er wurde während einer »Romeo und Julia«-Inszenierung in den 30er-Jahren grausam auf der Bühne erstochen und mit einem Fluch belegt. Und langsam erkennt Caroline, dass ihre Liebe zu Johannes sie vor eine unmögliche Wahl stellt …

Ellen Alpsten
Colours of Africa
280 Seiten. Gebunden
ISBN 978-3-649-61703-7
Auch als ebook erhältlich:
ISBN 978-3-649-62024-2

Kenia – das ist für Ava eine Explosion von Farben, Musik und Gefühlen. Seit ihrem ersten Praktikumstag bei einer Hilfsorganisation schwankt sie ständig zwischen den Extremen. Tagsüber arbeitet sie bei einer Initiative, die Kindern im Slum von Nairobi Kunst näherbringen will, und abends stürzt sie sich in das pulsierende Nachtleben der kenianischen Hauptstadt.

Dabei lernt sie den charmanten James Cecil kennen, der ihr als Sohn eines reichen Großgrundbesitzers eine völlig neue und dekadente Welt eröffnet. Gleichzeitig bemerkt sie aber, dass sie sich auch zu ihrem Teamleiter Mats hingezogen fühlt. Schon bald sitzt Ava zwischen allen Stühlen und muss sich entscheiden, zu wem und wohin sie wirklich gehört.

Katrin Lankers
Verrückt nach New York (Bd. 1)
Willkommen in der Chaos-WG
272 Seiten. Klappenbroschur
ISBN 978-3-649-61758-7
Auch als **ebook** erhältlich:
ISBN 978-3-649-62198-0

»Um wichtige Entscheidungen zu treffen, brauche ich immer drei gute Gründe. Und ich hatte drei sehr gute Gründe, um nach New York zu gehen: Ich hatte eines dieser heiß begehrten Praktika bei einem angesagten Magazin ergattert. Mich würden mehr als 6000 Kilometer von meinem emotional unterbelichteten Ex trennen. Und dann war da diese mit Tesafilm zusammengeklebte Postkarte ganz unten in meinem Koffer … Aber ehrlich gesagt, diese drei Gründe waren am Ende völlig bedeutungslos. Und dennoch war New York die beste Entscheidung meines Lebens!«

Maxi hat ihr Abi in der Tasche und nur ein Ziel: Sie will Journalistin werden. Da kommt ihr die Chance, in der Weltmetropole New York bei einem coolen Lifestyle-Magazine zu hospitieren, gerade recht. Doch alles kommt ganz anders, als geplant: Sie landet in einer komplett verrückten WG mitten in Williamsburg und ist voll und ganz damit beschäftig, ihr neues Zuhause vor dem Abriss durch einen skrupellosen Investor zu retten. Und auch ihr Liebesleben hält sie auf Trab: Da ist dieser geheimnisvolle, gut aussehende Fremde, der ihr ständig wie zufällig über den Weg läuft …

Ebenfalls in dieser Reihe erschienen:

Katrin Lankers
Verrückt nach New York (Bd. 2)
Kleine Fehler, große Folgen
272 Seiten. Klappenbroschur
ISBN 978-3-649-61759-4
Auch als ebook erhältlich:
ISBN 978-3-649-62199-7

Katrin Lankers
Verrückt nach New York (Bd. 3)
Regen im Herzen
272 Seiten. Klappenbroschur
ISBN 978-3-649-61788-4
Auch als ebook erhältlich:
ISBN 978-3-649-66776-6

Katrin Lankers
Verrückt nach New York (Bd. 4)
Träume lernen fliegen
272 Seiten. Klappenbroschur
ISBN 978-3-649-61776-1
Auch als ebook erhältlich:
ISBN 978-3-649-66777-3